개봉
연애
비사

개봉연애비사

초판 1쇄 찍은 날 | 2017년 11월 21일
초판 1쇄 펴낸 날 | 2017년 11월 28일

지은이 | 이수현
펴낸이 | 예경원

편집 | 유경화 · 주승아

펴낸곳 | 예원북스
등록번호 | 제396-2012-000132호
등록일자 | 2012. 7. 25
YRN | 제1-0203호

주소 | 경기도 고양시 일산동구 호수로 646-24 위너스21 Ⅱ 206A호 (우) 10401
전화 | 031-819-9431 팩스 | 031-817-9432
http://cafe.naver.com/yewonromance
E-mail | yewonbooks@naver.com

© 이수현, 2017

ISBN 979-11-6098-663-1 03810

개봉
연애
비사

이수현 장편 소설

YEWONBOOKS
ROMANCE STORY

目次

1. 준휘

때는 송나라 인종이 열 살의 어린 나이로 제위에 오른 지 십오 년이 흐른 1037년 6월.

개봉부에서 약 백 리 정도 떨어진 외곽의 산길을 말을 탄 두 사내가 여유롭게 이동하고 있었다. 검은색 준마를 타고 있는 사내는 마치 유람이라도 즐기듯 한가한 표정이었다. 초저녁의 어스름한 빛에도 사내는 상당한 미남자로 보였다. 하얗고 말끔한 피부와 날카로운 콧대 그리고 모양이 좋은 입술은 새초롬한 여인의 것처럼 색이 붉었다. 하지만 굵고 진한 눈썹과 커다랗고 형형한 눈 때문에 결코 유약해 보이는 인상은 아니었다.

류준휘(劉俊輝), 십 년 전 약관(20세)도 채 되지 않은 열여덟의 나이로 문과에 장원급제한 소위 말하는 수재였다. 대체적으로 일반적인 관리들이 서른 전후로 과거에 급제하는 것에 비하면 무척이나 빠른 등과였다. 이후 그는 건창현 지현을 시작으로 여러 지역에서 지방관으로 일을 했다. 중간에 부모님의 삼년상을 치르고 다시 건창현 지현으로 복귀하였고 가장 최근에는 영주 부윤(지방시장)으로 일을 하였다. 평범한 6품 지방관일 뿐이었던 그가 전국적으로 유명해진 것은 건창현 지현 시절 해결한 특이한 소송사건 때문이었다.

한 농민이 소를 외양간에 매어두고 평소처럼 잠자리에 들었다. 그런데 다음날 아침, 그 소가 땅바닥에 드러누워 입에서 피를 흘리고 있었다. 소의 혀가 잘려 있었던 것이다. 전 재산이나 다름없는 귀한 소를 잃은 그 농민은 준휘에게 범인을 잡아달라 간곡한 부탁을 했다.

참으로 난감한 사건이었다. 목격자도 없고 무슨 사유로 말 못하는 소의 혀를 잘랐는지 사유조차 가늠할 수 없었다. 준휘는 농민에게 이 사실을 아무에게도 알리지 말고 그 소를 도살하여 팔아버리라고 일렀다. 송의 법률에 따르면 소는 개인이 임의로 도살할수 없었다. 하지만 혀가 잘린 소는 얼마 살지도 못할 것이고 준휘의 명도 있었기에 그 농민은 집으로 돌아가서 그대로 하였다. 다음날 어떤 사람이 관청으로 찾아와서 그 농민을 고발했다. 이에준휘는 자세한 내막을 물어본 후 큰소리로 호통을 쳤다.

"정말 대담한 놈이로구나, 네가 남의 소 혀를 잘라놓고 도리어 임의로 소를 도살했다고 그 사람을 고발하다니!"

신고한 사람은 갑작스런 준휘의 호통에 할 말을 잊었다. 그리고 결국 그 죄를 사실대로 인정할 수밖에 없었다. 사실 소의 혀를 자른 사람은 그 농민과 원한이 있었기 때문에 먼저 소의 혀를 자른 다음에 다시 그 농민이 소를 도살했다고 고발했던 것이다.

이 사건을 시작으로 이후 여러 부임지에서 각종 사건 사고를 현명하게 해결하여 그의 명성이 전국으로 퍼져 나갔다. 그리고 가장 최근 영주 부윤으로 일하며 차근차근 경력을 쌓았을 때 황제는 그를 발탁하여 참판급인 3품 개봉 부윤(개봉 시장. 당시에는 지방관들이 소송 업무까지 함께 처리하였기에 판관의 업무도 함께 담당)의 임무를 맡기게 된 것이었다. 개봉(開封)이 어떤 곳인가? 바로 풍요로운 송나라의 수도로서 황제의 내외척과 권문세족이 모여 있는 불야성 같은 곳이었다. 따라서 그 어떤 곳보다 엄정한 질서가 요구되는 곳이었다.

이렇게 위중한 임무를 다소 이른 나이에 맡게 되었지만 정작 당사자의 표정은 느긋했다. 어찌 보면 마치 시골에서 경성으로 유람을 오는 한량처럼 보이기도 했다. 지금도 달랑 하인 금보 한 명만을 대동하고 이렇게 슬렁슬렁 움직이고 있었다.

"멈춰!"

갑자기 들려온 험악한 사내의 목소리에 주변의 공기가 얼어붙었다. 이제 막 어스름이 깔리고 있는 산길을 막아선 것은 검과 각종 무구로 치장한 산적들이었다.

"나, 나으리!"

금보가 뒤에서 숨이 넘어갈 듯 준휘를 불렀다. 앞을 막아선 이들은 다섯으로 모두가 우락부락한 인상에 덩치도 보통이 아니었다. 게다가 가죽옷을 입고 산발한 머리와 검이 아닌 각종 농기구스러운 무기 덕분에 더욱 무서워 보였다.

"음, 귀찮게 되었군."

나른한 표정을 짓고 있던 그가 약간 성가시다는 표정으로 길을 막아선 자들을 바라보았다. 전혀 긴장한 기색도 없이 하지만 지루해 보이던 그의 눈빛이 무엇인가를 기대하는 것처럼 반짝거리기 시작했다.

"말에서 내려."

두목인 듯 보이는 사내가 검을 겨누며 그들을 위협했다. 귀찮다는 듯이 준휘가 말에서 훌쩍 뛰어내렸고 그 뒤를 따라 사색이 된 금보가 주춤거리며 내려섰다.

"가진 거 모두 내놔!"

두목이 굵은 목소리로 협박하며 검을 준휘의 목에 들이대었다. 희미한 어둠 속에서도 검이 불길하게 번쩍거렸다. 준휘가 뭐라 대꾸를 하려 입을 막 열려는 순간이었다.

휘이익!

바람을 가르는 날카로운 검성과 더불어 곧 작은 체구의 인형(人形)이 나타났다. 머리부터 발까지 온통 흑색으로 감싼 무사는 공중을 나는 것처럼 우아하게 움직였다. 가벼운 몸무게를 최대한 활용하여 경공술을 연마한 듯 흐르는 물처럼, 검무를 추는 듯한 몸놀림이었다.

좌악, 좌악, 좌악!

검이 생살을 가르는 날카로운 파열음만이 허공을 채웠다. 산적들이 미처 정신을 차리기도 전에 무사는 정확히 무기를 지닌 그들의 손만을 공격하였다. 한 치의 오차도, 조금의 낭비도 없는 완벽한 움직임이었다.

"아, 아악!"

"헉!"

사내들의 비명만이 허공을 갈랐다. 그리고 무기를 잃은 자들은 꽁지가 빠져라 바로 도망치고 말았다. 작은 무사는 정말로 순식간에 화려한 검술로 다섯 남자를 제압하였다. 하지만 무사는 숨소리하나 흐트러지지 않았다. 그리고 본인의 행동을 자랑하는 기색도 없이 평온했다. 그저 해야 할 일을 했을 뿐이라는 태도였다. 곧 무사가 검을 내리고 준휘와 금보를 향해 돌아섰다. 복면 사이로 날카로운 눈빛이 드러났다.

"히익!"

순식간에 발생한 사태에 금보가 억눌린 신음을 흘렸다. 금보는 산적 다음에 이제는 귀신을 만난 느낌이었다. 하지만 준휘는 정말로 신기하고 재미있는 것을 만난 어린아이처럼 반짝거리는 눈빛으로 그 존재를 바라보고 있었다. 검은 무사는 아름다운 자세로 검을 검집에 넣었다. 그 와중에도 준휘와 금보에게서 시선을 떼지 않았다. 준휘가 감사 인사를 미처 말하기도 전이었다.

털썩!

예상치 못하게 곧 검은 무사는 준휘 앞에 무릎을 꿇었다. 대체 무슨 조화인 것인지 금보는 하나도 정신을 차릴 수가 없었다. 그러면서 속으로 한 시진 전 지나쳤던 객잔에 묵었으면 좋았을 거라며 투덜거렸다. 사실 유시초(오후 5시~6시) 무렵 크고 멋진 객잔을 지나쳤던 참이다. 하지만 준휘는 날이 좋으니 조금만 더 가자며 이렇게 굳이 이 어스름이 깔리는 저녁에 산길로 들어선 것이었다.

"소인, 개봉 부윤 나리를 뵙습니다."

변성기 이전의 낭랑하고 아름다운 미성이었다. 체구와 목소리로 보아하니 아직 어린 소년이었다.

"고맙구나."

준휘가 아주 당연한 듯 인사를 받으며 소년을 바라보았다. 그의 눈빛이 자못 흥미진진한 것을 만난 것처럼 소년 무사에게서 떨어질 줄을 몰랐다.

"일어나거라."

준휘의 말에도 소년은 그 자세를 유지하고 있었다. 그리고는 넙죽 바닥에 엎드렸다.

"나리, 제발 소인을 거두어주십시오."

예상치 못한 소년의 말에 준휘의 굵은 눈썹이 살짝 휘었다. 하지만 그 눈빛은 불쾌하거나 싫다기보다는 정말로 그 사유가 궁금한 표정이었다.

"거두어달라니? 그게 무슨 말이냐?"

"저는 본디 복건성 출신이온데 나리의 명성을 예전부터 익히 알고 흠모해 왔습니다. 이번에 나리께서 개봉 부윤으로 임관하신다는 소식을 듣고 계속 따라왔습니다. 제가 비록 나이는 어리지만 좋은 스승께 무예를 익혀 옆에 두신다면 충분히 도움이 될 것입니다."

소년의 말이 끝나자 준휘가 물끄러미 그 아이를 바라보고 있었다.

"보아하니 아직 성년이 되지 않은 것 같은데 부모님과 있다가 좀 더 크거든 오너라."

준휘의 명성을 흠모하여 강호의 많은 이들이 도움을 주곤 했지만 이렇게 어린 공자는 처음이었다. 전체적으로 매우 가늘고 날렵한 인상의 소년이었다. 하얗고 말간 아직 솜털이 채가시지 않은 얼굴이 여인처럼 아름다워 보였다. 하지만 검을 쥔 자세나 조금 전 상황으로 보았을 때 상당한 무공을 익힌 것이 분명했다.

"송구하오나 소인 이미 열여섯입니다. 그리고……."

소년이 잠시 입술을 깨물었다. 그리고는 이내 결심한 듯,

"저희 부모님은 삼 년 전에 모두 돌아가셨습니다."

하고 고했다.

"음!"

준휘가 자신의 기다란 손가락으로 자신이 턱을 이리저리 쓸었다. 그가 생각에 빠졌을 때 종종 보이는 습관이었다. 소년도 금보도 잠시 숨을 멈추고 긴장한 채 그를 바라보고 있었다.

"일단 네 휘(이름)가 무엇이냐?"

준휘의 질문에 소년이 예의 바르게 고개를 숙이며 대답했다.

"소인 류(蓼)라고 합니다."

"특이한 휘로구나. 어떤 류 자를 쓰는 거지?"

준휘가 아주 중요한 문제인 것처럼 심각한 표정을 지었다. 조금 전 목숨의 위협을 받았던 것은 깡그리 잊어버린 사람 같았다.

"날아다닐 류입니다."

"참으로 너에게 어울리는 휘다."

준휘의 대답에 류는 도대체 그의 속내를 알 수 없어 약간 미간을 찌푸렸다. 어쩐지 명성과는 달리 직접 마주 대한 그는 유들거리며 그저 돈 많은 한량 같아 보여 살짝 미덥지 않은 생각이 들었던 것이다. 하지만 류는 사전에 최대한 그에 대한 정보를 모았고 그의 행동을 직접 관찰했다. 그리고 나서야 개봉으로 향하는 그를 몰래 따라나섰던 것이다. 제가 파악한 그가 맞는다면, 어떡해서든 류는 그의 곁에 있을 작정이었다.

"일단 일어나거라."

가벼운 말투였지만 거역할 수 없는 기운에 류가 몸을 일으켰다. 그제야 류는 제 정수리가 겨우 그의 어깨 참에도 미치지 못한다는 것을 깨달았다. 갑자기 앞에 선 그가 커다란 장벽처럼 느껴졌다. 준휘는 상쾌하게 웃는 얼굴이었지만 설명할 수 없는 위압감이 류를 휘감았다.

움찔!

순간 류는 자신의 정수리를 쓰다듬는 그의 커다란 손길에 그만 흠칫하고 말았다. 류가 조심스레 시선을 들어 준휘의 표정을 살폈다.

"녀석, 어린것이 참으로 맹랑하구나. 그래도 인연은 인연이니 함께 가도록 하자꾸나."

그는 막냇동생이 하나 생기기라도 한 것처럼 아주 즐거워 보였다. 사실 준휘는 영주를 떠나자마자 계속 제 뒤를 따르는 류의 존재를 눈치채고 있었다. 처음에는 자신을 노리는 도적인가 싶었다. 하지만 그 아이는 분명 준휘를 돕고 있었다. 어제도 준휘는 류가 저자에서 금보를 노리던 소매치기를 몰래 솜씨 좋게 처리하는 것을 목도하였던 것이다. 그래서 준휘는 과연 언제쯤 저 아이가 자신 앞에 모습을 드러낼 것인지 내심 무척이나 기대하고 있던 참이었다.

준휘의 허락에 류의 얼굴이 눈에 띄게 밝아졌다. 그리고 제 머리를 쓰다듬는 그의 손길이 이상하게도 별로 싫지가 않았다는 사실에 저도 모르게 약간 놀라고 말았다. 하지만 이내 정신을 차리고 류가 정중하게 인사를 했다.

"감사합니다, 나리! 소인 성심껏 나리를 모시도록 하겠습니다."

그것을 뒤에서 바라보고 있던 금보가 다시 투덜거리기 시작했다.

"아니, 나리. 대체 어떤 사람인지도 모를 아이를 이리 덥석 받아들이시면 어떡하십니까? 게다가 저 아이를 뭐에 쓰시게요?"

금보의 말에 준휘가 약간 민망한 웃음을 지었다. 사실 이렇게 갑자기 나타난 아이를 제 곁에 두겠다는 결정이 자신도 약간 이상하기는 한 모양이었다. 반면 류는 금보가 자신을 무시하는 언사에도 워낙 자주 듣던 말이었는지 별말이 없었다. 표정도 도무지 속을 알 수 없을 정도로 고요하기만 했다.

"내 목숨을 너한테 맡기는 것보다는 이 아이가 훨씬 도움이 될 듯싶구나.”

준휘의 말에 금보가 아주 작게 구시렁거리기 시작했다.

“목숨을 맡기시기는커녕, 아주 제가 죽을 지경입니다.”

준휘를 전혀 어려워하지 않는 금보의 행동이 다소 신기했는지 류가 크고 까만 눈으로 그들을 바라보았다. 하지만 그 눈빛은 건조하고 냉정했다.

“어서 가자꾸나. 앞으로 십 리 정도만 가면 작은 객잔이 있다 하니 오늘은 거기서 묵도록 하자.”

준휘가 훌쩍 멋지게 말에 올라탔다. 금보가 여전히 무엇인가 불만인 듯 부루퉁한 얼굴로 말에 오르는 모습을 보면서 류가 객잔에서 뵙겠다며 막 걸음을 옮기려던 찰나였다.

“허헉!”

류가 저도 모르게 비명을 내질렀다. 준휘가 말 위에서 정말 가벼운 아이처럼 류를 들어 올려 제 등 뒤에 태운 것이었다. 태어나 이런 일은 처음이었다. 이렇게 순식간에 자신을 아이처럼 다루다니 류는 얼떨떨하면서도 당황스러웠다.

“나, 나리!”

류가 더듬거리자 준휘가 하얀 이를 드러내며 씩 웃었다.

“걸어가게 할 수는 없고, 너를 금보의 말에 함께 태우기엔 저 말이 너무 불쌍하구나.”

금보가 또 ‘자신은 살이 쪘지만, 나리는 날씬하긴 해도 워낙 덩치가 산만 해서 별로 다를 것이 없다’면서 구시렁거렸다.

“이랴!”

준휘가 호쾌하게 말의 고삐를 채었다. 하얀 달이 떠오른 산길을 두 마리의 말이 거침없이 달렸다. 초여름이 되어 움트기 시작한 월견화(月見花)의 작은 봉오리가 달빛에 수줍게 반짝거렸다. 아직 밤바람은 선선했지만 그의 넓은 등 뒤에서 말에 흔들리는 류의 하얀 뺨이 왠지 모르게 발갛게 물들어 있었다.

2. 류

"이게 어쩐 일이데요? 무슨 사람들이 이렇게 바글바글하답니까?"

금보가 작은 청풍객잔을 가득 채운 무리들을 보고 기겁을 했다. 조그만 객잔의 객청이 한 무리의 상인들로 가득 차 있었다. 산을 지나 바로 나온 첫 번째 객잔이라 규모가 작아도 꽤나 손님이 쏠쏠한 듯싶었다.

"그러게 아까 그 객잔에 머물자고 여쭙지 않았습니까?"

금보가 다시 투덜거렸다.

"객잔보다는 그 옆에 있던 화다방(花茶坊, 기녀들이 개설하여 남자를 유혹하고 웃음을 파는 다관)에 정신이 팔린 것은 아니고?"

준휘의 말에 금보의 입이 잔뜩 앞으로 나왔다. 시장하기도 했지만 방을 구하는 일이 더 급했기에 금보는 별말 없이 움직였다. 장궤(지배인)와 몇 마디를 나누던 금보가 잔뜩 찌푸린 얼굴로 준휘와 류가 앉아 있던 탁자로 돌아왔다.

"방이 하나밖에 없답니다."

금보의 말에 준휘가 뭐가 대수냐 하는 표정으로 바라보았다.

"오늘은 조금 불편하겠지만 어쩔 수가 없겠구나."

그리고는 아무렇지도 않은 표정으로 음식을 주문했다. 음식이 나오기를 기다리며 류는 약간 난감해졌다. 제 휘가 류라고 밝힌 이 소년의 정체는 사실 여인이었다. 올해 열여덟, 한창 꽃처럼 피어오르는 소녀였던 것이다. 본명은 하석영(夏石英), 지금 류는 모종의 사유로 준휘의 곁에 머물러야만 했다. 그래서 소년으로 변복을 하였으나 남장이 류에게 그리 어려운 일은 아니었다. 류는 이미 십 년 전부터 스승에게 무예를 사사받아 여인들이 입는 유군(치마, 저고리)보다는 사내의 고(바지)와 심의가 훨씬 익숙했던 참이었다. 하지만 아무리 변복을 해도 작은 체구와 수염은 어찌할 수가 없어서 소년인 척하고 있었다.

"무슨 문제라도 있느냐?"

준휘가 류에게 차를 따르며 물었다. 그는 상당히 예민하게 류의 감정을 읽어내고 있었다.

"문제는 아니옵고 작은방에 소인들까지 함께 들면 나리께서 너무 불편하지 않으시겠습니까?"

준휘는 별말 없이 찻잔을 들어 그 맛을 음미하였다. 차의 향이 상당히 마음에 들었는지 그의 입꼬리가 느슨하게 풀어져 있었다.

"쓸데없는 걱정할 필요 없어. 항상 이런 식이니 너도 익숙해지는 것이 좋을 거야."

옆에서 금보가 준휘 대신 말을 거들었다. 아무래도 준휘는 매우 스스럼없이 하인과 지내는 모양이었다. 객잔에 방이 부족한 경우, 하인들을 객청에서 날을 꼬박 새우게 하는 사대부들도 많았기 때문이었다.

"대신 침상은 아무래도 막내가 양보해야 할 것 같네."

금보가 음식을 먹으며 군기라도 잡는 모양인지 그렇게 말을 하며 싱글거렸다.

"저는 괜찮습니다."

류는 밤이슬만 피해도 다행이라고 생각했다. 그리고 준휘가 생각보다는 빡빡하게 권위에 집착하지 않는 것 같아 그 점이 신기했다.

"그런데 말이다."

차를 마시던 준휘가 뭔가 이상하다는 듯이 말을 꺼냈다.

"뭐가요?"

금보가 음식을 우물거리며 아무렇지도 않게 물었다. 준휘가 무엇인가 골똘하게 생각에 골몰하는지 굵고 짙은 눈썹이 살짝 위로 올라가 있었다.

"이것은?"

무슨 일인가 싶어하면서 차를 마시던 류도 흠칫하고 말았다. 일개 작은 객잔에서 내어주기에는 차의 향이나 풍미가 매우 우수했던 것이다.

"아무래도 이 우롱차(실제 중국 전체 차 생산량 중 2% 미만)는 복건성에서 재배된 춘차(春茶, 봄에 따서 말린 잎으로 만든 차)로 만든 듯싶습니다."

류의 말에 준휘의 한쪽 입술이 휘어졌다.

"녀석, 제법 차 맛을 아는구나."

저도 모르게 말이 튀어 나온 것을 자책하면서 애써 류는 냉정하고 담담한 표정을 지었다.

'위험하다.'

류가 속으로 중얼거렸다.

"차는 그냥 마시면 되지, 뭐가 다르다는 것입니까?"

금보의 타박에도 준휘는 아무런 대꾸 없이 다시 차를 음미했다.

"흐음, 아무래도 이곳이 생각보다 재미있는 곳 같구나."

준휘의 눈빛이 날카로워졌다. 그 눈빛이 분명 무엇인가 범죄의 기미를 맡은 냉철한 판관의 모습이었다. 청풍객잔의 위치가 참으로 묘하긴 했다. 개봉부에서 약 구십 리 정도 떨어진 곳에 있어 말을 타면 한 시진 이내에, 장정이라면 대략 하루 정도면 걸어서 개봉부 외성에 도착할 수 있었다. 게다가 복잡한 산을 빠져나와 바로 있는 데다 옆에는 강이 흐르고 있어서 강을 통해서도 출입이 가능했다. 그리고 규모에 비해서 이상할 정도로 일하는 사람이 많았다. 이 정도 규모라면 대략 열 명 이내의 사람으로도 충분히 꾸릴 수가 있을 텐데, 아무리 적게 봐도 일하는 사람의 수가 삼십여 명은 되어 보였다. 게다가 대부분이 우락부락한 남자들이었다.

"그러게 말입니다. 겨우 십 리 바깥에 이미 개봉부에 들어가기 직전 가장 큰 동네가 있는데 말이죠."

류의 말에 준휘가 고개를 끄덕였다. 말은 귀하고 일부가 탈 수 있기에 대부분의 사람들은 걸어서 움직여야 했다. 따라서 산을 넘기 전에 있는 직전 동네의 객잔에서 사람들이 하루를 묵고 개봉에 도착하는 것이 적절해 보였기 때문이었다. 굳이 늦은 밤 산을 넘어 이곳에 머물러야 할 사유가 무엇일까?

"그리고 규모에 비해 음식의 맛이 아주 화려해, 그렇지?"

준휘가 미친 듯이 밥을 먹고 있는 금보를 바라보며 그렇게 중얼거렸다.

"음식이야 맛이 있으면 그만이죠."

금보는 준휘와 류는 아랑곳하지 않고 주린 배를 허겁지겁 채우고 있었다. 일하는 이들의 시선이 덩치가 유난히 큰 준휘와 검을 든 소년, 그리고 하인이라 하기에는 너무나 제 주인을 스스럼없이 대하는 금보까지, 이들을 주목하고 있었다.

류는 따끔따끔한 그들의 시선을 느끼며 이들이 모두 검을 쓰는 자임을 알아챘다. 애써 기운을 감추고 있었지만 류는 예민하게 느낄 수 있었다. 뭔가 알 수 없는 위험을 감춘 분위기에 류는 긴장을 늦추지 않았다. 준휘는 천하태평인 모습이었다. 하지만 류는 그가 날카롭게 틈틈이 주변을 관찰하고 있다는 것을 알았다.

해시초(오후 10시~11시)가 되자 준휘가 나른한 표정으로 방으로 들어갔다. 포만감과 함께 한잔한 술 때문에 탁자에 기대어 꾸벅꾸벅 졸던 금보도 준휘의 뒤를 따랐다. 객잔의 일을 보는 이들이 방으로 씻을 물을 가져다주겠으나 류는 직접 우물이 있는 곳으로 갔

다. 준휘와 금보가 먼저 잠자리에 들면 조용히 들어가 구석에서
잠을 청할 생각이었다.

드르륵!

류가 어두운 달빛에 의지하여 살며시 방문을 열었다. 준휘와 금
보가 방으로 올라가고 한 식경(삼십 분) 정도가 흐른 시점이었다.
방 안쪽 침상에는 준휘가 누워 있었고 또 다른 침상에는 금보가
코를 드르렁거리면서 자고 있었다. 류는 조용히 이부자리를 들고
방문 입구 쪽 구석에 앉았다. 옷도 벗지 않고 이불만 살짝 제 몸에
두른 채였다. 무엇인가를 경계하는 것처럼 무슨 소리라도 들리면
바로 도망이라도 갈 것 같은 자세였다.

'휴우!'

류가 작은 한숨을 쉬며 살짝 눈을 감았다. 벌써 삼 년 가까이 이
렇게 제대로 눕지도 않고 잠을 청해왔다. 하지만 오늘은 다섯 명
이나 되는 산적까지 처리하고 준휘를 미행하다시피 하다가 겨우
옆에 있어도 된다는 허락을 얻어내 그랬는지 매우 피곤했다. 류가
앞으로 어떻게 해야 할까를 고민하면서 얕은 잠에 빠져들었다.

희끄무레한 새벽빛이 방 안을 어스름하게 채웠다. 류는 매우 포
근하고 따뜻한 느낌에 엷은 미소를 지었다. 간만에 숙면을 취한
기분이었다. 온몸에 활기가 넘치고 있었다. 그러다가 제정신이 확

들면서 후다닥 자리에서 일어났다.

"왜, 조금 더 자지 않고?"

탁자에 앉아 무엇인가를 열심히 쓰고 있던 준휘가 류를 바라보았다. 아무래도 그는 일찍 일어나서 가벼운 운동이라도 한 듯 이마가 살짝 젖어 있었다.

"아닙니다, 나리."

류가 쏜살같이 침상에서 내려왔다. 그러면서도 어찌 된 일인지 필사적으로 생각을 더듬고 있었다. 왜 제가 준휘가 자던 침상에 누워 있었는지 도무지 알 수가 없었던 것이다.

"녀석, 상당히 부지런하구나. 아직 묘시초(오전 5시~6시)까지 한 식경은 더 있어야 한다."

준휘가 기특하다는 표정으로 그리 말하더니 다시 고개를 돌려 자신이 하던 일에 집중했다.

"저어……?"

류가 제 입술을 살짝 깨물었다. 얼른 뭐라 질문을 못하고 망설이고 있는데 준휘가 심상하게 대꾸했다.

"너는 밥을 조금 더 먹어야겠다. 너무 가벼워서 깜짝 놀랐다."

류의 미간이 살짝 굳었다. 그 말은 그가 저를 직접 안아다 침상에 눕혔다는 뜻이리라. 대체 얼마나 긴장을 풀고 있었으면 그가 자신을 안아 옮기는지도 모르고 잠에 빠져 있을 수가 있단 말인가? 류는 긴장을 풀고 있었던 제 자신이 한심했다.

"송구합니다. 나리."

류가 고개를 살짝 숙였다.

"그리 신경 쓸 거 없다."

준휘의 가벼운 대답을 들으며 류가 얼른 제 검을 들고 방을 나섰다. 그리고는 아직은 차가운 우물물로 얼굴을 씻었다. 아무래도 조금 더 긴장을 해야 했다. 부모님의 원수를 찾으려면 아직도 갈 길이 멀었다. 류가 제 붉은 입술을 살짝 깨물며 검을 움켜쥐었다.

삼 년 전, 사천성(四川省).

집 안을 가득 채운 횃불과 엄청난 소음들. 류 아니, 석영의 삶이 한순간에 송두리째 바뀐 순간이었다. 류는 그때까지만 해도 남부럽지 않은 삶을 살았다. 그녀의 아버지인 하청풍은 사천성에서 매우 큰 규모의 청연(淸緣)상단을 운영하고 있었다. 더불어 그는 나라에서 인정한 차를 납품하는 상인이었다. 황제에게 진상하는 공차(貢茶)는 당나라 때 시작이 되었다. 송의 태조가 유독이 차를 아끼어 건국 이후 공차는 이전에 비해 매우 고급스럽게 발전되었다.

하청풍은 용단차병(龍團茶餠, 차를 가공하여 만드는 자그마한 차 떡을 단차병(團茶餠)이라 하며 특히 황제에게 진상하는 용단차병은 그 가치가 수십만 돈에 달했다)을 진상하는 이였다. 그 덕분에 하씨 집안은 부귀영화를 누렸다. 하지만 하청풍은 인심이 후하고 거래에 신용이 있어 주변 사람들의 신망이 높았다.

그런 부모님 밑에서 고명딸로 사랑을 받았던 석영이었다. 아버지를 이을 오라버니가 있었기에 석영은 어리광을 마음껏 부리며 자랐다. 아버지를 졸라 무예를 익힌 것도 하청풍이 열린 사고의 사람이었기에 가능했다. 예닐곱부터 석영은 여인들이 하는 일보다 상단을 지키는 무사들의 모습이 좋았다. 송은 문(文)을 숭상하였기에 석영의 오라버니 또한 검보다는 글을 배웠다. 하지만 석영은 검이 더욱 좋았다. 언젠가 오라버니가 아버지를 이어서 상단을 맡으면 석영은 무사로서 오라버니를 돕고 싶었다.

하지만 영원히 계속될 것 같았던 그 삶은 너무나 갑작스럽게 종말을 맞이했다. 삼 년 전 가을, 하청풍은 차를 토번(吐蕃, 티벳)과 밀거래했다는 죄목으로 고발되었다. 당시 송은 군마를 수급하기 위하여 차마사(茶馬舍)라는 별도의 관청까지 설치하고 차의 유통을 엄격히 통제하고 있었다. 황제의 공인을 받은 이들만이 차를 거래할 수 있었고 사적인 거래를 할 시에는 상인은 물론 이를 방조한 관리까지 바로 사형에 처했다.

게다가 당시 사천에서 생산되는 차의 거의 3분의 1은 토번에서 말을 수입하는데 사용되어 더욱 엄격한 통제를 받고 있었던 것이다. 그런데 하청풍이 이런 국법을 어기고 토번에 임의로 차를 거래하여 사적인 이익을 챙겼다는 죄목이었다.

어떠한 변명의 여지도 없이 군사들이 밀어닥쳤다. 석영은 간신히 남복(男服)을 하고 집을 탈출할 수 있었다. 하지만 도피를 하면서도 석영은 믿을 수가 없었다. 아버지는 누구보다 원칙과 상도의를 지키는 분이었다. 그런 아버지가 국법을 어기면서까지 그런 일을 저지를 리가 없었다. 누군가의 모함이 분명했다. 하지만 겨우 열다섯인 석영이 할 수 있는 일은 없었다. 그저 몸을 숨기고 살아남는 것이 우선이었다.

일단 살아야 원수도 찾을 수 있다며 석영은 이를 악물었다. 석영은 자신을 지키기 위해서 남장을 했다. 그리고 다행히 불행한 일이 일어나기 직전 고향으로 내려간 유모에게 잠시 몸을 의탁할 수 있었다. 당시 집 안에 있던 이들은 하인까지 모조리 몰살을 당했다고 들었다. 다행히 유모는 그 이전 해에 하씨 집안을 떠났고 아버지가 내어준 재물로 부유하게 살고 있었다. 그곳에서 약 삼 개월을 숨죽여 보낸 후에야 석영은 제 대신 자기 또래의 하녀가 죽은 것을 알았다.

이후 이를 악물고 그 배후를 조사했고 겨우 한 가지 실마리에 도달할 수 있었다. 하지만 석영의 힘으로는 한계에 부딪힐 수밖에 없었다. 그때 준휘에 대한 이야기를 들었다. 그가 누구보다 공정하며 어려운 사건도 척척 해결해 낸다는 소문이었다. 그리고 그가 곧 개봉 부윤으로 부임한다는 소식에 석영은 결심을 했다. 개봉으로 가야 했고 그의 곁에 있으면 사건의 배후에 가까이 다가설 수 있으리라는 생각이 들었던 것이다.

"꼭 찾고 말겠어."

원수를 찾아 법의 처단을 받게 하는 것, 그것이 자신이 살아 있는 이유였다. 그 목표가 없었다면 이렇게 애써서 목숨을 부지하려 노력하지도 않았을 것이다. 이미 하석영은 삼 년 전 그곳에서 죽었다. 여기 남은 것은 과거의 기억을 끌어안은 석영의 그림자인 류일 뿐이었다. 류가 제 입술을 꼭 깨물며 다시 검을 굳게 움켜쥐었다.

일각 후(15분), 류가 간신히 마음을 가다듬고 객잔 안으로 들어왔다. 객청 안은 조반을 서둘러 마치고 떠나려는 이들로 어수선했다.

"류!"

금보가 류를 발견하고는 크게 불렀다. 류가 사람들 틈을 헤치고 준휘가 앉아 있는 탁자로 다가섰다. 금보는 아주 잘 먹고 잘 자서 기분이 좋았다. 그래서 류 때문에 식사가 늦어지고 있었지만 싱글 벙글이었다.

"이 녀석아, 대체 이른 아침부터 어디를 쏘다니는 게야?"

류 때문에 '나리의 식사까지 늦어지지 않느냐'며 금보가 타박을 했다. 그러나 류의 앞에 앉은 준휘의 표정은 아무런 변화가 없었다.

"송구합니다. 나리."

준휘가 그저 간단하게 고개만 끄덕였다. 그러나 류는 그의 날카로운 시선이 자신에게 닿는 것을 알았다. 하지만 아무것도 묻지 않고 자연스럽게 대해주는 점이 고마웠다. 류도 조금 전의 당황스러웠던 마음을 감추고 평범하게 행동하려 노력했다. 하지만 자꾸만 준휘의 시선이 제 얼굴에 달라붙는 것 같아 조금 신경이 쓰였다.

"그런데 나리, 밤사이 어디에 구르기라도 하셨습니까? 어째 이쪽 심의 자락이 찢어져 있습니다."

준휘의 소맷자락을 바라보며 타박하는 금보의 말에 류도 준휘를 바라보았다. 그리고 류는 그의 옷자락 사이로 뭔가에 긁힌 듯

한, 아니, 자세히 보니 날카로운 것에 베인 상처를 보았다. 준휘는 아무렇지도 않은 듯 어깨를 으쓱했다. 그는 그저 얼굴에 푸른 멍이 들어 심사가 사나웠는지 아침부터 아랫사람을 심하게 닦달하는 장궤에게 무심한 시선을 던졌을 뿐이었다.

조반을 마친 세 사람은 개봉을 향하여 부지런히 길을 채었고 사시초(오전 9시~10시) 무렵에 드디어 개봉에 도착할 수 있었다. 마침내 송나라 동경 개봉부의 화려한 장관이 류의 눈앞에 찬란하게 펼쳐졌다.

3. 개봉부(開封府)

류는 말로만 듣던 개봉의 모습이 보이기 시작하자 사뭇 심장이
두근거리는 것을 느꼈다. 개봉의 외성(外城)은 주위가 약 40여 리
(里: 약 23,040M*)에 달했다. 외성을 둘러싼 해자(垓子)인 호룡하
양쪽에는 버드나무들이 머리를 감는 여인들처럼 긴 가지를 드리
우고 있었다. 개봉의 성벽은 눈이 부실 만큼 흰색이었고 그 문은
타는 불처럼 강렬한 붉은색이었다. 성문은 모두 3층으로 만들어
진 문루(門樓)를 지닌 견고한 옹성(甕城)이었다.

준휘 일행이 다다른 곳은 외성의 남쪽 성벽에 있는 세 개의 문
중에서 동남쪽에 위치한 진주문이었다. 이 진주문을 지나 약 이십
리 정도를 더 나아가면 개봉의 내성에 다다르게 되었다. 진주문에

* 1리의 거리는 국가 및 시대마다 다르다. 당시 중국에서는 1리를 대략 576m로 환산하였다.

서 대략 한 식경 정도 천천히 말을 달려 내성 남쪽에 있는 신문(新門)에 도착하였을 때였다. 준휘 일행은 예상치 못한 마중객을 입구에서 만날 수 있었다.

"류 대인, 오셨습니까?"

관복을 입은 초로의 사내와 그 뒤에 네 명의 무사가 그들을 맞이하였다. 초로의 사내는 부드러운 인상이었으나 날카로운 눈매가 매우 지적으로 보였다. 그 뒤에 선 네 명의 사내들은 그 존재만으로도 충분한 위압감을 주고 있었다. 그들의 검붉은 관복이 눈에 아렸다.

"이런, 조용히 도착하려고 했는데 역시 파인걸 선생의 눈은 속이지 못했습니다."

준휘가 말에서 내리며 인사를 했다. 파인걸 선생을 만나서 무척이나 반가워하는 얼굴이었다. 개봉부에서만 이미 근 30년 가까이 일해온 5품 차견관(差遣官)인 파인걸 선생은 능력 있는 검시관이자 뛰어난 책사였다. 파인걸 선생이 워낙 시신 및 증거 분석에 뛰어나 준휘조차 이미 지방에 있을 때부터 종종 그의 자문을 구하기도 했던 터였다.

"당치 않으십니다. 미리 연통을 주셨으면 여기 사호법들이 마중을 나갔을 텐데요."

파인걸 선생의 대답에 뒤에 서 있던 네 남자들이 인사를 했다.

"왕한, 마청, 장위, 조양 인사드립니다."

마치 사형제 같았다. 덩치도 비슷하고 색깔도 동일한 관복이라 더욱 그렇게 보였다. 이들에게도 준휘가 역시 자연스럽게 인사를 했다.

"반갑습니다."

준휘의 말에 남자들이 당연하다는 듯이 그의 주변에 둘러섰다. 공무 시, 준휘의 안위를 책임지는 일도 이들의 주요 임무였기 때문이었다.

"그런데, 옆에 있는 이 아이는?"

파인걸 선생이 류를 보며 고개를 갸웃거렸다. 분명 영주에서 받은 연통에는 류 대인이 금보라는 남자 하인 하나만 대동하고 떠났다 했었다. 하지만 옆에 있는 소년은 나이는 어려 보였으나 분명 기운이나 행동거지를 보아 검을 익힌 아이였다. 처음에는 계집아이처럼 해사한 얼굴이 눈에 띄었다. 하지만 그보다 더욱 시선을 끄는 것은 그 아이의 무표정이었다.

"아, 제 개인 호위입니다."

준휘의 말에 류가 공손하게 인사를 했다.

"류라고 합니다."

류라는 아이는 자신의 휘를 밝힌 것 이외에 어떠한 말도 하지 않았다. 류의 어딘가 사연 있는 표정이 약간 신경이 쓰이긴 하였으나 파인걸 선생의 시선은 이내 준휘에게로 향했다.

"오시느라 힘드셨을 텐데 먼저 숙소로 드시겠습니까?"

파인걸 선생의 말에 준휘가 고개를 저었다.

"일단 개봉부에 들렀으면 합니다."

준휘의 말이 떨어지자 파인걸 선생을 비롯하여 사호법, 금보까지 일사불란하게 움직이기 시작했다. 류도 그들을 따라 움직였다.

류는 거리를 가득 채운 수선스러움 속에 분명 어딘가 자신이 찾는 진실이 숨어 있으리라 생각했다.

한 식경 후, 준휘는 파인걸 선생과 함께 개봉부의 정청(政廳, 부윤의 집무 장소)으로 걸음을 옮겼다. 그대로 따라가려는 류에게 준휘가 짧게 일렀다.

"너는 청심루(개봉부 내 관원들이 쉬는 숙소)에서 잠깐 쉬도록 해라."

준휘의 명에 류가 조용히 고개를 숙였다. 류와 금보는 개봉부에서 일하는 취취라는 시녀의 뒤를 따라 청심루로 향했다. 취취가 안내해 준 방은 생각보다 넓었다. 류는 어쩐지 불안하고 또 흥분되는 마음 때문에 자리에 앉지도 못하고 방 안을 서성이고 있었다.

같은 시각, 정청 안에서 준휘는 파인걸 선생과 이런저런 논의를 하고 있었다. 그중 최근 개봉에서 가장 골칫거리인 사건에 대하여 준휘가 먼저 질문을 했다.

"그 사건은 뭔가 추가로 밝혀진 내용이 있습니까?"

파인걸 선생이 고개를 저었다.

"벌써 사라진 여인들의 수가 스무 명 가까이 된다고 들었는데……."

준휘가 제 턱을 문지르며 안타까운 목소리로 탄식했다. 최근 개봉부에서는 나이 14세에서 18세 사이의 꽃다운 여인들의 실종 사건이 큰 문제가 되고 있었다. 전혀 실마리조차 잡지 못하고 있어 황제가 특별히 준휘에게 이 사건의 해결부터 주문했던 것이다.

"일단 한 가지 추가로 밝혀진 내용이 있습니다. 약 보름 전부터 개봉부 내 화다관들을 이 잡듯이 훑던 한 사내가 이틀 전 변하에서 변사체로 발견이 되었습니다. 사인은 독살이었습니다."

파인걸 선생이 잠시 말을 멈추었다. 준휘의 눈빛이 불타오르기 시작했다. 사건의 실마리를 찾아내서 기대하는 눈빛이었다.

"혹시 그 죽은 사내가 실종자와 연관이 있습니까?"

"네, 류 대인께서 생각하신 바대로 그는 8품 참하관인 석영정이라는 자로 운냥이라는 자신의 정혼녀를 찾고 있었습니다. 운냥은 마지막 목격자에 의하면 개봉으로 본인의 정혼자를 만나러 간다고 하며 고향을 떠났다고 합니다. 그리고 그녀와 비슷한 인상착의의 여인이 관내 모 객잔에서 목격되었고 이후 행적이 묘연했었습니다."

준휘의 머리가 신속하게 움직이고 있었다.

"현재 마청이 열심히 죽기 전 석영정의 행적을 조사하고 있습니다. 그런데 석영정이 갔었다는 지역에는 워낙에 많은 화다관들이 있어서 정확히 어떤 곳을 방문하였는지 확인이 쉽지가 않습니다. 분명 특정 화다관을 염두에 두었음이 분명한데 말이죠."

파인걸 선생의 설명에 준휘가 뭔가 좋은 생각이 났다는 듯 미소를 지었다.

"그렇다면 다른 방법을 생각해 봐야지요."

파인걸 선생이 준휘를 바라보았다. 무슨 계획을 세운 것인지 준휘의 눈빛이 날카롭게 반짝거리고 있었다. 처음에 약간 나른하고 지루해하던 인상과는 전혀 다른 그의 모습에 그제야 파인걸 선생이 살짝 고개를 끄덕거렸다. 그가 한 번 사건에 집중하면 무서울 정도로 집요하고도 냉정하게 파헤친다는 것을 알고 있었다. 파인걸 선생은 준휘와 함께 꾸려 나갈 새로운 개봉부를 상당히 기대하게 되었다.

"이제 오십니까?"

방 바깥에서 들려오는 금보의 목소리에 류가 얼른 의자에서 일어났다. 그리고 부리나케 방문을 열었다. 준휘와 눈이 마주친 류가 조용히 목례를 했다.

"저녁은 드셨습니까?"

금보의 질문에 준휘가 가볍게 고개를 끄덕였다.

"나는 되었으니 그만 쉬도록 해라."

금보가 얼른 제 방으로 사라지고 류도 물러나려는 찰나 그가 류를 호출했다.

"아, 너하고는 잠깐 할 이야기가 있다."

그리고 휘적휘적 방 안으로 들어가는 그를 류가 조용히 뒤따랐다. 그가 탁자에 앉았다. 류는 그 자리에 꼼짝없이 서서 조용히 기다렸다.

"일단 좀 앉지?"

준휘의 말에 류가 조심스레 그의 맞은 편 의자에 앉았다. 여전히 류는 검을 꼭 쥐고 있었다.

"분명 네가 내 호위를 하겠다 했었지?"

그의 질문에 류가 그를 바라보았다. 이미 결정된 일을 왜 다시 꺼내는 것인지, 그 의도를 가늠할 수 없어서 류는 일단 침묵했다.

"그래서 말인데, 그 일 말고 공식적인 일을 조금 해볼 생각은 없느냐?"

"예에?"

류의 말꼬리가 의문을 담고 살짝 높아졌다.

"그것이 너의 무공이 상당히 쓸 만하고 머리도 나쁘지 않으니 관원, 아니, 공식 관원은 조금 어렵고……."

그가 기다란 손가락으로 탁자 끝을 톡톡 두드렸다. 뭔가 생각에 빠진 그의 굵고 진한 눈썹이 살짝 위로 올라가 있었다.

"그래, 임시 관원! 임시로 개봉부의 일을 잠깐 배워보는 것이 어떠하겠느냐?"

생각지도 못한 제안에 류가 두 눈을 크게 떴다. 원수를 갚으려면 준휘의 도움이 필요했기에 류는 일단 그의 옆에서 신뢰를 쌓을 작정이었다. 하지만 직접 개봉부 일을 파악할 수 있다면 진실에 쉽게 다가설 수 있는 더할 나위 없는 좋은 기회였다.

"임시로 일을 배우고 나중에 때를 보아 정식으로 시험을 치르면 어떨까 싶구나."

준휘의 어조는 담담했다. 그는 류의 미래를 걱정하며 아무렇지도 않게 방법을 제시해 주고 있었다. 준휘가 범죄 피해자들의 안위를 항상 걱정하며 그들을 몰래 보살핀다는 소문을 들었었다. 직접 그를 옆에서 겪어보니 그가 어떤 사람인지 류는 알 것 같았다.

"예, 나리."

류가 조용히 대답했다.

"뭐 많지는 않지만 봉록도 있을 것이다. 그런데 참, 류. 글은 읽을 수 있느냐?"

그가 나직하게 부른 제 휘에 류는 흠칫했다. 그의 질문의 내용은 들어오지 않고 '류'라고 부른 그 음성만 류의 귓가에 메아리쳤다.

"응?"

그가 계속 채근하자 그제야 멍하던 류가 대답을 했다.

"예."

류의 대답에 만족스런 표정으로 준휘가 고개를 끄덕였다.

"그럼 명일(明日, 내일)부터 일단 너는 파인걸 선생에게 일을 배우도록 해라."

"알겠습니다."

류의 대답에 준휘의 입가가 살짝 위로 올라갔다.

"앞으로 잘 부탁한다. 류!"

조용히 물러서 나오는 류의 귓가에 그의 목소리가 진득하게 달라붙어 있었다. 그리고 왜 그가 자신의 휘를 부르는 것에 심장이 두근거렸는지 류는 생전 처음 느끼는 감정에 고개를 갸웃했다.

이튿날부터 류는 정청으로 나가는 준휘를 따라나섰다. 준휘가 정청에서 집무를 볼 때에 류는 파인걸 선생으로부터 여러 가지 일을 배웠다. 그리고 준휘가 외부를 나갈 일이 있을 때에는 그를 수행했다. 준휘의 공무에는 사형제 같은 왕한, 마청, 장위, 조양 중에서 가능한 두 사람이 수행하였다. 하지만 공무 이외에 일에는 항상 류가 동행을 하였다.

류는 파인걸 선생에게 일을 배우는 것이 의외로 즐거웠다. 선생은 의술부터 행정까지 정말로 모르는 것이 없는 분이셨다. 준휘도 그런 그를 상당히 신뢰하여 많은 논의를 하는 것 같았다. 처음에는 선생을 도와 간단한 문서를 필사하거나 정리를 하는 일이었다. 이후 파인걸 선생은 류가 상당히 마음에 들었는지 점점 일의 범위가 넓어졌다.

류도 생각지도 못했던 개봉부 일을 하게 되어 당황스럽기는 했지만 이내 업무를 빠르게 익혀 나갔다. 파인걸 선생의 일을 도우며 개봉부에서 일어나는 사건들의 정보를 알 수도 있었고 그래서 준휘와도 이야기를 할 수 있었다. 그렇게 개봉부에서의 류의 새로운 삶이 시작되고 있었다.

개봉에 도착하고 나서 열흘 만에 처음으로 쉬는 날이었다. 간만에 준휘가 류와 금보를 대동하고 거리에 나섰다. 새로 부임하는 곳마다 일반 백성들이 어떻게 살고 있는지를 제대로 알아야 한다는 준휘의 말이었다. 류 역시 개봉의 구석구석을 알게 되는 것이 무척이나 즐거웠다.

내성 남쪽 중앙에 있는 주작문을 나서서 곧바로 가면 용진교가 나오고 그 옆 주교에서 남쪽으로 가면 다채로운 개봉의 시장이 눈앞에 펼쳐졌다. 길거리에선 수반(水飯), 삶은 고기의 일종인 오육과 건포를 팔았다. 옥루 앞에서는 오소리, 여우 고기까지 팔고 있었고 가격은 모두 15문(文) 내외로 저렴했다.

"참으로 다양한 고기들이 다 있네요."

금보가 군침을 흘리며 기뻐했다. 계절마다 그 시기에 어울리는 음식을 팔았기에 사람들은 이곳을 잡작(雜嚼, 잡다한 씹을 거리)이라 불렀다. 여름이 되면 저장해 두었던 얼음을 잘게 부수어 설탕을 뿌린 사탕빙설(沙糖氷雪) 같은 간식도 판다고 하는데 삼경(오후 11시~1시)까지 장사를 한다고 했다.

류는 개봉의 활기찬 모습이 좋았다. 그리고 온갖 것들을 다 모아놓은 시장은 사람들의 삶을 더욱 생생하게 느낄 수 있었다. 사람들이 부대끼며 살아가는 그 모습이 아름답다고 류는 생각했고 준휘 역시 시장만큼 민심을 정확하게 읽을 수 있는 곳이 없다며 매우 좋아했다. 그렇게 시장을 둘러보던 준휘 일행이 걸음을 멈춘 것은 애처로운 아이의 울음소리 때문이었다.

"흐엉, 엉, 엉, 흐헝!"

준휘 일행이 길 한복판에서 목 놓아 울고 있는 한 아이를 발견했던 것이다. 준휘가 아이에게 자초지종을 물었다. 올해 열 살인 소봉은 병든 어머니의 약을 사기 위해서 기름에 전병을 구워 팔았다. 하루 종일 튀긴 전병을 팔아서 번 돈을 세어보니 동전이 백 개나 되었다. 너무 기뻐 약을 사야지 했으나 종일 장사로 피곤한 나머지 바위에 기대어 그만 잠이 들고 말았다고 했다. 일어나 보니 동전이 온데간데없어 이리 목 놓아 울고 있다는 것이었다. 준휘가 그 이야기를 듣고는 아이를 안심시켰다.

"걱정하지 마라, 내가 찾아주마."

준휘가 소봉의 머리를 쓱 쓰다듬어 주고는 곰곰이 생각에 잠겼다. 이후 갑자기 그는,

"소봉의 돈을 훔쳐 간 녀석이 바로 네놈 바위렸다!"

하고 바위를 심문하기 시작했다. 류는 갑작스런 그의 행동에 멈칫하고 말았다. 금보는 '또 그러려니' 하는 표정으로 별 반응이 없었다. 주변의 시선에도 아랑곳없이 준휘는 너무나 진지한 표정으로 바위를 심문하였다. 멀쩡한 옷차림의 사내가 바위를 향해 돈을 훔쳐 간 일을 이실직고하라 소리치니 사람들이 웅성웅성 주변에서 몰려들기 시작했다.

"아니, 저 사람이 대체 누군데 바위를 붙잡고 저리하는가?"

그러나 준휘는 그 시선에도 전혀 아랑곳하지 않고 열심이었다.

"허어, 어서 바른 대로 이실직고하지 못할까? 아이의 돈을 어디에 숨겼느냐?"

준휘의 행동은 점입가경이었다. 사람들이 점점 더 모여들고 웅성거림이 높아졌다. 류는 이 상황이 당황스러워 살짝 미간을 찌푸리고 말았다. 그러나 금보는 이제 재미있는 일이 일어나는 것을 기대하는 것처럼 추임새를 넣었다.

"말을 삼가시오. 이분이 바로 개봉 부윤인 류 대인이시오."

금보의 말에 사람들이 일순 긴장했다. 하지만 곧,

"현명하다는 소문이 자자해서 그런 줄 알았는데 영 아닌 모양일세."

하며 사람들의 수군거림이 더욱 커졌다. 그러자 준휘가 그답지 않게 화를 내었다.

"내가 지금 바위를 심문하고 있는데 웬 소란이오. 당신들 모두 벌로 동전 한 닢씩 내시오."

준휘가 곧 금보에게 일러 물이 가득 든 대야를 가져오게 하였다. 사람들은 투덜거리면서도 지엄한 부윤의 명이라 모두들 동전 하나씩을 대야에 던지고 지나쳤다. 그것을 유심히 보고 있던 준휘가 갑자기 한 사내가 지나가자 바로 류에게 명을 내렸다.

"류, 어서 저 남자를 데려와라."

류는 즉각 사람들 너머로 사라지는 그 남자를 쫓았다. 곧 준휘 앞에 그 남자를 대령하자 준휘가 크게 호령했다.

"네놈이 바로 이 아이의 동전을 훔친 자렷다."

준휘의 확정적인 말투에 모두가 경악했다. 잡혀온 남자 또한 억울한 듯 제 자신의 무죄를 주장했다.

"보거라. 오직 네놈이 떨어뜨린 동전만이 수면 위에 기름이 뜨질 않더냐? 이 아이가 잠든 사이 동전을 훔친 것이 분명하다."

준휘의 말에 모두가 고개를 끄덕였고, 사내도 곧 이실직고를 했다. 그제야 사람들은 준휘의 행동을 이해할 수 있었다. 동전을 찾아 소봉에게 건네자 아이는 눈물을 글썽거리며 인사를 했다.

"나리, 이 은혜는 결코 잊지 않겠습니다. 부윤 나리께서 소인의 일에까지 신경을 써주시니 감사합니다."

소봉은 나이는 어렸지만 참으로 영특했다. 그리고 어린 나이에도 제 부모를 봉양하느라 애를 쓰는 아이가 참으로 기특하게 여겨졌다. 류는 힘들어도 봉양할 부모님이 살아 계신 그 아이가 부럽기만 했다.

"관리의 봉록은 백성의 살과 기름이란다. 당연히 너를 살피는 것이 나의 소임이다."

준휘가 영특한 아이의 머리를 쓰다듬으며 그리 말했다. 소봉의 새까맣게 그을린 얼굴에 환한 웃음이 피어났다. 그리고 인사를 하고는 부리나케 어머니의 약을 구하려 떠나갔다.

"자, 어서 가자."

준휘가 아이의 사라지는 뒷모습을 잠시 바라보다 걸음을 옮겼다. 마치 아무 일도 없었던 것처럼 그의 태도는 변함이 없었다. 하지만 류는 아이를 바라보는 그의 다정하고 맑은 눈빛에 가슴 한편이 따스해졌다. 주변에 가득 심어져 있는 도화나무가 열매를 맺으려는지 거리는 어쩐지 달콤하고 향긋한 향으로 가득했다. 개봉에서 맞이하는 류의 초여름이 그렇게 지나가고 있었다.

4. 야다관(野茶館)

"네, 어디엘 가신다고요?"

금보가 제가 뭔가를 잘못 들었나 하는 표정으로 준휘를 바라보았다. 하지만 그 옆에 서 있는 류의 표정은 변함이 없었다. 준휘는 뭐가 그리 즐거운지 싱글벙글이었다. 모처럼 휴일을 맞아 다소 한가한 오후, 청송재(淸松齋, 준휘의 집)의 서재였다. 준휘가 신시초 (오후 3시~4시) 무렵 금보를 불러 저녁에 나갈 채비를 하라 이른 것이었다. 최근 겨우 개봉부 근처에 청송재를 구해서 이것저것을 살피느라 정신이 없던 금보였다.

"탕사(湯社)에 간다고."

탕사는 관리들이 차를 즐기기 위해 만든 사교적인 모임이었다. 워낙 차가 일상생활에 널리 보급되다 보니 사람들은 차를 매개로 다양한 사교모임을 만들었다. 서로의 이해에 따라 모이고 흩어지고 했으나 준휘는 그런 모임을 별로 탐탁지 않아 했다. 차가 지닌 본래의 심오한 가치는 사라지고 그저 귀한 차나 다구(茶具)를 자랑하는 허례허식이 강해졌기 때문이었다.

"그런 것은 아주 질색하지 않으셨습니까?"

금보의 말에 준휘가 짙은 눈썹을 쓱 끌어 올렸다.

"사람이 모이는 자리에 정보가 모이는 법이지."

알 듯 말 듯 그렇게 중얼거리는 준휘였다. 금보는 더 이상 질문하지 않았다. 대체 무슨 꿍꿍이가 있는 것인지 하지만 절대 쓸데없는 일을 하는 나리가 아닌지라 그저 조용히 나갈 준비를 시작했다.

"너도 나갈 채비를 하려무나."

준휘가 읽고 있던 서책에서 눈을 떼고 류에게 일렀다. 류는 별말 없이 물러났으나 심장이 빠르게 뛰고 있었다. 개봉에 있는 3품 이상의 고위 관리들이 모이는 오늘 탐사에 류가 계속 추적해 왔던 사람이 참석할 가능성이 높았기 때문이었다. 고천의, 삼 년 전 사천성에 있던 차마사(토번과 말의 거래를 위하여 송에서 만들었던 관직)의 관리였다. 청연상단이 풍비박산이 난 이후 별 볼일 없던 그가 이후 중앙으로 진출하여 삼사(三司, 재정을 담당)의 요직에 올랐던 것이다.

그는 차마호시(茶馬互市)에서 교환될 말과 그에 준하는 차의 물량을 관리하는 일로 하청풍과 안면이 있던 사람이었다. 그만큼 하청풍의 결백함을 잘 아는 이도 없었다. 한편으로는 그가 마음먹고 하청풍을 모함하려 든다면 그 누구보다 철저하게 할 수도 있는 인물이었다. 어찌 되었건 하청풍의 몰락 이후 그의 씀씀이가 얼마나 컸던지 개봉의 큰 다관이나 객잔 등은 모두 그의 것이라는 소문까지 돌았다. 그리고 그는 류가 지금껏 찾고 있던 것의 시작점이기도 했다.

술시정(오후 8시~9시), 준휘, 류 그리고 금보가 안내를 받으며 혜다원 안으로 들어섰다. 혜다원은 개봉에 있는 수많은 다관들 중에서 가장 귀족적이라 알려진 곳이었다.

"유명한 백목련 나무라더니 역시 대단합니다."

마당 중앙에 자리한 삼백 년이 넘었다는 백목련을 보며 금보가 감탄을 했다. 초봄에 목련이 만개하면 상당히 훌륭한 그림을 만들어줄 나무였다. 잠시 그들이 백목련을 바라보고 있는 사이 그들을 마중하려 한 여인이 나왔다.

"류 대인, 이쪽으로 드시지요."

화려하게 핀 꽃처럼 아름다운 여인이 그를 안쪽 다실(茶室)로 이끌었다. 금보는 자연스레 하인들이 대기하는 곳으로 움직였고 류가 준휘를 따르려 하자 여인이 제지했다.

"이분은?"

그녀의 질문에 준휘가 가볍게 대꾸했다.

"내 개인 호위라오."

여인은 뭔가 미심쩍은 표정으로 류를 머리끝에서 발끝까지 훑어 내렸다.

"다실까지는 들어가실 수 없습니다."

여인의 단호한 태도에 류가 고개를 숙이고 뒤로 물러섰다. 괜히 분란을 만들 필요는 없었다. 얼마든지 기척을 숨기고 엿들을 수 있었다. 혜다원의 대문을 넘기가 어려운 일이지 일단 안에 들어온 이상 류는 제 할 일을 할 참이었다. 준휘가 별말 없이 류를 한 번 쓰윽 쳐다보더니 안으로 발걸음을 옮겼다.

순간 류는 설명할 수 없는 느낌에 약간 움찔했다. 왠지 그가 자신의 계획을 알고 있는 것 같았다. 그럴 리는 없겠지만 그의 눈빛이 '어디 어떻게 하나 두고 보겠다'고 말하는 것 같았던 것이다. 류가 자신의 황당한 생각에 고개를 휘휘 저었다. 그리고 조용히 뒤쪽으로 걸음을 옮기며 빠르게 주변을 살폈다. 순간 아주 작은 그림자 하나가 빠르게 혜다원의 지붕에서 움직였다. 가벼운 새처럼 소리 없이 류는 그렇게 어둠 속으로 스며들었다.

일각 후, 혜다원 내 다실에는 준휘를 포함한 고위 관리들이 모여 차를 마시고 있었다. 다박사(茶博士, 손님에게 차를 대접하는 업무를 하는 사람)가 차의 거품을 내어 흑유천목 다완에 차를 대접하였다. 혜다원의 명성만큼 다완도 매우 우아했다. 차의 흰색 거품과 찻잔의 검은색과 천목다완 특유의 별빛 문양이 어우러지는 아름다움을 노렸기 때문(당시 점다법의 유행으로 차 가루를 넣고 흰 거품을 내어 마셨기에 검은색 다구가 유행하였다)이었다. 작은 다실에 모인 사람은 다박사를 제외하고 여섯이었다. 부윤직에 있는 준휘를 비롯해 모두가 호조, 형조 등에서 일하는 3품 관리들이었다.

"호오!"

준휘가 차를 한 모금 마시고는 아름다운 다구를 보며 감탄을 했다. 마치 다른 것에는 전혀 관심이 없는 듯 그저 차를 즐기는 한량처럼 느긋한 모습이었다.

"부윤 나리께서는 이제 머물 집을 구하셨는지요?"

앞쪽에 앉아 있던 고천의가 그에게 질문을 했다. 고천의는 그가 대체 어떤 생각으로 이곳에 왔는지 궁금하였으나 애써 아무렇지도 않은 척 일단 평범한 질문을 했다.

"네, 덕분에 조그만 집을 구했습니다."

준휘의 답에 옆에 있던 공조시랑 진태위가 껄껄 웃으며 한마디를 더했다.

"류 대인의 검소함은 이미 저자에 소문이 자자합니다. 봉록이 얼마인데 겨우 방 세 칸의 작은 집에 하인 한 명과 식사와 청소를 맡아주는 하녀 한 명뿐이라고 들었습니다."

아닌 게 아니라 준휘가 구한 청송재의 규모는 아주 작았다. 그가 머무는 곳에 침실과 서재로 쓰는 방이 붙어 있었고, 조금 떨어진 곳에 하인들이 머무는 별채가 있을 뿐이었다.

"저야 대부분의 시간을 개봉부에 있는데 굳이 큰 집이 무에 그리 필요하겠습니까?"

준휘의 대답에 모두들 고개를 끄덕였다. 과거를 통해 관리로 입각한 사대부들은 기존의 귀족과는 다른 신규 정치세력으로 황제를 강력하게 뒷받침하였다. 더불어 풍족한 송의 경제 사정 덕분에 증봉양렴(增俸養廉, 봉급을 많이 주어 관료들을 청렴하게 한다)의 원칙에 따라 상당히 높은 봉록이 관리들에게 지급되었다. 그래서 일단 관직에 들어오면 풍족한 미래가 펼쳐져 있었다.*

"봉록의 대부분을 어려운 이들에게 나누어 주신다고요?"

고천의의 말에 준휘가 심상한 표정으로 대답했다.

"저야 딸린 가족도 없고 제 식솔들을 건사할 정도면 충분하니까요."

그의 대답에 진태위가 또다시 껄껄 웃었다.

"아이고, 류 대인을 위해서 제가 얼른 중신을 서야겠습니다. 청렴하신 분이라 화다관을 찾으실 분도 아니니 어서 안사람을 맞이하셔야겠습니다."

진태위의 객쩍은 농담에도 준휘는 가타부타 말이 없었다. 다만 우아하게 개완을 들어 올려 차를 음미하였다. 그러나 그의 눈은 날카롭게 진태위를 살피고 있었다. 최근 그가 고천의와 어울리면서 화다관에 자주 출몰하고 있다는 정보였다. 공조(건설 및 토목 담당 부서)에 근무하고 있는 공조시랑 진태위는 서글서글하고 친절해서 호인으로 여겨지고 있었다. 더불어 그의 결정에 따라 큰 규모의 재물이 움직였다. 물론 최대한 은밀하게 움직이고 있었으나 석영정의 족적을 조사하던 마청의 눈에 띄었던 것이다. 이후 이런 저런 한담이 흘렀다. 준휘는 구석에서 진태위가 옆에 있던 사람에게 속삭이는 소리를 날카롭게 포착했다.

"크험. 제가 정말로 좋은 곳을 아는데 한번 저와 같이 가보시겠

<hr />

* 중국의 역사에서 관료의 수입이 가장 많았던 시기는 송나라 시기였다. 송의 관료 월급은 한나라의 10배, 청나라 시대의 월급보다 6배나 높았다. 실제 개봉 부윤으로 근무한 포청천은 한 화로 연간 24억 원가량의 연봉을 받았다.

습니까?"

고천의는 진태위가 장소를 말하는 순간, 주의를 주었다. 준휘는 아무것도 듣지 못한 척 그저 차를 음미했다.

태평하던 준휘의 눈가가 일순 반짝거렸다. 다실의 지붕 위에서 기척을 숨긴 누군가가 있었다. 워낙에 작은 기척이어서 다들 눈치를 채지 못한 것 같았다.

'녀석!'

준휘가 우아하게 개완을 내려놓으며 기특한 듯 중얼거렸다. 움직임이 빠르고 총명한 아이라고 생각은 했으나 이렇게 대담한 구석이 있는 줄은 몰랐다. 요즘 그런 류의 행동을 관찰하는 것이 준휘는 상당히 즐거웠다.

냉정하고 무표정한 녀석이었지만 이상하게 정이 갔다. 겨우 지난해, 부모님의 삼년상을 마친 준휘는 부모를 잃었다는 류에게 상당히 신경이 쓰였다. 부모님을 잃었을 때 어른인 준휘도 한동안 매우 힘이 들었다. 다행히 나이 차이가 스물이 훌쩍 넘어 거의 부모님 같은 두 형님들과 형수님들, 비슷한 시기에 태어나 친우 같은 조카들 덕분에 빨리 마음을 추스를 수 있었다. 씩씩하게 살고 있지만 류의 나이 이제 겨우 열여섯이었다. 내색은 하지 않아도 마음이 퍽이나 힘들 것이 분명했다.

가끔 밤에 그는 류가 악몽에 시달리는 소리를 듣곤 했다. 집이 작아 부득이하게 그 아이의 방을 서재 옆에 있던 작은 부속실을 개조하였던 것이다. 두 사람의 방이 거리가 워낙 가깝던 터라 준휘는 의도치 않게 그 소리를 들을 수 있었다. 하지만 이튿날에도 류는 항상 평소처럼 무표정했지만 준휘는 녀석의 마음속에 깊이 자리한 상처에 마음이 쓰였다.

"강바람이 시원하고 참 좋구나!"

탕사가 파하고 준휘와 류는 홍교(虹橋, 개봉부 변하에 있던 둥근 무지개 모양의 다리) 부근을 걷고 있었다. 청송재까지 그리 거리가 멀지 않으니 산책 겸 걷겠다면서 금보에게 말을 가지고 미리 돌아 가라 이른 참이었다. 번화한 변하(汴河, 강 주변) 근처는 이미 시간 이 해시정(오후 10시~11시)에 가까웠지만 밝은 불빛과 거리를 가득 채운 사람들로 화려했다.

"개봉부는 불야성이라 하더니 정말 그 말이 맞는 것 같습니다."

류가 건조한 목소리로 중얼거렸다. 밤이 없는 곳, 불야성(不夜 城)! 그보다 개봉을 잘 설명하는 말이 없었다. 밤새도록 변하의 불 은 꺼지지 않았다. 사람들은 변하를 따라 늘어선 다관에서 차를 마시며 휴식을 취했다. 드문드문 있는 괘사(점집)에서 점을 치기도 하고 새벽까지 불을 밝힌 주점에서 양껏 술을 마셨다. 이렇게 복 잡하고 사람이 많은 개봉에는 그만큼 갖가지 사연이 숨겨져 있을 터였다.

"그래서 나쁜 일도 중단 없이 일어나는 걸까?"

준휘의 말에 류가 고개를 번쩍 들어 그를 바라보았다. 예전에는 일정 시간이 되면 성문이 닫히고 사람들은 자신들의 거주지에 머 물러야만 했다. 하지만 송나라에서는 이런 통금이 없었기에 밤이 든 낮이든 개봉은 사람들로 북적이고 있었다. 그래서 그만큼 밤에도 이전에는 상상할 수 없었던 일들이 일어나고 있었던 것이다. 분주히 오가는 사람들을 응시하는 그의 모습은 사뭇 진지했다. 일견 가볍고 유쾌한 모습과는 달리 그는 진지하게 나라의 관리로서 백성을 아끼고 있었다.

"음, 차는 즐길 만하셨습니까?"

류가 심각해지는 그를 위해서 일부러 가벼운 질문을 했다. 류의 질문에 준휘가 고개를 끄덕였다.

"명성답게 내어놓은 차도 건다(建茶)더구나."

류가 속으로 감탄하였다. 복건의 건계다(建溪茶)라면 우수한 품질로 유명했기 때문이었다. 어머니 곽연연이 차에 대해서만큼은 확실히 교육을 시켰기 때문에 류는 웬만한 차의 가치는 파악할 수 있었다. 준휘가 다시 변하로 시선을 돌리며 나직하게 중얼거렸다.

"하지만 요즘엔 사람들이 차를 그저 과시의 용도로만 이용하는 것 같다."

준휘의 말투가 약간 씁쓸했다. 류가 별말 없이 그를 물끄러미 바라보았다.

"그런데 오늘 너는 차를 즐기는 대신 다른 것을 즐긴 것 같더구나."

갑작스런 준휘의 말에 류가 움찔하고 말았다. 아무래도 아까 사람들의 대화를 엿듣기 위해서 지붕 위에 몸을 숨겼던 사실을 그는 눈치챈 것 같았다. 류가 살짝 고개를 갸웃했다. 상당한 고수가 아니면 몸이 가볍고 특히 경공술에 뛰어난 류의 움직임을 간파하는 것이 쉽지가 않았기에 자신의 기척을 알아챈 그가 다소 신기하기도 했다.

"송구합니다. 나리."

류가 고개를 숙였다.

"자 내게 송구한 마음이 든다면 그자들이 말하던 화다관의 이름을 알려주면 좋겠구나."

그가 장난스런 표정으로 그리 말하자 류는 다시 마음속으로 갸웃했다. 도대체가 준휘를 종잡을 수가 없었다. 어떤 때에는 무섭도록 진지하고 어른스러워 보이다가도 이런 식으로 말을 할 때는 한량없이 가벼워 보였다. 가끔 상큼하게 웃는 표정을 보면 천진한 소년 같기도 했다.

"어서, 응?"

그가 대답을 채근하며 류의 소맷자락을 잡자 제 생각에 빠져 있던 류는 흠칫했다. 가끔 이런 식으로 그는 지나치게 가까이 있었다. 류가 당황스런 마음을 감추려 얼른 대답을 했다. 어차피 그의 도움이 없다면 그곳에 접근하는 것은 불가능할 것이 뻔했다.

"야다관(野茶館)이라 들었습니다."

류의 대답에 준휘의 눈이 정말 재미있는 것을 발견한 아이처럼 빛나기 시작했다. 하늘에 떠 있던 별빛이 고스란히 그의 눈 속에 박혀 있다고 류는 생각했다. 순간 자신의 생각에 깜짝 놀란 류였다. 언제부터 제가 그의 눈빛에 이렇게 신경을 쓰고 있었던 것일까?

"그렇지? 내 멀리서 입 모양을 읽긴 했으나 아무래도 네가 들은 것이 더욱 정확하겠지?"

그는 아주 즐거워 보였다. 곧 그가 휘적휘적 집으로 돌아가려는지 바삐 걸음을 옮겼다. 류가 조용히 그의 뒤를 따랐다. 앞서 걸어가던 그가 갑자기 뒤로 돌아서자 류가 저도 모르게 '헉' 하고 속으로 비명을 삼켰다. 재빨리 뒤로 물러나서 그의 가슴에 얼굴을 부딪치는 불상사는 면했으나 그가 너무나 가까이에 있었다. 그의 옷자락에서 희미하게 풍기는 그윽한 차향이 바람에 실려와 류의 코끝을 간질였다.

"기척을 아주 잘 숨기기는 했다만 앞으로는 조심하는 것이 좋겠다."

준휘가 툭 하니 던진 말에 류의 심장에 자그마한 파문이 일었다. 항상 어머니가 검을 조심하라는 말을 할 때마다 류는 건성으로 들었다. '어련히 잘한다며 제발 그만 좀 하시라'고 가끔은 짜증을 내기도 했다. 하지만 지금은 결코 들을 수 없는 그 말이 사무치게 그리웠다. 그 말을 다시 들을 수만 있다면 류는 모든 것을 내어놓을 수 있었다. 순간 고추라도 먹은 것처럼 코끝이 싸하면서도 목구멍이 먹먹해졌다. 갑작스런 자신의 반응에 류는 차마 목소리를 내지 못하고 조용히 고개를 숙였다.

"늦었다. 어서 청송재로 돌아가자!"

고개 숙인 류의 정수리를 준휘가 아주 부드럽게 쓸어주고는 몸을 돌려 앞으로 걸어갔다. 그는 별말이 없었으나 다정한 위로 같은 그의 손길에 류의 심장이 꽉 죄여왔다. 그렇게 조용히 그의 뒤를 따라 걷는 변하의 수면이 하얀 달빛을 받아 은빛으로 아름답게 일렁거리고 있었다.

이튿날, 진시정(오전 8시~9시) 개봉부의 정청에는 준휘, 파인걸 선생, 사호법들 그리고 류까지 모두 모여 있었다. 모두가 심각한 표정이었으나 오직 준휘만이 싱글벙글이었다.

"그래서 류 대인 말씀은 야다관을 조사하자는 말씀이십니까?"

파인걸 선생의 질문에 준휘가 고개를 끄덕였다.

"겨우 8품 참하관인 석영정이 소위 고관대작들만이 찾을 수 있는 야다관까지 자신의 정혼녀를 찾으러 갈 수 있었던 것은 그가 무엇인가 연결이 있었다는 말이 되겠죠."

준휘의 말에 마청이 자신이 조사한 바를 덧붙였다.

"최근 그가 고천의 주변에서 자주 목격되었던 것이 확인되었습니다."

"분명 석영정은 확신이 있었을 것입니다. 여인들이 어디로 사라지는지 그리고 야다관이 분명 그 중심에 있다는 사실을 말입니다."

준휘의 말에 모두가 고개를 끄덕였다.

"하지만 야다관이라면 함부로 조사하기가 쉽지가 않습니다. 위추화라는 여인이 야다관을 관리하고 있으나 실제 소유주는 따로 있다는 것이 정설입니다. 그리고 유력한 황족의 비호를 받는다는 소문도 있고요."

파인걸 선생이 수염을 쓰다듬으며 중얼거렸다.

"그러니 외곽을 쳐야 하지 않겠습니까?"

준휘의 눈빛이 반짝거렸다. 그 모습을 바라보며 류는 저도 모르게 다음 말을 기대하고 있었다. 그의 눈빛이 저리 반짝거리면 항상 예상을 뛰어넘는 일이 일어났기 때문이었다. 류는 매번 깜짝 놀라면서도 멋지게 사건을 해결해 나가는 그를 보는 것이 좋았다.

"그럼 설마 류 대인께서 직접 야다관을 방문하실 계획입니까?"

조양의 질문에 준휘가 고개를 저었다.

"설마요? 제가 거기를 방문하면 안 그래도 조심스러운 자들이 더욱 몸을 사리겠죠. 다른 방법을 써서 어떤 일이 있었는지 내부를 샅샅이 염탐해야 할 것 같습니다."

준휘의 말에 모두가 고개를 끄덕였다. 하지만 대체 어떻게 할 것인가 하는 표정들이었다. 그런 그들의 마음을 읽은 듯 준휘가 단호하게 말을 이었다.

"알려주지 않으면 직접 알아보는 수밖에요."

그의 얼굴이 무척이나 밝았다. 파인걸 선생이 뭔가 그의 생각을 짐작한 듯, 류에게 흘끔 시선을 주었다. 류는 자신에게 쏟아지는 파인걸 선생의 눈빛에 저도 모르게 움찔하고 말았다.

근자에 류는 사건과 관련된 간단한 사실 확인 등의 업무를 파인걸 선생의 지시로 수행하고 있었다. 즉, 사건의 목격자가 진술한 내용이 맞는지 현장을 방문하거나 가끔 관찰이 필요한 사람의 뒤를 밟기도 했다. 류가 매우 민첩하고 관찰력이 좋아 도움이 된다며 파인걸 선생이 상당히 마음에 들어 했다. 하지만 왠지 싸한 느낌에 류는 억지로 불편한 기분을 참고 있었다.

"하지만 그 안에는 사전에 약속이 된 사람이 아니면 들어가는 일이 쉽지가 않습니다."

장위가 어려운 점을 언급하였다. 실제로 야다관은 반드시 아는 사람의 소개로 사전에 날짜를 정하지 않으면 아무나 방문할 수 없는 곳이었다.

"그럼 사내가 아니면 되지 않겠습니까?"

준휘의 말에 모두가 숨을 죽였다. 사내가 아니라면 대체, 모두의 얼굴이 준휘를 응시하고 있었다.

"위장잠입을 해보도록 합시다."

"예, 위장잠입이요?"

준휘의 말에 모두가 어안이 벙벙하여 그를 쳐다보았다. 오랜만에 사호법들이 한마음이 되어 동시에 목소리를 높였다.

"손님으로 방문하는 일이야 쉽지 않지만 여인들은 다른 방식으로 출입이 가능합니다."

파인걸 선생의 설명에 준휘가 만족스러운 표정을 지었다.

"아, 맞습니다. 삼 일에 한 번씩 다관마다 일하는 여인들의 빨랫감을 수거하기 위해서 사람이 드나듭니다. 그리고 기타 잡다한 여인들의 물건들을 배달하는 사람도 있으니 그중 한 사람으로 변장하면 되겠습니다."

계속 석영정의 죽기 전후 행적을 쫓았던 마청이 그제야 생각난 듯 상황을 설명했다. 근 한 달을 다관이란 다관은 샅샅이 훑다시피 한 마청이었다.

"하지만 개봉부에서 누구를 그렇게 보낼 수 있겠습니까? 내부

를 빠르게 들키지 않고 상황을 관찰할 수 있어야 하는데 일하는
하녀를 보낼 수는 없지 않겠습니까?"

왕한이 심각하게 중얼거렸다.

"게다가 어떤 일이 있을지도 모르는데 여인 혼자 잠입시키는
것도 너무 위험하고요."

조양이 지적하자 왕한, 마청, 장위 다른 호법들도 모두 고개를
끄덕였다.

"꼭 여인을 보낼 필요는 없지 않겠습니까? 그저 사람들이 여인
으로 생각하기만 하면 되겠죠."

준휘의 말에 그제야 사호법 모두가 류를 바라보았다. 파인걸 선
생은 이미 준휘의 생각을 짐작했던 듯 표정이 없었다. 모두의 시
선이 제게 쏠리자 류의 미간이 굳었다.

"어째서 당연하게 저를 보시는 것입니까?"

류가 서늘한 목소리로 항의했다. 모두가 차마 하라는 말은 못하
고 류의 눈치를 보고 있었다. 하지만 류는 그들이 지금 준휘의 제
안을 상당히 마음에 들어 하고 있는 것을 알았다.

"그럼 내가 할까?"

준휘가 장난스런 말투로 그렇게 대꾸했다. 준휘는 항상 이런 식
으로 류를 움직이게 했기에 류는 저도 모르게 살짝 한숨을 내쉬었
다. 하긴 지금 여기 있는 사람 중에서 여장이 어울릴 만한 사람은
자신뿐이라는 것을 류도 잘 알고 있었다. 준휘는 일단 덩치가 너
무 컸다. 류의 시선이 다시 사호법들을 향했다. 체구도 엄청날 뿐
만 아니라 저 무서운 얼굴 표정이며 저 새까맣게 그을린 피부와

우락부락한 생김새는 아무리 후하게 쳐도 도저히 여인네로는 속일 수가 없어 보였다. 하지만 여장이라니, 절대 하고 싶지 않았다. 언제 여인의 옷을 입어보았는지 류는 기억조차 가물가물할 지경이었다.

"그리 하기 싫은 게야?"

평소에는 준휘의 명에 가타부타 별 반응이 없이 명령을 수행하던 류였다. 그런 무심한 류의 태도답지 않아 이상했던지 그가 되물었다.

"사내한테 여인의 옷을 입으라니, 그게 좋아할 일은 아니지 않습니까?"

류의 냉정한 말투에도 준휘는 싱글벙글이었다. 아주 지금 상황이 재미있어 죽겠다는 표정이라 류는 살짝 그가 얄미워졌다. 약간 나른해 보이던 그의 눈빛이 너무나 반짝거리고 있었기 때문이었다.

"하지만 너는 체구도 여인처럼 가냘프고, 게다가 백옥 같은 피부며 오뚝한 콧날 그리고 앵두 같은 입술 덕분에 여인이라 해도 무척이나 고울 것 같구나."

준휘의 다소 뜬금없는 찬사에 류는 마치 고백이라도 받은 것처럼 마음 한구석이 뜨끔했다. 류의 귓불이 홧홧했다.

"큭큭큭, 그런 거라면 그게 사실 류 대인께서도 어떻게 덩치만 좀 줄일 수 있으시면 가능하실 것도 같습니다."

류가 순간적으로 말이 막혀 멍한 사이에 옆에 있던 조양이 농담을 했다. 아닌 게 아니라 준휘 또한 본인이 묘사한 특징을 다 지니고 있었다. 다만 저 강한 눈빛만 어떻게 할 수 있다면 그의 얼굴은 여자라 해도 충분히 아름다울 만했다.

"용모야 그렇다 쳐도 저 커다란 덩치로 여장을 하면 모두들 어디서 거인이라도 나온 줄 알 겝니다."

류가 저도 모르게 중얼거렸다. 그 말에 사호법 모두의 얼굴이 일그러졌다. 간신히 웃음을 참고 있는 것이 역력했다. 준휘의 신장이 족히 육척을 넘기에 정말로 여인이라면 거인이 따로 없다는 류의 말이 사실이었다.

"이 녀석! 어른을 놀리면 안 되는 법이다."

류의 탐탁지 않은 반응과 사호법들의 억눌린 웃음에도 준휘는 싱글거리며 웃었다. 단지 바로 옆에 서 있던 류의 이마를 콩 하고 가볍게 쥐어박았을 뿐이었다. 어린 막냇동생 대하는 듯한 그의 행동에 류의 불편했던 마음이 다소 누그러졌다.

"류, 부탁한다."

다정한 그의 속삭임에 류는 속으로 투덜거리며 고개를 끄덕였다. 이상하게도 그의 부탁을 거절하는 것은 항상 불가능했다.

"절대 뭐라 하지 마십시오. 어색하다느니 어쩌니 하고 희롱하시면 당장 그만두겠습니다."

류가 퉁명스런 목소리로 그렇게 다짐을 받았다. 결국 또 그의 꼬임에 넘어가서 이런 일을 하게 된 자신이 한심하면서도 그의 부탁을 거절하지 못하는 저를 알기에 류가 살짝 고개를 흔들었다.

일각 후, 류가 준휘와 사람들의 눈앞에 그 자태를 드러내었다.

일단 개봉부에서 일하는 하녀인 취취가 입던 옷을 입어보기로 했던 것이다. 항상 하나로 묶었던 머리를 풀어 내리자 류의 까맣고 윤이 나는 머리채가 돋보였다. 덕분에 하얀 얼굴이 더욱 뽀얗게 보였다. 옷도 그저 별 색깔 없이 단순했지만 오히려 그 덕분에 류의 가녀린 체구가 도드라져 보였다. 민망해서 찡그린 얼굴과 불만족스럽게 내밀어진 입술 덕분에 류는 약간 마음이 상해 뽀로통한 소녀처럼 보이기도 했다.

하지만 정작 당사자인 류는 어색해서 쥐구멍에라도 숨고 싶을 지경이었다. 화장은커녕 여인처럼 머리조차 제대로 묶지 못해서 거치적거리만 했다. 옷도 류에게는 조금 커서 여간 불편한 것이 아니었다. 고(바지) 차림이 편한 류에게 유군은 다리에 질척거려서 제대로 걷기에도 불편했다. 게다가 가슴에 꽉 묶은 치마의 허리끈 때문에 숨을 쉬는 것도 곤란할 지경이었다. 그래서 류는 준휘가 자신을 어떤 시선으로 보고 있는지 미처 신경 쓸 여력이 없었다.

"호오, 녀석! 너 이렇게 꾸며놓으니 여인네처럼 참으로 곱상하구나!"

장위가 감탄하며 놀리자 류의 얼굴이 다시 굳어졌다. 하지만 그는 정말로 감탄한 듯 입까지 크게 벌리고 있었다.

"놀리지 마십시오."

퉁명스런 류의 대답에도 사호법들은 연신 신기한 것을 본다는 표정으로 이리저리 류를 뜯어보고 있었다. '이렇게 보니 류의 피부가 더욱 희고 고와 보인다', '입술이 월계화처럼 붉고 아름답다', '류의 머리채가 이렇게 곱고 검었는지 몰랐다'는 둥 그들답지 않게 말이 많아졌다. 다만 파인걸 선생은 매우 날카로운 시선으로 류를 바라보았다. 무엇인가 진실을 파고드는 것 같은 그의 시선에 류는 긴장할 수밖에 없었다.

"음."

준휘가 자신의 입술에 긴 검지를 대고서는 뜻을 알 수 없는 소리를 내었다. 그리고 무척이나 깊은 눈빛으로 머리끝에서 발끝까지 류의 모습을 샅샅이 훑었다. 어떤 의미인지 알 수가 없어서 류가 저도 모르게 치맛자락을 움켜쥐었다. 이상하게도 손바닥에서 땀이 나고 얼굴이 화끈거렸다.

"그만 되었다."

준휘의 말에 류가 조용히 물러났다. 하지만 류는 어쩐지 이상했다. 분명 류의 변장한 모습이 어색한지 확인하는 자리였다. 평소에 한량처럼 싱글벙글 웃을 때가 많지만 실제로 그 속을 정확히 파악할 수 없는 준휘였다. 하지만 오늘 류는 준휘가 왠지 황급하게 자신에게서 시선을 돌린 것만 같았다. 사호법들의 과도한 반응은 질색이었지만 평소와 달리 어쩐지 자신의 모습에 대해 아무런 말도 하지 않는 그의 반응도 이상했다.

'대체 무슨 반응을 기대한 거야?'

류는 왠지 실망한 것처럼 무거워진 자신의 마음을 다독였다. 그저 자신에게 주어진 임무를 어떻게 수행할 것인지에 집중하기로 했다. 자신이 실패하면 상황이 더욱 어려워질 수 있었다. 준휘의 시선이 조심스레 바깥으로 물러나는 류의 뒷모습에 찰나 머물렀다. 다만 파인걸 선생만이 미묘한 표정으로 준휘와 류에게 시선을 주었을 뿐이었다. 오직 태양을 향하는 규화(葵花, 해바라기)가 피어나는 여름, 서늘하고 건조하기만 했던 개봉부에 어떤 미묘하고 아름다운 꽃이 피어나고 있었다.

5. 차(茶)와 여인들

"그런데 정말 이상하지 않습니까?"

류가 연신 제 옷매무새를 고치며 옆에서 걷고 있는 마청에게 묻고 있었다. 두 사람은 야다관을 향해서 부지런히 걸음을 옮기고 있던 참이었다. 어제 정청에서 류의 잠입에 대하여 논의가 있은 이후 오늘 류가 여인들의 장신구를 배달하는 점포의 아이로 변장해서 야다관에 잠입하기로 한 것이었다. 취취의 도움으로 이번엔 제대로 머리도 묶었다. 하지만 가슴 바로 아래에서 묶은 치마 때문에 가슴이 답답하기도 했고 그 위에 덧입은 얇은 치마도 불편하기만 했다. 그러나 무엇보다도 류는 혹시나 정말로 제 정체가 탄로 날까 싶어서 전전긍긍이었다.

"괜찮으니 너무 염려하지 말거라."

마청이 긴장한 류를 달랬다. 처음으로 큰 임무를 받았으니 걱정이 될 만도 했다. 옷도 불편한지 평소답지 않게 류의 동작이 상당히 굼떴다. 본인은 여장이 어색하고 불편한 모양이었지만 마청은 계속 류에게 시선이 갔다. 평소에도 사내 녀석 같지 않게 얼굴이 해사하다고는 생각했었지만 오늘 다시 보니 정말로 고왔다. 그리고 삐쩍 말라 살을 찌워야 한다고 사람들이 놀리던 자태도 여장을 하니 무척이나 하늘하늘하게 보였다. 그 누구도 류를 사내라 의심하지 못할 것이라고 마청은 생각했다. 가까이서 봐온 자신조차 착각할 정도였으니 말이다.

"하지만 검이 없으니 영 불안하기만 합니다."

류가 제 빈손을 내려다보며 옅은 한숨을 쉬었다. 항상 손에서 검을 놓지 않았던 류인지라 지금 마치 아무것도 입지 않은 것처럼 허전하기만 했다. 게다가 바닥까지 끌리는 치마는 왜 이리 불편하기만 한지 걸음이 계속 꼬일 지경이었다.

"걱정하지 말거라. 네가 안에 들어가 있는 동안 주변에 변복을 한 관원들이 있을 것이다."

마청의 말에 류가 고개를 끄덕였다. 사실 처음에는 류가 안으로 들어가고 바깥에서 마청만 대기하는 것으로 했었다. 하지만 미시 초(오후 1시~2시) 무렵 인사를 위해서 정청에 들르자 준휘가 추가로 몇몇 관원들을 더 데려가라 이른 것이었다.

"참, 나리께서도 제게 검만 주시면 이렇게 번잡하지 않아도 될 것을……."

류의 무뚝뚝한 목소리에 마청이 웃고 말았다.

"녀석아. 그 복장에 검이 가당키나 한 것이냐? 지금 너는 영락 없는 양갓집 규수 같다."

류의 귓불이 살짝 붉어졌다. 마청은 류의 얼굴 표정은 크게 변화는 없으나 발갛게 달아오른 귓불을 보며 류가 민망해하는 것을 알았다. 하지만 마청도 분명히 류가 사내라는 것을 알면서도 여인으로 전혀 위화감이 없는 모양에 평소처럼 대하기가 사실은 조금 껄끄러웠다.

다관들은 새벽부터 밤늦게까지 문을 열었지만 화다관들은 주로 밤늦게 문을 열어 새벽까지 장사를 했다. 그래서 오시정(오후 12시 ~1시) 무렵까지는 거의 쥐 죽은 듯이 고요했고 손님이 들기 전인 이른 오후에나 이런저런 사람들이 일을 보러 드나들고 있었다.

"대체적인 분위기가 어떠한지만 파악하도록 해라."

개봉부를 떠나기 전 준휘가 류에게 신신당부를 했다. '절대 무리하지 말 것'이며 '조금이라도 낌새가 이상하면 바로 도움을 요청하라'고 몇 번이나 다짐을 시켰다. 류는 평소와 달리 싱글거리지도 않고 무표정한 준휘의 표정 때문에 그저 가만히 고개를 끄덕였다. 하지만 뒤돌아 나오는 류는 뒤통수가 꽤나 신경이 쓰였다.

미시정(오후 2시~3시), 변하에서 불어오는 강바람을 맞으며 류가 야다관 대문 앞에 서 있었다. 오늘 류는 야다관에 독점적으로 여인들의 각종 장식품과 옷을 공급하는 흑운상점의 소운이라는 아이로 변장하였다. 워낙 자주 거래가 있어서 그런지 문지기는 흑운상점에서 심부름을 왔다는 류를 크게 의심하지 않고 들여보냈다.

이 모두가 준휘가 얼마 전 흑운상단을 크게 도와준 일이 있어서 가능했던 일이었다. 황제가 총애하는 장 귀비의 백부가 주문한 귀한 물건을 운반하는 와중에 감쪽같이 도난을 당했던 것이다. 워낙에 귀한 물건이기도 하고 귀비의 위세가 막강하여 다른 물품을 대신 보낼 수도 없었다. 전전긍긍하던 단주인 정청이 은밀하게 사건을 개봉부에 의뢰하였고 준휘가 말끔하게 해결을 해주었다. 이후 정청은 자신이 반드시 한 번 은혜를 갚겠다고 했고 덕분에 오늘 류가 소운으로 변장을 할 수 있었다.

일반적으로 개봉에 있는 술집에는 색견(色絹)으로 장식된 환문이 있었다. 당시 개봉에는 직접 주조한 술을 판매하는 정점(正店)이 일흔두 곳이나 있을 정도로 술집이 많았다. 하지만 야다관은 명색이 차를 판매하는 곳이라 그런지 겉에서 보기엔 그저 평범해 보였다. 대문도 여느 대가 댁의 문처럼 우아하고 고상했다. 안쪽도 매우 조용해서 그냥 얼핏 보기에는 황족의 저택에라도 들어온 것 같은 기분이었다. 날카로운 눈매로 이리저리 주변을 살피고 있는 류에게 한 여인이 다가왔다.

"네가 흑운상단에서 대신 온 아이냐?"

안으로 들어선 류에게 해당이라는 기녀가 물었다. 류가 조용히 고개를 숙였다.

"오늘 가져온 물건이 맞는지 확인을 해야 하니 어서 안으로 들어오너라."

해당의 뒤를 따라 안으로 들어가며 류는 재빠르게 주변을 살폈다. 바깥에서 보던 것보다 내부가 상당히 넓었고 건물들이 의외로 상당히 복잡한 구조로 연결되어 있었다. 순간 류는 큰 나무가 있다면 위로 올라가서 바라보면 훨씬 파악이 빠를 것이라고 생각했다.

"자, 앉아."

해당은 이미 나이가 상당히 있어서 직접 손님을 상대하지는 않고 야다관에 있는 여인들을 돌본다고 했다. 그녀는 생각보다 소탈하니 류를 친절하게 대해주었다.

"자, 어디 보자. 이게 그 머리꽂이인가?"

해당이 물건을 확인하고 장부에 수결(확인하는 일종의 서명)을 하면 나중에 한꺼번에 교자(交子, 송나라 시대의 지폐)로 지불한다고 했다.

"어머나, 이번에 단주께서 상당히 신경을 쓰셨구나!"

머리꽂이를 이리저리 살피며 해당이 감탄을 했다. 류가 보기에도 잘은 몰랐지만 물건의 가치가 상당이 있어 보였다. 예전에 어머니가 쓰시던 물건에 비해서도 확실히 훨씬 고급스러워 보였다.

"특별한 분께서 사용하실 모양입니다?"

류가 슬쩍 질문하자 해당이 고개를 끄덕였다.

"하지만 그 아이가 제대로 쓰기나 할지 모르겠다."

어쩐지 해당이 걱정스러운 표정을 지었다.

"왜 물건에 무슨 문제라도 있습니까?"

류가 아무것도 모른다는 순진한 표정으로 해당을 바라보았다.

"참으로 잔인하지. 정인을 막 잃은 여인에게 이런 것들이 다 무슨 소용이겠어?"

해당의 눈빛이 아련했다. 기녀라 할지라도 어찌 정인이 없겠는가? 해당의 눈매가 깊었다. 아무래도 해당은 같은 아픔을 겪는 누군가에게 상당히 마음을 쓰고 있었다.

"정인이요?"

류의 질문에 해당이 자신이 말이 많았다고 생각했는지 멋쩍은 미소를 지었다.

"좋은 물건을 구해주셔서 고맙다고 말씀드리거라. 나갈 때는 길을 잃지 않도록 주의하고."

류가 더 이상 질문하면 의심을 살 것 같아서 조용히 물러났다. 바깥으로 나온 류가 빠르게 주변의 구조를 살폈다. 하나의 낮은 담장을 경계로 외부인들이 드나들 수 있는 공간과 다른 쪽이 구분되어 있었다. 아무래도 이 담장 안쪽에 여인들이 기거하는 것 같았다. 조심스레 주변을 살피던 류가 빠르게 담을 훌쩍 뛰어넘었다.

찌이익!

갑자기 들려온 파열음에 류가 흠칫했다. 긴 치맛자락이 담에 걸려서 찢어진 것이었다.

'이런, 낭패가!'

류가 저도 모르게 중얼거렸다. 치마폭이 좁기는 했으나 아무래도 고에 비해서는 거치적거렸던 것이다. 덕분에 자세가 흐트러져 모양 사납게도 살짝 엉덩방아를 찧고 말았다. 류는 고를 입었다면 좋았을 거라고 다시 투덜거렸다. 하지만 어쩔 수없이 치맛자락을 갈무리한 후 류가 빠르게 주변을 살폈다.

"이런?"

특이하게도 전각들 사이로 뒤쪽 강과 연결된 길이 있었고 그 아래쪽에는 작은 배라면 충분히 접안이 가능한 나루가 있었다.

'만약 신분을 노출하고 싶지 않은 이라면?'

류가 곰곰이 생각에 잠겼다. 이쪽을 통한다면 굳이 정문을 통하지 않고서도 은밀하게 야다관에 출입이 가능해 보였다. 생각보다 이곳에는 많은 비밀이 숨겨져 있는 것 같았다. 류가 다시 몸을 돌려 입구로 향하던 순간이었다. 안쪽에서 들려오는 낮은 음성에 류가 귀를 쫑긋했다. 잠시 목소리에 집중하던 류가 흠칫하고야 말았다. 그리고 재빠르게 다시 담을 넘었다.

"아직도 안 가고 뭐 하고 있었느냐?"

갑자기 뒤에서 들려온 해당의 목소리에 류가 움찔했다. 류가 막 바닥에 착지하여 옷매무새를 가다듬던 참이었다.

"아, 저기 여기저기 전각들이 많아서 영 다른 방향으로 갔나 봅니다."

류가 마치 길을 잃어서 어찌할 바를 모르는 아이처럼 난감한 표정을 지었다. 그 표정에 날카롭던 해당의 눈매가 느슨해졌다.

"호호호, 처음에 오는 사람들은 자주 헤매곤 한다. 하지만 조심해야 한다. 괜히 이상한 곳으로 잘못 들어가면 곤란하거든."

해당이 그리 말하고는 고갯짓으로 류가 가야 할 방향을 알려주었다. 류가 순진한 표정으로 고맙다고 인사를 하고는 재빠르게 야다관을 빠져나왔다. 그리고 급하게 홍교 쪽으로 몇 걸음을 옮기던 찰나였다.

"소운!"

순간 류는 낯선 휘에 적응이 안 되어 반응이 늦었다. 류가 대문을 나서자마자 바깥쪽에서 초조하게 기다리던 마청이 빠르게 다가왔다. 관복 대신 단순한 장포를 입은 마청은 그저 친근한 오라버니 같았다. 마청이 마치 잃어버렸던 동생을 찾은 것처럼 반가워하자 류는 어딘가 마음 한쪽이 간질간질했다.

"예."

류가 짧게 대답하자 마청이 물었다.

"별일은 없었지?"

류가 고개를 끄덕이자 그제야 마청이 굳은 얼굴을 풀며 살짝 미소를 지었다. 평소 딱딱한 마청의 표정이 부드럽게 풀리는 것을 보며 그제야 류도 긴장을 풀었다. 생각보다 많이 긴장했던 듯 어깨며 허리가 뻐근했다. 하지만 지금은 긴급히 전할 말이 있었다.

"어서 돌아가야겠습니다."

무뚝뚝한 류의 음성에 마청이 살짝 미간을 찡그렸다. 가끔은 류가 부러 감정을 너무나 죽이고 있는 것 같아 마청은 안쓰러웠다. 그래도 저를 보던 류의 눈빛이 평소보다는 따뜻한 것에 만족하며 마청은 서둘러 앞으로 쏜살같이 걸어가는 류의 뒤를 따랐다.

반 시진 후, 정청 안에는 준휘와 파인걸 선생, 마청 그리고 류가 모였다.

"음!"

류의 보고에 준휘가 또 의미를 알 수 없는 소리를 냈다. 보고가 마음에 든다는 것인지 아니면 마음에 안 든다는 것인지 류는 도대체가 아리송했다. 파인걸 선생은 상당히 만족한 듯 아버지 같은 미소를 짓고 있었다.

"고생이 많았다."

파인걸 선생의 칭찬에 류는 자신이 뭔가 도움이 된 것 같아서 뿌듯했다. 비록 여장(?)까지 하느라 고생은 했지만 모두가 걱정해 주는 것이 가족의 품처럼 정겨웠다. 어느새 류는 자신이 개봉부의 사람들을 자신의 가족처럼 생각하고 있다는 것을 깨닫고 놀라고 말았다.

"아무래도 그 나루가 수상합니다. 분명 사라진 여인들과 연관이 있을 것 같군요."

파인걸 선생의 말에 마청이 고개를 끄덕였다. 준휘는 이야기를 제대로 듣고 있는 것인지 여전히 가타부타 말이 없었다. 이런저런 다음 계획을 논의하는 와중에 류가 잠시 망설였다. 말을 하는 것이 좋을까 고민하다가 결국 말을 하기로 결정을 했다.

"그런데 조금 이상한 것이 있었습니다."

류의 말에 파인걸 선생과 마청이 어서 말을 하라는 듯 류를 바라보았다. 류가 침을 크게 한번 꿀꺽 삼키고는 조심스레 말을 이었다.

"안에 장족(藏族, 티벳인들)이 드나드는 듯합니다."

"뭣이라?"

마청이 엄청 놀랐는지 눈을 크게 뜨고는 목소리가 높아졌다. 준휘도 그제야 고개를 들어 류를 바라보았다. 순간 그의 눈빛이 매우 날카롭게 반짝거렸다. 그의 눈빛이 곧장 류의 얼굴에 닿자 류는 얼굴이 따끔거리는 기분이었다.

"모습을 직접 보았느냐?"

준휘의 물음에 류가 고개를 저었다. '그런데 어찌 장족임을 아느냐'고 묻는 준휘의 눈빛에 류가 조용히 대답했다.

"분명 장족 언어로 말과 여인 그리고 차라고 하는 몇 마디를 들었습니다."

장족은 토번에 사는 자들로 국경 부근에 설치된 차마호시를 통해서 거래를 하고 있었다. 하여 그들이 개봉부까지 오는 경우는 공식적인 사절단이 아닌 다음에야 흔치 않은 일이었다. 류의 대답에 마청이 희한한 표정을 지으며 물었다.

"녀석, 너 장족 말도 아는 거야?"

기특하다는 듯이 류의 머리를 쓰다듬으려 마청이 손을 올리자 류가 자연스럽게 슬쩍 몸을 뒤로 물렸다. 마청이 약간 무안한 듯 손을 허공에 멈추었지만 류는 부러 모른 체했다. 그 일련의 과정을 준휘의 눈동자가 말없이 좇고 있었다.

"그저 장족 상인들을 몇 번 본 적이 있어서 한두 마디 정도를 알고 있습니다."

준휘가 류를 빤히 바라보며 고개를 끄덕였다.

"그래. 이제 너는 나가보거라."

뒤돌아 나가는 류의 찢어진 치맛자락을 준휘가 뭔가 탐탁지 않은 표정으로 바라보았고 파인걸 선생만이 그런 준휘의 시선을 눈치채고 입을 굳게 다물었다.

그날 밤, 술시정(오후 8시~9시) 무렵 청송재로 향하는 준휘의 뒤를 아직도 환복을 하지 못한 류가 따르고 있었다. 막 환복을 하려던 류에게 급하게 왕한이 부탁을 했다. 딸이 변사체로 발견되어 정신이 나가 울부짖고 있는 여인을 위로해 주라 한 것이었다. 류가 내키지 않는 표정을 지었으나 왕한이 간절하게 부탁했기에 결국 류는 정청에서 물러 나온 이후 근 한 시진을 그 부인의 곁에서 위로했다. 그래서 미처 환복을 할 겨를이 없었던 것이다.

개봉부에서 청송재까지는 그리 먼 거리가 아니라 날이 좋거나 이런저런 생각할 일이 있으면 준휘는 호위인 류만을 대동하고 조용하게 걷는 것을 좋아했다. 앞서 걷는 준휘의 넓은 등을 바라보며 류가 걸음을 옮겼다. 달빛에 늘어진 그의 긴 그림자를 밟지 않으려 류는 조심하고 있었다.

"그런데 말이다. 우리가 일 년에 토번에서 몇 필이나 말을 구매하고 있는지 아느냐?"

뜬금없는 준휘의 질문에 류가 별 생각 없이 아버지 하청풍에게 들었던 것을 떠올렸다.

"일 년에 대략 만오천 필에서 이만 필 정도일 것입니다."

류의 대답에 앞서 걷던 준휘가 우뚝 걸음을 멈추었다. 하마터면 그의 등에 얼굴을 부딪칠 뻔했던 류도 동시에 멈춰 섰다.

"그렇지. 그래서 말로 교환하는 차의 수량이 한 해 일천만 근이나 된다 하지, 아마?"

준휘가 골똘히 생각에 잠겨 중얼거렸다.

"만약에 누군가 차를 몰래 내어주고 개인적으로 말을 사 모은다면 어떻게 될까?"

류는 놀라 흠칫했다. 계속 류가 의심을 가지고 탐구해 왔던 부분이었기 때문이었다.

"하지만 각다(榷茶)법*이 있는데 어찌 개인이 사사로이 그 일을 할 수 있겠습니까?"

"그렇지. 헌데 너 그 사실을 알고 있느냐? 장족이 차를 어찌하여 마시게 되었는지?"

갑작스런 화제 전환에 류가 그를 바라보았다. 그가 무엇인가 재미있는 주제를 발견한 듯 다시 평소의 싱글거리는 얼굴이 되었다.

"장족이 차를 마시게 된 것은 모두 여인들 때문이었지. 당나라 때, 문성공주와 금성공주가 서장(西藏, 티벳)에 화번공주(花蕃公主, 옛날 중국에서 정략상 이민족 군주에게 출가시킨 공주)로 시집을 가면서 가지고 간 예물 중에 찻잎이 있었다고 하더구나."

류는 침묵을 지켰다. 항상 그의 이야기는 몇 단계를 뛰어넘는 경우가 많아서 류는 일일이 질문을 하지 않고 기다렸다.

"모든 일에는 항상 여인과 재물이 함께하지."

준휘가 뭔가 결론을 내린 듯이 단언했다. 가끔은 그의 생각을

....
* 각은 '도거리 하다'라는 의미로 국가에서 차를 전매하여 그 이익을 독차지한다는 뜻이다. 당시 토번과의 거래는 상세하게 차마사의 통제를 받아 엄격하게 시행되고 있었다. 따라서 은밀히 거래를 한다는 것 자체가 거의 불가능하며 역모에 준하는 대단히 위중한 범죄였다.

도대체가 종잡을 수가 없었다. 하지만 또 무엇인가 그의 머릿속에서 어떤 실마리가 정리가 된 것이 분명했다. 이후 그가 어떻게 일을 풀어나갈지 류는 또 기대가 되었다.

"참 그런데 말이다."

그가 똑바로 류를 바라보았다. 갑작스레 자신에게 쏟아진 그의 시선에 류가 긴장했다.

"그 치맛자락은 어찌 그리된 것이냐?"

류의 귓불이 살짝 달아올랐다. 지금까지 하도 정신이 없어 그것을 까맣게 잊고 있었다. 하지만 아래쪽이 약간 찢어진 정도라 주의를 기울이지 않으면 그리 눈에 띄는 것은 아니었다.

"그것이 담장을 넘다가 무엇인가에 걸린 모양입니다."

류의 대답에 준휘가 다소 어이없는 표정을 지었다.

"설마 그 차림을 하고서도 담을 뛰어넘었다는 것이냐?"

그의 말에 류는 민망해졌다. 그가 조심하라고 신신당부를 했던 것이 생각나 뭐라 말도 못하고 류가 다소 난감한 표정을 지었다. 그는 관대하고 다정한 사람이었지만 관원들이 임무를 위해서 지나치게 위험한 일을 하는 것에는 항상 매우 엄격하였다. 모두가 그가 개봉부 관원들을 제 가족처럼 아끼는 것을 알기에 그의 꾸지람을 기꺼이 받아들이고 있었다.

"조심하라 하지 않았느냐?"

준휘가 큰 손으로 류의 이마를 콩 때렸다. 아프지는 않았지만 민망함에 류가 제 이마를 가리며 볼멘소리로 대꾸하였다.

"그러게 고를 입었으면 이런 일도 없었을 것인데요."

다소 반항적인 류의 음성과 표정에 준휘가 함박 미소를 지었다. 그 미소에 류의 심장이 갑자기 빠르게 고동치기 시작했다. 이후 별말 없이 앞서 걷는 그의 뒤를 류가 군말 없이 쫓아갔다. 평소보다 긴 시간이 걸려 두 사람은 청송재에 도착하였다.

바람에 펄럭거리는 치맛자락을 움켜쥐고 종종걸음으로 따라 걷는 류를 위해서 준휘가 부러 발걸음을 늦추고 있었다는 것을 류는 잠자리에 들면서 깨달았다. 이상하게 얼굴이 달아올라 류는 저도 모르게 이불을 머리끝까지 뒤집어쓰고 말았다. 6월 말이 다 되어 날이 더워 그런 것이라며 류가 애써 자신의 마음을 다독였다.

6. 홍수 그리고 파문

"아이고, 뭔 비가 이리 그치지 않고 내린대요?"

청송재를 나서는 준휘와 또 자연스레 그 뒤를 따르는 류를 배웅하던 금보가 하늘을 바라보며 탄식을 했다. 6월 하순부터 매우(梅雨, 장마)가 시작되고 나서 근 스무날 동안 하루도 빠짐없이 장대비가 내리고 있었다. 개봉에서 처음 맞이하는 여름이 그래서 어쩐지 분주하고 정신이 없었다.

"아무래도 홍수가 나지 않을까 그것이 걱정이 되는구나."

준휘의 중얼거림에 류도 근심스런 표정으로 바깥을 내다보았다. 동전을 찾아준 인연으로 만났던 소봉이 혜민하 근처에 살고 있었기 때문이었다. 주교의 야시장을 오고 가다 류는 종종 소봉에게 들러 전병을 부러 사기도 했고, 그럴 때마다 소봉도 항상 준휘의 것까지 살뜰하게 챙겨주었다.

"늦었구나, 가자."

준휘를 따라 다소 빗발이 약해진 길을 나서며 류는 아무런 일 없이 매우가 끝나기를 간절히 바랐다. 혜민하의 수위가 점점 높아질수록 류는 초조한 마음을 어찌할 수 없었다. 올라가는 강의 수위처럼 무엇인가 터질 것 같은 긴장감이 개봉을 채우고 있었다.

하지만 결국 홍수가 났고 개봉부는 그 때문에 무척이나 분주했다. 개봉 부윤인 준휘는 이재민을 구호하랴 피해를 조사하랴 몸이 열 개라도 모자랄 정도였다. 결국 근 한 달 가까이 준휘가 집에도 들어가지 못하고 청심루에 머물며 업무를 보았다. 류 역시 이런저런 일로 준휘와 파인걸 선생을 보좌하며 개봉부에 머물고 있었다. 그렇게 모두가 피곤이 쌓인 7월의 오후였다.

"정말입니까?"

정대광명(正大光明)이라 쓰인 현판 아래 자리에서 직무에 열중하던 준휘의 목소리가 높아졌다. 며칠 전, 이상하게도 금년 홍수 피해가 과했던 것이 혜민하의 범람 때문이라는 것을 알고 준휘가 조사를 명했었다. 그 결과를 갈무리하여 보고하던 파인걸 선생의 표정도 좋지가 않았다.

"수로가 막혀서 범람이 일어나 홍수 피해가 커졌습니다. 수로의 풍광 좋은 곳에 권문세가의 화원과 누각들이 자리 잡고 있어서 원활한 물 흐름을 방해한 것이죠."

파인걸 선생이 침통한 표정으로 고하자 즉시 준휘가 명을 내렸다.

"당장 모든 누각과 화원을 철거하라 명하십시오."

단호한 준휘의 명에 파인걸 선생이 뿌듯한 표정을 지었다. 준휘가 절대 이런 일에 타협하지 않는다는 것을 파인걸 선생은 누구보다 잘 알고 있었으나 한편으로 걱정이 되었는지 조심스레 말을 이었다.

"대인. 화원과 누각을 지은 이들의 대부분이 황족이거나 권문세가들입니다. 반발이 상당히 심할 수도 있습니다."

류 역시 단호한 그의 결단에 감탄하면서도 한편으로는 걱정이 되었던 차였다. 파인걸 선생의 우려에도 준휘는 단호했다.

"백성들의 삶이 그들의 여흥보다 중요합니다. 수로 주변에 개봉부의 허가 없이 건물을 짓는 것은 위법이고 법은 세도가나 백성이나 모두 공정하게 적용되어야 합니다."

파인걸 선생이 조용히 목례를 하고 물러났다. 류는 역시 자신이 믿고 따르는 준휘가 이런 사람이라서 참 다행이라고 생각했다.

"소유주가 고천의라 하셨습니까?"

며칠 후 개봉부의 정청 안은 날카로운 준휘의 음성에 다시 공기가 얼어붙었다. 정청에는 준휘, 류, 파인걸 선생 그리고 왕한을 비롯한 사호법이 모두 모여 있었다. 준휘의 명에 권문세가들이 어쩔 수 없이 누각을 헐고 화원을 허물겠다는 의사를 밝혔으나 유독 한

곳만이 철거를 거부하고 있었다. 왕한이 오늘 그 소유주가 누구인지 알아낸 것이었다.

"예, 대인. 내 땅에 내가 누각을 지은 것인데 왜 철거를 해야 하느냐며 버티고 있습니다."

왕한의 말에 따르면 그는 적법한 땅문서를 가지고 있다고 주장하며 명을 거부하고 있었다. 고천의가 상당히 많은 재물을 쓰는 것으로 알고 있었지만 혜민하 근처에까지 토지를 소유하고 있는 것은 다소 의외였다.

"철저하게 조사하십시오. 그곳이 개인 소유의 땅일 리가 없습니다."

채하(蔡河)라고도 불리는 혜민하(惠民河)는 개봉의 남쪽 내성과 외성 사이에 흐르고 있는 강이었다. 개봉부 내성 중앙을 관통하는 변하가 인위적으로 물류의 유통을 위하여 황하에서 물을 끌어온 하천인데 반하여 혜민하는 자연적인 하천이었다. 또한 개봉부 외성 안에 존재하고 있어 황궁과 거리가 가깝기에 중요한 하천이라 할 수 있었다. 따라서 개인이 함부로 누각이나 화원을 지어 물의 흐름을 방해할 수 없는 것이 원칙이었다.

"그런데 최근에 고천의의 이름이 꽤 여러 번 수상한 곳에서 계속 나타나고 있습니다."

파인걸 선생의 미간에 내천 자가 그려졌다.

"그가 삼사(三司, 재무부. 송나라 시대에는 재정을 가장 중요시하여 삼사의 권한이 컸다)에서 두각을 나타내기 시작한 것이 대략 삼 년 전부터라고 알고 있습니다."

준휘의 말에 파인걸 선생이 고개를 끄덕였다. 그가 기억을 끄집어내려는 듯 자신의 긴 수염을 쓰다듬었다. 류는 귀를 쫑긋하고 그에 대한 정보에 귀를 기울였다. 바로 이런 것을 기대하며 애써 준휘의 곁에 머물렀던 류였다.

"네, 개봉으로 올라오기 이전에는 사천성의 차마사에서 일하던 관리였습니다. 별로 크게 능력을 인정받지 못하던 그가 개봉으로 올라오게 된 것은 당시 청연상단의 단주인 하청풍의 몰락과 연관이 있는 것이 아닌지 의심하고 있습니다."

준휘의 눈빛이 다시 반짝거리기 시작했다. 류는 아버지에 대한 이야기기 나오자 저도 모르게 움찔하고 말았다.

"아, 저도 기억이 납니다. 사천성에서 가장 큰 차과(茶課, 차에 부과되는 세금)를 납부하던 상단이 토번과 밀거래를 했다는 죄목으로 한순간에 풍비박산이 되었다 들었습니다. 하지만 당시 단주였던 하청풍이 워낙 인품이 훌륭하고 정직한 사람으로 평가를 받았던지라 다들 다소 의문을 가졌던 사건이지요."

파인걸 선생 역시 비슷한 생각인 듯 안타까운 표정이었다.

"맞습니다. 아무래도 누군가 그를 모함한 것이 아닌가 하는 이야기가 있었죠. 워낙 급작스럽게 사건이 진행되어 제대로 된 조사도 없었습니다. 그리고 그렇게 잔인할 정도로 관련자들을 모두 몰살한 경우도 드문 경우고요. 하청풍이 몰락하고 이후 해당 지역의 차의 관리는 경쟁 상단의 단주였던 단평에게 넘어갔고, 단평이 조왕야의 장손인 조상에게 줄이 닿아 있다는 소문이 파다했습니다. 고천의를 호조(재무부)에 천거한 이가 바로 조상이었습니다. 누구보다 강력한 황족이 천거하니 그 누구도 감히 거부를 하지 못했다고 합니다."

준휘가 파인걸 선생의 설명에 생각에 잠겼다. 지금 그의 머리가 매우 빠르게 회전하고 있었다.

"하긴 고천의라면 누구보다 하청풍의 결백을 잘 알 수 있는 사람이고 동시에 만약 그가 나쁜 마음을 먹는다면……."

모두가 무겁게 고개를 끄덕였다. 류의 심장이 빠르게 뛰고 있었다. 고천의, 조상 그리고 그들을 연결하는 단평! 드디어 빠졌던 연결 고리 하나가 이어진 기분이었다.

"그리고 이 누각도 고천의 명의로 되어 있으나 실소유주는 황족일 개연성이 큽니다. 아시다시피 근처에 조 왕야의 별저(別邸)가 있습니다. 하지만 왕야께서는 주로 왕부(王府)에 머무시고 주로는 장자인 조상이 사용하고 있죠. 게다가 별저와 이 누각의 거리가 매우 가깝습니다. 황족들이 타인들의 시선을 저어하여 명의를 빌리는 사례가 빈번하다는 점에 비추어보면 이 누각의 실제 소유주는 조상이 아닌가 의심됩니다."

파인걸 선생의 추리에 모두가 무거운 표정을 지었다. 조 왕야의 장남 조상이 누구인가? 조 왕야는 현 황제의 숙부이자 황실의 가장 큰 어른이었다. 게다가 훌륭한 인품으로 많은 이들의 존경을 받고 있었다. 하지만 그의 장손인 조상은 이런저런 불미스러운 일에 자주 휘가 오르내린 인물이었다. 그러나 누구도 감히 황제의 사촌형이자 조 왕야의 하나뿐인 아들을 함부로 대할 수 없었다.

"해당 누각의 이력에 대해서 자세히 조사해야겠습니다. 법은 공정하게 집행되어야 하고 어려울수록 저희가 더욱 노력을 해야겠죠."

준휘의 단호한 태도에 모두가 자세를 바로 했다. 모두가 알고 있지만 황실의 내외척과 권문세족이 몰려 있는 개봉부만큼 그 원칙을 지키기 어려운 곳도 없었다.

"걱정하지 마십시오. 모든 책임은 개봉 부윤인 제게 있습니다. 여러분들은 그저 할 일을 해주시기 바랍니다."

든든한 준휘의 말에 모두가 힘이 솟아났다. 사호법들이 재빠르게 각자의 임무를 위해서 사라졌고 파인걸 선생 역시 다소 고양된 표정으로 물러났다. 준휘가 다시 평소처럼 탁자 위에 쌓인 수많은 문건을 살피기 시작했다. 돌아서 나가려던 류가 잠시 머뭇거렸다.

"무슨 할 말이 있느냐?"

류는 고개도 들지 않고 제게 말을 거는 준휘를 보고 당황했다. 항상 류가 무슨 생각을 하는지 어떻게 움직이는지 그는 모든 것을 예상하고 있는 것만 같았다. 먼저 그가 말을 꺼냈기에 류가 조용하게 말을 이었다.

"그 고천의에 대한 조사 말입니다."

준휘가 고개를 들어 류를 응시했다. 그의 맑고 강한 눈빛에 류가 저도 모르게 침을 꿀꺽 삼키고 말았다. 류의 입안이 바짝 말라 있었다. 하지만 류는 그의 눈빛을 똑바로 마주하며 자신이 원하는 바를 밝혔다.

"저도 그 일에 도움이 된다면 미력이나마 힘을 보태고 싶습니다."

류는 조마조마한 심정으로 준휘를 바라보았다. 대체 어떤 생각을 하는 것인지 그의 표정이 무심했다. 하지만 곧 그가 좋은 생각이라도 떠올린 것인지 싱긋 웃었다. 항상 그의 갑작스런 미소는 류를 당황스럽게 했다. 저리 잘 웃는 사내를 류는 본 적이 없었다. 그의 커다란 눈이 반달 모양으로 바뀔 때, 그의 한쪽 입꼬리가 살짝 위로 올라갈 때, 그의 짙은 눈썹이 부드럽게 휘는 모습이, 류는 그 모든 것이 좋았다.

"요즘 파인걸 선생이 너의 눈썰미가 상당히 좋다고 칭찬하시더구나. 목격자의 진술이 맞는지 현장 확인을 시켰더니 아주 정확하게 사실을 확인하고 관원들이 빠뜨린 증좌까지 챙겼다고?"

준휘의 칭찬에도 류의 표정은 무표정했지만 귓불이 붉게 달아올랐다. 어쩐지 심장 한쪽이 깃털로 만져진 것처럼 간질간질했다.

"좋다. 어디 한번 네 실력을 보자꾸나."

"감사합니다, 나리!"

류가 그의 허락에 기뻐하며 물러났다. 막 문을 열고 류가 나가려는 순간 낮은 준휘의 목소리가 류의 고막을 간질였다.

"하지만 조심해야 한다. 우리가 상대하는 그들이 결코 만만한 무리가 아니다."

류가 조용히 목례를 하고 물러났다. 준휘의 부드럽고 자신을 걱정하는 목소리에 아주 작은 감정의 일렁임이 심장에서 피어났으나 류는 애써 그것을 무시하였다. 가슴이 이렇게 미친 듯이 두근거리는 것은 진실에 가깝게 다가선다는 기쁨 때문이라고 생각했다. 석영이 아닌 류로 살기로 했던 다짐을 다시 한 번 떠올리며 류는 입술을 깨물었다.

그날 밤, 업무가 파하고 여느 때와 같이 준휘와 류는 함께 개봉부를 나섰다. 류는 갑자기 준휘가 마행가에 있는 백반루로 길을 잡자 당황하고 말았다. 백반루는 개봉에서 가장 크고 명성이 높은 주점이었다.

"나리, 지금 이 시간에 백반루에 들리신다고요?"

류의 질문에 준휘가 빙긋 미소를 지었다.

"주점을 방문하기에는 가장 좋은 시간이 아니더냐?"

시간은 술정시(오후 8시~9시)가 조금 넘은 때라 주점은 아직도 초저녁일 터였다. 그리 말을 마친 준휘가 한가하게 달구경이라도 하는 듯 슬렁슬렁 걸음을 옮겼다. 그의 호위로서 뒤를 따르면서도 류는 평소답지 않은 준휘의 행동이 의아할 뿐이었다.

홍수로 거의 한 달을 정신없이 보내다가 겨우 청송재로 돌아가는 날이었다. 명일이 열흘 만에 하루 쉬는 날이었기 때문이었다. 모처럼 류도 긴장을 다소 풀고 하루를 쉴 수 있다는 생각에 다소 발걸음이 가벼웠던 참이다. 그런데 예상치 못한 목적지에 류는 당황하고 말았다.

준휘가 평소 주점을 찾는 일은 없었기에 더더욱 이상했다. 하지만 류는 별다른 말없이 조용히 그의 뒤를 따랐다. 백반루는 다섯 개의 건물로 이루어진 주점이었다. 높이가 3층이나 되는 건물들이 서로 마주하여 비교(飛橋, 공중에 걸린 다리)와 난간으로 이어져 있었다. 주렴과 수놓은 액자들이 즐비하였고 등촉(燈燭) 역시 휘황 찬란했다. 밤에는 죽 늘어선 기와와 기둥에 모두 연등을 달아놓았는데 그 화려함이 사람들의 시선을 빼앗았다.

안쪽으로 들어서자 넓은 마당을 중심으로 양쪽으로 주랑이 늘어서 있었다. 그 주랑은 모두 쪽방으로 이루어져 있었다. 밤이 되면 화려한 불빛이 휘황찬란하게 아래 위를 비추었고, 곱게 차려입은 수백 명의 아름다운 기녀들이 그 주랑의 기둥에 서서 술꾼들이 자신들을 불러주기를 기다리고 있었다.

"오호, 마치 신선이라도 된 것 같구나!"

준휘가 감탄을 하며 주변을 둘러보았다. 류는 생전 처음 본 화려한 주점의 모습에 얼이 빠질 정도였다. 개봉의 화려함에 대한 소문은 익히 들었지만 이곳은 정말로 요지경 같았다. 진하게 화장을 한 여인들이 뿜어내는 짙은 향기에 류는 머리가 어지러울 지경이었다.

"오셨습니까, 나리?"

이내 한 기녀가 그들에게 다가왔다. 그녀는 준휘를 이미 알고 있는 것 같았다. 화사한 얼굴과 요염한 표정이 무척이나 관능적이었다. 그녀의 입매는 변화가 없었으나 눈빛은 기쁜 기색을 감추지 못했다.

"오랜만에 보는구나."

준휘 역시 오랜 벗을 만난 것처럼 매우 반가워했다. 두 사람은 예의를 벗어나지 않는 거리를 유지하고 있었으나 왠지 불편한 마음으로 류는 그들을 바라보고 있었다.

"안으로 드시지요."

기녀의 안내를 따라 준휘가 앞서 걸었고 류가 조용히 그 뒤를 따랐다. 일각 후, 준휘와 기녀는 조그만 쪽방 안에 술상을 마주하고 앉아 있었다. 류는 준휘의 뒤쪽에 한 보 정도 물러나 자세를 잡고 있었다.

"개봉 부윤으로 오셨다는 소식은 들었습니다만 인사가 늦었습니다."

기녀의 휘는 옥란이었다. 류는 두 사람이 이미 예전부터 안면이 있었다는 사실에 충격을 받고 말았다. 물론 관리들이 이런저런 교류를 위해서 주점을 찾는 일은 흔했다. 하지만 류는 평소 법이나 원칙에는 엄격한 그가 기녀를 찾는 것은 상상할 수가 없었던 것이다.

"뭐 도착해서 이런저런 일로 조금 분주하였다."

준휘의 대답에 옥란이 예상했던 답변이었던 듯 예쁜 그녀의 눈썹이 아주 미세하게 위로 올라갔다. 그녀가 조용히 술잔에 술을 따르자 준휘가 말없이 잔을 들었다. 두 사람은 별다른 말이 없었으나 편안한 분위기였고 류만이 불편한 마음을 어찌할 수 없었다.

"류, 잠시만 나가 있거라."

준휘의 말에 류가 번쩍 고개를 들었다. 준휘의 표정은 평소와 다름이 없었다. 옥란의 눈빛과 마주친 류는 그만 몸이 굳고 말았다. 그녀의 눈빛이 매우 날카롭게 류의 얼굴을 훑고 있었던 것이다. 류를 바라보던 옥란의 입가가 아주 미세하게 움직였다. 그것이 어떤 감정 때문인지 류는 알 수 없었으나 일단 화급하게 방에서 물러 나왔다.

바깥으로 나온 류가 멍하니 백반루 안에서 가장 높은 내서루를 바라보았다. 가장 높은 층에서는 황궁이 보인다고도 했다. 올려다본 밤하늘에는 정말 오랜만에 하얀 달이 떠 있었다. 달빛에 비친 황궁의 모습은 그 소문대로 정말로 화려할는지 류는 그런 생각들로 애써 시간을 보내고 있었다. 하지만 쪽방에서 나오는 작은 기척에도 류는 긴장했다. 안타깝게도 두 사람의 목소리는 잘 들리지 않았다.

"이제 그만 돌아가자."

한 식경 후, 쪽방에서 나온 준휘의 목소리에 오히려 류가 흠칫하고 말았다. 그의 아무렇지도 않은 표정에 류는 이상하게 가슴에서부터 무엇인가 뜨거운 기운이 목구멍으로 치미는 것을 느꼈다. 청송재로 돌아오는 그 길이 그날은 유독이 더디게 느껴졌다. 류가 준휘와 함께 걷는 그 길이 빨리 끝나기를 고대한 것은 처음이었다. 그리고 그날 밤, 류는 예전처럼 밤새 뒤척이며 긴 밤을 지새우고 말았다.

매우가 끝나고 7월 말이 되니 대기가 점점 뜨거워졌다. 하지만 여전히 류는 고천의에 대한 조사에 열을 올리고 있었다. 며칠을 고천의의 주변을 맴돌았지만 딱히 성과가 없었다. 고심하던 끝에 류는 고천의의 집 주변에서 주교 근처 과자항으로 심부름을 나오는 하녀의 뒤를 밟았다. 과자항에서는 신선한 제철 과일을 싸게 살 수 있었기 때문이었다.

춘니라는 하녀는 올해 열여섯이었다. 류가 우연을 가장하여 곤경에 처한 그녀를 도와주었다. 그리고 자연스럽게 휘와 사는 곳을 물었다. 춘니는 희귀한 미남자인 류에게 순식간에 빠져들었다. 그래서 류를 만날 때마다 반가워했고 조금이라도 함께 시간을 보내고 싶어했다. 결국 끈질긴 춘니의 청에 오늘 류는 그녀를 변하 근처 다관에서 만나기로 했던 것이다.

"류 공자님!"

춘니가 류를 보고는 반색을 했다. 그리고 바로 류의 옆에 앉아서 이런저런 잡다한 이야기를 시작했다. 그러한 두서없는 이야기들 속에서 류는 고천의에 대한 사소한 정보들을 알뜰하게 모으고 있었다.

"얼마 전에는 무시무시한 사람들이 삼경이 넘은 시간에 은밀하게 나리를 찾았지 뭐예요. 그런데 나리가 어찌나 당황하시던지……."

춘니의 말을 무심히 듣던 류가 고개를 번쩍 들었다. 류가 제게 관심을 보인다고 생각했는지 춘니가 미주알고주알 이야기를 늘어놓았다.

"사실은 저도 그날 우연치 않게 잠에서 깨었는데 어찌나 시장하던지 몰래 뭐라도 먹어야겠다고 부엌으로 가던 참이었거든요. 마침 저택 뒷문이 변하와 연결되는데 그게 부엌이랑 무척 가깝거든요."

춘니가 눈앞에 놓인 빙설량수여지고(얼음으로 만든 송대의 간식)를 맛있게 먹으며 말을 이었다.

"가끔 정체를 알 수 없는 사람들이 들락거리긴 하는데, 다들 시커먼 옷에 생긴 것은 우락부락하고 검을 든 것이 어찌나 무섭던지……."

춘니가 그때를 떠올린 듯 고개를 절레절레 저었다.

"그래? 한밤중에 찾아와 무슨 이야기를 했을까?"

류가 무심하게 물었다. 춘니가 류의 관심에 반색하며 기억을 더듬었다.

"그게 무슨 여자, 그리고 차랑 말 뭐 이런 이야기였어요. 아무래도 뭔가 약조가 틀어져서 화가 단단히 났나 봐요. 그리고 음, 이것 조금 확실치는 않은데 거래 때문에 다른 상단을 찾아야 하나 어쩌고 하더라고요."

류의 눈빛이 번뜩였다. 고천의는 무엇인가 은밀한 거래에 몸을 담고 있었고 거기엔 차가 연관이 있었다. 하지만 차의 수요 및 판매는 모두 황실의 통제하에 있으니 조달을 위해선 반드시 누군가의 협조가 필요했을 것이다. 혹시 아버지는 그런 제의를 거절하여 누군가에게 모함을 받은 것은 아닐까? 류의 생각이 거기까지 미쳤을 때였다.

"그리고 토반? 뭐 이런 이야기를 하던데 어디 지명인가요?"

춘니가 고개를 갸웃거렸다. 류는 침을 꿀꺽 삼켰다. 토번이 분명했다. 설마 토번과 연결이 되어 있는 것일까? 야다관에서 들었던 토번의 말, 고천의를 방문한 사람들 그리고 말과 차! 분명 여기가 모든 비밀의 시작인 듯싶었다.

"에구머니, 너무 늦었습니다. 심부름 잠깐 나온다고 하고선 거의 반 시진을 이러고 있었네요."

춘니가 허겁지겁 짐을 챙기며 자리에서 일어섰다. 거의 신시정(오후 4시~5시) 무렵이었다. 류도 이제는 청송재로 돌아가는 것이 좋겠다 싶어서 선선히 자리에서 일어났다.

"우리 여기서 헤어져요. 다음에 또 만나요."

춘니가 다관을 나서자마자 급히 주교를 건너 황성이 있는 어가 쪽으로 걸어갔다. 그 모습을 물끄러미 바라보던 류도 청송재를 향하여 걸음을 옮겼다. 날은 더웠으나 변하에서 불어오는 바람이 매우 시원했고 류는 이런저런 생각에 빠져 더위를 제대로 느끼지 못하고 있었다. 그렇게 류가 주교 입구에 거의 다다른 순간이었다.

"나리?"

뜻하지 않은 곳에서 갑작스럽게 부닥친 준휘를 보고 류의 목소리가 다소 높아졌다. 그리고 당황스러운 나머지 류의 시선이 이리저리 허공을 헤매었다. 그의 표정이나 행동은 평소와 다름이 없었다. 하지만 이상하게도 류는 그가 저 자리에서 상당히 오랫동안 기다린 것 같은 느낌이었다.

"나리께서 여기까지 어인 일이십니까?"

류의 질문에 준휘가 류의 눈을 똑바로 바라보았다. 그의 눈동자가 순간 심해처럼 깊게 가라앉았고 류는 올곧은 그의 시선에 어찌할 바를 몰랐다.

"갑자기 사라진 내 개인 호위란 녀석을 찾고 있었지."

류가 순간 뜨끔했다. 청송재 서재에 있는 그를 보고 조용히 빠져나왔던 참이었다. 한번 독서에 집중하면 한두 시진은 침식을 잊고 열중하는 그였기에 얼른 일을 마치고 돌아갈 예정이었다.

"계속 서재에 계시기에, 잠시 볼일이 있어 나왔습니다."

류는 뭐라 설명할 수 없이 불편한 감정에 휩싸였다.

"그 일이란 것이 다관에서 아름다운 여인을 만나는 것이었구나."

준휘가 마치 류의 밀회 현장을 잡은 것처럼 놀려댔다. 살짝 억울해진 류였다. 춘니를 만난 것은 사실이지만 이상하게도 그가 자신을 오해하는 것이 싫었다.

"예전에 제가 도움을 준 일이 있어서 알게 된 여인입니다."

류가 최대한 담담하고 냉정한 표정으로 사실을 말했다.

"하하하, 무에 그리 발끈하고 그래? 꽃이 피는 봄에 나비가 꽃을 찾듯 사내가 여인을 만나는 것이 그 무슨 흉이 된다고?"

준휘가 류가 정말로 연모하는 여인을 만나 몸이 단 것처럼 놀려대자 류는 정말로 마음이 상했다. '그러시는 나리는 요즘 자주 옥란 낭자를 만나지 않으시냐'며 항의를 하고 싶었다. 지금은 엄연히 공무가 없는 날이었지만 준휘는 최근 하루가 멀다 하고 그녀를 만나고 있었다. 왠지 억울한 마음에 류가 그에게 항의하려고 막 입을 벌리려던 순간이었다.

"읍!"

갑작스레 제 입을 틀어막고 호동(胡桐, 골목) 안쪽으로 이끄는 준휘 때문에 류의 커다란 두 눈이 정말 화등잔만 하게 변했다. 뭐라 항의할 사이도 몸을 피할 사이도 없었다. 지금 제 입을 막고 그의 품으로 강하게 끌어당기는 힘이 어찌나 강한지 류는 꼼짝없이 그를 따를 수밖에 없었다. 두 사람의 그림자가 하나로 합쳐져 호동 사이의 어두운 그림자 속에 스며들었다.

"쉿!"

류가 이제 몸이라도 빼내려 꿈틀하자 그가 낮게 경고했다. 그리고는 기척을 죽이고 호동 바깥쪽을 주시하고 있었다. 긴장한 그의 근육이 그대로 느껴지자 류는 당황하고 말았다. 대체 무슨 상황인 것인지, 그는 그의 품 안에 있는 류에게는 안중이 없었고 오직 바깥의 기척에만 귀를 기울이고 있었다.

쿵, 쿵, 쿵!

지금 류의 입은 그의 손에 막혀 있었고, 어깨는 그의 커다란 팔뚝에 꼼짝없이 갇혀 있었다. 그의 품속에 제가 마치 맞춘 것처럼 쏙 안겨 있었다. 점점 류의 얼굴이 타는 듯이 달아올랐다. 이유 없이 얼굴에서 식은땀이 흐르고 심장박동이 미친 듯이 빨라지고 있었다. 그에게서는 청아한 먹의 향이 풍겼고 그 향에 류는 정신이 몽롱해지는 기분이었다.

"휴우, 되었다."

그가 그리 말하더니 류의 입을 막았던 손을 내렸다.

"하흡!"

류가 급하게 공기를 들이마셨다. 덕분에 류의 가슴이 크게 들썩였다. 그제야 준휘가 시선을 내려 류의 동그란 정수리를 바라보았다. 류는 꼼짝도 못하고 나무토막처럼 얼어붙어 있었다.

"녀석아, 긴장 풀어."

하긴 이상하게도 사람의 손길을 지나치게 질색하는 류였다. 이래서야 어디 연모하는 여인과 입맞춤이라도 제대로 할까 싶어 준휘가 쿡쿡 웃고 말았다. 류의 빠르게 뛰고 있는 심장박동이 고스란히 느껴졌다. 그것이 왜 작고 연약한 동물을 안은 것처럼 이리 귀여운지 모르겠다. 애완동물을 품듯이 녀석을 마구 쓰다듬어 주고 싶다고 생각하면서도 준휘가 결국은 팔을 풀어주었다.

"갑자기 이게 무슨 일이십니까?"

류가 냉큼 몸을 떼고는 한 발짝 떨어졌다. 그리고 몸을 확 하고 준휘 쪽으로 돌리고 그를 강하게 응시하며 항의했다. 평소 냉정하던 녀석이 상당히 흥분했는지 얼굴이 발갛게 달아올라 있었다. 뺨에 핀 붉은 홍조가 도홧빛처럼 곱다는 생각에 준휘가 얼른 대답을 하지 못하고 멍하게 류를 응시했다.

"나리?"

대답이 없자 녀석은 더 화가 났는지 목소리가 조금 높았다. 그 음성이 마치 소녀의 비명처럼 들렸다. 준휘는 제 생각이 하도 어이가 없어서 고개를 휘휘 저었다. 아무래도 이 번잡한 거리의 잡다한 향이 사람을 취하게 만드는 것 같았다. 지나가는 여인들이 뿜어내는 강한 향에 머리가 어지럽기도 했었다. 하지만 준휘는 제가 취한 것이 과연 향기인지 아니면 무엇인지 알 수가 없었다.

"그게 아까 다관을 나선 이후부터 계속 우리 뒤를 따르던 자가 있었다."

준휘의 설명에 류의 눈동자가 확 하고 커졌다. 까맣게 반짝이는 눈동자와 눈처럼 하얀 눈자위, 류의 기다란 속눈썹이 하얀 얼굴에 그늘을 만들고 있었다. 놀라서 약간 벌어진 붉은 입술이 월계화처럼 고와 보였다.

"그래서, 으음, 우리를 미행하는 것이 확실한지 확인하려고 했다."

목이 꽉 잠기는 것 같아 준휘는 저도 모르게 헛기침을 했다. 갑자기 류의 눈빛이 눈이 부셔서 바로 그 아이의 눈을 바라보는 것이 거북했던 것이다.

"정말이십니까? 대체 누가 저희를 미행하는 것일까요?"

류는 조금 전 화를 내던 상황은 잊었는지 미행이라는 말에 귀를 쫑긋거렸다. 류의 작은 머릿속이 여러 가지 생각으로 분주한 것을 알았다. 류가 지그시 제 입술을 살짝 물었다. 그리고 가끔 초조할 때 자주 하듯이 제 손가락으로 제 입술을 북북 문질렀다. 살짝 보이는 류의 하얀 이가 배꽃의 속처럼 희고 고왔다. 류의 붉은 입술이 더욱 도톰하고 아름답게 보였다. 그것을 준휘가 다소 멍하게 계속 바라보고 있었다.

"……지요."

류가 뭐라고 채근했지만 준휘는 순간 멍해서 앞 말을 듣지 못했다.

"응, 뭐라고?"

그가 멍청하게 다시 질문하자 류가 답답하다는 듯이 그의 팔뚝을 잡아끌었다. 자신의 소맷자락을 잡은 류의 손이 하얗고 앙증맞았다. 평소에는 아직 자라고 있는 중이라 그런지 그저 작다고만 생각했었지만 지금 보니 그 손이 참으로 고왔다. 준휘의 푸른빛 장포 덕분에 하얀 손가락이 더욱 두드러져 보였다. 마디가 없이 매끈하게 곧은 손가락과 작고 연한 도화 빛의 손톱까지 무척이나 아름다웠다.

"어서, 돌아가자고요. 정말로 미행이 붙은 것이라면 위험합니다."

류가 날카로운 눈빛으로 주변을 훑으며 검을 움켜쥐었다. 다시 소년 무사의 얼굴이 되어 있었다. 준휘는 마치 여우에라도 홀린 것 같은 그 변화에 놀라고 있었다. 류의 채근에 준휘가 가까스로 정신을 차리고 걸음을 옮겼다. 제 뒤에서 주변을 경계하며 따라 걷는 류에게 계속 신경이 쓰여 준휘의 보폭이 계속 느려지고 있었다. 서산으로 얼굴을 감추는 수줍은 해가 거리에 있는 사람들에게 모두 긴 그림자를 만들고 있었다. 그런 그림자 사이를 준휘의 커다란 그림자와 류의 날렵하고 작은 그림자가 사이좋게 움직이고 있었다.

더위가 기승을 부리던 무렵, 드디어 류는 한 가지 중요한 단서를 얻을 수 있었다. 여전히 춘니는 류에게 갖은 아양을 떨며 고천의에 대한 온갖 잡다한 정보를 전해주었다. 그리고 곧 누군가가 고천의를 찾을 것이라는 이야기를 들었다. 매달 주기적으로 달이 가장 어두운 때, 일군의 사내들이 고천의를 방문한다는 것을 알아낸 것이다.

쉬이익!

밤바람 소리가 평소보다 훨씬 크게 느껴졌다. 한여름임에도 불구하고 고천의의 집 근처 나루에 숨은 류는 등골이 오싹하고 선선한 기분이었다. 시간이 벌써 삼경(오후 11시~1시), 상당히 늦은 시간이었다. 준휘와 금보 그리고 집안일을 돌보는 팽 씨 아주머니까지 모두 잠이 든 것을 확인하고 은밀하게 나선 참이었다. 어둠에 숨어들기 위해 흑의와 복면까지 꼼꼼하게 챙긴 류였다.

류는 직접 제 손으로 무엇인가를 찾아내고 싶었다. 아무것도 할 수 없었던 그때처럼 그저 손을 놓고 있을 수 없었다. 그렇게 다짐하며 나루 근처에 몸을 숨기고 변하를 주시하던 순간, 먹물처럼 짙은 강물을 헤치고 작은 배 하나가 다가왔다.

첨벙!

배가 나루에 접안하자마자 온몸을 온통 흑의로 감춘 일군의 사내들이 내려섰다. 모두 다섯 명, 모양새를 보아하니 검을 쓰는 자들이 분명했다. 그들은 기척을 죽이고 후문을 통하여 고천의의 집 안으로 들어갔다.

훌쩍 류 역시 날렵하게 담장을 뛰어넘어 안으로 들어갔다. 기척을 죽이고 사내들의 흔적을 쫓았다. 후원 안쪽에 있는 작은 별당에서 아주 낮은 소리가 새어 나왔다.

"모두 다섯이오. 돈은?"

고천의의 목소리였다.

"일단 절반이오. 무사히 전달이 끝나면 나머지를 보내도록 하겠소."

낮은 사내의 음성에 류가 더욱 귀를 기울였다. 어딘가 낯설지 않은 음성이었다.

"알겠소."

고천의의 음성이 무엇인가 살짝 불만족스러웠다.

"다만 다음 인도 날짜는 조금 더 말미를 달라 일러주시오."

류는 이들이 대체 무엇을 거래하고 있는지 알 수가 없었다.

"하나는 준비가 어렵지 않으나 다른 품목은 조금 시간이 더 필요합니다. 지금 사방에서 압박이 들어오고 있고 무엇보다 개봉 부윤으로 부임한 자가 이 일에 관심을 기울이고 있습니다."

"알고 있소. 하지만 물건은 반드시 두 가지가 함께 준비되어야 합니다."

낯익은 사내가 고천의의 말을 자르며 다짐을 했다.

"그리고……."

갑자기 사내의 말이 멈추었다.

휘이익!

류는 재빨리 뒤로 물러섰다. 방 안쪽에서 날아온 조그만 표창이 아슬아슬하게 류의 귀를 스쳤다.

"웬 놈이냐?"

곧 방문이 열리고 덩치가 큰 사내가 나타났다. 류는 재빨리 바깥으로 도망치려 하였으나 사내는 신속하게 움직였다.

휘이익!

곧 류의 어깨 근처에서 검이 바람을 가르는 날카로운 소리가 들렸다. 재빨리 다시 뒤로 물러섰으나 사내의 움직임이 무척이나 빨랐다. 그리고 다시 그의 검이 류의 옆구리를 노린 순간, 류는 재빨리 그의 얼굴을 가린 복면을 잘라냈다.

"헉!"

사내가 상당히 놀랐는지 작은 비명을 내뱉었다. 류도 사내의 정체에 약간 움찔하는 사이, 그의 뒤를 따른 다른 사내의 검이 류의 왼쪽 어깨를 살짝 스치고 말았다.

"숨어든 쥐새끼가 참으로 대담하군!"

복면이 벗겨진 사내의 비웃음에 류는 신속하게 퇴로를 찾았다. 사내는 다섯, 혼자 상대하기에는 무리였다. 류가 마치 그를 공격하는 것처럼 검을 휘두르다 빠르게 담장을 뛰어넘었다.

"죽이지 말고 생포하라!"

사내의 명령에 다른 무사들이 빠르게 움직였다. 류는 춘니가 일러주었던 나루 근처의 지형을 활용하여 재빠르게 몸을 숨겼다.

사아악, 스사삭, 사악!

나루 근처의 갈대가 바람에 흔들렸다. 류의 뒤를 쫓던 사내들이 한참을 주변을 찾았으나 다행히 류는 잡히지 않고 고천의의 집에서 벗어날 수 있었다. 그렇게 미친 듯이 도망쳐 류가 가까스로 청송재로 돌아온 것은 인시초(오전 3시~4시) 무렵이었다. 살그머니 최대한 조용하게 방 안으로 들어온 류가 안심하며 제 침상에 앉았다.

"휴우!"

가쁜 숨을 내뱉으면서 류는 오늘 자신이 찾아낸 단서에 심장이 흥분으로 두근거리는 것을 느꼈다.

'분명 이 모두는 하나의 길로 통하고 있는 것이 분명해.'

류의 머릿속이 분주하게 움직였다. 그러나 생각난 것을 정리하려 급히 붓을 찾아 움직이던 류의 입에서 낮은 신음 소리가 터져 나왔다.

"윽!"

그제야 류는 자신의 왼쪽 어깨를 살폈다. 옷이 검에 베어 벌어져 있었다. 피가 다소 흐르고 있었으나 상처는 다행히도 약간 스친 정도였다. 이런 부상쯤이야 이미 수없이 겪었던 류인지라 침착했다. 일단 상처부터 치료하기로 했다.

"으읏!"

저고리를 벗어내고 상처를 깨끗한 면포를 닦아내자 저도 모르게 살짝 신음이 터졌다. 스승님께서 주셨던 검상에 좋은 고약을 바르고 엉성하게나마 상처를 감쌌다. 앞으로 며칠은 조심하는 것이 좋겠다고 생각하며 류가 막 저고리를 걸치고 옷고름을 묶으려던 참이었다.

"류!"

갑자기 들려온 준휘의 목소리에 류가 흠칫했다. 류가 뭐라 대답을 하기도 이전에 문이 덜컹 열리며 준휘가 안으로 들어왔다. 류가 급하게 옷자락을 움켜쥐고 벽 쪽으로 몸을 돌렸다.

"다친 것이냐?"

바닥에 놓인 피 묻은 면포를 확인한 준휘가 급히 침상으로 다가

왔다. 그리고 그가 큰 손으로 오른쪽 어깨를 잡아 제 쪽으로 돌렸을 때 간신히 류는 옷고름을 엉성하게나마 묶은 참이었다.

"그리 심한 것은 아닙니다."

류가 건조하게 답하였으나 준휘는 매우 걱정스러운 표정으로 류를 응시했다. 류는 자신의 귓불이 타는 듯이 뜨겁다는 것과 심장박동이 조금 전보다 더욱 거세어진 것을 느끼고 있었다.

"잠깐 상처를 보자꾸나."

준휘는 의술에도 상당히 조예가 깊었다. 파인걸 선생만큼은 아니었으나 웬만한 시골의 동네 의원보다는 준휘의 실력이 월등했다.

"괜찮습니다."

류가 최대한 냉정한 표정으로 거부했다. 하지만 류의 심장은 더욱 격렬하게 뛰고 있었다.

"어허, 이리 피를 흘리고도 괜찮다고 하는 것이냐?"

준휘가 그대로 저고리를 벗길 것처럼 류에게 다가서자 류가 재빨리 침상에서 일어나 몸을 피했다.

"이미 상처는 제가 치료를 마쳤습니다."

단호한 류의 대답에 준휘의 잘생긴 눈썹이 살짝 일그러졌다. 지나치게 몸을 사리는 류가 이상하다는 표정이었다.

"그리 큰 상처가 아니라도 조심해야 한다."

막내아우를 걱정하는 큰 형님 같은 준휘의 목소리였다.

"스승님께서 주신 약이 있어서 그리 염려하지 않으셔도 됩니다. 며칠간만 조심하면 큰 무리는 없을 것입니다."

평소처럼 뻣뻣하면서도 냉정한 대답에 준휘가 질렸다는 표정으로 피식 웃었다. 그리고 그의 커다란 손이 류의 정수리를 쓰다듬었다.

"녀석, 까칠한 것이 무슨 내외하는 여인 같구나."

별 뜻 없는 준휘의 농담에 류의 심장이 철렁했다. 사실은 그가 방 안에 들어선 순간부터 류의 심장이 매우 빠르게 뛰고 있었다. 간신히 옷고름을 매긴 하였으나 겉에 입었던 심의를 벗자 류는 매우 무방비하게 그의 앞에 자신을 드러내고 있는 기분이었다. 그 미묘한 기분을 감추려 류가 얼른 뒤로 물러서며 고천의의 집에서 알게 된 사실을 고했다.

"나리, 고천의의 집에서 청풍객잔의 장궤를 보았습니다."

"혼자서 거길 갔었단 말이냐?"

준휘가 깜짝 놀라 류를 응시했다. '이렇게 무모한 녀석을 대체 어떡해야 하나' 하는 표정이었다.

"절대 무리하지 말라 일렀거늘……."

준휘가 나직하게 탄식하며 류의 얼굴을 바라보자 류는 어쩐지 귓불이 달아오르는 기분이었다.

"분명 청풍객잔은 그냥 범상한 곳이 아닙니다."

류는 제가 들었던 내용을 간단히 준휘에게 전달했다. 류의 말에 준휘가 곰곰이 생각에 잠겼다. 그의 눈썹이 약간 올라갔고, 그가 제 입술에 손을 대고는 톡톡 두드렸다. 류는 조용히 기다렸다.

"아무래도……."

준휘가 드디어 뭔가가 정리된 듯 류를 응시했다.

"명일이 마침 쉬는 날이니 간만에 좋은 곳을 방문해 직접 확인해 보면 되겠구나."

그가 알 듯 말 듯한 이야기를 하더니 싱긋 웃었다. 류는 갑작스런 그의 말에 멍하니 그를 올려다보았다. 도대체 가끔은 그의 말을 이해할 수가 없었다. 중간 단계를 생략하고 바로 다음 행동에 대하여 말하는 그였다. 나중에야 류는 그 빠진 중간 단계를 알아채는 경우가 많았기에 오늘도 류는 그저 고개를 끄덕였다.

"녀석, 이제 머리는 그만 굴리고 쉬도록 해라. 시간이 너무 늦었다."

준휘가 다시 한 번 류의 머리를 쓱쓱 쓰다듬고는 방을 나섰다. 홀로 남은 류가 슬며시 손을 올려 제 머리를 매만졌다. 마치 무엇인가 뜨거운 열기가 머리를 감싸고 있는 기분이었다. 그리고 이상하게 진정되지 않는 심장을 부여잡고 류는 간신히 잠을 청했다.

7. 진실을 감춘 자

이튿날, 이른 조반을 마치고 사시초(오전 9시~10시) 무렵, 준휘와 류 그리고 금보는 외출 준비로 분주하였다. 신문(新門)을 지나 조금 더 남쪽으로 내려가면 혜민하와 그 위에 놓인 신교(新橋)를 볼 수 있었다. 고천의의 누각은 바로 이 근처였다. 개봉부에서 겨우 팔 리, 황궁의 우액문에서도 겨우 십 리 정도밖에 떨어지지 않은 매우 가까운 곳이었다. 성인 남성이라면 빠른 걸음으로 대략 한 시진 정도면 닿을 수 있는 거리였다.

주변에는 건물이 없고 버들가지만 하늘하늘하게 수면에 긴 머리를 드리우고 있었다. 아른아른하게 자란 풀들만이 제방을 덮고 있을 뿐이었다. 유람객이 올 만한 곳은 아니었고 낚시꾼이나 느긋하게 앉아 물고기를 잡는 곳이었다. 그렇게 이리저리 주변을 살피던 준휘가 류와 금보를 돌아보며 싱긋 웃었다.

"자, 오늘은 일단 배부터 타보자꾸나."

한가하게 마치 뱃놀이라도 하자는 준휘의 말투였다. 류의 아미처럼 예쁜 눈썹이 살짝 위로 올라갔다. 항상 느끼지만 어떤 일에도 전혀 심각해 보이지 않는 그가 가끔은 존경스러울 지경이었다. 그것은 모든 일에 대범한 사내의 여유일 것이었다. 사정을 모르는 금보는 정말로 뱃놀이를 하는 것으로 알아들었는지 희희낙락이었다.

"아따 좋구만요. 날도 더운데 강바람을 맞으면 참으로 시원하겠습니다."

류는 그저 침묵을 지켰다. 분명 조사를 위해서 나온 참이었지만 굳이 그것을 금보에게까지 알려 심각하게 만들 필요는 없었기 때문이었다. 고천의가 왜 그리 누각을 지키려 하는지 그 이유를 알기 위해서는 현장 방문이 중요했다. 기록상으로는 알 수 없는 것들을 확인할 수 있기 때문이었다. 특히 고천의의 누각은 혜민하의 흐름에 유독 방해가 되었던 것으로 조사되었다. 관원을 시켜도 되었지만 아무래도 준휘가 제 눈으로 직접 확인을 하기위해서 휴일을 활용해서 나왔다는 것을 류는 그제야 깨달았다.

그래서 오늘은 개봉 부윤이 아닌 그냥 자연인 준휘라 일행도 사호법이나 개봉부 관원도 없이 단출하게 류와 금보뿐이었다. 류는 이미 준휘의 명으로 사전에 각 누각과 원림이 있던 곳을 확인했었다. 하지만 유독 이곳만은 다른 곳에 비하여 위치가 특이하다고 느꼈었다. 다른 곳은 풍광을 즐기려는 의도에 따라 좋은 경치를 볼 수 있는 곳에 자리를 잡았다. 하지만 이 고천의 아니, 조상의 누각은 달랐다. 누가 보기에도 지금 위치는 배를 접안하기 좋은 장소였다. 물론 누각 근처에서 배를 데고 유람을 즐기는 경우가 없지 않았으나 이곳은 풍광보다는 다른 목적이 더욱 뚜렷해 보였다.

"사람들의 시선을 피해서 배를 움직이기에 아주 좋은 장소 같아 보입니다."

배를 타고 주변의 살펴보던 류가 자신이 관찰한 바를 준휘에게 고했다. 혜민하가 구부러지는 굴곡 부분이라 물의 흐름이 방해를 받기 쉬운 구조였다.

"음!"

준휘가 고개를 끄덕이며 혜민하의 강줄기와 누각을 응시했다. 순간 그의 눈빛이 다시 반짝거렸다. 장난스런 분위기는 사라지고 그가 무엇인가 생각난 듯 빠르게 움직였다. 바로 배에서 내린 준휘가 높은 곳에 올라 다시 이리저리 주변을 살폈다. 갑자기 배에서 내려 누각으로 화급하게 올라가는 준휘와 류의 뒤를 따라 금보도 누각 위로 올라왔다. 그러나 곧 아무런 말도 없이 주변만 살피는 이들을 보던 금보는 대체 어찌 된 영문인지 알 수가 없다 투덜거리며 누각 아래로 내려갔다. 류의 시선도 준휘를 따라 바삐 움직였다.

"야다관이!"

그의 시선을 따르던 류가 탄식했다. 준휘가 그런 류를 돌아보며 빙긋 웃었다. 그런 류가 기특하다는 듯이 류의 머리를 살짝 쓰다들었다.

"그래. 여기에서라면 오직 배를 이용해서 사람들의 눈에 띄지 않고 두 곳을 오갈 수 있다*."

단순히 사람 간의 왕래뿐만이 아니었다.

"그리고 내 예상이 틀리지 않는다면 또 다른 곳과도 쉽게 연결이 될 것 같구나."

류의 머릿속 복잡해졌다. 개봉부 중심에 있는 야다관, 내성을 벗어나 있는 조상의 누각 그리고 개봉부 외곽의 청풍객잔! 이 모두가 무엇인가의 이동을 위해서 주의 깊게 고안된 것이었다.

"설마?"

류가 자신의 가정에 흠칫하고 말았다. 그런 무서운 일이, 정말로?

"맞다. 아무래도 실종된 여인들은 아주 은밀하게 어딘가로 옮겨진 것 같구나."

검을 잡은 류의 손이 하얗게 변해 버렸다. 대체 어떤 무서운 일들을 벌이고 있는 것인지 류는 두려울 지경이었다. 단순하게 아버지를 모함한 이를 찾는 일만이 아니었다. 어쩌면 제 가족들의 죽음은 커다란 범죄를 구성하는 일부분일 수도 있었다. 류가 깊은 생각에 빠져 저도 모르게 제 입술을 잘근잘근 씹고 있었다.

"쯧, 입술이 남아나지를 않겠구나."

흠칫하고 류가 화급하게 한 걸음 뒤로 물러났다. 준휘가 자연스럽게 류의 입술을 손끝으로 훑은 것이었다. 가끔 이렇게 예기치

---

* 지리상 변하와 혜민하는 연결되지 않음. 작품 설정을 위하여 변경

못한 상황에서 준휘는 너무 가까이 류에게 다가서곤 했다.

"뭘 또 그렇게 까칠하게 몸을 사리는 것이냐?"

얼굴이 붉어진 류를 보며 준휘가 놀렸다. 자연스럽게 행동하려고 노력해도 준휘는 너무나 손쉽게 류의 평정심을 무너뜨리곤 했다. 그런데 왜 이리 심장이 두근거리는 것인지 류는 놀라서 그럴 것이라며 애써 호흡을 가다듬었다.

"녀석, 가끔 너는 꼭 수줍어하는 소녀같이 굴어."

준휘가 상큼한 미소를 지으며 류의 어깨를 장난처럼 툭 쳤다. 하지만 류는 마음속으로 비명을 내질렀다. 힘 조절이 안 되는 준휘가 사내를 대하듯이 류를 치면 차마 내색을 못하지만 상당히 아팠던 것이다. 류가 당황스럽고 놀란 얼굴을 감추느라 아무런 대꾸도 없이 뒤로 한 걸음 물러섰다. 류의 움직임을 따르던 준휘의 눈매가 순간 날카로워졌다.

휘이익!

"어이쿠!"

준휘가 희한한 비명 소리를 내며 뒤로 물러섰다. 빠르게 류가 준휘의 앞을 막아섰다. 류의 눈매가 날카롭게 변했고 검을 쥔 손이 팽팽해졌다. 누각 기둥에 박힌 작은 단도가 날아온 방향을 가늠하며 류가 훌쩍 반대편 언덕 쪽으로 뛰어내렸다. 새가 나는 것처럼 가벼우면서도 매우 날렵한 동작이었다.

"어깨까지 다친 녀석이 빠르기도 하지."

말투는 가벼웠지만 류를 향하는 그의 눈빛은 다소 걱정스러워 보였다.

'빠르다!'

류는 정체를 알 수 없는 자를 쫓느라 정신이 없었다. 류가 당황스러워 평소처럼 예민하지는 못했지만 이렇게 감쪽같이 기척을 숨길 수 있다니 대단한 자였다. 쫓기는 자는 분명 이 근방의 지리를 훤히 꿰뚫고 있었는지 어느 순간 사라지고 말았다. 어쩔 수 없이 류는 다시 준휘에게로 돌아왔다. 홀로 남겨둔 그가 걱정이 되었던 것이다.

"나리, 괜찮으십니까?"

류의 질문에 준휘가 어깨를 으쓱했다. 어느새 다시 누각으로 올라온 금보도 옆에 있었다.

"너야말로 정말 괜찮은 것이냐?"

준휘의 질문에 류가 다소 멍해졌다. 지금 준휘는 자신들을 습격한 자의 행방보다 류를 걱정하고 있었다. 그제야 류는 준휘의 시선이 어젯밤 상처 입었던 어깨 부분을 향하고 있음을 깨달았다. 류가 얼른 간단하게 고개를 숙였다. 류의 모습이 크게 문제가 없다는 것을 파악하고 나서야 준휘가 다음 질문을 던졌다.

"그자는?"

준휘의 물음에 류가 고개를 저었다.

"아니, 배를 타자고 하시더니 이게 대체 무슨 일입니까? 그리고 나리도 참……."

뭔가 준휘를 타박하려던 금보가 급히 입을 다물었다. 류가 그런 금보를 일견하고 다시 준휘에게 시선을 고정했다.

"당분간은 제가 더 지근거리에서 나리를 모시겠습니다. 오늘 같은 일이 또 있을지도 모르니까요."

류의 단호한 목소리에 준휘가 그러라는 듯 고개를 끄덕였다. 급히 청송재로 되돌아오면서 준휘는 준휘대로 류는 류대로 각자의 생각에 잠겨 있었다. 그런 두 사람을 바라보며 금보는 그저 고개를 휘휘 내저었다.

"결국은 위조였군요!"

그렇게 고천의의 누각에 다녀온 지 사흘 후, 이른 아침 준휘의 부름에 정청에 들었던 파인걸 선생이 한숨처럼 내뱉었다. 옆에 있던 사호법들과 류 모두 고개를 끄덕였다. 여전히 준휘만이 아주 즐거운 듯 싱글벙글이었다. 고천의가 끝까지 적법한 본인의 땅에 지은 누각이라며 철거를 거부하여 골머리를 썩고 있던 참이었다. 그런데 그 문서가 위조된 것임을 준휘가 밝혀낸 것이었다.

"네, 그렇게까지 완고하게 합법임을 주장하는 것이 오히려 수상했습니다. 그래서 예전 매매기록을 모두 살펴보았습니다."

준휘의 말에 사호법 중 조양이 고개를 절레절레 저었다. 준휘의 명에 따라 관련 기록을 찾아온 것이 그였다. 그것을 근 이틀에 걸쳐 밤새 비교하고 대조하여 위조된 것임을 밝혀낸 것이 준휘였던 것이다. 어찌나 꼼꼼하던지 평소의 설렁하고 허술해 보이던 준휘가 아니어서 조양은 이번에 아주 혼쭐이 났던 것이다.

"류가 상당히 도움이 되었습니다."

준휘가 별거 아니라는 듯이 오히려 류가 큰일을 한 것처럼 칭찬을 하자 모두의 시선이 류에게 집중되었다. 자연스럽게 준휘는 동료에게 공이 돌아가도록 행동하고 있었다.

"우리 류가 매매기록까지 잘 파악하는 줄은 몰랐구나."

장위가 동생의 칭찬에 기뻐하는 형님처럼 류를 돌아보았다. 장위뿐만 아니라 왕한, 마청 그리고 조양까지 모두가 기특하다는 듯이 류를 바라보았다. 류는 어깨너머로 거래나 각종 장부의 기록에 대하여 배워두었던 것이 도움이 되어 매우 뿌듯했다. 이제는 임시 관원이 아니라 정식으로 개봉의 관원이 된 것 같은 기분도 들었다. 류의 까만 눈동자가 오랫만에 기쁨이라는 감정으로 반짝거리고 있었다.

"그런데 류는 어디서 그것을 배웠느냐?"

파인걸 선생만이 냉철한 시선으로 류를 바라보았다.

"소인의 아비께서 장사를 하셨기에 어깨너머로 익혔습니다."

류의 설명에 파인걸 선생이 고개를 끄덕였다. 류가 제 자신의 과거에 대해 언급하는 일이 거의 없었기에 준휘의 시선이 흥미로운 듯 류에게 쏟아졌다. 그의 맑고 강한 눈빛이 곧바로 류의 얼굴에 닿았다. 순간 류의 심장박동이 빨라졌고 손에서는 식은땀이 흘렀다. 최근에 그의 시선을 받을 때면 이 증상이 점점 심해지고 있었다.

"음, 아버님께서 상당히 능력 있는 분이셨던 모양이구나. 이런 전문적인 기록까지 다루다니 말이다."

파인걸 선생이 본인의 긴 수염을 쓰다듬으며 그리 말을 하자 류의 심장이 다시 빠르게 뛰기 시작했다. 항상 파인걸 선생은 류가 애써 감춘 것들까지 모두 꿰뚫어 보는 것만 같았다. 그런 그의 시선이 불편하기는 했지만 류는 파인걸 선생을 신뢰하고 있었다. 파인걸 선생이 마치 제 자식처럼 류를 아끼고 있는 것을 모두가 알고 있었기 때문이었다.

"류가 상당히 소질이 있는 것 같습니다. 현장 파악이나 각종 기록에서 증좌를 찾아내는 실력이 빼어납니다."

장위가 준휘를 바라보며 그리 칭찬을 하고는 류를 돌아보며 씨익 웃었다.

"녀석, 검만 잘 휘두르는 줄 알았더니 제법이다."

나머지 사호법들도 동의하는지 모두 고개를 끄덕였다. 류가 매우 기뻐하며 살며시 준휘의 표정을 살폈다. 준휘 역시 상당히 그것이 마음에 든 듯 입매가 부드러웠다. 어쩐지 류는 제 심장 한쪽이 간질간질한 기분이었다.

"그나저나 이제 어찌하실 작정이십니까?"

파인걸 선생이 준휘를 바라보며 물었다.

"어찌하긴요? 문서가 위조이니 당연히 법대로 누각을 허물어야죠. 즉시 고천의에게 사실관계를 설명하고 개봉 부윤의 명을 전하도록 하십시오."

단호한 준휘의 명에 사호법이 임무 수행을 위하여 즉시 정청을 물러났다.

"그런데 과연 그가 아무 말 없이 명을 따르겠습니까?"

파인걸 선생의 표정이 밝지 않았다.

"이제 숨겨진 배후를 잡을 차례가 아니겠습니까?"

준휘가 밝은 표정으로 대답하자 파인걸 선생의 눈이 반짝거렸다. 류 역시 고개를 끄덕였다.

"그리 쉽게 그 누각을 포기할 리가 없습니다. 반드시 누군가의 힘을 빌리려 할 것이고 그러다 보면 배후가 드러나겠지요."

나들이를 기대하는 어린아이처럼 천진한 준휘의 표정이었다. 류는 과연 생각대로 조상이 움직일 것인지 궁금했다. 그러나 그 궁금증은 곧 풀렸다. 며칠 후 개봉부로 황제의 친서가 날아들었던 것이다.

"예? 황제께서요?"

소리를 낸 사람은 조양이었지만 정청 안에 있던 다른 사람들의 마음도 비슷했다. 황제가 친서를 내려 해당 누각을 장 귀비의 백부에게 내린다는 것이었다. 현재 황제에게 가장 총애를 받는 장 귀비였기에 모두의 실망이 이만저만이 아니었다. 하지만 준휘만이 즐거운 듯 웃고 있었다.

"드디어 조금씩 움직이고 있습니다."

그의 말에 류, 파인걸 선생, 사호법 모두 그를 주시하였다.

"장 귀비까지 움직이다니 그곳이 생각보다 그들에게는 아주 중요한가 봅니다."

준휘의 말에 파인걸 선생이 조심스레 질문을 했다.

"그럼 조상이 장 귀비를 움직여 그 누각을 사수하려 한다는 뜻입니까? 하지만 장 귀비의 백부는 조상과 뚜렷한 접점이 없습니다.”

파인걸 선생의 표정이 난감했다. 류 역시 갑자기 등장한 황제의 후궁 때문에 다소 어리벙벙했다.

“이제 그 연결 고리를 찾아야지요. 조상이 바로 움직일 수는 없었을 테니 장 귀비의 백부를 사주하였을 것입니다. 최근에 장 귀비 백부의 전횡에 대한 불만이 쌓이고 있었으니 오히려 그편이 조상으로서는 유리했을 것입니다. 사람들은 그저 또 장 귀비의 백부가 황제의 총애를 믿고 횡포를 부린 간단한 사건쯤으로 치부할 테니 말입니다.”

준휘의 말에 그제야 모두가 고개를 끄덕였다.

“자, 이제 우리가 실력을 발휘해 볼까요?”

그 말이 떨어지자마자 모두가 분주하게 움직였다. 조용히 돌아서 나가려는 류를 준휘가 불러 세웠다.

“류!”

류가 조용이 그의 말을 기다리고 있었다. 준휘가 무엇인가 부지런히 서신을 쓰더니 그것을 류에게 건네주었다. 류가 대체 누구에게 전해야 하는지를 묻는 표정으로 그를 바라보았다.

“네가 조금 수고를 해주었으면 한다. 아무래도 오늘은 만나기 어려우니 꼭 전달해 주거라.”

준휘의 설명에 류의 얼굴이 살짝 일그러졌으나 류는 얼른 고개를 숙여 그 표정을 감추었다. 이 서신은 백반루의 옥란에게 전해지는 것이었다. 요즘 거의 하루가 멀다 하고 얼굴을 맞대는 두 사람이었다. 순간 류의 목소리가 뾰족해졌다.

"개인적인 서신을 보내시려면 따로 심부름꾼을 불러야 하지 않 겠습니까?"

준휘가 책상에서 고개를 번쩍 들었다. 그리고 무엇인가 매우 재 미있다는 표정으로 류를 바라보았다. 감히 이렇게 입을 놀리다니, 류가 깜짝 놀라 고개를 숙였다. 그러나 더욱 놀라운 것은 자신의 반응이었다. 왜 유독 옥란과 관련된 일에는 이리 날카로워지는지 류는 제 자신을 이해할 수 없었다.

"그렇지. 공무가 아닌 다음에야 관원을 부려서는 아니 되겠지."

솔직한 그의 인정에 문제를 제기한 류가 오히려 민망해졌다.

"이것은 너에게 내 개인 호위로서 부탁을 하는 것이다. 심부름 꾼을 불렀다가 혹시라도 잃어버리면 아니 되기에 그런다. 너라면 누구보다 안전하고 신속하게 옥란에게 전할 수 있지 않겠느냐?"

준휘의 말에 류가 별다른 대꾸 없이 목례를 하고 물러 나왔다. 하지만 서신을 쥔 류의 손이 하얗게 변해 버린 것을 준휘의 날카 로운 시선이 따르고 있었다. 그리고 순간 그도 뭔가 복잡한 표정 을 지었지만 돌아선 류는 그것을 알 수 없었다.

조상의 존재는 예기치 않은 곳에서 드러났다. 살인 사건으로 인 하여 개봉부 관원들이 분주해진 것은 8월의 더위도 한풀 꺾이던 무렵이었다. 아침 개봉부로 등청하던 준휘와 류가 마침 살인 현장 으로 나가던 왕한과 중간에 마주치게 되었다. 그가 변하에서 여인의 시신이 발견되었다는 보고를 했다. 사건 현장이 가까웠기에 두 사람은 왕한과 함께 즉시 현장으로 향했다.

"이런! 저리 아름다운 여인이 어찌?"

현장은 이른 아침부터 몰려든 사람들로 정신이 없었다. 이제 겨우 진시초(오전 7시~8시) 무렵이었으나 묘시초(오전 5시~6시) 무렵이면 이미 장사를 시작하는 사람들로 분주한 개봉이었기에 그리 이상한 일은 아니었다. 그런 사람들을 뚫고 준휘, 류 그리고 왕한이 시신에 다가섰다. 이미 와 있던 개봉부 관원들이 준휘를 알아보고 인사를 했다.

"아니, 이 여인은?"

왕한이 여인의 얼굴을 보고 목소리가 높아졌다. 류가 무슨 뜻이냐고 묻는 시선으로 왕한을 바라보았다. 준휘 역시 순간 심각한 얼굴이 되었다.

"사라진 석영정의 정혼녀가 맞는 것 같군."

준휘의 낮은 음성에 류가 그제야 사라진 여인들 중 한 명이었던 운냥이라는 여인을 떠올렸다. 용모파기를 보았을 때 무척 아름답다고 생각했었던 것 같았다. 하지만 여인의 옷차림이 이상하였다. 그것은 아무리 보아도 무척이나 화려한 기녀들의 옷차림이었기 때문이었다.

"일단 개봉부로 시신을 옮기겠습니다. 현장 확인은 제가 하겠으니 대인께서는 개봉부로 가시지요."

왕한의 이야기를 들으며 준휘가 머리를 끄덕였으나 그의 얼굴 표정이 상당히 어두웠다. 류는 실종된 여인들 중에서 유일하게 야다관과 연결 고리가 있었던 운냥의 죽음으로 준휘가 침통해졌으리라 생각했다.

"앗!"

그런 생각으로 여인을 바라보던 류가 익숙한 어떤 것을 발견하고는 낮은 비명을 질렀다. 준휘와 왕한이 동시에 류를 바라보았다. 류가 목소리를 죽여 두 사람에게 빠르게 고했다.

"흑운상단에서 야다관에 전달했던 머리꽂이입니다."

준휘의 얼굴이 날카로워졌다. 류가 여장을 하고 잠입했던 야다관과 실종된 여인들 간의 연결 고리가 드디어 드러난 순간이었다.

"야다관으로 사람을 보내어 관리하는 자를 소환토록 하시오."

준휘가 재빨리 명을 내리자 왕한이 바로 관원을 야다관으로 보내었다. 드디어 어떤 실체에 조금씩 다가선다는 생각에 류의 심장이 빠르게 뛰고 있었다.

약 두 시진 후, 준휘와 류는 개봉부에서 파인걸 선생을 마주하고 있었다. 시신을 검시한 파인걸 선생에게 결과를 듣기 위해서였다. 파인걸 선생이 시신을 검시하는 방은 여러 가지 희한한 물건들로 가득했다. 방 한가운데 놓인 커다란 탁자 위에 운냥의 시신이 덩그러니 놓여 있었다. 시신은 커다란 하얀 천으로 덮여 있었다. 창백한 피부 때문에 물에 젖은 그녀의 검은 머리채가 더욱 불길하게 보였다.

"사인은 무엇입니까?"

준휘의 질문에 파인걸 선생의 표정이 어두워졌다.

"익사로 위장하려 했습니다만 실제 사인은 교살(목을 졸라 죽임)입니다."

준휘가 예상했었다는 듯 고개를 끄덕였다.

"그럼 실종되었던 석영정의 정혼녀 운낭이 기생이 되었고 또 누군가에 의해 살해되어 변하에 던져졌다는 뜻입니까?"

파인걸 선생이 고개를 끄덕였다.

"그런데 확인한 결과 운낭은 아직 처녀였습니다."

준휘의 눈썹이 일그러졌다.

"그렇다면?"

파인걸 선생이 한숨을 내쉬며 말을 이었다.

"아무래도 납치되어 기녀가 되었던 운낭이 끝끝내 반항하다가 이런 흉측한 일을 당한 것이 아닌가 합니다."

파인걸 선생의 안타까워하는 목소리에 류가 해당에게 들었던 말을 기억해 내었다.

"예, 당시에 해당이 아무리 좋은 물건이라도 정인을 잃은 이에게 무슨 소용이 있겠느냐며 한탄을 했었습니다."

류의 말에 두 사람이 모두 고개를 끄덕였다. 류도 어렵지 않게 상황을 유추할 수 있었다. 분명 납치되었던 운낭이 어젯밤 누군가에게 처음으로 선을 보였을 것이다. 그러나 약혼자를 잃고 상심했던 그녀가 사내에게 반항을 했고 그 과정에서 발생한 살인 사건으로 보였다.

"그런데 특이한 것은 목을 조른 흔적이 여러 번 있는 것으로 보아 비단 어젯밤에만 발생한 일은 아닌 듯합니다. 그리고 몸 곳곳에 작은 상흔들이 가득합니다."

파인걸 선생의 말에 준휘의 얼굴이 굳어졌다. 드러난 운냥의 얼굴과 손 등에서는 딱히 이상한 부분이 없었기에 류는 약간 이상하다고 생각했다. 하지만 준휘는 무엇인가를 이해한 듯 운냥을 향하던 시선이 날카롭게 파인걸 선생을 향했다.

"필시 이것은?"

준휘의 질문에 파인걸 선생이 무겁게 고개를 끄덕였다. 류는 어떤 상황인지 몰라서 고개를 갸웃했다. 류가 질문하는 표정으로 준휘를 바라보았으나 준휘는 별다른 말이 없었다. 곧 정청으로 돌아갈 요량인지 준휘가 바삐 움직였다. 류는 잠시 남아 파인걸 선생에게 여러 가지 질문을 하고 싶어 바로 준휘를 따르지 않고 미적거리고 있었다. 그러나 그런 류의 생각을 읽은 것인지 준휘가,

"어서 따라오너라."

하고 명을 내리고는 신속하게 방을 빠져나갔다. 어쩔 수 없이 류가 그를 쫓아가며 선생에게 눈인사를 하고는 허겁지겁 방을 나섰다. 그런 두 사람의 모습을 보던 파인걸 선생이 쓴웃음을 지으며 혼잣말을 했다.

"차마 류에게 알리는 것은 껄끄러우셨던 모양이군."

파인걸 선생이 어깨를 으쓱하고는 이리저리 다시 시신을 살폈다. 그리고 운냥의 위(胃) 안을 주의 깊게 다시 살피던 파인걸 선생이 무엇인가를 찾아내고는 눈을 크게 떴다. 조심히 그것을 작은 상자 안에 갈무리하고는 파인걸 선생이 검시 결과를 작성하기 위해서 자리에 앉아 분주히 붓을 놀렸다.

—지속적인 성적 학대. 상대방을 괴롭히며 쾌감을 느끼는 기이한 관음성 성벽 소유자의 소행으로 사료됨.

파인걸 선생이 그리 글을 마무리하고 붓을 내려놓으며 길게 한숨을 쉬었다. 개봉부에서 여러 가지 사건을 보아온 파인걸 선생이었으나 여전히 흉악한 범죄에는 언제나 속이 쓰렸다.

"대체 상흔은 무슨 의미인 것입니까?"
잠시 후 정청에 도착하자마자 류가 궁금증을 참지 못하고 책상에 앉는 준휘에게 물었다.

"류, 왕한이 복귀하였는지 알아보고 복귀하였으면 다른 사호법들과 함께 어서 이곳으로 모이라 일러라."
명백히 준휘는 류의 질문을 무시하고 있었다. 그답지 않은 심각한 표정에 류는 더 이상 질문을 하지 못하고 명을 수행하기 위해서 움직였다. 류는 문을 열고 나서며 준휘가 다소 난감한 듯 짧은 한숨을 쉬는 소리를 들었다.

일각 후, 정청 안에 준휘, 사호법 그리고 다시 파인걸 선생이 모였다. 평소라면 류도 자리했을 것이 분명했으나 지금은 아니었다. 준휘에게 쫓겨나다시피 한 류가 불만족스러운 표정으로 방을 나섰으나 아무도 그것을 제지하지 않았다. 사호법이나 파인걸 선생 역시 류가 있는 것이 불편한 듯 준휘의 축객령을 반기고 있었다.

"아무래도 직접적인 심문보다는 홍루를 훑는 것이 빠를 듯합니다."

왕한의 말이 낮게 들렸다. 류가 한껏 귀를 쫑긋거리며 작은 소리라도 놓치지 않기 위해서 심혈을 기울였다. 모두가 원하기에 류는 조용히 정청에서 물러났다. 그러나 또 자신이 알기 원한 사실을 놓치고 싶지도 않았기에 류는 지붕 위에 있었다.

"매우 특이한 성벽이니 분명 악명이 높을 것입니다. 한 번 기녀들이 기피 대상으로 정하면 아무리 많은 돈을 내어도 안 되는 것이 홍루의 원칙이죠. 그래서 그렇게 은밀하게 여인을 찾았을 것입니다."

장위가 말을 이었다.

"그런데 참 요상한 방식입니다. 운냥은 처녀였다고 말씀하지 않으셨습니까?"

조양의 질문에 파인걸 선생이 대답하는 소리가 들렸다.

"그것이 그자들은 직접 여인을 안기보다는 상처를 주고 고통스러워하는 모습을 보는 것을 즐긴다고 합니다. 오히려 혼자보다는 여러 사람들을 불러 여인들이 수치심에 몸부림치는 것을 감상한다고 하죠. 아마 직접 안지만 않았을 뿐, 여인들은 오히려 말도 못할 수모를 겪었을 것입니다."

"음, 참으로 신기한 자들입니다."

마청의 말에 모두가 동의하는 듯 한동안 말이 없었다.

"그것보다는 우선 운냥의 주변부터 탐문을 다시 시작해 봅시다."

파인걸 선생의 말에 모두가 고개를 끄덕였다. 어찌 되었건 시신이 발견되었기에 연고가 있는 것으로 생각되는 곳부터 조사를 시작해야 할 터였다.

"일단 야다관부터 심문을 해보죠."

준휘의 말에 사호법들이 부지런히 움직이는 소리가 들렸다. 그제야 홀로 정청에 남은 파인걸 선생이 목소리를 죽여 준휘에게만 무엇인가를 보고하였다. 그러나 그것은 너무 작은 소리라 외부로 새어나가지는 않았다. 류는 들키지 않게 얼른 지붕에서 내려왔다. 하지만 도통 그들의 말이 무엇을 의미하는지 잘 알 수가 없었기에 그저 고개를 갸웃했다.

"하아, 녀석!"

정청 안에서 준휘가 신음처럼 낮게 탄식을 내뱉었다.

"아마 들었어도 제대로 이해하지 못했을 것입니다."

파인걸 선생의 말에 준휘가 고개를 끄덕였다. 준휘도 파인걸 선생도 류가 지붕 위에 있는 것을 알았기에 상당히 절제된 언어를 사용하였던 참이다.

"류가 상당히 총명하긴 하나 그런 부분에 대해서는 거의 아는 바가 없는 듯합니다."

파인걸 선생이 그러니 안심하라는 표정이었지만 준휘는 고개를 저었다.

"알고 있습니다. 오히려 그래서 더더욱 알리고 싶지 않았습니다. 혹시나 잘못된 선입견으로 남녀 간의 애정을 왜곡되게 받아들일까 싶어서요."

준휘의 말에 파인걸 선생의 얼굴이 부드럽게 펴졌다.

"대인께서는 그 아이를 마치 동생이나 자식처럼 아끼시는군요."

파인걸 선생의 말에 준휘가 어깨를 으쓱했다.

"어린 녀석이 감정을 죽이고 일부러 냉정하고 구는 것이 항상 신경이 쓰입니다. 가끔 밤마다 악몽을 꾸는데 본인은 그걸 전혀 모르던 눈치더군요. 너무나 깊은 상처 때문에 일부러 더욱 건조하게 구는 것 같아 걱정입니다."

준휘의 어투에는 류를 아끼는 마음이 듬뿍 들어 있었다. 파인걸 선생이 그런 준휘를 지그시 바라보았다. 준휘 자신은 모르는 듯했지만 류에 대한 준휘의 감정이 상당히 깊어 보였던 탓이다. 그러나 선생은 내색하지 않고 조용히 물러났다. 만약 그 아이가 자신의 본모습을 드러낸다면 준휘가 어떻게 반응할 것인지 파인걸 선생이 생각에 잠겨 발걸음을 옮겼다. 그러면서 조금 더 주의 깊게 류의 주변을 보살펴야겠다고 다짐하는 파인걸 선생이었다.

같은 날 오후, 야다관을 관리하는 자가 개봉부로 소환되었다. 준휘와 류, 그리고 파인걸 선생은 심문실을 숨어서 볼 수 있는 옆방에서 조용히 기다렸다. 이내 심문실의 문이 열리고 사람이 들어섰다. 안으로 들어선 사람은 놀랍도록 관능적인 여인이었다. 나이는 대략 삼십대 후반으로 보였다. 파릇파릇 피어나는 청춘의 빛은 사라졌지만 한껏 무르익은 농염한 여인의 매력이 사람의 시선을 끌었다. 그녀에게선 설명할 수 없는 오묘하면서도 달콤한 향이 풍겼다.

"오시느라 수고가 많았소. 일단 앉으시오."

마청의 말에 여인의 눈가가 살짝 휘었다. 고혹적인 눈매에 류마 저 홀리는 기분이었다.

"개봉부에서 이리 부르시는데 아니올 수가 있겠습니까?"

여인의 목소리는 나긋나긋했고 태도 역시 공손했다. 하지만 오히려 그런 태도가 한 번 해보라는 듯 도전적으로 느껴졌다. 아무런 죄가 없다 해도 개봉부의 심문실에 들어오면 긴장하는 것이 인지상정이었다. 하지만 그녀는 과할 정도로 침착했고 오히려 그것이 이질적으로 느껴졌다.

"우선 휘부터 확인하겠소."

마청의 말에 여인이 까르르 웃었다. 지나치게 낭랑한 웃음소리에 오히려 류가 움찔하고 말았다.

"이미 다 알고 부르시고선?"

여인이 믿지 않게 눈을 살짝 흘기자 오히려 긴장한 사람은 마청이었다.

"흐흠!"

그가 헛기침을 하더니 다시 냉정함을 찾고 물었다.

"휘 위추화, 올해 마흔여섯."

"어머나, 여인의 나이를 어찌 그리 밝히십니까?"

위추화가 그런 마청을 타박하듯이 바라보면서 입을 가리며 수줍게 웃었다. 류는 생각보다 많은 그녀의 나이에 놀라고 말았다. 하지만 마청을 바라보는 위추화의 시선은 한 치의 흔들림이 없었다. 역시 만만치 않은 여인이었다.

"야다관을 관리하고 계신다고 들었소, 맞소?"

마청의 냉정한 질문에 위추화가 고개를 끄덕였다.

"오전에 변하에서 여인의 시신이 발견되었다는 소문은 들으셨으리라 사료되오."

위추화의 표정은 변함이 없었다. 여전히 옅은 미소를 머금고 마청을 바라보았다.

"혹시 그녀에 대하여 아는 것이 있으시오?"

마청의 질문에 위추화가 난감한 듯 정말 아무것도 모른다는 순진한 표정으로 물었다.

"글쎄요, 그것과 제가 무슨 관련이 있습니까?"

하지만 위추화의 시선은 마청 뒤에 있는 준휘와 류에게 향하고 있었다.

"신장 오 척(155㎝), 나이 십팔 세, 피부가 매우 하얗고 흑단 같은 머리채를 지니고 있소. 아주 미인이고 오른쪽 어깨에 커다란 점이 있소."

마청의 설명에 위추화가 다시 고개를 갸웃했다.

"글쎄요? 그런 여인이야 워낙 흔하니 그것만 가지고 제가 무엇을 알아야 할까요?"

위추화는 한 치도 흔들림이 없이 당당했다.

"그럼 이러면 생각이 나시겠소? 어제 오후 흑운상단에서 야다관으로 비싼 옷 한 벌을 배달하였소. 귀한 연회에 입을 것이라며 특별히 해당이라는 기녀가 주문을 했다 하오. 물건을 전달한 점원에 따르면 아주 귀한 비단으로 만든 유군으로 소맷자락과 치맛단에 귀한 금실로 자수가 놓여 있었소. 비단 역시 아주 상등품으로 개봉에선 흑운상단이 아니면 취급하지 않는다고 하더군. 오늘 발견된 여인이 그 복장을 하고 있던 것은 그저 아주 순전히 우연이겠소?"

마청이 증거를 들이대자 위추화가 그제야 생각이라도 난 듯 대답을 했다.

"이런, 요즘 제가 다관을 관리하느라 정신이 없고 또 나이도 들어 자주 깜빡하곤 합니다. 예, 그 아이는 저희 집에서 일하던 아이가 맞는 것 같습니다."

위추화가 자신의 옷매무새를 매만지며 정말로 잊고 있었던 것이 막 생각난 것처럼 대답을 했다.

"휘는?"

마청의 질문에 위추화가 화사하게 웃었다.

"기녀의 휘야 부르고 싶은 대로 부르시면 되지요. 하지만 저는 그 아이를 여몽이라 불렀습니다."

위추화는 당당했다.

"그런데 어찌 여몽이라는 기녀가 올 5월 말 변하에서 변사체로 발견된 석영정의 정혼녀인 운냥이라는 여인과 같은 용모를 지니고 있을 수 있소?"

마청의 설명에 위추화가 깜짝 놀란 듯 눈을 동그랗게 떴다. 마치 정말 몰랐다는 듯, 그녀는 작은 비명까지 지르며 제 입을 막았다.

"어머나, 어찌 그런 일이? 세상에 그 아이들은 같은 태로 태어난 쌍생아였을까요?"

너무나 천연덕스러운 반응에 오히려 웃음이 날 지경이었다.

"어젯밤 그녀는 누군가를 만났소. 혹시 어떤 사람을 만났는지 아시오?"

마청의 질문에 위추화의 얼굴이 표독스럽게 변했다.

"제아무리 개봉부라 할지라도 제 손님을 밝히게 만들 수는 없습니다."

위추화가 다관을 관리하는 자의 면모를 보였다. 야다관같이 은밀하게 고위 관료나 위세 있는 자들을 손님으로 모시는 곳은 비밀 엄수가 생명이었던 것이다. 따라서 그들의 손님의 신분을 노출하지 않는 것이 불문율이었다.

"살인 사건과 관련된 일이오."

마청의 어조가 다소 딱딱했다.

"여몽이라는 그 아이는 어제 저 홀로 나갔던 게지요. 가끔 저 몰래 손님들과 사사로이 만나는 아이들이 있습니다. 그저 알아도 모르는 척하지요. 혹시 압니까? 위세 있는 사내의 애첩이라도 된다면 다관에 있는 것보다는 나으니 말입니다."

위추화의 태도는 거침이 없었다. 그저 더 이상 캐지 말고 제가 준 설명에 만족하라는 오만함이 그 어투에 녹아 있었다.

"그럼 어제 축시정(오전 2시~3시) 무렵부터 인시초(오전 3시~4시) 사이 그대는 어디서 무엇을 하셨소?"

"호호, 그 시간이면 다관이 한창 바쁠 시간이 아닙니까? 야다관에 있었습니다. 그때 해당이라는 아이가 계속 저와 함께 있었으니 제 행적은 그 아이에게 물으시지요."

마청이 그녀에게서 더 이상 얻을 것이 없다고 판단했는지 심문을 멈추었다.

"알겠소. 그건 내 따로 조사하리다. 이제 돌아가도 좋소."

마청의 말에 위추화가 다시 처음처럼 화사하고 나긋나긋한 미소를 지었다.

"감사합니다. 나리."

그리 인사를 하고 일어선 그녀가 마치 준휘에게 말을 하듯이 벽쪽을 바라보며 친절하게 속삭였다.

"야다관에는 이런저런 많은 이들이 드나듭니다. 그 모든 사연은 그저 그곳에만 남겨두는 것이 좋을 것 같군요."

그리 말한 위추화가 조용히 심문실을 나섰다. 류는 그녀의 당당한 태도에 분명 믿고 있는 바가 있을 것이라 확신했다.

"역시 황족의 비호를 받는다는 소문처럼 뒷배가 확실한 것이 분명합니다."

파인걸 선생의 말에 준휘가 고개를 끄덕였다.

"저리 당당한 것을 보니 보통의 뒷배는 아니겠죠."

류가 동의한다는 듯이 중얼거렸다. 위추화의 당당한 태도와 운냥의 죽음에도 조금도 동요하지 않는 그 냉정함에 류는 치가 떨렸다.

"그래도 그것을 찾아내는 것이 저희 일이 아니겠습니까? 다시 석영정부터 파보시죠. 그 주변을 조사하다 보면 분명 걸리는 것이 있을 것입니다."

준휘가 싱글벙글 웃었다. 준휘의 명에 다시 사호법과 류는 분주해졌다. 그리고 그 실마리가 모습을 드러낸 것은 바로 며칠 후였다.

"그렇다면 석영정이 고천의의 비밀을 무엇인가 알고 있었고 그래서 사라진 여인들을 찾으려면 어디로 가야 하는지 알고 있었다?"

준휘의 말에 마청이 고개를 끄덕였다. 정청 안에는 평소처럼 파인걸 선생 이하 모두가 모여 있었다.

"네, 아무래도 운냥은 실수로 납치된 것 같습니다만 석영정의 애원에도 내어줄 수 없는 사유가 있었던 모양입니다."

마청의 설명에 모두의 마음이 무거워졌다.

"야다관은 황도의 위세 있는 자들의 구미에 맞추어 여인들을 제공하였다 합니다."

마청과 함께 같이 조사를 진행한 왕한의 보충 설명에 모두가 무겁게 고개를 끄덕였다.

"즉, 운냥도 그런 희생자 중 한 명이었던 모양입니다. 그런 특이한 성벽을 지닌 사람을 찾을 수 있다면 범위가 훨씬 줄어들 텐데요."

조양이 뭔가 아쉬운 듯 중얼거리더니 고개를 번쩍 들었다.

"그럼 이제 기녀들을 탐문하여 그에 대한 조사를 하면 어떻겠습니까?"

준휘가 그 말에 싱글벙글 미소를 지었다. 류는 무엇인가 새로운 사실을 알았을 때 짓는 그의 표정임을 알았기에 조용히 그의 다음 말을 기다렸다.

"제가 들은 바에 따르면 황실의 외척 중 한 사람이 매우 특이한 성벽 때문에 기녀들의 기피 대상이 되었다는군요."

준휘의 말이 떨어지자마자 사호법들이 놀라 저마다 한마디씩 덧붙였다. 오직 파인걸 선생과 류만이 침묵을 지키고 있었다.

"예에?"

"어찌 벌써 그것을?"

"언제 따로 조사를 하셨습니까?"

사호법들의 놀란 목소리를 들으며 준휘가 아무렇지도 않은 듯 싱긋 웃으며 보충 설명을 이었다.

"제 지인을 활용했습니다. 그런데 그 사내가 누구일 것 같습니까?"

모두가 궁금한 듯 숨을 죽였다. 오직 류만이 그 사내의 정체보다 준휘에게 정보를 알려주었다는 그 지인이 더욱 궁금했다. 그 지인이 누구인지 알 것도 같아 어쩐지 속이 쓰렸다.

"바로 장 귀비의 백부인 장가보였습니다."

모두가 그 추악함에 고개를 저었다. 안 그래도 최근 장가보에 대한 흉악한 소문이 개봉에 파다했다. 매관매직, 부정축재 등 그 범위도 다양했다. 그런 자이니 기이한 성벽을 가졌다는 사실이 그리 특이해 보이지는 않았다.

"그리고 또 재미있는 것은 그와 쌍벽을 이루는 자가 바로 조상이었습니다."

"헉!"

모두가 비명을 질렀다. 동시에 드디어 찾아낸 연결 고리에 모두가 환성을 질렀다. 장가보가 고천의의 누각을 달라 했던 사유는 아무래도 조상의 부탁을 받은 것이 분명했다.

"연결 고리는 찾았습니다만 이를 어찌 증명할 수 있겠습니까?"

파인걸 선생의 말에 모두의 얼굴이 다시 어두워졌다. 심증은 있으나 물증이 없다는 것이 문제였다.

"일단 정면 돌파를 해봐야겠습니다."

준휘의 상큼한 표정에 모두가 그를 주시했다. 무슨 계획이라도 있는 것인지 모두가 무언의 질문을 보냈다.

"제가 직접 폐하를 알현하여 누각을 허물 것을 주청하겠습니다."

너무나 대담무쌍한 발언에 모두가 숨을 죽였다. 평소 준휘가 이런 일에 타협이 없고 지방관 시절부터 고위 관리나 황족들의 비리를 수시로 고발하였던 것을 알고 있었다. 하지만 장가보는 황제가 가장 총애하는 귀비의 백부였다. 귀비의 아비가 일찍 병사하여 백부의 손에 자랐기에 장 귀비는 제 백부를 친아비처럼 대하고 있었다. 자칫하다가는 준휘의 안위가 위험할지도 몰랐다. 아무리 공명정대한 황제라도 제 가족에 대한 일에까지 관대함을 기대하기는 어려웠다. 최악의 경우 황제의 노여움을 사게 되면 아무리 준휘라도 어쩔 수가 없는 일이었다.

"하지만 대인……."

파인걸 선생이 뭐라 말을 이으려는 것을 준휘가 손을 들어 막았다.

"아무리 폐하께서 귀비를 총애한다 하나 초법적인 일까지 수용하시는 분은 아닙니다. 폐하를 믿어보도록 하시죠."

자신 있는 준휘의 음성에 모두가 고개를 끄덕였지만 류는 걱정스러운 마음을 금할 수가 없었다.

"그러면 아마 조상도 이제는 움직일 것입니다. 어떤 방식으로 나올지 자못 기대가 됩니다."

여전히 무사태평하고 즐거워하는 그의 음성에 모두가 고개를 저었다. 하지만 준휘를 말린다고 될 일이 아니기에 그저 폐하가 이성적으로 이 일을 받아들이기만을 모두가 간절하게 바라고 있었다.

8. 네가 걱정할까 싶어 돌아온 것이다

운냥의 살인 사건을 계속 수사하며 범인을 검거하려 애쓰는 동시에 준휘는 예정대로 황제를 알현하기로 하였다. 어느새 날이 초가을로 치닫고 있어서 조석으로는 바람이 선선하게 느껴지기도 했다. 준휘가 황궁으로 향하는 날, 류는 아침부터 초조했다. 결국 밤새 잠을 설친 류가 이른 아침에 깨어났다. 그리고 불안하게 서성이다가 마음을 가라앉히려 멍하니 후원을 바라보았다. 후원에 피어난 상사화의 그윽한 향이 청송재를 가득 채우고 있었다.

"녀석, 여전히 아침잠이 없구나."

상사화를 바라보며 생각에 잠긴 류에게 준휘가 말을 걸었다. 그제야 제 생각에 잠겨 있던 류가 고개를 돌렸다. 관복을 차려입은 준휘가 류의 옆에 서 있었다. 류는 그가 가까이 다가오는지조차 몰랐다. 류가 까맣고 진한 눈으로 그를 바라보았다. 말은 없어도 류의 눈빛에 담긴 심려가 고스란히 보였다.

"걱정하지 말거라. 폐하는 누구보다 백성을 아끼고 사랑하는 공정한 분이시다. 아니, 그러기 위해서 무던히 노력하시는 분이시지."

준휘가 류의 정수리를 쓱쓱 쓰다듬으며 설명했다. 하지만 여전히 류는 마음이 무겁기만 했다.

"그리고 내가 언제 말로 하는 일에 실수가 있더냐? 그것은 모두가 인정한 것이다."

준휘가 싱긋 웃으며 찌푸려진 류의 미간을 엄지로 쓱쓱 쓸었다. 예전과는 달리 최근에 류는 그런 준휘의 행동을 별 거부감 없이 받아들이고 있었다. 류는 애써 그것이 자신을 사내로 알고 있는 준휘에게 이상한 오해를 피하기 위함이라고 자위하고 있었다. 하지만 그의 손길이 닿을 때마다 류는 그의 따뜻한 마음이 느껴지는 것 같아서 점점 중독되고 있었다. 그런 따뜻한 온기가 항상 애타는 류였기 때문이었다.

"하오나,"

준휘의 손가락이 류의 입술에 닿았다. 순간 류의 커다란 눈이 더욱 커졌다. 입술에 닿은 그의 손길이 깃털처럼 부드러웠다. 그러나 동시에 그 부분이 타는 것처럼 뜨거웠다. 그래서 류의 말문이 턱 하고 막히고 말았다.

"지나치게 걱정함은 네가 나를 믿지 못한다는 뜻으로 알겠다."

짐짓 심각한 체하는 준휘의 음성에 류가 간신히 아주 작은 미소를 지었다. 그 미소가 눈이 부신 듯 준휘 역시 미소를 지었다. 그리고 입술에 닿았던 준휘의 손길이 자연스럽게 잘 익은 복숭아처럼 아름다운 류의 뺨을 쓸었다.

찌릿!

류가 예상치 못한 준휘의 손놀림에 놀라 움찔했다. 곧 류는 호흡까지 멈추고 굳어버렸다. 그런 류를 바라보는 준휘의 눈빛이 어쩐지 깊어진 것 같았다. 장난스럽던 그의 표정이 사라지고 그가 알 수 없다는 모호한 표정으로 류를 응시했다.

모든 것이 움직임을 멈추고 청송재를 채우던 사소한 소음들이 순식간에 사라졌다. 류에게는 마치 부서질 것처럼 거칠게 뛰는 제 심장 소리만이 크게 들렸다. 그리고 그에게서 풍기는 은은한 먹의 향기에 코가 마비되는 기분이었다. 류의 눈 속에는 오직 준휘의 모습만이 담겨 있었다.

매일 보는 그였지만 이 순간 준휘는 마치 처음 본 사람처럼 낯설었다. 류가 멍한 눈빛으로 그의 잘생긴 눈썹과 쭉 곧게 뻗은 아름다운 콧대 그리고 모양 좋은 입술을 차례차례 바라보았다. 무엇보다도 자신의 모습을 고스란히 담고 있는 그의 맑고 큰 눈동자에서 시선을 뗄 수가 없었다.

준휘 역시 마치 처음 보는 것처럼 류를 응시하였다. 그의 눈빛에 알 수 없는 감정이 섞여 있었지만 류는 그것이 무엇인지 제대로 이해할 수 없었다. 서로를 바라보는 두 사람의 눈빛이 한 치도 흔들리지 않았다. 그저 평범하던 한순간이 영원으로 변모하였다. 약간 긴장이 되면서도 설명할 수 없는 안온하고 사랑스러운 분위기가 두 사람을 감싸고 있었다. 두 사람 모두 애써 그것을 깨뜨리고 싶지 않아 움직이지도 소리를 내지도 않았다. 오직 후원에서 풍기는 상사화의 향만이 주변을 그윽하게 채우고 있었다.

"나리!"

갑작스레 들려온 금보의 목소리에 편작(마법) 같았던 순간이 깨어졌다. 류가 흠칫 놀라 얼른 뒤로 물러났고 그런 류를 준휘의 강한 시선이 따르고 있었다. 류는 그의 강렬한 눈빛을 차마 마주하지 못하고 시선을 돌렸다. 하지만 류의 심장은 여전히 미친 듯이 뛰고 있었다.

"태평거(太平車, 수레)가 준비되었습니다. 어서 가시지요."

본래 준휘는 말을 타고 움직이는 것을 좋아하였으나 오늘은 황궁에 들어가는 일이기에 부득이하게 수레를 준비한 것이다.

"알았다."

류도 개인 호위로서 함께 가고 싶었다. 하지만 황궁 안까지 검을 들고 들어갈 수도 없고 그 앞까지는 사호법들이 그와 함께하기에 청송재에 머물게 되었던 것이다. 아무것도 하지 못하고 그저 기다리기만 하는 것이 끔찍하게 싫었지만 류는 그의 명을 따를 수밖에 없었다.

"다녀오마!"

심상한 인사를 남기고 준휘가 멀어져 갔다. 점점 작아지는 그의 넓은 등을 바라보며 류는 설명할 수 없는 감정에 혼란스러웠다.

하지만 그에게 무슨 일이 생긴다는 생각만으로도 등골이 오싹해지면서도 식은땀이 흘렀다.

'제발!'

류는 무엇인지도 모를 소원을 간절하게 빌고 있었다. 검을 쥔 류의 손이 하얗게 질려 있었다. 평소처럼 웃는 그를 다시 볼 수 있기를, 그와 평범하게 개봉부로 매일 아침 등청할 수 있기를! 평화로운 일상이 계속되기를 기도하는 류는 간절한 제 심정을 제대로 깨닫지 못하고 있었다.

"에고, 녀석아 정신 사나워 죽겠다. 어련히 때가 되면 돌아오시겠지."

금보가 아침나절부터 초조하게 마당을 서성거리는 류를 보며 타박을 했다. 하루 종일 대문만을 바라보며 이제나저제나 준휘가 돌아오기만을 기다리는 류였다. 준휘가 진시정(오전 8시) 무렵 청송재를 나선 이후 벌써 거의 하루가 지나 있었다. 이미 삼경(오후 11시~1시)을 향해가는 늦은 시간이었다. 황제를 알현하는 일만이라면 벌써 끝나고도 넘칠 시간이었고, 일이 잘 마무리가 되었다면 돌아오고도 남을 시간이었다. 청송재에서 황궁까지는 고작 한 식경이면 도달하는 거리였기에 돌아오느라 시간이 지체된다고 볼 수도 없었기 때문이었다.

"알고 있습니다."

기운이 없는 류의 말투에 금보는 곧 짠해지고 말았다. 금보도 말로는 류를 타박했지만 걱정이 되는 것은 마찬가지였다. 하지만

평소에는 표정 없이 냉정하던 류가 나리가 집을 나선 이후 시간이
지날 때마다 점점 파리해졌다. 이제는 마치 한 달을 굶은 아이처
럼 핼쑥해 보이기까지 했다. 류가 어찌나 근심을 하는지 오히려
그 모습을 바라보던 금보는 되려 침착해졌다.

"대인, 정신을 차리십시오."

그때 대문 바깥에서 들려온 장위의 목소리에 류가 나는 듯이 대
문을 향해 나아갔다. 류는 지금 오직 준휘를 볼 수 있다는 한 가지
생각뿐이었다. 금보보다 빠르게 대문을 열자 양쪽에 장위와 조양
의 부축을 받고 서 있는 준휘가 보였다.

"나리!"

류가 비명처럼 준휘를 불렀다. 항상 단정하고 곧은 걸음을 유지
하던 준휘였다. 그런데 지금 거의 쓰러질 듯 장위와 조양에게 기
대고 있는 모습을 보자 류는 손이 덜덜 떨렸다. 그 모습이 마치 부
상을 입은 듯해 류의 심장이 바닥으로 툭 하고 떨어졌다.

'설마, 설마?'

폐하의 노여움을 사서 혹시 벌을 받은 것인가? 류의 머릿속이
걱정으로 혼란스러웠다. 대체 얼마나 다쳤기에 제 발로 걷지도 못
하고 부축을 받고 있는 것인지 눈앞이 깜깜했다. 덩치가 큰 준휘
를 지탱하느라 두 호법의 얼굴에서 식은땀이 줄줄 흘러내리고 있
었다. 준휘는 의식이 없는 것이 분명했다.

"괘, 괜찮으신 것입니까?"

류의 목소리가 평소보다 매우 높았다. 그래서 그 음성이 여인처
럼 가늘게 들려 장위와 조양이 살짝 고개를 갸웃했다. 하지만 근

심으로 파리하게 질린 류의 모습에 장위가 급히 설명을 하려 입을
막 벌리려던 찰나였다.

"나리! 제발 정신 좀 차려보십시오."

류가 거의 절규하듯이 외치며 준휘에게 다가섰다. 너무 놀라 곧
쓰러질 것처럼 멈칫하던 류가 죽어가는 정인을 보는 여인처럼 애
타게 준휘를 부르고 있었다. 항상 가면처럼 무표정하던 류의 얼굴
이 근심으로 창백하게 질려 있었다. 눈물을 흘리는 것은 아니었으
나 오히려 백지처럼 질린 류의 표정이 더욱 그 감정을 강하게 전
달하고 있었다.

"류?"

거의 정신이 없이 두 호법에게 기대고 있던 준휘가 그 목소리를
알아들었는지 낮은 목소리로 류의 휘를 불렀다.

"네, 나리! 소인 류입니다."

류가 한달음에 준휘에게 다가와 장위가 애써 붙잡고 있던 오른
쪽 팔을 제가 부축하려 했다. 무겁다며 만류하려던 장위는 류의
절실하고 처연한 모습에 저도 모르게 준휘의 팔을 류에게 양보하
고 말았다. 왼쪽 팔을 여전히 조양이 부축하고 있었으나 류 쪽으
로 준휘의 몸이 기울자 류가 휘청했다.

"나리!"

준휘의 몸이 타는 듯이 뜨거웠다. 중심을 잃고 제 쪽으로 쓰러
져 기대어오는 준휘 때문에 류는 거의 이성을 잃었다. 그가 크게
다친 것이 분명했다. 그럼 어서 의원에게 데려가지 않고 어찌 이
런 몸인 그를 집으로 데려온 것인지 류는 두 호법들을 원망하고

있었다.

"제발 정신을 차리십시오. 어서 의원에게,"

류의 절박함 외침에 '큭큭' 하고 낮게 웃는 준휘의 소리가 들렸다. 순간 류가 제가 제대로 들은 것인지 멍한 얼굴로 준휘를 바라보았다. 그제야 류는 준휘가 웃는 얼굴로 자신을 바라보고 있는 것을 알았다. 하지만 어쩐지 그의 눈빛이 평소답지 않게 약간 풀려 있어 나른해 보였다.

"수…… 울 한잔 마신다고, 히끅, 사람이 죽기라도 하겠느냐?"

준휘가 여전히 휘청거리면서 약간 어눌한 말투로 류를 놀렸다. 류가 충격으로 멍하여 어떤 질문도 못하고 있자 류를 따라 대문 밖으로 나왔던 금보가 조양에게 상황을 물었다. 처음엔 금보도 깜짝 놀랐으나 이내 나리가 다친 것이 아니라는 곧 알아차렸기에 침착할 수 있었다. 장위나 조양의 얼굴이 불쾌했으며 그들의 표정이 마치 떼를 쓰는 아이를 대하는 것처럼 난감한 표정이었기 때문이다.

"대체 어찌 된 일입니까?"

금보의 질문에 장위와 조양이 그제야 상황을 빠르게 설명하기 시작했다. 준휘가 황제께 주청을 드렸고 다소 논란은 있었으나 마침내 해당 누각을 철거하라는 황명이 떨어졌던 것이다. 역시 류처럼 노심초사하며 황궁 바깥에서 결과를 기다리던 사호법들이 그 소식에 환호했고 결국 파인걸 선생까지 합세하여 축하주를 마셨던 참이었다. 평소 술을 즐기지 않았던 준휘가 사호법과 파인걸 선생이 권하는 술을 거부하지 못하고 다소 과하게 마신 것이 문제였다.

"그럼 지금 그냥 약주에 취하셨다는 말씀이십니까?"

금보가 어이없는 표정으로 두 호법에게 묻자 그들이 고개를 끄덕였다. '많이 취하셨으니 주점에서 가까운 개봉부 청심루에 하룻밤 머무시라'는 사호법의 권유에도 한사코 청송재로 돌아오겠다고 준휘가 주장하여 이리 왔다는 설명이었다.

"그렇다네. 그런데 류가 너무 놀라서 설명을 할 시간이 없었네."

장위도 술이 얼큰하게 취했던지 평소답지 않게 행동도 굼뜨고 말도 다소 어눌했다.

"우리 류…… 우가 내 걱정을, 히끅, 이리 하는 줄은 몰랐구나."

준휘의 장난스런 말투에 돌처럼 굳었던 류가 갑자기 움직였다. 부축하고 있던 오른팔을 확 놓고 류가 한 걸음 물러나자 금보가 혀를 끌끌 차며 휘청거리는 준휘의 오른팔을 대신 부축했다.

"이, 이런 장난은 하지 마십시오."

류의 목소리가 얼음처럼 차가웠다. 하지만 류의 음성이 살짝 떨리고 있었다. 조금 전까지 근심으로 제정신이 아니었던 류가 맞는지 장위와 조양까지 술이 번쩍 깨는 기분이었다. 준휘 역시 얼음같이 차가운 류의 말투에 찬물이라도 뒤집어쓴 듯 정신이 번쩍 났다.

"아, 그것이…….

준휘가 뭐라 말을 마치기도 전에 류가 간단히 목례를 하고는 황급하게 안으로 사라졌다. 그 모습을 바라보던 준휘가 류에게 들리지도 않을 말을 중얼거렸다.

"네가 걱정할까 싶어 돌아온 것이다."

정신은 없었지만 오늘 밤 청송재로 돌아오지 않으면 류의 걱정이 이만저만이 아닐 것 같아 무리해서 돌아온 준휘였다. 그러나 류의 격한 반응에 준휘는 무적이나 미안해지고 말았다.

"미리 연통이라도 좀 주시지요. 류가 하루 종일 물 한 모금 제대로 마시지 못하고 마당에서 내내 나리를 기다렸습니다."

금보의 설명에 모두가 입을 다물었다. 아까 언뜻 핼쑥했던 류의 표정과 준휘가 다친 것으로 오해하고 놀란 류가 생각나 마음이 짠해졌던 것이다. 류가 고아라는 사실을 모두가 알고 있었기에 류의 걱정의 강도를 그제야 그들은 이해할 수 있었다. 류가 준휘를 제 주군이 아니라 친형님처럼 따르고 있는 것을 모두가 알고 있었다.

"대인, 류를 잘 위로해 주십시오."

조양이 그리 준휘에게 고하고 돌아가려는지 고개를 숙였다.

"네, 녀석이 저희들 생각보다 더 대인을 정말로 끔찍하게 위하고 있었나 봅니다."

장위 역시 미안한 표정으로 중얼거리더니 간단히 목례를 하고 돌아섰다. 집 안으로 들어서는 준휘의 걸음걸이가 반듯했다. 금보는 상황을 눈치채고 급히 제 거처로 물러났다.

잠시 후, 류의 방문 앞에서 준휘가 멈칫하고 말았다. 들어가기 위해서 문을 두드리려던 준휘에게 작은 소리가 들렸던 것이다. 소리가 바깥으로 새어 나오지 않게 기척을 죽이고 있었지만 준휘는 알 수 있었다. 류의 아주 미약한 흐느낌 소리에 준휘는 어찌할 바를 모르는 어린아이처럼 그 자리에 못 박힌 듯 서 있었다. 거의 반시진을 준휘는 그렇게 류의 방문 앞을 지켰다.

9. 급습 그리고 사라진 기억

다음날, 개봉부로 나서기 위해서 평소처럼 류가 대문 앞에서 준휘를 기다리고 있었다. 류의 눈자위가 약간 붉었으나 행동은 평소와 다름이 없었다. 준휘 역시 류가 민망해할까 싶었는지 아무런 말도 하지 않았다. 그렇게 함께 개봉부로 향하는 두 사람의 뒷모습을 금보가 배웅하고 있었다.

"참, 알다가도 모를 일이야."

마치 뭐 마려운 강아지처럼 류의 안색을 살피는 준휘의 낯선 표정에 금보가 저도 모르게 히죽거리고 말았다. 참으로 류라는 아이는 별말이 없었지만 제 주인의 마음을 아주 쉽게 쥐락펴락하고 있었다. 마치 내외하는 서툰 정인들 같은 모습이 다소 어이없기도 했다.

"서, 설마?"

그렇게 히죽거리던 금보가 갑자기 떠오른 생각에 깜짝 놀라 중 얼거렸다. 그러다가 제 생각이 터무니없다고 생각했는지 고개를 휙휙 젓고는 얼른 대문을 닫고 안으로 들어갔다. 개봉의 청명한 하늘이 오늘따라 유독 높고 쾌청했다.

"류?"

청송재를 나선 후 거의 일각 가까이 두 사람은 아무런 말 없이 걸었다. 청송재에서 느린 걸음으로 한 식경이면 개봉부에 도착하 는 거리였다. 류는 어제 너무나 격하게 드러낸 제 감정에 민망하 여 부러 평소처럼 행동했다.

가만히 생각해 보니 준휘가 의도적으로 자신을 희롱한 것은 아 니었다. 오히려 술에 취한 사람을 다친 것으로 오해하여 수선을 떤 사람은 류 자신이었다. 하지만 그가 다쳤다고 생각하는 순간 삼 년 전 가족을 잃었을 때처럼 정신이 아득해졌다. 어느새 류는 제가 준휘를 마치 정말 형님(?)처럼 혹은 아비처럼 의지하고 있었 다는 것을 깨달았다. 또 혼자 남겨질까 봐 그것이 처음으로 두려 워졌던 것이다. 어제 류가 마주한 것은 제 안에 숨겨져 있던 그 두 려움이었다.

"저기?"

아까부터 준휘가 뭔가 할 말이 있는 것처럼 제 눈치를 보고 있 는 것을 알았지만 류는 오히려 모른 체했다. 부끄러워 부러 그가 그저 어제 일을 기억하지 않았으면 하고 바랐으나 그것은 요원한

모양이었다. 개봉부의 정문이 보이는 지점에 다다르자 결국 준휘
가 몸을 돌려 류를 똑바로 바라보았다.

"말씀하십시오, 나리."

류가 어쩔 수 없이 민망하지만 그의 말을 듣기로 했다. 하지만
차마 그의 눈을 바라보지 못하고 그의 발밑에 시선을 고정하고 있
었다.

"어제는 미안했다."

준휘의 사과에 류가 오히려 몸 둘 바를 몰랐다. 제 주군인 준휘
가 제게 이리 사죄를 하니 류는 고맙기도 하고 민망하기도 해 얼
른 대답을 하지 못했다. 그러나 시선도 맞추지 않고 대답도 않는
류를 보고 화가 났다고 오해를 한 준휘가 정말로 열심히 설명을
했다.

"그것이 네가 그리 걱정을 할지 몰랐다. 술이 과했던 것뿐이지
너를 희롱하거나 그럴 의도는 없었다."

준휘의 진심 어린 사과에 류가 고개를 끄덕였다. 못된 장난에
용서를 비는 아이 같은 준휘의 표정에 류의 마음이 사르르 풀어졌
다. 사실은 어제 그가 멀쩡하다는 사실을 알고부터 류는 모든 것
이 괜찮았다. 너무나 안심이 되어 부끄럽게도 몰래 흐느끼기까지
했다. 아무리 해도 흐느낌이 멈추지 않아서 참으로 난감했었다.

"괜찮습니다. 나리."

류가 조용히 대답을 하자 그제야 준휘의 굳었던 얼굴이 확 펴졌
다. 그의 밝은 얼굴을 보니 류의 마음에도 밝은 햇살이 비치는 기
분이었다.

"오히려 소란을 피워 제가 송구합니다."

평소같이 건조한 류의 말투에 준휘가 '어쩔 수 없는 녀석이군'
이라는 표정을 지었다. 그리고는 큰 손을 들어 류의 정수리를 쓱
쓱 쓰다듬었다. 류가 약간 움찔하긴 했으나 조용히 서 있었다.

"자, 가자. 아무래도 오늘은 개봉부에 일이 좀 많을 것 같구나."

준휘가 그리 말을 하고는 휘적휘적 큰 보폭으로 개봉부의 정문
을 향해 걸어갔다. 제 정수리를 한 번 쓱 매만지고 난 류가 황급
히 그를 쫓아 안으로 들어섰다. 그의 예상대로 그날 개봉부는 무
척이나 분주했다.

"감사 일정이 정해졌습니다."

한 식경 후, 정청에서 준휘는 파인걸 선생의 보고에 그저 어깨
를 으쓱했다. 오히려 옆에 서 있던 류의 얼굴이 굳어졌다.

"호조에서 개봉부에서 사용되는 비용이 적법하게 쓰이고 있는
지 살피겠다는 통보를 전달해 왔습니다."

파인걸 선생이 제 수염을 쓰다듬으며 낮은 목소리로 상황을 설
명했다. 그 역시 이런 일을 예상이라도 하였는지 침착했다.

"드디어 반격이 시작된 것일까요?"

오히려 준휘의 표정은 밝았다. 황제의 어명으로 누각까지 헐게
하였으니 조상이 어떻게 해서든 준휘를 제거하려 할 것이라는 예
측을 했던 참이었다. 하지만 이렇게 빠르게 움직이리라고는 예상
치 못했다.

"그런 것 같습니다."

파인걸 선생이 동의하자 준휘 역시 고개를 끄덕였다. 송나라에서는 어느 왕조보다 호조의 권력이 컸다. 그래서 호조가 비용을 문제 삼아 관리의 흠을 잡으면 참으로 어려운 일이 될 수도 있었다. 하지만 준휘의 자신 있는 표정에 류는 그를 믿었다. 누구보다 청렴결백한 그를 알기에 류는 더 이상 근심하지 않고 제가 할 수 있는 일을 하기로 마음을 먹었다. 다만 조상이 없던 일을 만들어 준휘를 모함하지 않기만을 바랐다.

"당분간 힘이 드시겠습니다만 잘 부탁드립니다."

준휘의 당부에 걱정하지 말라는 듯 파인걸 선생이 시원하게 대답을 했다.

"네, 제가 알아서 준비를 하도록 하겠습니다."

파인걸 선생이 물러나고 류도 조용히 물러나려던 참이었다.

"류!"

류가 그의 부름에 조용히 읍을 하고 다음 말을 기다렸다.

"지난번 고천의의 누각에서 말이다."

준휘가 당시 사용되었던 작은 표창을 바라보며 말을 이었다.

"혹시 그자들의 움직임에 뭔가 이상한 점이 없었느냐?"

그의 질문에 류가 곰곰이 당시를 떠올렸다. 워낙 정신이 없긴 했지만 표창을 활용하고 산을 타고 도망치는 습격자의 움직임이 낯설었던 기억이 났다. 분명 그자는 험준한 산맥을 따라 작은 공간에서 움직이는 것에 능한 자였다. 중원에서 무술을 익힌 사람들과는 그 움직임과 호흡이 달랐던 것이 이제야 떠올랐다.

"아!"

류가 작은 비명을 지르자 준휘가 그런 류가 기특한지 싱긋 웃었다. 평소 같은 그의 미소에 류의 심장이 간질간질한 기분이었다. 그리고 마치 어제처럼 평범한 일상이 너무나 좋았다. '언제까지나 그의 저 상큼한 미소를 볼 수 있었으면 좋겠다'고 류는 생각했다.

"그래. 맞다. 아무래도 그들은 장족이 아닌가 싶구나."

류가 동의한다는 뜻으로 고개를 살짝 끄덕였다. 한편으론 어찌 그가 그것을 파악할 수 있었는지 궁금해졌다. 류야 무술을 익혀 중원의 것과 외부의 것을 구분할 수 있었지만 글만 읽는 준휘가 그것을 구분할 수 있는 줄을 몰랐다.

"최근 조상이 운영하는 북쪽 광산에 장족이 자주 눈에 띈다고 하더구나. 워낙 산에 익숙한 자들이니 쓰는 것이 그리 이상한 것은 아니지만 그들이 여기 개봉까지 왔다는 것은 전혀 다른 문제이지."

준휘가 류에게 명을 내렸다.

"장위를 도와 개봉에 머물고 있는 장족의 수를 파악해 보거라. 이미 장위에게는 말을 해두었다. 분명 그들은 특정한 지역에 머물고 있을 것이니 그 자취를 찾는 것이 어렵지는 않을 거다."

류가 조용히 목례를 하고 주어진 임무를 생각하면 정청을 나섰다. 홀로 남은 준휘가 백지 위에 몇 가지를 적었다.

―토번, 차(茶), 조상, 야다관, 여인들 그리고 하청풍!

이러저러한 선들이 어지럽게 연결된 종이를 준휘가 한동안 물끄러미 바라보며 사색에 잠겼다. 그의 머릿속에서 하나의 추리가 완성되고 있음이 분명했다. 사호법과 류가 찾아온 작은 단서들이 그 추론을 더욱 세밀하게 보완해 줄 것이었다. 이후 준휘는 사건의 큰 윤곽을 찾아내느라 개봉부의 사람들은 호조의 감사에 임하느라 매우 정신없는 나날이 이십여 일간 지속되었다.

"이럴 수가 있습니까?"

사호법 중 가장 성격이 불같은 마청이 분통을 터뜨렸다. 개봉부의 한구석, 사호법들이 모여서 잠깐 쉬면서 담소를 하고 있었다. 마침 점심을 먹고 한숨 돌리던 류가 지나치다 그들의 대화에 참여한 것이었다.

스무 날에 걸친 감사 결과 특이한 점이나 문제는 발견되지 않았다. 모두가 다행이라며 한숨 돌리는 순간, 호조에서는 연말까지 개봉부의 연간 집행 비용을 전년보다 한 달 치 정도를 축소하라고 명을 내렸다. 올해 홍수로 인하여 예상보다 개봉의 세수가 줄었기에 각 관청들의 비용을 축소해야 한다는 것이 그 사유였다.

"개봉부만 그런 것이 아니네."

사호법 중 가장 연장자인 왕한의 말에 조양이 뾰족한 목소리로 대답했다.

"물론 압니다. 하지만 대체적으로는 연말에 행사나 기타 추가로 집행되는 예비비용의 축소 수준이었지, 저희처럼 전체 비용을 이리 줄이라는 명은 없었습니다."

모두가 알지만 차마 그것에 대해 언급하지 못했던 사실이었다.

"이게 표적 사찰이 아니고 무엇입니까? 류 대인만큼 청렴결백하고 그 봉록까지 어려운 이들에게 나누어 주는 부윤 나리께서 어디 계시다고요. 이건 대인의 손을 자르겠다는 의미 아닙니까?"

장위가 한탄하였다. 류도 정확히는 몰랐으나 이번 감찰 결과가 상당히 불공평하다는 느낌을 받았던 차였다. 탐문 및 기타 활동에 들어가는 비용이 만만치 않았기에 그것의 축소는 개봉부의 상당 업무가 마비될 수도 있다는 뜻이었다.

"그래서 대인께서는 어찌하고 계시냐?"

조양이 준휘의 곁을 항상 지키고 있는 류에게 물었다. 아침 일찍 내용을 전달받은 준휘는 이미 충분히 그 결과를 예상했었는지 별말이 없었다. 다만 생각보다 그 정도가 심했는지 아주 낮게 탄식했을 뿐이었다. 류가 간단히 상황을 말하자 모두가 무거운 표정을 지었다. 하지만 본인들이 할 수 있는 것이 없다는 것을 잘 알기에 그저 제 본분을 지킬 뿐이었다. 더 이상 그런 무거운 분위기를 견딜 수 없었는지 마청이 다른 화제를 꺼냈다.

"그건 그렇고, 류. 너 요즘 장족에 대해서 조사하고 있다며?"

류가 고개를 살짝 끄덕였다. 조사 결과 의외로 최근 개봉에 장족이 매우 빈번하게 드나들었으며 그중 상당수가 사신이 아닌 자들이었다. 허가를 받은 상인들이 다수였지만 다소 뒤가 수상한 음침하고 무기를 쓰는 자들이 있었다는 것을 알아낸 참이었다. 그래서 그들의 과거 입출입을 조사하자 여인들이 실종되던 초기부터 부쩍 그들의 모습이 포착되었다는 것을 알아내었다.

"네, 간단하게 상황을 나리께 말씀드렸습니다."

함께 조사를 한 장위가 간단히 상황을 설명해 주자 왕한, 마청 그리고 조양이 똑같이 심각한 표정으로 고개를 끄덕였다.

"녀석, 이제 영락없는 개봉부의 관원이 다 되었구나."

그 와중에 마청이 류를 칭찬하자 다른 호법들도 기특하다고 동의를 했다.

"그러지 말고 아예 정식으로 시험을 보는 것이 어떠하냐?"

역시 큰 형님답게 왕한이 류에게 제안했다. 류 역시 생각보다 개봉부의 일이 마음에 들었으나 얼른 대답을 하지 못했다. 부모님의 원수를 갚고 나면 대체 어떤 일이 자신에게 벌어질지 알 수가 없었기 때문이었다. 류는 복수를 하고 나서 그 이후의 삶은 한 번도 생각해 보지 않았다. 지금까지 류는 자신은 이미 삼 년 전 사천성에서 다른 이들과 함께 죽었다고 여기고 있었다. 사랑하고 아낄 이가 아무도 없는 이 세상이 무섭기도 하고 남은 생의 의미를 찾을 수가 없었던 것이다.

"바로 대답하지 않아도 된다."

장위가 얼른 대답하지 못하는 류를 보고는 다정하게 속삭였다.

"일단 잘 생각해 보렴."

조양도 류의 어깨를 툭툭 치며 말을 보탰다. 예전 같으면 미리 피했을 테지만 요즘은 사호법들이 마치 형님들처럼 느껴져 류는 가만히 있었다.

"우린 모두 네가 우리와 함께 일을 계속했으면 싶다."

마청까지 진지한 표정으로 권하자 류가 약간 먹먹한 마음으로 고개를 살짝 끄덕였다. 긍정적인 답은 하지 않았지만 사호법들은 무척이나 기뻐하였다. 근 삼 년 만에 처음으로 류는 미래를 생각해 보게 되었다. 류는 개봉에 있는 것이 이런 평범한 삶이 점점 좋아졌다. 그래서 혹시나 제 목표를 잊어버리게 될까 봐 두려웠지만 얼어붙었던 류의 마음에 약한 훈풍이 불고 있었다.

감사가 끝나고 나자 어느새 날은 선선한 가을로 접어들어 개봉 곳곳이 국화로 가득했다. 운낭 살인 사건의 목격자를 끈질기게 탐문하던 마청이 드디어 결과를 얻어냈다. 사건 당일 장가보의 집에서 인시초(오전 3시~4시) 무렵 은밀하게 나온 작은 배가 변하 쪽으로 사라진 것을 새벽 일찍 낚시를 나왔던 낚시꾼이 목격한 것이었다. 특이하게도 그 배가 어두움에도 불구하고 불을 밝히지 않았고 배를 움직이던 자들이 이상한 말을 썼기에 기억하고 있었다고 하였다. 그리고 그 배에서 무엇인가 묵직한 것이 변하로 떨어지는 소리를 들었다고 하였다.

"하지만 그 낚시꾼의 진술은 상황적인 내용일 뿐 결정적인 증좌는 되기 어렵습니다."

마청의 보고를 조용히 듣고 있던 준휘의 말에 마청이 급히 의기소침해졌다. 석영정의 살인 사건부터 근 석 달을 야다관과 그 관련 내용을 조사하느라 힘써온 마청이었기에 모두 그의 마음을 이해했다.

"하지만,"

모두가 준휘의 입을 응시했다. 잠시 말을 멈춘 준휘가 마청을 한 번 보고는 정청 안에 있는 사람들을 둘러보며 싱긋 웃었다.

"일단 야다관을 살펴볼 구실은 되겠습니다."

준휘의 말에 마청의 표정이 다시 밝아졌다.

"그리고 조금 전 류의 보고에 따르면 장족이 주로 움직이는 시점이 매월 달이 어두운 이쯤이라고 하더군요."

모두가 숨을 죽였다. 이어 파인걸 선생이 입을 열었다.

"네, 그리고 지난달 말 사천성에서 올라오던 공차(貢茶)의 일부가 도적을 맞았습니다. 양은 크지 않으나 사천성의 조사 결과 그러한 일이 최근 삼 년 전부터 매우 꾸준하게 발생하고 있었다는군요."

사천성이라는 말에 류가 집중을 했다.

"특이하게도 공차의 도난과 장족의 출현 그리고 여인의 실종이 모두 밀접하게 연결되어 있습니다. 아무래도 누군가 차를 부정한 방법으로 훔쳐 토번과 밀거래를 하고 있는 것 같습니다. 여인들의 실종은 차의 밀수를 숨기기 위한 일종의 연막인 듯싶습니다. 혹은 예전 화번공주처럼 여인들이 차를 나르는 매개체로 활용되었을 수도 있고요."

준휘의 설명에 조양이 질문을 했다.

"그럼 운낭도 본래는 토번으로 차를 가지고 갈 여인이었다는 뜻입니까?"

준휘가 고개를 저었다.

"아닙니다. 운냥은 개봉에 있는 비호세력을 관리하기 위해 희생된 것으로 보입니다. 이런 대담무쌍하고 엄청난 일을 하는데 누군가의 비호가 없이는 불가능하죠. 조상이 제아무리 왕야의 장손이라고 하나 아무런 방책도 없이 장족을 개봉을 드나들게 할 수는 없었을 테니까요."

준휘의 말투가 평소답지 않게 다소 딱딱했다.

"그렇다면 설마 장가보가 황제의 후궁들을 위한 통행증을 불법으로 남발하였다는 뜻입니까?"

깜짝 놀랐는지 조양의 목소리가 높아졌다. 황제의 후궁들을 위한 물품이나 혹은 본가에서 오는 손님들은 특별히 황제의 관인이 찍힌 통행증을 발급받아 누구보다 자유롭게 개봉을 드나들 수 있었다. 그것을 가장 쉽게 얻을 수 있는 방법은 돈이라면 물불을 가리지 않는 장가보에게 뇌물을 주는 것이 적절해 보였다.

"일단은 가능성입니다."

준휘가 앞서 나가려는 조양을 말리고는 말을 이었다.

"제 추리로는 이러한 구도가 그려집니다만 지금 필요한 것은 확실한 물증입니다. 그래서 명일 드디어 준비했던 것을 실행하도록 하겠습니다."

준휘의 명에 사호법들의 얼굴이 비장해졌다. 준휘가 언급한 것이 바로 오래전부터 준비해 온 야다관의 급습이었다. 즉, 실제로 여인들이 옮겨지는 시점에 급습하여 물증을 확보하겠다는 대담하고도 상대방의 허를 찌르는 작전이었다.

제아무리 조상이라 해도 개봉부에서 이 시점에 급습까지 하리라고는 예상할 수 없었을 것이다. 조상은 부러 사건에서 개봉부의 시선을 돌리기 위하여 호조를 움직여 개봉부에 감사를 진행하게 하였기에 준휘가 여력이 없을 것이라 생각했을 것이다. 준휘가 노린 점이 바로 이것이었다. 그래서 감사는 감사대로 작전은 작전대로 진행하느라 준휘의 볼이 푹 꺼져 있었다. 하지만 그의 눈빛만은 형형하게 살아 있었다. 이내 준휘와 파인걸 선생 그리고 사호법들이 은밀하게 작전의 세부를 논의하였다. 류 역시 제 가족의 비극에 대한 진실에 한 걸음 다가선다는 예감에 심장이 두근거렸다.

달빛조차 어둠에 숨어버려 온 세상이 희미하게 보이는 늦은 밤이었다. 밤이 되니 공기가 상당히 서늘했다. 류는 제가 입고 있는 장포를 단단히 여미고는 검을 다시 한 번 고쳐 잡았다. 시간은 이미 삼경이 넘은 늦은 밤, 희미한 달빛조차 없어 한 치 앞을 분간하기 어려웠다. 하지만 개봉부 정청 앞 넓은 마당에는 사호법 이하 개봉부의 관원들이 숨을 죽이고 모여 있었다.

움직임을 감추기 위해서 횃불조차 밝히지 않아서 대체 몇 명이나 있는지조차 분간할 수 없었다. 다만 마당 한가운데에 세워져 있는 계석명(석비)만이 희붐하게 그 모습을 드러내고 있었다.

"준비가 되었습니다."

왕한이 낮은 목소리로 준휘에게 보고했다. 왕한을 비롯하여 마청, 장위 그리고 조양 사호법들이 각자 관원들을 이끌고 제각각 임무를 수행할 예정이었다. 야다관의 대문 쪽은 성격이 불같으며 돌격에 능한 마청이, 나루 쪽은 매복에 능하며 물에 강한 조양이 맡기로 했다. 야다관 안쪽의 수색은 치밀하면서도 민첩한 장위의 몫이었다. 왕한은 사호법의 우두머리로서 현장에서는 준휘를 지근거리에서 보필하며 실질적인 야전 사령관의 임무를 수행할 예정이었다.

"조심하도록 하시게."

준휘 역시 평소보다 훨씬 낮은 음성으로 단 한 가지 부탁을 관원들에게 했다. 모두가 비장한 각오로 고개만 끄덕였다. 파인걸 선생은 개봉부를 지키면서 상황을 주시할 예정이었다. 만약 도움이 필요하거나 예상치 못한 일이 생길 경우, 파인걸 선생만큼 신뢰할 수 있는 사람이 없었다. 그라면 능히 좋은 방책을 생각해 내어 모두를 도울 수 있으리라 여겨졌다.

류는 준휘의 개인 호위 자격으로 참여하게 되었다. 준휘는 별로 내키지 않아 했다. 그러나 류가 워낙 민첩하고 검에도 능하기에 준휘를 위해 관원들을 추가로 배치하는 것보다는 인원을 줄일 수 있다는 왕한의 의견을 따른 것이었다.

'절대 다른 일에는 신경 쓰지 말고 오직 자신의 곁을 지키라'는 준휘의 당부를 떠올리며 류는 다시 한 번 마음을 가다듬었다. 긴장으로 다소 몸이 떨리기는 했지만 적절한 긴장이 오히려 위험에 대처하기에는 좋을 것이었다.

일단 나루 쪽을 담당한 조양이 먼저 움직였다. 나루 쪽을 봉쇄하여 도주자를 막는 것이 목표였다. 그리고 상대적으로 외부였기에 접근이 용이하다는 측면도 고려되었다.

"그럼!"

조양이 짧은 인사를 마치고 개봉부를 빠져나갔다. 일각 후, 장위가 야다관 주변을 정리하기 위하여 먼저 움직였고, 다시 일각 후 마청이 야다관을 향하여 나아갔다.

"가자!"

이후 준휘의 명에 따라 왕한 등이 움직였다. 장위가 주변에 매복하였거나 숨어 있는 자들을 정리하는 동안 마청이 야다관으로 들어가고 이어 왕한이 기타 증인들과 관련자들을 장위와 더불어 호송할 예정이었다.

한 식경 후, 밤이 늦었음에도 대낮처럼 밝은 야다관 주변으로 검은 옷을 차려입은 사내들의 무리가 집결했다. 커다란 소음 없이 그들은 계획에 따라 신속하면서도 정확하게 움직였다. 이때만큼 실전에서 직접 명령을 수행하는 사호법들의 능력이 필요한 때가 없었다. 그때그때 상황에 따른 신속한 판단과 관원들의 움직임은 모두 사호법들에게 의존할 수밖에 없었기 때문이었다. 야다관의 대문이 보이는 거리에서 장위가 짧게 준휘에게 보고했다.

"정리되었습니다."

준휘가 살짝 고개를 끄덕이자 마청이 신속하게 대문을 감시하고 있는 문지기들을 빠르게 정리하기 시작했다. 장위는 뒤에서 마청의 뒤를 엄호했다.

사삭, 스삭, 쿵쿵, 저벅, 저벅, 저벅!

검이 스치는 소리와 분주한 사람들의 발걸음, 그리고 낮은 비명들! 안에서 흘러나오는 풍악 소리에 섞여 사내들의 짧은 비명이 묻혀졌다. 준휘의 명에 따라 사람들을 살(殺)하지 않고 파인걸 선생이 일러준 대로 신속하게 급소만을 노려 기절시켰다. 개봉부 관원들이 마치 조용하면서도 강한 파도처럼 바깥에서부터 야다관 내부로 토끼를 몰아가듯이 움직였다. 축시정(오전 2시~3시) 무렵, 드디어 준휘와 왕한은 여인들이 숨겨져 있던 야다관의 가장 은밀한 곳에 도달할 수 있었다.

"까악, 저는 아무것도 몰라요!"

낯익은 목소리에 준휘의 뒤를 따르던 류가 고개를 돌렸다. 목소리의 주인공은 해당이었다. 류가 잠깐 멈칫한 사이, 준휘가 빠르게 안쪽으로 들어갔다. 곧이어 왕한이 숨어 있던 자들을 빠르게 정리하고는 준휘를 따라 안으로 들어갔다. 준휘를 따라 움직이려던 류가 왕한이 함께 있는 것을 알았기에 잠시 걸음을 멈추었다. 류가 재빠르게 해당에게 다가가 말을 건넸다.

"개봉부에서 나왔습니다."

늦은 밤 갑자기 들이닥친 이들의 정체를 몰라 당황하던 해당이 낯익은 류의 얼굴을 보자 사색이 되었다.

"서, 설마? 너?"

해당이 놀라서 말을 더듬는 사이 류가 재빠르게 그녀를 관원들의 손에서 떼어내고는 조용이 일렀다.

"반항하지 마시고 조용히 협조하시면 됩니다."

침착하고 냉정한 류의 목소리에 해당이 상황을 파악한 듯 조용해졌다. 처음엔 정신이 없어 몰랐으나 해당은 그제야 관원들이 그저 사람들을 기절만 시켰을 뿐 살생하지 않는 것을 깨달았던 것이다. 해당이 미약하게 고개를 끄덕이자 관원 하나가 그녀를 바깥으로 데리고 나갔다. 그것을 확인하고 류가 급하게 준휘가 들어간 방 안으로 들어가려 했다.

"어서 빨리 의원에게 데려가라!"

왕한이 급히 다시 방 밖으로 나왔고 잇따라 관원들이 거의 반라에 가까운 여인들을 한 명씩 부축하며 나오고 있었다. 여인들의 모습이 다소 이상하였으나 류는 일단 준휘 옆으로 가기 위해서 급하게 움직였다.

"나리!"

류가 준휘를 찾아 안으로 들어왔다. 소란하던 야다관이 이제는 고요했다. 그래서 넓은 방 안이 더욱 적막하게 느껴졌다. 그리고 류는 이상한 향에 움찔하고 말았다.

"바깥은 이제 정리가 되었느냐?"

준휘가 류에게 물었다. 하지만 준휘의 시선은 방 한구석에 있는 무엇인가에 고정되어 있었다. 그 모양새를 보아하니 흥미로운 것을 발견하면 정신을 못 차리고 집중하는 준휘의 버릇이 다시 발휘되고 있는 것 같았다.

"네, 이제 대충 정리가 끝났으니 돌아가시지요."

류가 주변을 경계하며 빠르게 말을 이었다. 류의 채근에 뒤를 돌아보는 준휘의 굵은 눈썹과 입꼬리가 살짝 올라갔다.

"이것이 바로 파인걸 선생이 찾던 증좌 같구나."

"네?"

류가 영문을 알 수 없다는 표정으로 준휘를 바라보았다. 이상하게도 준휘의 목소리가 매우 멀리서 들리는 것 같았다. 류의 심장이 마치 부서질 것처럼 빠르게 뛰기 시작했다. 그리고 어쩐지 이상한 향기가 콧속에 질척하게 달라붙는 기분이었다. 구름 위를 걷는 것처럼 발밑이 허전했고 눈의 초점이 맞지 않는 기분이었다.

"방…… 어째 야릇한 ……향으로 가득…… 않…… 으냐? 여…… 인들의 혼을…… 빼…… 것의 정체…… 이것…… 구나."

준휘의 목소리가 마치 동굴에서 울리는 것처럼 메아리쳤고 중간중간 끊겨서 의미를 제대로 파악할 수 없었다. 하지만 류는 준휘가 손가락으로 가리키는 곳을 보고 거의 초점이 풀린 눈으로 멍하게 대답했다.

"그, 그렇군요."

어쩐지 류는 자신의 목소리가 약간 이상했다. 목이 쉰 것처럼 목소리가 훨씬 낮았고 요상하게도 교태를 부리는 것처럼 비음이 섞이고 있었다. 그러나 준휘는 자신이 발견한 것에 정신이 팔려 그런 류의 상태를 알아채지 못한 것 같았다. 준휘가 부지런히 무엇인가를 찾는 듯 주변을 살피고 있었다.

"이…… 것…… 챙…… 야. 양…… 이…… 적…… 지만 일…… 단…… 리자."

이제 준휘의 목소리가 더욱 멀리서 들려왔고 음절들이 하나씩 분리되어 무슨 의미인지 파악할 수가 없었다. 웅크리고 있던 그가 벌떡 일어나 뒤쪽에 서 있던 류를 향하여 돌아선 찰나였다.

"류우…… 우…… 우?"

그가 제 휘를 부르는 것 같았으나 뒤로 계속 메아리가 들렸다. 순간 류의 온몸에서 힘이 빠져 자신을 지탱할 수 없었다. 이상하다고 생각하기도 전에 류는 제 몸이 준휘 쪽으로 쓰러지는 것을 느꼈다.

"무슨…… 일…… 냐?"

준휘가 깜짝 놀라 일단 류를 붙잡았다. 제 얼굴에 닿은 그의 옷자락이 매우 시원했다. 류는 갑자기 제 뜨거운 얼굴을 차가운 옷자락에 계속 비비고 싶은 강한 충동에 시달렸다.

"나, 나리!"

류가 제 상태를 전하기 위해서 그를 불렀으나 그 목소리가 제 소리 같지 않았다. 몽롱하면서 마치 꿈을 꾸는 듯했다. 얼굴이 뜨거웠다. 그리고 눈앞이 침침했으며 점점 숨을 쉬는 것이 힘들어졌다. 그래도 류가 필사적으로 제 상황을 준휘에게 고했다.

"제에, 제 몸이 이…… 상합니다."

자신의 목소리가 아닌 것 같았다. 애써 낮은 음성으로 사내처럼 가장하던 류의 목소리가 본래 제 목소리로 돌아온 것을 류는 미처 알아채지 못했다. 그저 생명줄을 부여잡듯이 준휘를 강하게 끌어안았다.

"이런!"

준휘의 낮은 탄식 소리를 들으며 류의 의식이 점점 희미해져 갔다. 제 몸이 두둥실 가볍게 물 위로 떠오른다는 생각을 하며 류는 비몽사몽간에 미소를 지었다. 누군가 '헉' 하고 급히 숨을 들이켠 것 같았으나 류의 의식은 거기까지였다.

❖

류는 번쩍 눈을 떴다. 그리고 화들짝 놀라 침상에서 벌떡 일어
났다. 본능적으로 검을 찾았고 검을 손에 쥐자 그제야 안심이 되
었다. 그리고 주변을 둘러보니 익숙한 자신의 방이었다.

'휴, 다행이다.'

그녀가 다시 침상에 털썩 주저앉았다. 이상하게도 머리가 멍했
다. 그리고 어딘지 모르게 중간중간 기억이 끊겨 있었다.

"하아, 뭐지?"

류가 제 머리를 감싸 안으며 한숨을 길게 내쉬었다.

"이제 좀 정신이 들어?"

갑자기 위에서 들려온 준휘의 목소리에 류가 깜짝 놀라 침상에
서 벌떡 뛰어내렸다. 하지만 너무 급하게 서둘다가 발이 꼬여 중
심을 잡을 수가 없었다. 꼼짝없이 머리를 박겠구나 하는 생각으로
최대한 고통을 피하기 위해서 류가 몸을 동그랗게 접으려는 순간
이었다. 예상했던 고통 대신 무엇인가 다른 감각이 그녀를 휘감았
다. 넓고 부드러운 것에 류는 제 얼굴을 기대고 있었다.

쿠쿵, 쿠쿵, 쿠쿵!

그녀의 귓가에 힘차게 뛰고 있는 심장 소리가 들렸다. 제 심장
소리인 것일까? 무척이나 튼튼하고 규칙적인 그 소리에 신기하게
도 류는 퍽이나 마음이 안정되는 기분이었다.

"이런 어지러울 텐데 조심해야지."

류가 황당한 듯 자신의 커다란 눈을 깜박거렸다. 지금 이 상황은 분명?

"히익!"

곧 류는 괴상한 신음 소리를 내며 화급히 몸을 움직였다. 그녀가 제 머리를 그의 가슴에 박고 있었던 것이다. 그냥 옆에 있을 때는 몰랐었다. 그러나 그의 품 안에 제가 쏙 안긴 상황이 되자 갑자기 그가 사내라는 사실이 강하게 인지되었다. 준휘는 그녀를 한품에 넉넉히 끌어안을 만큼 단단하고 커다란 사내였다. '훅' 하고 콧속으로 들어온 사내의 향기에 류는 몸이 굳고 말았다.

두근, 두근, 두근!

갑자기 미친 듯이 요동치는 제 심장 때문에 류는 당황했다. 당황한 그녀와 달리 준휘는 아무렇지도 않은 표정으로 서 있었다. 류가 자신의 마음속에서 피어난 예기치 않은 감정을 억지로 억눌렀다. 애써 냉정을 가장하며 일단 인사부터 했다.

"나리, 이렇게 이른 아침부터 소인의 방에는 어인 일이십니까?"

류의 질문에 준휘가 심상하게 대꾸했다.

"지금은 아침이 아니라 이미 사시정(오전 10시~11시)이다."

류의 예쁜 아미 같은 눈썹이 충격으로 살짝 흔들렸다. 매일 묘시초(오전 5시~6시)에는 일어나 준휘를 따라 개봉부에 등청하는 일과를 유지한 류였다. 그러나 이렇게 새까맣게 아무런 생각 없이 늦잠을 잔 것은 생전 처음이었다.

"송구합니다. 나리."

류의 사죄를 듣는 둥 마는 둥, 준휘가 유심히 그녀의 얼굴을 살폈다. 왠지 모르게 류는 얼굴이 뜨거워졌다. 항상 보던 나리인데 왜 이렇게 오늘 심장이 유독 두근거리며 얼굴이 화끈거리는 것인지 그녀는 알 수가 없었다.

"어디 아프거나 불편한 데는 없고?"

그가 걱정스럽다는 듯이 묻자 류가 고개를 갸웃했다. 평소에도 류의 안위를 살피던 준휘였기에 그 질문이 이상하지는 않았으나 어쩐지 무엇인가 다른 느낌이었던 것이다.

"네, 머리가 조금 무거운 것 빼고는 아무렇지도 않습니다."

"으음, 그래?"

류는 이상했다. 다행이라는 것 같기도 하고 뭔가 아쉬운 것 같기도 한 미묘한 그의 표정이었다. 그리고 동시에 그의 눈빛이 이글거리는 것만 같았다.

'뭐지, 저 반응은?'

평소라면 무엇인가 능글맞은 소리라도 했을 준휘인데 오늘은 참으로 반응이 뜨뜻미지근했다. 그의 반응이 약간 이상하긴 했지만 일단 류는 궁금한 것부터 질문을 했다.

"나리, 송구하오나 어제 일은 어떻게 마무리가 되었는지요?"

류는 분명 어젯밤, 야다관을 급습했던 것까지는 기억이 났다. 하지만 아무리 생각해도 무엇인가가 뭉텅 기억에서 잘려 있었다. 앞에 있는 사람은 준휘뿐이기에 어쩔 수 없이 그에게 물을 수밖에 없었다.

"걱정하지 마라. 사호법들이 신속하게 계획대로 움직여 일은 잘 마무리되었다."

다행이라고 류는 생각했으나 뭔가 계속 미진한 것이 있었다.

"그런데 조금 이상합니다, 나리. 기억이 드문드문 끊긴 것이 제가 어떻게 침소까지 돌아왔는지 하나도 기억이 나지 않습니다."

류가 제 머리를 짚으며 곰곰이 생각에 빠졌다. 분명 범상치 않은 상황이었다. 어떻게 이렇게 까맣게 기억이 사라질 수 있는지 신기했다. 그제야 아스라한 기억 너머로 여인들이 잡혀 있던 방 안에 들어간 것이 기억났다.

"저기 분명 제가 여인들이 잡혀 있던 방에까지는 들어갔던 것 같은데 말입니다."

류가 열심히 제 기억을 더듬었으나 이후 모든 것이 흐릿했다. 그리고 꿈이었는지 누군가의 거친 호흡 소리를 들은 것도 같았다.

"험, 험!"

준휘가 갑자기 옆에서 불편한 듯 헛기침을 했다. 류의 눈에 그의 발갛게 달아오른 귓불이 들어왔다. 그리고 그의 시선이 평소답지 않게 그녀를 보지 못하고 이리저리 허공을 헤매고 있었다. 동시에 그의 이마에서 식은땀이 주르르 흘러내렸다.

"나리, 어디가 편찮으십니까?"

류가 그의 표정을 살피다 혹시 고뿔에라도 걸린 것인지 걱정이 되어 물었다. 워낙 건강한 사람이긴 했으나 요즘 일이 과했었다. 제아무리 준휘라도 감사와 작전을 동시에 수행하는 것이 무리가 되었음에 틀림없었다.

"흐흠, 아니다."

그가 화들짝 놀란 듯이 대답을 했다. 뭔가 자신에게 죄를 지은 사람처럼 그의 행동이 무척이나 수상쩍었다. 그러나 그가 제게 죄를 지을 일이 있을 리 없었다.

"나리?"

류의 부름에 그의 시선이 올곧은 그녀의 시선과 마주쳤다. 순간 그의 눈빛이 스친 뜨거운 열기에 류는 흠칫했다.

"어, 어제는 네가 잠시 혼절을 했다."

그의 설명에 류가 입을 쩍 벌렸다. 이렇게 부끄러울 때가, 대체 뭐 때문에 제가 혼절을 했다 말인가? 그때 그 방 안에는 준휘 혼자 있었다. 그리고 주변에 이상한 것은 아무것도 없었다. 대체 무엇 때문이지?

"방에 몰래 숨어 있던 무리 하나가 너를 뒤에 공격했다. 치사하게 암기를 썼더구나."

준휘의 설명에 류가 떨떠름하게 고개를 끄덕였다. 뒤에서 공격해서 순간적으로 혼절하게 만드는 술수가 있다는 이야기를 듣긴 했었지만 그렇게 아무런 기척도 없이 가능한 것일까?

"그럼 나리는 괜찮으셨습니까?"

류의 질문에 그가 다시 초조한 듯 제 입술을 핥았다. 순간 류는 그의 입술이 제 입술에 닿는 상상에 흠칫하고 말았다. 하지만 왜인지 류는 그의 입술이 제 입술에 닿는 느낌을 실제처럼 느낄 수 있었다. 아침부터 이런 망측한 상상이나 하다니, 류가 얼른 고개를 흔들었다.

"음, 다행히 나는 네 덕분에 당하지 않았다. 왕한이 신속하게 움직여서 처리를 했다."

준휘의 설명 속에 무엇인지 알 수 없는 틈이 있었지만 류는 제가 호위의 역할도 제대로 하지 못하고 당했다는 사실에 충격을 받아 더 이상을 생각을 발전시키지 못했다.

"알겠습니다. 다음부터는 제가 조금 더 주의를 하도록 하겠습니다. 나리."

류가 앞으로 더욱 조심을 해야겠다며 다짐을 하는 동안 준휘의 시선이 애틋하게 그녀의 정수리를 훑고 있었다. 그 눈빛이 매우 사랑스러운 존재를 바라보는 것처럼 촉촉했던 것을 류는 그때는 알지 못했다. 개봉의 가을이 그렇게 무엇인가를 여물게 하면서 지나가고 있었다.

10. 흐르는 마음들

"정말 이럴 땐 몸이 두 개였으면 싶습니다."

그 후 며칠간, 야다관을 급습했던 일을 처리하느라 개봉부의 사람들은 무척이나 바빴다. 이리저리 사람들을 심문하고 약에 취한 여자들의 상태도 확인하고 야다관 사람들의 진술도 듣느라 파인걸 선생과 사호법들은 정신이 없었다. 그렇게 정신없이 일을 하던 중간에 결국은 장위가 지쳤는지 불평을 했던 것이다.

마침 중간 점검을 위해 개봉부의 정청에 모두 모여 있었다. 장위의 말에 마청과 조양도 동의한다는 듯이 고개를 끄덕였고 오직 왕한만이 침묵을 지켰다. 파인걸 선생도 퍽이나 지쳤는지 얼굴에 주름이 짙어 보였다.

"일단 야다관 사람들의 진술은 모두 확보하셨습니까?"

준휘의 질문에 사호법들이 고개를 끄덕였다. 하지만 어찌나 다들 입이 무거운지 별 소득이 없어 약간 실망스러운 참이었다.

"어떻게 약에 취했던 여인들은 이제 회복이 되었습니까?"

준휘가 파인걸 선생을 돌아보며 물었다. 파인걸 선생은 업무 중간 중간에 여인들까지 챙기느라 정말로 눈 밑이 까맣게 변할 정도였다. 지친 그들이 안타까워 류가 약하게 한숨을 쉬었다. 류 역시 준휘를 도와 그리 한가했던 것은 아니었다. 하지만 아직 류가 할 수 있는 것은 단순한 일들이었기에 파인걸 선생이나 사호법들에 비할 바가 아니었다.

"네, 다행히 미약에 그리 긴 시간 노출된 것이 아니라서 큰 탈은 없습니다만,"

파인걸 선생이 약간 난감한 표정으로 말을 멈추자 준휘가 어서 계속하라는 표정으로 그를 바라보았다.

"모두 납치를 당하고 미약에까지 노출이 되다 보니 공포심이 너무 강합니다. 그래서 그들에게 진술을 들어야 하는데 그것이 용이치가 않습니다."

준휘가 크게 고개를 끄덕였다. 그 역시 예상했던 일인지라 여인들이 안타까우면서도 배후를 밝히려면 그들의 진술이 중요했기에 준휘 역시 난감하기는 마찬가지였다.

"사호법들이나 다른 관원들이 접촉하면 공포에 질려 혼절하거나 비명을 질러서 참으로 곤란한 지경입니다."

파인걸 선생의 말에 따르면 어쩔 수 없이 개봉부의 하녀들이 간단하게 그녀들을 돌보고 있었다. 하지만 그것도 하루 이틀이지 벌써 수일이 넘어가니 하녀들의 불만도 나오고 있었다.

"아무래도 이런 경우에는 같은 여인이라면 편할 텐데 말이죠."

조양이 지나치듯 그리 말하자 갑자기 준휘의 눈빛이 반짝거리기 시작했다.

"그러게 말입니다. 참 가끔은 개봉부에도 여인들을 전담하는 여자 관원들이 있으면 좋겠다는 생각이 듭니다."

마청이 크게 동의하며 말을 이었다. 아무래도 여인들과 관련된 사건은 사호법들도 난감한 경우가 종종 있었기 때문이었다.

"지난번에도 형님이 그 딸을 잃어서 정신이 없던 여인 때문에 어찌나 곤욕을 치렀던지요."

장위가 왕한을 바라보며 고개를 절레절레 저었다. 류는 지난번 야다관에 잠입하느라 여장(?)을 했을 때 왕한이 급하게 도움을 요청했던 것이 떠올랐다.

"참, 그때 우리 류가 도움이 많이 되었습니다."

왕한도 그때 일이 생각났는지 무표정하던 얼굴이 살짝 펴졌다. 나머지 사호법들도 열광적으로 그때 얼마나 류가 도움이 되었는지를 이야기하자 류는 몸 둘 바를 몰랐다. 그러면서도 제가 도움이 된 것 같아 한편으론 뿌듯하기도 했다. 그런 상황을 주시하며 준휘가 뭔가 좋은 생각이라도 난 듯이 눈빛이 반짝거리는 것을 오직 파인걸 선생만이 눈치채고 있었다.

"그럼 이번에도 그 방법을 써보면 되겠습니다."

준휘의 말에 잠깐 무슨 말인가 하던 사호법들의 시선이 순식간에 류에게로 쏟아졌다. 류는 어쩐지 다음을 예상할 수 있을 것 같은 너무나 정확한 제 예감에 몸을 떨었다. 하지만 류는 애써 모른 척하며 조용히 침묵을 지켰다. 하지만 제게 쏟아지는 사호법들의 눈빛을 점점 무시하기가 어려웠다. 직접 말하지 않아도 류는 그들이 마음속으로 하는 말을 똑똑히 들을 수 있었던 것이다.

"또 저입니까?"

류의 볼멘소리에 준휘가 열심히 살펴보던 문서에서 고개를 들었다. 그 옆에 서 있던 파인걸 선생이 약간 미안한 표정을 지었다. 하지만 준휘는 뭔가 즐거운 것처럼 눈빛이 빛나고 있었다.

"그런 일을 할 수 있는 사람이 또 어디에 있겠느냐?"

'그건 알지만 왜 또 저냐고요?' 라는 말은 차마 할 수 없었다. 지금 이 일은 공식적인 업무였고 정황을 이해 못하는 것도 아니었다. 하지만 어쩐지 준휘가 이 상황을 매우 즐기고 있는 것 같아서 류는 약간 심사가 사나워졌다.

"너도 알다시피 여인들의 진술 확보가 시급하다."

준휘의 정론에 류가 뭐라 반박을 할 수 없었다.

"맞습니다. 어서 진술을 확보하고 여인들을 사랑하는 가족들에게 돌려보내야죠."

조양의 말에 모두가 크게 고개를 끄덕이며, 시간이 촉박하니 관원을 여장을 시켜서라도 어서 진술을 확보해야 한다는 둥, 뻔히 류 들으라고 그들이 입을 맞추고 있었다. 참으로 개성이 강한 이들이었지만 이럴 때에는 정말로 네쌍둥이처럼 죽이 척척 맞는 사호법들이었다.

"상황이 이러한데 아무리 생각해 보아도 지금 너보다 여장이 그럴듯하게 어울리는 관원이 없는 것 같구나."

준휘의 설명에 류가 체념하고 말았다. 하긴 모두가 덩치는 산만
하고 우락부락한 이들뿐이었다. 무공을 익혀 제 몸을 보호할 수
있으면서 여장이 가능한(?) 관원은 류뿐이라며 파인걸 선생이 설
명을 덧붙였다.

"조금 힘들겠지만 자네가 힘을 써주게."

파인걸 선생이 다정하게 류를 위로했다. 류는 설마 이 황당한
계책을 낸 사람이 파인걸 선생인가 싶어 그를 바라보았다. 가끔
평범한 사람은 생각도 못할 계책을 내는 꾀주머니가 바로 파인걸
선생이었기 때문이다. 하지만 아무래도 그의 표정을 보아하니 선
생은 이 계책이 별로 마음에 들지 않는 것 같았다.

"알겠습니다."

썩 마음에 들진 않았지만 결국 류의 대답이 떨어졌다.

"하지만 아무래도 바로 심문을 진행하는 것은 조금 무리가 있
겠지요?"

준휘가 파인걸 선생을 바라보며 말을 이었다. 류가 고개를 갸웃
했다. 여인들의 진술 확보가 시급하다고 했던 와중인데 어찌 바로
일을 할 수 없는지 의아했던 것이다.

"예에? 아, 그렇습니다. 아직 여인들의 경계심이 아주 심합니
다."

갑자기 파인걸 선생이 뭔가 떨떠름한 표정으로 말을 이었다. 마
치 누군가가 눈치를 준 것처럼 어쩐지 선생의 말이 조금 부자연스
러웠다.

"그렇죠?"

준휘가 마치 기다렸다는 듯이 파인걸 선생의 말을 받았다.

"그러니 류가 섣불리 여장만 하고 만났다가는 오히려 일을 그르칠 공산이 큽니다."

파인걸 선생의 말에 준휘가 매우 만족스럽다는 표정으로 고개를 끄덕였다. 옆에 있던 사호법들은 약간 어리둥절해하는 표정이었으나 수사에 단련되어 눈치가 빠른 이들이라 그런지 별말 없이 조용히 준휘와 파인걸 선생의 말을 경청하고 있었다.

"그럼 아무래도 여인들이 며칠 조금 더 마음의 안정을 하게 한 후에 심문을 진행하는 것이 좋겠습니다."

준휘의 결정에 파인걸 선생이 고개를 끄덕였다.

"그런 의미에서 류 네가 조금 더 여인들에 대해서 공부를 해야 할 것 같구나. 아무래도 여인의 옷을 제대로 입는 법이나 화장법 그리고 여인들의 행태를 좀 알아두어야 하지 않겠느냐?"

류가 속으로 한숨을 내쉬었다. 그런 거 알려주지 않아도 다 안다고 하고 싶었다. 지금이야 사정상 남복을 하고 있어도 태생은 여인이 아닌가? 류가 그런 생각으로 속으로 투덜거리고 있던 참이었다.

"자, 그럼 너는 당분간 옥란 낭자에게 가서 이런저런 일을 배워야겠다."

옥란이라는 휘에 류의 이마가 살짝 찡그려졌다. 여기서 왜 그 여인의 휘를 들어야 하는지 알 수가 없었다. 무엇보다도 나리가 아끼는 그녀 옆에 있는 것이 싫었다. 두 사람 사이에 흐르는 그 애틋함이 싫었던 것이다. 준휘의 마음은 어떠한지는 확실히 모르겠으나, 옥란이라는 그 여인은 분명 그를 은애하고 있었다. 차마 그 마음을 전하지 못하고 애달파하는 것을 류는 이해했다. 류도 여인이었기에 옥란의 마음을 느낄 수 있었던 것이다. 거기까지 생각이 미치자 류는 어쩐지 마음이 무거웠다.

"그리고 너, 지난번에 여장은 좀 심했다."

'쿡' 하고 웃으며 이어진 준휘의 말에 류는 왠지 모르게 더욱더 기분이 착 가라앉았다. 지난번에는 너무 갑작스러운 일이라 옷도 그렇고 뭐 제대로 준비할 사이가 없었다. 하지만 그게 그토록 못 봐줄 정도였는지는 몰랐다. 그가 한마디도 하지 않은 게 너무나 흉한 제 모습 때문이었다는 것을 알자 류의 심장 한구석이 이상하게 아릿했다. 여인의 삶을 거부했던 것은 자신이었는데 왜 지금 그의 말이 이렇게 자신을 흔드는 것일까? 그리고 아무리 어색해도 본인은 여인인데 그게 그 정도로 흉했단 말인가? 류는 무엇인가 매우 절망적이었다.

"오늘부터 당장 시작하고 익숙해질 때까지는 당분간은 여장으로 생활하거라. 그동안에는 지난번 썼던 소운이라는 휘를 쓰도록 하고!"

준휘의 명에 류가 목례를 하고 돌아섰다. 돌아선 그녀의 어깨가 축 처져 있는 것을 본인은 알지 못했다. 하지만 파인걸 선생은 이상하게도 마음이 상한 것처럼 보이는 류와 반대로 선물이라도 받은 것처럼 즐거워하는 준휘를 바라보며 고개를 흔들었다.

준휘의 명이 떨어진 이후 류는 내키지 않아 하는 표정으로 옥란을 만나러 갔다. 어느새 이야기가 되어 있었는지 옥란은 류를 기다리고 있었다. 다행히 장소는 백반루가 아니었다. 의외로 옥란을 만난 곳은 규모가 작지만 깔끔하고 정갈한 가옥이었다. 개봉부에서 그리 멀지 않은 주택가에 있었다.

"오셨습니까?"

옥란의 인사에 류가 조용히 고개를 끄덕였다. 과한 화장을 지우고 검소한 유군을 입고 있는 옥란은 여염집의 아낙처럼 조신해 보였다. 참으로 처음 그녀의 인상과 다르다고 생각했다. 그리고 이곳이 조용하고 주변에 사람이 없는 곳이라 다행이라고 여기고 있었다. 하지만 대체 여기서 저 여인에게서 제가 무엇을 배워야 하는지 류는 도통 짐작할 수가 없었다.

"일단 안으로 드셔서 옷을 갈아입으세요."

옥란이 안내한 작은 방으로 따라 들어가자 그녀가 마치 준비라도 해두었던 것처럼 여러 벌의 옷들을 꺼내주었다. 화려하지는 않았지만 하나같이 단정하고 우아한 것이 류의 마음에 쏙 들었다. '뭘 이리 여러 벌이나 준비를 했나' 하는 생각에 류가 잠깐 고개를 갸웃하였다.

"잠시 나가 있을 테니 일단 혼자서 입어보십시오."

눈치 있게 자리를 피해주는 옥란에게 류가 목례를 했다. 혹시나 옥란이 거들겠다 할까 봐 사실은 조마조마했던 류였다. 가슴에 칭칭 감은 천이며 사실은 여자라는 것이 들통날 수 있어 무척이나 걱정했던 것이었다.

그런데 이상하게도 방 바깥으로 나서는 그녀의 눈빛이 왠지 씁쓸해 보였던 것이 류의 마음에 계속 걸렸다. 하지만 류는 그 생각을 크게 발전시키지 않고 옷을 갈아입기 시작했다. 지난번 취취의 옷을 빌려 입었을 때보다는 한결 나은 것 같았다. 취취의 옷은 크기가 커서 영 어색했는데 옥란이 내어준 옷들은 모두가 류의 몸에 맞춘 것처럼 빈틈이 없었다.

"이제 들어가도 되겠습니까?"

약 일각 후, 옥란의 조용한 목소리가 들렸다. 류가 정신없이 체경을 들여다보다 화들짝 놀라서 대답을 했다.

"네."

안으로 들어서던 옥란이 류의 모습을 보고선 멈칫 했다. 하지만 노련한 기녀답게 얼른 표정을 감추었다. 제 모습에 신경을 쓰느라 류는 그런 옥란에게 신경을 쓰지 못했다.

"어디 불편하신 곳은 없습니까?"

류가 고개를 저었다. 그리고 어찌 옷들이 이리 잘 맞는 것인지 묻고 싶었으나 억지로 참았다. 이리저리 류의 맵시를 살펴보던 옥란의 얼굴에 설핏 아주 작은 미소가 떠올랐다. 류가 그녀의 시선이 향한 곳을 따라 가다가 민망함에 류도 슬며시 어색한 미소를 짓고 말았다.

"여인처럼 옷고름 묶는 것이 아직 익숙하지 않아서 말입니다."

류가 애써 그리 변명을 했다. 옥란이 우아하게 고개를 끄덕이더니 가까이 다가와 류의 옷고름을 다시 매주었다. 순간 류는 예전 어머님께서 옷고름을 매어주시던 것이 생각나 울컥하고 말았다.

어쩐지 옥란의 손길도 마치 그때의 어머님처럼 다정한 것 같았다. 그래서 아마도 류가 묻는 표정으로 옥란을 바라보았던 모양이었다.

"예전에 제게 꼭 공자님 또래의 여동생이 있었지요."

옥란이 무언의 질문을 알아들은 것처럼 그리 대답을 했다. 그녀의 목소리가 처연하게 들려 류가 고개를 번쩍 들었다. '있었다'는 말은 지금은 없다는 뜻인 것인가? 류는 차마 묻지 못했으나 그녀에게서 풍기는 상실의 감정이 이상하게도 제 것과 닮아 있었다.

"자 옷은 되었으니 앉으세요. 제가 머리를 다듬어 드리겠습니다."

옥란이 아름다운 미소를 지으며 류를 거울 앞에 앉게 했다. 모양 없이 하나로 묶었던 머리를 풀어 내리자 까맣고 윤기 나는 머리채가 류의 하얗고 작은 얼굴을 부드럽게 감쌌다. 다만 머리 모양을 조금 바꿨을 뿐임에도 조금 전 씩씩하고 어린 소년 같았던 류의 얼굴이 바뀌었다.

"머릿결이 참으로 곱습니다."

옥란이 류의 머리를 빗어주며 칭찬을 하자 류는 어쩐지 심장이 간질간질해졌다. 마치 어린 시절로 돌아간 기분이었다. 어머니가 류의 머리를 빗겨줄 때마다 도란도란 이야기가 끊이지 않았던 것이다. 생각보다 옥란과 있는 것이 따뜻하고 정겨운 생각이 들어 류는 다소 이상했다. 그래서 일부러 질문을 했다.

"나리의 명이 조금 이상하지 않으셨습니까?"

옥란이 류의 머리를 향하던 시선을 들었다. 거울 속에서 두 사람의 시선이 쨍하고 마주쳤다. 옥란이 먼저 살짝 웃었다.

"주점에 있다 보면 별별 희한한 일들을 많이 겪게 된답니다."

옥란이 평온한 목소리로 이야기를 했으나 류는 그녀의 목소리에 섞인 희미한 아픔을 느낄 수 있었다. 그녀 역시 처음부터 기녀는 아니었을 것이다. 제가 사연이 있어 남복을 한 것처럼 그녀도 어떤 말 못할 사정이 있을 게 분명했다.

"그리고 저야 나리께서 부탁하시니 따를 밖에요."

그녀는 사실을 말하고 있었으나 류는 순간 심장이 따끔했다. 그녀의 말투에서 준휘에 대한 애틋한 감정이 느껴졌기 때문이었다. 하지만 아무래도 옥란은 자신의 처지 때문에 그런 감정을 억누르고 있는 것이 분명했다. 이상하게도 그 마음이 그대로 느껴져 류는 제 자신이 이상했다.

"그, 그러시군요."

류가 어색하게 대답하자 옥란이 다시 살짝 눈웃음을 지었다. 그 모습이 청초하고 아름다워 보였다. 분명 그녀는 아주 좋은 지어미가 될 수 있었을 것이다. 류는 그런 강한 확신이 들었다.

"되었습니다."

잠시 후 류는 거울에 비친 제 모습을 보고 어안이 벙벙했다. 지난번과는 달리 옥란이 제대로 머리까지 정리해 주자 느낌이 정말 달랐다. 오랜만에 만나는 여인이 된 제 모습에 류가 순간 옥란이 옆에 있다는 것도 잊고 거울을 물끄러미 응시하고 말았다.

"아름다우시네요."

붉은 입술이 촉촉하게 이슬을 맞아 만개한 월계화처럼 피어 있었다. 류의 작은 얼굴 때문에 오뚝한 콧날과 큰 눈이 더욱 빛을 발하고 있었다. 화장을 하지 않아도 아름다운 뽀얗고 하얀 피부가 무척이나 사랑스러웠다.

옥란의 말에 류가 번쩍 정신을 차리고 고개를 흔들었다. 민망했다. 제 모습을 보느라 옆에 옥란이 있다는 것도 잊었던 제가 한심해 류의 입술이 굳게 다물어졌다. 그런 류를 바라보는 옥란의 시선이 어쩐지 슬퍼 보여 류는 계속 마음 한쪽이 아릿한 기분이었다. 왜 자꾸 이런 감정을 가지게 되는 것인지 알 수가 없었다.

"잠시만 눈을 감아보세요. 간단하게 몇 가지 화장을 해드리겠습니다."

류가 그것까지는 필요가 없다고 입을 열려는 순간 이미 옥란은 재빠르게 화장을 시작했다. 어쩐지 반항하면 안 될 것 같은 분위기에 류가 조용히 있었다. 그렇게 한 식경쯤 지났을 때에야 드디어 분주하던 옥란의 손이 류의 얼굴에서 떼어졌다.

"되었습니다."

류가 그제야 눈을 떴다. 뭐가 이리 복잡하고 단계가 많은지 류는 제가 사내로 살아온 시간이 생각보다 길었다는 것을 깨닫고 있었다. 본디 그리 이런 일에 관심은 없었지만 삼 년 전 그 불행한 일이 아니었다면 어떠했을까? 어쩌면 류도 이렇게 평범하게 살 수 있지 않았을까? 그런 생각에 류의 표정이 처연해졌다. 처연한 그녀의 표정 때문에 류는 마치 천상에서 내려온 백화선자처럼 신비한 느낌이었다.

"이제 누구도 의심하지 않을 것입니다."

옥란이 어머니의 미소를 지었다. 다정한 옥란의 미소에 류가 애써 표정을 감추고 무표정으로 돌아갔다. 하지만 옥란은 알 수 있었다. 류가 본래는 감정이 풍부하고 쾌활한 성품이라는 것을 말이다. 어떤 사연인지는 모르나 큰 상처 때문에 류가 억지로 감정을 죽이고 무감각해지려 노력하고 있다는 것을 옥란은 한눈에 꿰뚫어 보았다.

"감사합니다."

순수하게 류가 감사를 표하며 살짝 미소를 짓자 옥란의 눈매가 더욱 짙어졌다. '바로 이런 사랑스러움 때문일 것'이라 여기며 옥란이 고개를 끄덕였다.

"흐음, 안에 있느냐?"

갑자기 들려온 사내의 목소리에 류가 흠칫했다. 그리고 곧 그 목소리의 정체를 알고 나자 류의 얼굴이 창백해졌다가 곧 파랗게 질렸다. 무척이나 동요하는 류를 옥란이 조용히 관찰했다. 옥란의 얼굴에 알 듯 말 듯 미묘한 표정이 다시 한 번 떠올랐다 사라졌다.

"호호, 그 짧은 사이를 못 기다리셨나 보네요."

옥란이 그리 중얼거렸지만 지금 정신이 나간 류는 그 의미를 제대로 이해하지 못했다. 그저 지금 왜 이곳에 그가 있는 것인지 오직 그것만 생각이 났다.

"나리, 잠시만 기다리십시오. 다 되었습니다."

옥란의 대답에 다시 바깥에서 낮은 헛기침 소리가 들렸다. 방을 나서려는 옥란을 류가 저도 모르게 붙잡고 말았다. 왜 지금 여기에 준휘가 있는 것인지, 그리고 지금 이 모습으로 그를 봐야 하는 것인지 여러 가지 말 없는 질문이 류의 얼굴에 나타났다.

류의 심장이 미친 듯이 떨리고 있었다. 누구도 아닌 그가, 바로 저 방문을 열면 있었다. 류는 갑자기 너무나 수줍어졌다. 제 모습이 혹시나 어색한 것은 아닌지 정말 이 모습을 보여줘도 되는 것인지 알 수가 없었다. 그저 숨고 싶은 마음이 반, 또 한편으론 썩 괜찮은 지금 모습을 그에게 보여주고 싶은 마음이 반이었다. 그래서 류가 어쩌지 못하고 절박한 심정으로 옥란을 바라본 것이었다.

"흠흠!"

바깥에서 마치 재촉하듯 들려오는 헛기침 소리에 옥란이 미소를 지었다. 그리고 지금 흥분해서 뺨이 붉게 달아오른 류는 정말로 아름다웠다. 옥란이 부드럽게 웃으며 자신의 치맛자락을 어린아이처럼 붙들고 있는 류의 손을 떼어냈다. 그리고 사시나무처럼 떨고 있는 류의 손을 부드럽게 잡아 일으켰다. 힘없이 딸려오는 류의 손을 잡고 옥란이 조용히 방문을 열었다.

"흐업, 엇취!"

준휘가 갑자기 목이 막힌 사람처럼 기침을 해대었다. 그리고는 정신없는 사람처럼 그의 시선이 허공을 이리저리 헤매고 있었다. 류는 이상한 그의 반응에 무척이나 신경이 쓰였다.

"나리 괜찮으십니까?"

천연덕스럽게 옥란이 그리 묻자 준휘가 얼른 고개를 끄덕였다. 입을 벌려 대답을 하면 바로 또 기침이 나올까 두려운 사람 같았다. 류가 근심스런 표정을 지으며 아래로 내려섰다. 어느 틈에 옥란이 신발까지 준비한 모양이었다. 제 발에 꼭 맞는 신발을 보며 류가 옥란의 눈썰미에 혀를 내둘렀다.

"으음!"

준휘가 약간 이상한 신음 소리를 내자 류는 초조해졌다. 한없이 부끄러우면서도 여인으로 꾸민 제 모습을 처음으로 그에게 보여주게 된 것이 기쁘기도 했다. 잠시 침묵이 두 사람을 감쌌다. 옥란은 그사이 어디론가 조용히 사라져 작은 마당에는 오직 두 사람뿐이었다. 시간이 언제 이리 흘렀는지 하늘에 뜬 초승달이 어스름한 빛을 마당에 뿌리고 있었다.

"나, 나리?"

류가 어색함을 참지 못하고 준휘를 불렀다. 하지만 어쩐지 그 목소리가 끼익거리는 것 같아 류는 당황했다. 그제야 준휘가 미몽에서 깨어난 것처럼 허둥거렸다. 그도 류도 뭔가 무척이나 어색했다.

"어찌 이곳까지 오셨습니까?"

류의 질문에 준휘가 그녀를 아래위로 훑어보며 대답을 했다. 처음엔 멍하고 놀란 것 같았던 준휘의 표정이 점점 평소의 얼굴로 돌아왔다.

"갑자기 여인으로 변한 너를 보면 사람들이 너무 놀라지 않겠느냐? 그래서 내가 미리 확인을 하러 왔다."

평소의 장난스런 말투가 되어버린 준휘였다. 순간 류의 표정이 샐쭉하게 바뀐 것을 그녀는 알지 못했다. 그래서 아주 귀엽고 사랑스럽다는 것도!

"또 못 봐줄 정도입니까?"

류도 평소의 그녀로 돌아가 있었다. 퉁명스런 그녀의 대답에 준휘의 얼굴에 다시 함박 미소가 지어졌다.

"뭐 이번에는 그 정도는 아니다."

준휘의 대답에 류가 저도 모르게 살짝 안도의 한숨을 쉬었다.

'다행이다!'

그리 생각하던 류는 대체 무엇을 다행이라고 생각한 것인지 순간 움찔하고 말았다.

"가자!"

그리 말한 준휘가 바로 몸을 돌려 휘적휘적 걸어나가자 당황한 류가 그를 따라 움직이려던 찰나였다.

"앗!"

작은 비명 소리와 함께 류가 휘청거렸다. 평소처럼 고(바지)를 입고 있다고 생각하고 다리를 크게 벌리다 좁은 치마폭에 막혀 몸의 균형을 잃은 것이었다. 지난번에 치마를 찢은 것보다는 나았지만 류는 제 자신의 어리석음에 기가 막힐 지경이었다.

"녀석, 조심해야지!"

기가 막힐 것 같았던 류는 곧 숨이 막혔다. 부족한 공기를 마시려 입을 한껏 벌리자 향긋한 먹의 향기가 류의 콧속으로 스며들어왔다. 그리고 곧 류는 제가 그의 품에 안겨 있다는 것을 알았다.

두근, 두근 두근!

류가 놀라 몸을 떼지도 못하고 커다란 눈만 크게 뜨고 있었다. 벌써 두 번째인 것 같았다. 그의 품에 안겨 이리 제 심장의 고동소리를 느끼는 것이! 어이가 없어서 그랬는지 넋이 나갔는지 류는 그저 꼼짝없이 그 자리에서 움직이지 못했다. 그녀의 등에 닿았던 준휘의 팔에 약간 힘이 들어가는 것 같다고 생각한 순간, 갑자기 류는 확 하고 뒤로 밀려 홀로 서 있었다.

"녀석, 내 이럴 줄 알고 데리러 온 것이다. 또 그때처럼 여장한 것도 잊고 사고라도 칠까 봐 말이다."

어쩐지 당황스럽고 퉁명스런 준휘의 말에 류가 그저 고개를 끄덕였다. 왠지 마음 한구석이 따뜻해졌다. 그러면서 동시에 울고 싶은 것처럼 목이 꽉 잠겼다. 누군가 자신을 데리러 와준 것이 처음이었다. 류가 저도 모르게 제 심장 부근을 부드럽게 쓰다듬었다.

"어서 따라오너라."

준휘가 그리 말을 하고는 먼저 걸어갔다. 하지만 그의 걸음이 평소보다 느린 것을 류는 알아차렸다. 또 준휘가 류를 배려하여 일부러 천천히 걷고 있었다. 류가 그런 그를 따라 조용히 걸음을 옮겼다. 앞서 걷는 그의 넓은 등을 바라보며 류는 한 걸음 한 걸음 조심스레 그의 발자국을 되짚어가고 있었다. 어느새 그를 따라 이렇게 걷는 것이 너무나 자연스러웠다. 청송재로 향하는 짧은 그 시간이 영원히 계속되었으면 좋겠다고 류는 간절하게 바라고 있었다.

언제나 그는 류가 손을 내밀면 닿을 거리에 있었다. 예전 아버지 하청풍을 따라 걷다 그 큰 보폭을 따라잡지 못해 뒤처지면 류는 자주 투정을 했다. 그러면 아버지는 항상 큰 보폭으로 걸어 되돌아와서 한 품에 류를 안아주었다. 그렇게 아비의 품에 안겨 걷다가 잠이 들기도 했다. 그리운 기억에 류의 걸음이 점점 느려지고 있었다. 그렇게 변하에서 불어오는 밤바람을 맞으며 걷던 참이었다.

"부윤 나리?"

갑자기 들려온 꼬맹이의 목소리에 준휘가 걸음을 멈추었다. 그러나 제 생각에 빠져 있던 류는 미처 제때 멈추지 못해 그만 그의 넓은 등에 코를 박고 말았다.

"헉!"

깜짝 놀라 한 발짝 뒤로 물러서던 류가 그의 앞에 있는 아이의 정체를 알아채고는 급히 고개를 숙여 제 얼굴을 가렸다. 그것이 남의 눈에는 정인과의 만남을 들켜 부끄러워 얼굴을 감추는 여인처럼 보였다.

"소봉이구나!"

준휘가 아주 반갑게 인사를 했다. 소봉은 준휘가 동전을 찾아준 이후 그를 하늘처럼 여기고 있었다. 게다가 준휘가 제 봉록을 털어가며 아픈 어미의 병까지 보살펴 주니 준휘의 말이라면 죽는 시늉이라도 할 정도였다.

"네, 나리 강령하시었습니까?"

소봉이 제법 의젓하게 인사를 하자 준휘의 얼굴이 활짝 펴졌다. 안 그래도 소봉의 어머니도 차도를 보였기에 준휘가 소봉에게 이제 시간이 나면 글공부를 해보라 이르던 참이었다. 소봉은 여전히 전병을 구워 파는 일을 그만두지는 않았으나 부윤 나리의 하늘 같은 명을 받들어 틈틈이 공부를 하고 있었던 것이다.

"그래. 어머님께서는 좀 어떠하시냐?"

준휘가 기특한 소봉의 정수리를 쓱쓱 쓰다듬으며 묻자 아이의 얼굴이 햇살처럼 환해졌다.

"네, 나리 덕분에 이제는 아주 건강해지셨습니다."

소봉의 말에 준휘의 얼굴에서도 빛이 나는 것 같았다. 그렇게 환하게 웃는 백성들을 보는 것이 가장 큰 기쁨이라던 준휘의 말을 떠올린 류 역시 기뻤다. 준휘 덕분에 개봉의 삶이 좋아졌다는 소리를 종종 저자에서 듣는 것은 류의 큰 즐거움이기도 했다.

"다행이구나."

소봉이 준휘의 말에 고개를 끄덕이면서도 연신 시선은 준휘 등 뒤에 제 모습을 감추고 있는 류를 향하고 있었다. 혹시나 소봉이 저를 알아볼까 싶어 자꾸만 고개를 숙이며 준휘의 등 뒤 그림자로 숨는 류는 영락없이 수줍어하는 여인으로 보였다.

"나리, 곧 혼인하십니까?"

소봉이 천진난만하게 묻자 준휘의 얼굴이 일순 굳었다. 그 뒤에 있던 류도 깜짝 놀라 얼어붙었다.

"그, 그게 무슨 말이냐?"

준휘가 약간 당황하며 묻자 오히려 소봉이 이상하다는 표정으로 그들을 바라보았다.

"뒤에 계신 분께선 나리의 정인이 아니십니까?"

그제야 준휘가 소봉의 오해를 알아차렸다. 류도 자신의 옷차림 때문에 그렇게 오해를 받을 수 있다는 사실에 놀라서 어쩔 줄을 몰랐다. 하지만 류가 뭐라 변명도 못하고 있는 와중에 들려온 예상치 못한 준휘의 질문에 류는 더욱 기겁하고 말았다.

"그리 보였느냐?"

왠지 준휘의 목소리가 상당히 즐거워하는 듯했다.

"네, 이리 백화선자같이 고운 아가씨께서 계신 줄 소인은 까맣게 몰랐습니다."

소봉이 신나하며 말을 이었다.

"어머님께서도 이 사실을 아시면 정말 기뻐하실 것입니다. 항상 부운 나리께서 좋은 내자를 맞이하시면 좋겠다고 간절하게 치성을 드리시거든요."

류는 이제 사색이 되었다. 저 때문에 준휘의 혼삿길이 막힐지도 몰랐다. 아니라 변명조차 할 수 없어 류가 초조한 반면 정작 오해를 받은 당사자는 느긋하기만 했다.

"그것 참 감사한 일이구나."

'아니, 그렇게 말씀을 하시면 정말로 오해를 한다고요!'

류가 속으로 비명을 질렀으나 준휘는 여유만만이었다.

"혹시 팽 씨 아주머니의 포자점에 가십니까? 어서 서두르지 않으시면 늦습니다."

팽 씨 아주머니의 포자가게는 개봉에서 매우 유명한 곳이었다. 인육을 써서 포자(만두)를 만드는 것이 아니냐는 소문이 돌 정도로 맛이 있어 사람들의 발걸음이 끊이지 않는 곳이었다. 젊은 정인들은 밤에 간단히 포자로 배를 채우고 근처 다관에서 밤늦게까지 차를 마시는 것이었다.

"그렇구나. 그럼 우리도 어서 서둘러야겠는데?"

준휘가 그리 말을 마치자마자 갑자기 뒤로 돌아 류의 손목을 낚아챘다. 황망 중에 잡힌 손목을 빼내지도 못하고 류가 굳어 있었다. 준휘는 정말로 서둘러 포자가게로 달려갈 기세였다.

"그럼 나리, 저는 이제 가보겠습니다."

소봉이 눈치 빠르게 자리를 피해주듯이 급히 인사를 하고 물러났다. 그제야 류가 손목을 빼내려 했으나 강한 힘에 꼼짝도 할 수가 없었다.

"나리?"

류가 당황하여 준휘를 올려다보았다.

"헉!"

류가 저도 모르게 비명을 질렀다. 너무나 가까이 있는 그의 얼굴에 소스라치게 놀랐던 것이다. 희미한 달빛에 그의 깎인 듯 잘생긴 턱과 쭉 뻗은 콧날의 윤곽이 고스란히 드러났다. 이렇게 가까이에서 그의 얼굴을 보는 것이 처음인 듯싶었다. 그리고 저와는 달리 굵은 목과 툭 튀어나온 목젖, 넓은 어깨, 류는 그의 옆에서 갑자기 매우 작은 소녀가 되어버린 기분이었다.

화급히 시선을 내리자 그의 커다란 손에 잡힌 제 손목이 무척이나 가냘파 보였다. 평소 검을 휘두르던 제 손목이 이렇게 가늘었는지 류는 순간 제 눈을 의심하고 말았다. 그에게 잡힌 손목이 타는 듯이 뜨거웠고 점점 심장박동이 빨라졌다.

"노, 놓아주십시오."

류가 결국 준휘에게 애원을 했다. 그 목소리가 무척이나 연약하게 들린 것을 류는 알지 못했다. 준휘가 물끄러미 그런 류의 얼굴을 응시하였다. 마치 처음 보는 얼굴처럼 꼼꼼히 제 얼굴을 훑는 시선에 마치 그에게 만져지기라도 한 것처럼 류의 얼굴이 뜨거워졌다.

"나, 나리?"

류가 왜 그러느냐는 표정으로 그를 부르자 그제야 준휘가 손목을 놓아주었다. 하지만 뭔가 아쉬운 듯 떨어지는 손끝이 약간 망설이고 있었다.

"가자."

그가 빠른 걸음으로 청송재 쪽으로 걸음을 옮겼다. 잠시 그 자리에 굳어 있던 류가 간신히 정신을 차리고는 그를 따라 걸었다. 그렇게 한참을 말없이 걷던 류가 청송재의 대문이 보이는 곳에 다다를 무렵 결국 질문을 하고 말았다.

"저기 괜찮을까요?"

아까부터 그것이 내내 마음이 걸린 류였다. 아직 혼인을 하지 않은 그에게 정인이 있다는 풍문이라도 돌면 어쩔까 싶어 류는 걱정이 되었던 것이다.

"소란 떨 것 없다."

앞뒤를 잘라먹은 류의 질문을 준휘는 제대로 알아들었다. 그리고 그가 별일 아니라는 듯이 말을 하자 오히려 초조해진 것은 류였다.

"왜 그리 말씀을 하셨습니까, 소봉이 정말로 오해를 하면 어찌하시려고요?"

류의 말에 준휘가 어깨를 으쓱했다.

"그 아이가 너를 내 정인이라 오해하는 것이 낫지 않겠느냐?"

"예에?"

류가 준휘의 말에 놀라 목소리가 높아졌다.

"그럼 너는 내가 정인도 아닌 여인과 밤거리를 걸었다는 소문이 나는 것이 좋단 말이냐? 아직 혼인 전이니 정인이라는 것이 더욱 자연스럽지 않겠어?"

말문이 막힌 류는 아무런 말도 할 수 없었다. 일견 맞는 것도 같고 아닌 것도 같고 류는 뭔가 무척이나 혼란스러웠다. 그런 류의 혼란을 아는지 모르는지 평소처럼 청송재 안으로 들어가려던 준휘가 우뚝 걸음을 멈추었다. 아무런 생각 없이 그를 따라 안으로 들어서려던 류도 멈칫해서 함께 정지하고 말았다.

"이런!"

그가 갑자기 제 이마를 짚으며 한숨을 쉬자 류가 머루같이 까만 눈으로 그를 바라보았다.

"이러다가 정말로 소문이 나겠다."

그의 시선이 류를 향하고 이리저리 주변을 분주히 살피자 그제야 류는 제 모습을 떠올리고는 화들짝 놀라고 말았다. 남복을 하고 있을 때는 아무렇지도 않았던 일이 제가 여인이 되자 문제가 된다는 것을 깨달았다. 정말로 지금은 준휘 혼자 사는 집에 묘령의 여인이 드나드는 모양새였던 것이다.

"낭패로구나."

준휘의 말에 류가 이러지도 저러지도 못했다. 다시 옥란의 집으로 돌아가서 옷을 갈아입고 와야 하는 것인지 갈피를 잡을 수가 없었다. 그리고 생각해 보니 금보나 아주머니도 제 모습을 보면 놀랄 것이 분명했다.

"일단은 늦었으니 들어가자."

준휘가 주변을 황급히 둘러보고는 급하게 류를 안으로 밀어 넣었다. 다행히 청송재는 거리의 구석에 있어서 인적이 드물었다.

"저, 나리?"

뭐라 말도 못하고 그의 힘에 등이 밀려 안으로 들어온 류였다. 그리고 급하게 따라 들어온 준휘가 문을 걸어 잠갔다. 마치 큰일을 잘 마무리한 사람처럼 류를 돌아보며 씩 웃던 준휘의 미소가 류의 순진한 까만 눈빛과 부딪히자 곧 사라졌다. 순간 정적이 두 사람을 감쌌다.

꿀꺽!

류가 긴장해서 침을 삼켰다. 그 소리가 유난히 크게 들려 류는 흠칫했다. 그제야 류는 집 안이 쥐 죽은 듯 조용하다는 것을 알았다. 항시 마중 나왔던 금보도 아주머니도 보이지 않았던 것이다. 아침에 준휘가 시킨 일로 준휘의 고향에 다녀온다던 금보의 말이 떠올랐고 아주머니 역시 얼마 전 해산한 딸에게 며칠 가 있겠다 했었다. 그것은 당분간 청송재에는 단 두 사람뿐이라는 뜻이었다!

"저, 그럼 나리 안녕히 주무십시오."

류가 급하게 인사를 하고는 부리나케 제 방으로 들어갔다. 갑자기 집 안에 두 사람만 있다는 사실이 무척이나 어색했다. 평소라면 아무렇지도 않았을 일이 제가 여인의 복장을 해서 그런지 다소 불경하게 느껴졌다. 그리고 왠지 해선 안 될 일을 하는 것처럼 불안했다.

"휴우!"

제 방에 돌아온 류가 침상에 앉아 간신히 제 숨을 골랐다. 하지만 미친 듯이 뛰는 심장박동 때문에 가슴이 터질 것만 같았다. 애써 마음을 가다듬으려 노력하던 류는, 정말로 낭패스런 표정으로 준휘가 한참이나 청송재 마당을 서성거린 것을 알지 못했다.

"하으응, 아아!"

침상 위에 누워 있는 여인에게서 사내의 음심을 자극하는 야릇한 신음이 새어 나왔다. 방 안은 희미한 촛불 하나밖에 없어 어스름했다. 하지만 술이라도 마신 듯 발갛게 달아올라 있는 여인의 모습은 충분히 구분할 수 있었다. 살짝 감은 눈 위로 난 길고 짙은 속눈썹이 여인의 하얀 얼굴에 음영을 드리우고 있었다. 여인은 목이라도 마른 것처럼 계속 입술을 달싹거리고 있었다.

"하아, 하아!"

활짝 피어난 월계화처럼 색이 붉었고 도톰한 모양이 무척이나 아름다운 입술 사이로 계속 야한 신음 소리가 비어져 나왔다. 촉촉하게 젖은 눈가와 야릇하게 몸을 꼬는 모습 때문에 여인은 무척이나 관능적이었다.

"하아, 아응…… 하…… 아!"

여인이 몸부림칠 때마다 저고리 앞섶이 살짝 벌어져 봉긋하게 솟아오른 젖무덤이 보였다. 아직 성숙한 여인처럼 풍만하지는 않았으나 하얗고 고운 피부와 촉촉하게 젖은 땀 때문에 무척이나 자극적이었다. 여인은 지금 누군가를 필요로 하고 있었다.

"하아, 제발!"

여인이 계속 안타깝게 애원하자 한 사내가 그녀의 위로 몸을 숙였다. 촉촉하게 젖은 여인의 입술을 살짝 스치듯이 입맞춤하자 여인의 몸이 바르르 떨렸다. 그 모습을 뜨거운 눈으로 바라보던 사내가 결국 참지 못하고 삼킬 듯이 여인의 입술을 탐하기 시작했다.

츄릅, 츄릅, 츄릅!

사내가 여인의 타액을 삼키며 입안을 휘젓는 질척하고 음란한 소리만이 방 안을 가득 채우고 있었다. 여인은 거부하지 않고 오히려 더욱 사내에게 제 가슴을 밀착하고 있었다. 사내의 커다란 손이 여인의 등을 부드럽게 쓰다듬으며 그녀를 더욱 제 쪽으로 끌어당겼다.

"하아, 하아!"

여인의 입술에서 사내의 입술이 겨우 떨어져 나가자 열에 달뜬 여인이 부족한 숨을 삼키느라 심하게 헐떡거렸다. 그제야 희미했던 여인의 얼굴이 또렷하게 보이기 시작했다. 하얀 얼굴, 아미처럼 예쁜 눈썹, 작고 귀여운 코 그리고 일견 어린 소년처럼 보이는 얼굴! 낯이 익었다. 그것은 놀랍게도 너무나 익숙한 얼굴이었다.

"헉!"

류가 비명을 지르며 잠에서 깨어났다. 아직 바깥은 어두웠다. 아침이 오려면 적어도 반 시진은 더 있어야 될 것 같았다. 류의 온몸이 땀으로 목욕이라도 한 듯 흥건했다. 하지만 너무나 충격적인 꿈 때문에 류는 바들바들 떨며 이불자락을 움켜쥐고 있었다. 잠시 숨을 고르던 류가 급히 시선을 내려 제 모습을 꼼꼼히 살폈다. 분명 잠자기 전에 갈아입었던 옷은 흐트러지지 않았다. 그것을 확인하고 류가 다소 안심한 표정을 지었다. 그러나 이내 그녀의 표정이 급격하게 어두워졌다.

"하아!"

류는 방 안에 저 혼자 있음에도 불구하고 제 얼굴을 두 무릎 사이에 숨겼다. 너무나 음란한 제 꿈 때문에 아직도 심장이 벌렁거리고 있었다.

'대체 이게 무슨 일이지?'

류가 어찌할 바를 몰라 작은 몸을 더욱 웅크리며 제 어깨를 감싸 안았다. 꿈 내용 자체도 놀라웠지만 더욱 충격적인 것은 바로 여인의 정체였다.

그 여인은 바로 류, 자신이었다.

류는 생전 처음 꾼 음란한 꿈에 정신이 멍했다. 동시에 무척이나 두려웠다. 자신이 아닌 것만 같아서, 이런 꿈을 꾸는 제가 끔찍했다. 그러나 더욱 끔찍한 것은 꿈이 어찌나 생생한지 사내의 입술이 닿았던 제 입술이 아직도 뜨거웠다. 설명할 수 없는 묘한 열기가 류를 계속 괴롭히고 있었다. 그리고 아무리 꿈속이었지만 마치 사내를 갈구하듯이 음란하게 신음을 뱉던 제 모습이 잊히지가 않았다.

"흑흑!"

류는 처음 겪는 상황에 놀라서 저도 모르게 흐느꼈다. 아직 누군가를 연모한다는 자각조차 없는 그녀에게 갑자기 맞닥뜨린 남녀의 농밀한 욕망은 충격적이었다. 몸은 자랐어도 이런 일에는 어린아이나 다름없는 류였기에 그저 충격에 몸을 떨고 있었다. 그렇게 아무도 없는 방 안에서 류는 한참을 아주 작게 흐느끼고 말았다.

간신히 마음을 가다듬고 등청을 하러 나왔을 때 류는 준휘가 아무런 말도 없이 먼저 개봉부로 등청한 것을 알았다. 아침에 그의 얼굴을 보기가 껄끄러웠기에 다행이라고 생각하면서도 뭔가 서운한 마음을 금할 수가 없었다.

"저기 말입니다, 선생님?"

한참 새로 발견된 시신을 이리저리 살피던 파인걸 선생은 준휘의 갑작스러운 방문에 어리둥절했다. 굳이 본인의 방까지 찾아온 그가 어쩐지 평소와 달리 매우 근심스러운 얼굴이었다.

"류 대인, 어찌 저를 부르시지 않고 이렇게 일찍 이곳까지 오셨습니까?"

파인걸 선생이 몸을 일으키려 하자 준휘가 급히 그를 말렸다.

"아니, 일어나지 않으셔도 됩니다."

그리고 그가 또 뭔가 말을 하려다 멈칫하고 다시 말을 꺼내려다 망설였다. 파인걸 선생은 아무런 말도 하지 않고 조용히 기다렸다. 준휘가 잠깐 제 손을 잡았다가 한 손을 들어 제 턱을 쥐었다. 뭐라 말을 꺼내야 하는지 고민하는 표정이었다.

"그, 지난번에 제가 찾아온 향 말입니다."

"향이라고요?"

파인걸 선생이 갑작스런 말에 잠시 멍해졌다. 그러다가 야다관을 급습했던 밤 증좌라며 왕한이 가져왔던 미향이 생각났다.

"아하, 네!"

파인걸 선생이 이제야 생각난 듯 고개를 끄덕이자 준휘가 걱정스러운 말투로 물었다.

"혹시 그것이 어떤 부작용 같은 것이 있습니까?"

준휘의 얼굴이 사뭇 진지했다.

"그것이 여인들에게 일종의 환시를 주는 효과가 있습니다. 하여 원치 않는 일을 당해도 마치 본인이 원하는 것처럼 느끼게 만들어줍니다. 이튿날 제정신이 들면 그제야 여인들은 절망하고 체념하게 되는 거죠. 사람의 정신을 파괴하여 완벽한 노예로 만들려는 정말로 흉악한 물건입니다."

파인걸 선생이 그런 짓거리를 하는 자들을 경멸하여 그답지 않게 매우 냉소적으로 말을 이었다.

"대체적으로는 효과가 일회성이라 지속적인 사용을 하며 여인들을 길들인다고 합니다."

그의 설명에 준휘의 얼굴이 다소 밝아졌다.

"그럼 한 번만 노출된 경우에는 큰 부작용은 없다는 말씀이시죠?"

"네, 대체적으로 그러합니다만 일부 예민한 여인들은 이후 간헐적인 악몽에 시달리는 경우도 있다고 합니다."

준휘의 얼굴이 다시 어두워졌다.

"악몽이라면?"

"사내들에게 유린당했던 것을 반복해서 꿈에서 겪는 것입니다. 지독한 자괴감과 괴로움에 시달리다 스스로 목숨을 끊은 여인도 있었다고 하는군요."

파인걸 선생의 목소리는 사실을 전달하느라 매우 담담했다. 하지만 그 말을 듣는 준휘는 마치 검에라도 베인 것처럼 움찔하며 얼굴을 굳혔다.

"그, 그 기억이 악몽이 되는군요."

그가 세상이 무너진 것처럼 중얼거렸다.

"본인 의사와는 상관없이 짐승 같은 자들에게 성적으로 유린을 당한 것입니다. 게다가 약에 취해 마치 자신이 원하는 것처럼 치태를 부렸다는 것을 알면 그 충격이 얼마나 크겠습니까? 억지로 잊는 것만 해도 힘이 들 텐데 그것을 반복해서 겪는 것입니다. 웬만한 정신력의 소유자가 아니라면 그것을 어찌 견디어내겠습니까?"

파인걸 선생의 냉정한 설명이 지속될수록 준휘의 얼굴이 더욱더 흙빛으로 변했다.

"그런데 어찌 그 일을 물으십니까? 이번에 구출된 여인들은 다행히 험악한 일을 겪기 전에 구출되어 부작용이 있더라도 크게 걱정할 정도는 아닐 텐데요?"

파인걸 선생의 물음에도 준휘는 큰 충격을 받은 사람처럼 그대로 걸어나갔다. 다시 시신에 집중하려던 파인걸 선생이 그제야 무엇인가를 떠올린 듯 걱정스런 표정으로 그의 뒷모습을 바라보았다.

11. 청허차(請許茶, 차를 함께 마시자고 청하는 말)

"꼭 이렇게까지 해야 하겠습니까?"

류의 목소리는 매우 냉정하고 불만족스럽게 들렸다. 하지만 그녀의 모습은 막 피어나는 꽃처럼 사랑스러웠다. 목소리와 상반되는 그 모습이 묘하게 더욱 매력적이었다. 개봉의 맑고 높은 가을 하늘 아래 류는 오늘 오롯이 여인의 차림새였던 것이다.

약간 도홧빛이 도는 그녀의 유군 차림이 그 옆에 서 있는 준휘의 선명한 쪽빛 장포와 상당히 잘 어울렸다. 준휘를 보면서 고개를 약간 높게 쳐든 류가 불만족스럽게 항의하는 그 모습이 멀리서 보면 영락없이 사랑싸움을 하는 한 쌍의 젊은 정인들로 보였다. 준휘와 류는 지금 홍교 근처에 있었다. 마침 열흘 만에 다시 돌아온 휴일이기도 했다.

"음, 그래야 한다."

준휘가 너무나 당연한 듯 상큼하게 대답하자 순간 류는 말문이 막혔다. 오늘은 그 역시 관복이 아니었다. 아무래도 준휘가 관복을 입고 있으면 제 나이보다 조금 더 어른스러워 보이고 다가서기 어려웠다. 하지만 오늘 짙은 쪽빛의 장포를 입은 그는 훨씬 부드럽고 경쾌했다. 그리고 전체적으로 그의 표정이며 눈빛이 무척이나 즐겁다는 것을 마구 표시 내고 있었다.

"하지만⋯⋯."

다시 류가 뭐라 불만을 쏟아내려 입을 벌리려는 순간 준휘의 손가락이 그녀의 입술에 닿았다. 그녀의 까맣고 반짝거리는 예쁜 두 눈이 쏟아져 내릴 것처럼 커졌다. 류의 얼굴이 작아서 두 눈이 훨씬 커 보였다. 그래서 지금 동그랗게 눈을 크게 뜬 그녀는 작은 소녀처럼 무척이나 사랑스러워 보였다.

"이제 그만!"

놀라 굳어버린 류를 바라보며 준휘가 다시 청신하게 웃었다. 그의 잘생긴 입술 한쪽 끝이 올라가면서 하얗고 고른 이가 드러났다. 그의 짙은 눈썹이 멋지게 휘어지고 눈매가 좀 더 깊어졌다. 평소에도 미남자라 생각했던 그의 얼굴이 오늘은 그림처럼 아름다워 보일 지경이었다.

"어려울 것 전혀 없다. 그저 평범하게 포자가게에 들러 포자도 먹고, 근처 다관에서 향기 좋은 차 한 잔 마신 다음 변하를 따라 좀 걷다가 홍교도 건너보고, 뭐 야시장도 구경하고 그러다 돌아가면 되는 것이지."

준휘가 오래전부터 계획을 했던 사람처럼 오늘 하기로 마음먹었던 일들을 쭉 읊어 내렸다. 이야기가 진행될수록 점점 류의 얼굴이 달아올랐다. 정인들이 만나 보낼 것만 같은 꿈같은 하루 일과였다. 그러지 않으려 마음먹었지만 자꾸만 류의 심장이 몽글몽글 부드럽게 녹고 있었다. 자꾸만 심장이 일렁거리며 어떤 기대로 마음이 부풀어 오르고 있었다.

"꼭 이렇게까지 해서 제가 실습을 해야 합니까?"

류가 살랑거리며 부풀어 오르는 제 마음을 감추려 부러 퉁명하게 항의를 했다. 그러자 상큼하게 웃던 그의 얼굴이 무표정으로 바뀌었다. 그리고 그가 류를 가만히 응시했다. 류는 갑작스런 그의 응시에 어쩔 줄을 몰랐다. 남복을 하고 있을 때는 아무렇지도 않았는데 지금은 마치 발가벗고 그의 앞에 서 있는 것만 같았다.

속바지를 꼼꼼히 챙겨 입었음에도 다리 사이는 아무것도 입지 않은 것처럼 횅한 기분이었다. 그리고 저고리의 앞섶은 왜 이리 깊이 파인 것인지 혹시나 가슴이 보이지 않을까 싶어 류는 초조했다. 항상 가슴에 두툼하게 감고 있던 천을 풀어내니 마치 무방비하게 가슴을 노출하고 있는 것 같은 착각까지 들었다.

"그리 하기 싫은 것이냐?"

그의 목소리가 약간 기분이 상한 듯 들려 류는 얼른 제 고개를 흔들었다. 그렇지는 않았다. 왜 이런 번거로운 일을 해야 하는지 그도 저도 잘 알고 있었다. 옥란이 류가 방문한 지 삼 일이 지난 어제 내준 때아닌 과제 때문이었다. 류에게 실제로 여인처럼 사람들 틈에 섞여서도 자연스럽게 행동할 수 있는지 바깥에서 실습을 해보라 했던 것이다. 말투며 행동이며 이론으로 익힌 것과 실전은 전혀 다른 문제였기 때문이었다.

류가 그것을 어떻게 해야 하나 고민할 틈도 없이 그 이야기를 들은 준휘가 냉큼 본인이 그 실습을 도와주겠노라 자청했던 것이다. 그래서 엄밀하게 말하면 이것은 일종의 공무였다. 하지만 류는 준휘가 듣는 와중에 그 이야기를 한 옥란이 살짝 원망스러웠다.

"그것이 아니오라, 사람들이 제 모습에 속지 않을까 싶어 그게 너무 걱정입니다."

류가 정말로 걱정스러운 표정으로 중얼거렸다. 류는 나오기 전에 체경으로 제 모습을 몇 번이고 확인했지만 아무리 봐도 어색하기만 했다. 맞지 않은 옷을 입은 어린아이처럼 영 불편하면서도 추한 것 같았던 것이다. 옥란에게 배웠던 화장이라도 조금 했으면 싶었지만 준휘의 채근에 아무것도 제대로 하지 못하고 단지 입술에만 약간 붉은빛이 도는 연지를 조금 발랐을 뿐이었다.

"뭐라고?"

준휘가 황당하다는 목소리로 물었다. 그리고 준휘는 '제 모습이 이상하다'는 류의 말이 말도 안 된다는 표정이었다.

"아무리 봐도 덜 자란 사내 녀석이 치마만 두른 꼴입니다."

류의 대답에 준휘가 낮게 혀를 찼다.

"너는 거울도 보지 않은 것이냐?"

대체 류의 걱정거리가 무엇인지 이해할 수 없다는 어투였으나 제 걱정에 빠진 류는 그것을 제대로 읽어내지 못했다. 류가 민망함에 얼른 고개를 끄덕이며 한탄했다.

"제 말이 그 말입니다. 영 어색한 것이 정말 못 봐줄 지경입니다."

류가 울 것 같은 얼굴로 그리 말하자 준휘가 잠시 아무 말 없이 류를 응시했다. 그의 눈빛 속에서 어떤 미묘한 감정이 일렁이고 있었다. 그러나 그가 아무 말도 하지 않자 제 말에 동의하는 것 같아 류의 마음이 더욱 바닥으로 가라앉았다. '그러게 왜 갑자기 이런 일을 시켜서 이리 민망한 상황을 만드는지' 류의 심장 한구석이 바늘에 콕 하고 찔린 것처럼 따끔했다.

"아무래도……."

옷을 갈아입어야겠다고 말을 하려던 류는 곧이어 나온 준휘의 말에 얼음처럼 굳고 말았다.

"곱다."

무뚝뚝하면서도 짧은 준휘의 말이었다. 정말로 순식간에 일어난 일이었다. 순간 류는 제가 이제는 환청까지 듣는 것인지 울고만 싶어졌다. 이상한 꿈도 꾸는데 환청을 듣는 것이 그리 이상하진 않았다. 하지만 류는 정말로 제가 제대로 들은 것인지 아니면 착각을 한 것인지 알 수가 없었다.

"예에?"

저도 모르게 류가 당황하여 소리를 지르자 준휘가 고개를 변하 쪽으로 돌리며 그러나 다시 한 번 류가 또렷하게 들을 수 있도록 반복했다.

"너 곱다고!"

그의 말이 달콤한 당과처럼 류의 귀를 부드럽게 간질였다. 그리고 아주 조금 시간이 지나서야 그의 말이 제대로 류의 머릿속에서 독해되었다. 류의 귓불이 타는 것처럼 붉게 물들기 시작했다. 그리고 그것은 점점 커져서 이제는 뺨까지 물들었고 이내는 목덜미까지 화끈거리기 시작했다. 류가 말문이 막혀 뭐라 말도 못하고 얼음처럼 굳어 있었다. 그런 그녀의 모습을 준휘의 시선이 하나도 놓치지 않고 담고 있었다. 잠시 두 사람은 아무런 말도 하지 못하고 그대로 그 자리에 못 박힌 듯 서 있었다. 그녀의 뺨을 쓰다듬을 것처럼 손을 올리려던 준휘가 황급히 제 손을 뒤로 감추었다.

"흐흠!"

그리고는 갑자기 헛기침을 하며 급하게 움직였다. 민망한 듯 바삐 앞서 걷는 그를 따라 류가 부지런히 걸음을 옮겼다. 마치 구름 위를 걷는 것처럼 류의 두 발이 두둥실 움직이고 있었다.

"음, 출출한데 일단 포자로 배부터 채우자꾸나."

준휘가 일각 정도 길을 걷다가 류를 돌아보았다. 류는 아직도 제 얼굴이 붉은 것 같아 차마 그의 시선을 똑바로 받을 수가 없었다.

"네, 그리하시지요."

류의 목소리가 평소처럼 무뚝뚝하자 준휘가 류에게 한 걸음 다가와 귓가에 나직이 속삭였다.

"지금 너는 여인이다. 목소리가 사내처럼 너무 낮구나."

제 귀에 닿은 뜨거운 준휘의 입김에 류가 흠칫하다가 목소리가 이상하면 오해할 수 있다는 준휘의 말을 이해했다. 류가 무척이나 어색해하며 간신히 고개를 끄덕였다. 준휘가 정말로 유명한 매화 포자점 안으로 쑥 들어가더니 거침없이 포자를 주문했다.

"자, 먹거라."

준휘의 말에 류가 고개를 그저 끄덕이려 하자 준휘가 '어서' 하는 표정으로 계속 류를 응시하고 있었다. 류가 왜 그리 저를 이리 빤히 바라보는지 당황해하다가 그가 대답을 바라고 있다는 것을 깨달았다. 무척이나 즐거워 보이는 준휘의 모습이었다. 반항하고 싶었지만 너무나 기대하는 그의 눈빛에 결국 류가 슬며시 꼬리를 내리고 말았다.

"네, 나리."

무척이나 작은 목소리였으나 분명 아름다운 여인의 목소리였다. 순간 준휘의 얼굴에 활짝 미소가 피어났다.

"자자, 아침부터 서둘러 시장할 터이니 어서 많이 먹거라."

준휘는 매우 즐거워했으나 류는 아주 죽을 지경이었다. 혹시나 누가 준휘와 저를 알아보지 않을까 싶어서 고개도 들 수 없었다. 그 때문에 지금 류는 영락없이 정인 앞에서 수줍어하는 모양새였다. 뭐를 어떻게 먹었는지도 모르게 시간이 지나고 가까스로 매화 포자점을 빠져나왔다. 거리에 나와 신선한 가을 공기를 크게 들이켜자 그제야 조금 숨통이 트이는 것 같았다.

"오, 여기 그림이 아주 멋지구나! 그렇지 않으냐?"

준휘가 각종 그림과 꽃, 과일 등을 파는 점포가 즐비한 거리를 걷다가 종종 발걸음을 멈추었다. 자꾸만 제게 질문을 해대는 준휘 때문에 류는 미칠 지경이었다. 대답을 안 하거나 고개만 끄덕이면 실습이라는 표정으로 저를 응시하니 어쩔 수 없이 계속 대답을 해야만 했다.

"네, 아주 아름답습니다."

류가 최대한 짧게 말을 하려 노력했지만 점점 시간이 지날수록 류는 자연스럽게 본래의 제 목소리를 내고 있었다. 이전에도 휴일에 준휘를 따라 개봉의 여러 거리를 둘러보았었다. 하지만 오늘은 단둘이었고 아무도 그들을 몰라보자 류는 점점 자유로운 기분이 들었다. 그래서 조금씩 굳었던 류의 얼굴에 생기가 돌면서 표정이 풍부해지고 있었다.

"여기 진주가 아주 유명하다 하던데 한 번 사볼까?"

유명한 양 씨네 진주가게 앞에서 준휘가 실없는 농담을 하자 류가 어이가 없어서 웃고 말았다. 처음으로 준휘 앞에서 활짝 웃는 류였다.

"그걸 사서 정인에게라도 주시렵니까, 아니면 나리께서 쓰시렵니까?"

류가 준휘에게 똑같이 농담으로 대답하였으나 어쩐지 아무런 대꾸가 없었다. 이상하다 싶어 고개를 드니 준휘가 얼이 빠진 표정으로 류를 보고 있었다.

"핫!"

류의 얼굴에 피어났던 미소가 사라졌다. 너무나 강렬한 그의 시선에 놀랐던 것이다. 류의 얼굴에서 미소가 사라지자 그제야 준휘가 미몽에서 깨어나듯 아쉬운 표정을 지었다.

"그, 그렇지. 사내에게 진주가 소용이 없겠지?"

준휘가 약간 더듬거리며 얼른 다른 방향으로 걸어갔다. 그 뒤를 따르면서 류는 그의 걸음걸이 역시 약간 엉성하다고 생각했다. 거리가 혼잡하여 류가 약간 뒤처졌다. 류가 거치적거리는 치마 때문에 평소처럼 빨리 따라가지 못하고 있었다. 잠깐 기다리라고 그를 부를까 생각하던 순간 류는 제 손목이 그에게 잡혀 있는 것을 알았다.

"나리!"

깜짝 놀라 류가 제 손목을 급히 빼내려고 하자 준휘가 더욱 강하게 움켜쥐었다.

"그냥 따라오너라. 네 걸음에 맞추다가는 명일이 되어도 집에는 못 돌아가겠다."

그가 그리 핀잔을 주었지만 그의 귓불이 발갛게 달아올라 있었다. 이상하게도 아까부터 계속 붉게 달아오른 그의 귓불이 신경이 쓰였다.

"혹시 더우십니까, 나리?"

류가 그를 따라 바삐 걸음을 채며 물었다.

"뭐, 뭐라고?"

준휘가 황당한 표정으로 되물었다. 오늘 그는 조금 이상했다. 계속 말을 더듬기도 하고 놀라기도 하고 꿈을 꾸는 것 같기도 하고, 아무래도 열이 있어 몽롱한 사람 같았다.

"저기 나리 귓가가 무척이나 붉습니다. 열이 있으신 것 같은데……."

류의 말에 준휘가 어이없다는 표정으로 류를 바라보았다. 말간 얼굴로 정말로 걱정이 된다는 듯 저를 바라보는 류의 시선이었다. 준휘가 뭔가 말을 하려 입을 열려다가 닫았다.

"아니다."

무뚝뚝하게 대답하고 고개를 돌리는 그의 표정이 뭔가 답답하기도 하고 조금도 누군가를 의심할 줄 모르는 류가 귀엽기도 해서 참으로 복잡한 표정이었다.

"어이쿠!"

급하게 걸음을 옮기던 그들이 수레 가득 물건을 싣고 지나가는 이를 미처 확인하지 못했다. 류가 상인의 비명 소리를 듣고 평소처럼 빠르게 방향을 바꾸려 했다. 하지만 제 손목이 준휘에게 잡혀 있어 균형을 잃고 말았다. 그래서 류가 정말로 대차게 준휘의 가슴에 얼굴을 박고 말았다.

"죄송합니다. 아가씨!"

상인이 그 모습을 보고 큰 목소리로 사과를 했다. 준휘가 상인에게 어서 가라는 표정으로 고개를 끄덕였다. 마치 선물이라도 받은 것처럼 그의 눈이 반짝거렸던 것을 류는 볼 수 없었다.

"죄송합니다. 나리."

급히 몸을 떼려는 류를 준휘가 강하게 다시 제 쪽으로 잡아당겼다.

"수레가 또 온다."

그의 낮은 목소리에 꼼짝없이 류는 그대로 그 자세를 유지했다.

쿠쿵, 쿠쿵, 쿠쿵!

처음에 류는 그것이 제 심장 소리인 줄 알았다. 하지만 분명 북처럼 힘차게 요동치는 이 심장 소리는 제 것이 아니었다. 류의 얼굴이 발갛게 달아올랐다. 그저 지금 두 사람이 왜 이런 상황이 되었는지 생각해 보려 했으나 그저 어지럽기만 했다.

그런데 그의 품이 무척이나 포근했다. 그의 넓은 가슴에 폭 안기니 마치 예전에 아버지의 품에 안겼던 것처럼 그리운 생각에 울컥해지고 말았다. 저도 모르게 류가 준휘의 허리를 살짝 끌어안았다. 준휘가 조용히 그런 류의 등을 부드럽게 쓰다듬어 주었다.

"이보시오. 애정 행각은 좀 다른 곳에서 해주시오."

갑자기 들려온 험상궂은 남자의 목소리에 두 사람이 화들짝 놀라 급히 떨어졌다. 길을 막고 서로 끌어안고 있는 이들이 마음에 들지 않는다는 표정으로 그들을 쏘아보며 짐을 독륜거(獨輪車, 바퀴가 하나인 수레)에 가득 실은 남자가 지나갔다.

"아, 저기 늦었는데 그만 돌아가야 하지 않겠습니까?"

류가 당황스러움을 감추려 부러 말을 꺼냈다. 하지만 곧 고개를 끄덕일 줄 알았던 준휘의 입에서 나온 예상치 못한 대답에 류의 입이 쩍 벌어지고 말았다.

"아직, 다관에도 들러야 하고 홍교도 건너봐야지."

그리 말하고 급히 걸음을 옮기는 준휘였다. 어쩐지 약간 화가 난 것 같은 말투였다. 류가 실습을 제대로 끝마치지 않고 돌아가려는 저에게 준휘가 화가 났나 싶어 군소리 없이 그를 따랐다. 류역시 빨리 실습을 끝내고 싶지는 않았기에 한편으로 다행이라고 생각했다. 앞서 걷는 준휘의 넓은 등을 바라보며 류는 어쩐지 심경이 복잡해졌다.

'평생 사내와 이런 일을 다시 할 수 있는 날이 올까?'

갑자기 든 생각에 류의 가슴 한쪽이 따끔했다. 그리고 황당한 제 생각을 떨쳐 버리려 고개를 휘휘 저었다. 공무라며 계속 마음을 다잡았으나 류는 자꾸만 애잔해지는 제 마음을 어찌하지 못했다.

어쩌면 오늘이 제게 유일하게 허락된 날일지도 몰랐다. 그래서 앞서 걷는 그의 발걸음 하나하나, 저에게 말을 거는 그의 말 하나하나가 소중하기만 했다. 류가 제 기억에 오늘을 고스란히 담아두고 싶은 마음에 그가 걸었던 발자국을 조심이 되짚어가고 있었다. 그가 가끔 한 번씩 류가 제대로 따라오는지 시선을 돌릴 때마다 류는 애틋한 마음이 되었다. 그의 시선까지도 모두 어딘가에 소중히 담아 보관할 수 있다면, 류의 바람이 아스라이 공중을 휘돌고 있었다.

결국 준휘와 류는 그가 계획했던 일을 모두 마치고 청송재로 돌아왔다. 사시초(오전 10시~11시)에 시작된 일정은 그날 술시정(오후 8시~9시)에야 끝이 났다. 하루 종일 걸었지만 발이 아픈 줄도 몰랐고 오히려 끝이 나는 것이 아쉬울 정도였다.

정말로 이상한 날이었다며 그날 밤 류는 잠자리에 들면서 생각했다. 실습이긴 했지만 류는 앞으로 살아갈 날들에 한줌의 온기를 얻은 기분이었다. 하루가 끝나는 것이 아쉬워 류가 겨우 잠을 청한 것은 삼경이 훌쩍 넘은 늦은 밤이었다. 그 옆방에서 준휘가 어떤 마음으로 잠이 들었는지는 무심히 하늘에 하얗게 뜬 흰 달만이 알 수 있었을 것이다.

그리고 이튿날, 옥란의 집에서 준휘보다 조금 늦게 홀로 청송재로 돌아온 류는 나리가 화급하게 찾는다는 금보의 말에 허겁지겁 움직였다. 오늘은 외부에 일이 있어서 준휘가 데리러 오지 않았던 것이다.

"나리, 소인 류이옵니다."

류가 방문 앞에서 입실을 고했다.

"들어오너라."

낮은 그의 음성이 입실을 허하자 류는 조심스런 몸짓으로 준휘의 방 안으로 들어섰다. 아직도 그만의 공간에 들어서는 것은 어색하고 불편했다. 그녀가 안으로 들어와 하명을 내리라는 표정으로 가만히 대기했다.

"차 한잔하자꾸나."

준휘가 또다시 차를 마시자고 청했다. 순간 류는 약간 짜증이 올라왔다. 매우 긴급한 일처럼 부르기에 달려왔더니 준휘는 한가로운 듯 의자에 앉아서 책을 읽고 있었다. 그리고 차를 마시고 싶으면 다른 사람을 시키면 될 일이지 굳이 호위무사인 자신에게 시키는 사유는 무엇인가?

"나리!"

류의 부름에 준휘가 고개를 들었다. 맑으면서도 부드러운 눈빛이 바로 그녀의 얼굴에 닿았다. 할 말이 있으면 해보라는 그의 부드러운 시선에 류는 제가 화났던 일도 잊고 멍하니 그를 바라보았다.

'내가 요즘 왜 이러지?'

그녀가 간신히 제정신을 차리고 오히려 평소보다 더욱 퉁명스런 목소리로 항의했다.

"지금 긴급한 일이 차를 마시는 일입니까?"

류의 목소리에 섞인 불만을 감지하고서도 준휘는 멋진 미소를 지으며 고개를 끄덕였다. '오늘은 절대 저 미소에 넘어가지 않으리라' 다짐하며 류가 다시 말을 이었다.

"그것은 호위인 저보다는 더 잘할 수 있는 사람이 있을 것 같습니다."

류의 말투는 공손했지만 내용은 명백히 비난이었다. 사실 류는 최근 그가 자신에게 요구하는 일들에 살짝 당황하고 있었다.

"물론 알고 있다."

'아신다고요, 아시면서 이러시는 사유가 대체 무엇입니까?' 하고 항의하고 싶은 것을 간신히 억누르며 류가 그를 바라보았다.

"그런데 네가 끓여주는 차가 가장 내 입맛에 맞으니 어찌하겠느냐?"

그가 그리 말하고 씩 하고 웃자 류는 정말로 화가 났다. 항상 저런 미소로 류를 몰아붙이는 그가 오늘은 조금 아니, 아주 많이 마음에 들지 않았다. 저 미소로 류를 손쉽게 쥐락펴락하는 준휘였다.

"아무래도 네가 복건성 출신이라 그런지 차를 아주 기가 막히게 끓이는 것 같다.”

류가 얕은 한숨을 쉬었다. 틀린 말은 아니었다. 그녀가 검을 쓰는 일 이외에 유일하게 제대로 해내는 일이긴 했다. 하지만 여전히 무엇인가 계속 그에게 당하고 있다는 말도 안 되는 생각에 류는 불만이었다. 그가 쓸데없는 일로 아랫사람을 괴롭히는 사람은 아니었기에 지금 그의 행동이 나쁜 의도를 가지고 있다고 생각하기는 어려웠다. 하지만 어쩐지 그가 아주 고차원적으로 그녀를 괴롭히고 있다는 의심을 지울 수가 없었던 것이다.

“알겠습니다.”

어차피 말로는 절대 그를 이길 수 없다는 것을 알기에 류는 어서 차를 끓여주고 나가자 마음먹었다. 요즘 옥란에게 시달리는 것만으로 류는 충분히 피곤했다.

“아침에 차를 마시면 하루 종일 위풍당당하고, 정오에 차를 마시면 일하는 것이 즐겁고, 저녁에 차를 마시면 정신이 들고 피로가 가신다더니 정말로 네가 끓여주는 차를 마시면 신선이라도 된 기분이다.”

준휘가 여유롭게 차를 마시며 그렇게 말하자 류는 다시 뾰족해졌다. 벌써 반 시진(한 시간) 가까이 그의 옆에 붙들려 있었다. 차만 끓여주고 얼른 나서려는 류에게 너도 한잔 마시라며 거의 강제로(?) 옆에 앉힌 것이었다. 그리고는 갑자기 남방에 있는 풍속 중에 삼다례(三茶禮)가 있다는 이야기를 꺼내었다.

“그것이 말이다. 삼차(三茶)라는 것이 약혼할 때의 하차(下茶), 결혼할 때의 정차(定茶), 부부가 합방할 때의 합차(合茶)를 말한다는구나. 그래서 그 지역에선 '차를 마셨다'는 의미가 '시집을 갔다' 라는 의미라니 참으로 재미있지 않으냐?"

그녀가 아무 생각 없이 고개를 끄덕거렸다. 물론 그녀도 차를 좋아하지만 그의 옆에 이렇게 있으니 도대체 차의 풍미를 느낄 수가 없었던 것이다. 최근 그의 공간에 있으면 그의 향기가 더욱 강하게 느껴져 어딘가 어지러웠기 때문이었다.

"왜 맛이 별로야?"

약간 안절부절못하는 류를 보며 그가 물었다. 그의 눈빛이 순간 매우 날카롭게 그녀의 얼굴 표정을 살폈으나 류는 제 생각에 푹 잠겨 미처 눈치채지 못했다.

"아, 아닙니다. 그런데 나리, 저기 잠깐 창문을 열어도 되겠습니까?"

준휘의 굵고 진한 눈썹이 위로 쑥 치켜 올라갔다. 지금 날이 더운 때도 아닌데 갑자기 창문을 열겠다니 이상하게 생각할 만도 했다. 하지만 지금 방 안을 가득 채운 그의 향기 때문에 류의 얼굴이 점점 달아오르는 기분이었다. 그리고 온몸이 과할 정도로 뜨거웠다.

"왜 안이 더우냐?"

그가 우아하게 개완을 들어 올리며 지나가는 말투로 물었다. 하지만 그의 시선은 날카롭게 류를 살피고 있었다.

"네, 약간 신선한 공기를 마시면…… 그게 조금 시원하기도 하고, 머리도 맑아지지 않을까 해서……."

어딘가 류의 말이 조리가 없이 횡설수설이었다. 본래도 달변은 아니었으나 요즘에는 더욱더 류는 그의 앞에서는 더듬거리고 있었다.

'이게 다 그 야다관에 잠입한 이후에 일이야.'

류가 속으로 중얼거렸다. 사실은 더욱 곤란하고 무서운 것이 그날 이후 류는 자주 매우 이상한 꿈에 시달린다는 점이었다. 가끔 몸이 뜨거워지고 꿈속에서 정체를 알 수 없는 사내가 그녀를 탐하고 있었다. 제 유실을 마치 제 것처럼 입에 넣고 핥지를 않나, 사내의 시선 앞에 류는 철저하게 무방비했다. 그러나 더욱 민망한 것은 그런 꿈을 꾸고 난 다음날 아침에는 속곳이 흠뻑 젖어 있다는 것이었다.

게다가 그런 날은 준휘의 얼굴을 똑바로 바라보는 것이 곤혹스러웠다. 처음에는 얼굴이 없던 사내의 얼굴이 날이 갈수록 점점 뚜렷해지기 시작했다. 그런데 그 얼굴이 어쩐지 준휘를 닮은 것 같아서 차마 류는 꿈속에서조차 그의 얼굴을 제대로 확인할 수 없었던 것이다.

"얼굴이 정말로 붉구나."

준휘가 제 생각 때문에 붉게 물든 류의 얼굴을 바라보다가 염려스러운 듯이 그녀의 이마를 짚었다.

찌릿!

류는 준휘가 알아차릴 정도로 크게 흠칫하고 말았다. 예전에도 그가 자신을 동생처럼 대하고 머리를 쓰다듬거나 하는 일이 없던 일은 아니었다. 하지만 요즘에는 이런 작은 접촉에도 그녀는 지나치게 긴장이 되었다. 게다가 그의 이런 가벼운 접촉에도 온몸에 마치 벼락이라도 맞은 것처럼 제 몸이 떨려왔던 것이다. 그것이 성적 긴장이라는 것을 류가 아직 알 리 없었다. 그리고 의도적으로 그가 자주 그녀를 접촉하고 있었다는 것도 한참 시간이 지나서야 알 수 있었던 류였다.

"혹시 감기 기운이 있는 것이냐? 그러면 찬바람은 좋지 않다."

그의 목소리는 평온했고 정말로 동생을 걱정하는 그런 표정이었다. 류는 괜히 그에게 이렇게 반응하는 제 자신이 어색해서 미칠 것만 같았다. 스스로가 너무 음란한 존재가 되어버린 것 같아서 울고만 싶었다.

"저기 괜찮으시면 이제 그만 나가보겠습니다."

류가 더 이상의 긴장을 참지 못하고 거의 도망치듯이 방을 빠져나오고야 말았다. 화급하게 물러나는 그녀를 다행히 준휘는 잡지 않았다. 하지만 그녀의 뒷모습을 바라보던 그는 무척이나 걱정스런 표정을 짓고 있었다.

그날 밤, 류의 방.

"하아, 그, 그만!"

류의 하얀 나신이 붉은 이불 위에서 몸부림치고 있었다. 그녀의 몸은 버들가지처럼 낭창낭창하고 피부는 비단보다 더욱 매끄러워 보였다. 이제 막 피어나는 소녀는 아름다운 꽃처럼 사내의 시선 아래 무방비하게 드러나 있었다.

"아아…… 하!"

사내가 그런 그녀를 삼켜 버릴 듯이 희롱하기 시작했다. 아직은 충분히 여물지 않은 가슴에 피어난 월계화의 꽃봉오리처럼 작고 앙증맞은 유실을 사내가 한입에 삼켜 버렸다. 그러자 류의 온몸이 부르르 떨렸다.

"달구나!"

사내의 젖은 음성이 류를 더욱 달아오르게 했다. 동시에 그의 커다란 손이 그녀의 군살 없이 매끄러운 허리와 납작한 배를 쓰윽 쓰다듬었다. 짜릿하고 황홀한 감각이 머리끝에서 발끝까지 퍼져 나갔다. 하지만 무엇인가가 부족했다.

"하앗······ 학!"

그녀가 달뜬 신음을 내쉬며 저를 찍어 누르는 그의 굵은 목을 끌어안았다. 제 안에 고인 열기를 어찌할 수 없어서 하지만 그다음을 어찌해야 할지 모르는 그녀가 그의 붉은 입술에 제 입술을 비벼대었다. 그저 제 입술을 비비며 안타깝게 몸부림치는 그녀는 순진하면서도 유혹적이었다.

"하아······ 음······ 하!"

곧장 그의 두툼한 혀가 그녀의 작은 입안으로 들어왔다. 작은 혀를 이리저리 희롱하는 그의 혀에 류의 얼굴이 더욱 붉어졌다. 서로의 혀가 얽히며 비벼지는 것이 무척이나 황홀하여 류는 계속 고양이처럼 가르랑거리고 있었다. 류의 혀를 희롱하던 사내의 커다란 손이 그녀의 매끄러운 허벅지를 훑는가 싶더니 곧장 그녀의 삼각지로 향했다.

"허억!"

입안을 온통 그에게 유린당하며 그가 자신의 혀를 물고 빨 때마다 뜨거운 감각에 머리카락이 쭈뼛하고 섰다. 그러나 그의 손이 자신의 젖은 꽃잎을 희롱하기 시작하자 발가락이 확 하고 안으로 곱아들었다. 마치 목마른 사람처럼 그의 달콤한 타액을 마시며 류는 자신의 하얀 나신을 그에게 더욱 밀착시켰다.

"아앙……."

제 귀를 울리는 야한 신음 소리가 부끄러웠다. 하지만 사내는 류가 그런 신음 소리를 낼 때마다 더욱 집요하게 그녀의 꽃잎을 자극하기 시작했다. 동시에 그의 커다란 손이 방치되었던 그녀의 유실을 꼬집듯이 지분거리고 그녀의 숨겨져 있던 꽃망울을 찾아내 짓이기기 시작했다.

"그…… 그만…… 하지…… 마……."

엄청난 감각에 류가 사내에게 애원했다. 하지만 꿈속의 사내는 항상 감미로우면서도 무자비했다. 마치 류를 깨지는 것처럼 조심스럽게 만지면서도 가차 없이 그녀를 쾌락으로 이끌었다.

"하지 마세요!"

그가 입술을 놓아주자 류가 비명처럼 애원했다. 하지만 정말로 싫은 것이 아니었다. 그저 설명할 수 없는 이 감각과 자신을 잃어버릴 것만 같은 이 상황이 두려웠을 뿐이다. 만약 사내가 정말로 그만둔다면 류는 미쳐 버릴 것만 같았다.

"하아, 하아!"

사내의 달뜬 신음도 함께 겹쳐졌다. 류의 입술을 희롱하던 그가 온몸에 제 입술을 찍더니 조금씩 아래로 내려갔다. 그의 머리가 조금 전까지 그의 손에 희롱당하던 그녀의 비부로 내려갔다. 곧 뜨거우면서도 촉촉한 것이 그녀의 꽃잎에 닿았다. 그가 부드러운 혀로 꽃잎을 쓸어 올리고 붉게 충혈된 꽃망울을 쪼옥 하고 빨아당기는 순간,

"나으리!"

류가 잔뜩 땀을 흘리며 잠에서 깨어났다. 실제처럼 너무나 생생한 꿈이었다. 그러나 그것보다 더욱 충격인 것은 자신이 마지막에 부른 호칭이었다.

"하아, 이게 어찌 된 일이지?"

류가 제 머리를 감싸며 중얼거렸다. 날이 갈수록 꿈의 강도가 세졌다. 하지만 이렇게 생생한 것은 처음이었고 이렇게 진도가 나아간 것도 처음이었다. 처음에는 사내가 제게 가벼운 입맞춤을 하거나 가슴을 손으로 희롱하던 정도의 꿈이었다. 어느 날은 그가 맨가슴을 손으로 만지기도 했다. 하지만 이렇게 나신으로 꿈속의 사내에게 온몸을 열어 보인 것은 처음이었다.

게다가 더욱 충격인 것은 자신이 그 사내를 '나리' 라고 불렀다는 점이었다. 떨리는 몸을 어찌하지 못해 그녀가 두 팔로 제 몸을 끌어안았다. 그러자 뾰족하게 부풀어 오른 유실이 옷자락에 쓸려 아릿했다.

"하아, 이게 대체……."

류는 민망하고 이런 음란한 꿈을 꾸는 제 자신이 부끄러워 죽을 것만 같았다. 마치 홍수가 난 것처럼 질척하게 들러붙은 속곳의 감각에 류는 울고만 싶어졌다. 한동안 그렇게 류는 충격과 흥분

속에 침상에 작은 동물처럼 몸을 말고 있었다. 창밖이 희뿌옇게 밝아오는 것을 보며 류가 간신히 몸을 일으켰다. 침상 밖으로 한 발을 내디디던 찰나였다.

"으윽!"

순간 날카로운 검이 제 아랫배를 찌른 것처럼 아린 고통에 류가 다시 침상에 주저앉고 말았다. 그리고 이상한 느낌에 그녀는 제 사타구니로 손을 넣었다. 손끝에 묻어 나온 붉은 빛에 류는 경악하고 말았다.

"이, 이것은?"

달거리였다. 이미 류의 나이 열여덟, 달거리가 당연한 나이였다. 하지만 열넷에 초경 이후 집안에 밀어닥친 일들 때문이었는지 달거리가 한동안 멈추었다. 이후 최대한 살아남는 일에 몰두하고 이리저리 쫓기다 보니 석 달이나 넉 달에 한 번씩 찾아오던 달거리가 일 년 전쯤부터는 아예 찾아오지 않았다. 수면도 극단적으로 부족했고 먹는 것도 충분하지 않았기에 그런 거라 생각했다. 류는 혼인을 할 생각도 없었고 남장을 하고 있는 저에게는 편하기도 하기에 별다른 조치를 취하지는 않았다. 하지만 그녀도 어쩔 수 없이 한동안은 매우 우울했다.

"그런데 어찌하여 지금?"

류는 충격에 빠지고 말았다. 최근 자주 꾸는 음란한 꿈과 모종의 연관이 있는 것 같았다. 자신의 안에 잠재하고 있던 여인의 욕망이 류의 몸을 점점 여인으로 바꾸고 있었던 것은 아닐까? 하지만 충격에 빠져 있는 것보다 빨리 지금 이것을 처리하는 것이 중요했다. 류가 간신히 몸을 움직여 침상의 이불을 교체하고 옷을 갈아입었다. 일단 옷과 이불을 한구석에 숨기고 창문을 열어 환기를 시켰다. 그 일을 가까스로 마친 때는 시간이 벌써 묘시정(오전 6~7시)에 가까운 때였다.

마침 명일이 천녕절(天寧節, 10월 10일)이라 이틀을 쉬는 것이 천만다행이었다. 고위 관료들이 천녕절 직전일과 당일, 상서성의 재상과 집정이 문관들을 데리고 상국사에서 황제의 만수무강을 기원하는 재연에 참석하고 이후 황제가 여는 연회에 참석하기 때문이었다. 류는 식은땀을 흘리며 다시 침상에 누웠다. 간만에 다시 찾아온 통증에 그녀는 끙끙대며 작게 몸을 말았다. 갑자기 어머님이 그리웠다. 처음 여인이 되었을 때 기특하다며 이것저것 다정하게 일러주시던 그 모습이 생생했다. 그리움과 통증에 시달리며 류는 다시 혼절 같은 잠에 빠져들고 말았다.

무엇인가 차가운 것이 자신의 얼굴에 닿았다. 류가 간신히 눈을 떴다. 느른한 가을의 따뜻한 햇살이 방 안을 가득 채우고 있었다. 햇살을 보아하니 적어도 사시정(오전 10시~11시)은 된 듯했다. 그리 멍하니 생각하던 류가 제 얼굴에 닿은 것이 무엇인지 눈을 깜박거렸다.

"헉, 나리?"

류가 너무 놀라 제자리에 벌떡 일어나려 하자 준휘가 그녀의 어깨를 살짝 눌렀다. 강한 힘은 아니었으나 그에게서 풍겨 나오는 기운에 그녀는 꼼짝할 수가 없었다.

"아무래도 몸살이 난 것 같으니 일어나지 말거라."

준휘가 심상한 말투로 말하고는 다시 마른 수건으로 류의 얼굴에 흐른 땀을 닦아주었다. 어젯밤 붉어진 얼굴 때문에 준휘는 아무래도 제가 감기 몸살에 걸렸다고 오해하는 것 같았다. 다행이었다.

"네."

류가 순순히 고개를 끄덕였다. 몸이 무겁기도 했고 별다른 변명거리도 생각나지 않아 그가 오해하는 것이 편할 것 같았다. 하루 이틀 정도 누워 있다고 해도 이상해 보이지는 않을 것이었다. 게다가 아마도 그 와중에는 준휘도 저를 찾지는 않을 것이었다. 예전에 달거리를 할 때에도 이틀 정도 지나면 크게 무리가 없었던 것이 생각났다. 그렇다면 이렇게 핑계를 대고 쉴 수 있는 것이 참으로 요행이라고 류는 생각했다.

"그런데 어찌 나리께서 여기에 계신 것입니까?"

류의 목소리가 기운이 없어서 그런지 평소보다 훨씬 나긋나긋하게 들렸다.

"녀석아, 네가 하도 끙끙거리는 통에 시끄러워서 와봤다."

그가 가볍게 그녀의 이마를 콩 하고 때렸다. 개인 호위라는 명분으로 류의 거처는 준휘의 방 바로 옆에 있었다. 본래는 준휘의 방에 딸린 부속실 같은 작은 공간이었으나 류가 온 이후로 급하게 침상을 들인 것이었다. 그래서 방이 매우 좁다며 준휘가 다소 미안해했지만 류는 신경 쓰지 않았다. 안전하게 제 몸을 누일 공간이 있다는 것 자체가 중요했다. 그리고 묘하게도 작은 공간이 류에게 안정감을 주었고 그래서 몇 년 만에 류는 밤에 제대로 잠을 잘 수가 있었다.

"송구합니다, 나리."

류의 말에 준휘가 약간 안쓰러운 표정을 지었다.

"뭐라 하는 것이 아니다."

준휘가 애틋한 눈빛으로 자신을 바라보자 류는 흠칫했다.

'애틋하다니, 그저 아프다니 걱정하시는 것이겠지.'

요즘 들어 그의 눈빛을 자꾸만 오해하고 있는 자신이 싫었다.

"그나저나 시장하지 않으냐?"

곧 준휘의 표정이 언제 그랬냐는 듯 평상시의 다소 장난기 가득한 얼굴로 돌아갔다.

"괜찮습니다. 곧 점심이니 그때 간단히 요기를 하겠습니다."

배가 별로 고프지도 않았고 류는 달거리를 하는 중에는 음식에서 이상한 향이 나는 것 같아 잘 먹을 수가 없었다. 어머니는 자신을 닮아서 그렇다며 그럴 때면 아무것도 넣지 않고 밥을 끓여주곤 하셨다. 어머니 생각에 다시 류의 코끝이 시큰해졌다. 류가 준휘의 시선을 피해 얼른 고개를 숙였다.

"그러지 말고 잠깐, 이것 좀 먹어보려무나."

준휘가 꺼내놓은 것은 당과였다. 평소에 단것을 먹는 이가 아닌데 어찌 된 일인가 싶어서 류가 그를 멍하니 바라보았다.

"아, 숙부님께 인사를 드리러 갔더니 선물이라며 내어주신 것이다."

"네. 그렇군요."

류가 건조한 말투로 대답했다. 아침나절에 개봉부에서 우사랑 중(右司郎中)으로 계신 숙부님을 찾아뵙겠다던 준휘의 말이 떠올랐던 것이다. 그래도 평소라면 저런 선물을 받아올 사람이 아닌데 이상하다고 류는 살짝 고개를 갸웃거렸다. 제 생각에 빠져 류는 준휘의 귓불이 살짝 붉어진 것을 알아차리지 못했다.

"숙부님께서 주신 귀한 당과를 버릴 수도 없고, 집 안에는 이런 것을 좋아할 만한 사람은 너밖에 없으니 말이다."

평소보다 쓸데없이 말이 많은 준휘가 이상하긴 했지만 류는 그저 고개를 끄덕거렸다. 한편으론 그가 자신을 당과나 먹는 어린아이로 보는 것 같아서 약간 씁쓸하기도 했다.

"네, 감사합니다."

평소에도 이것저것 자신에게 무엇인가를 나눠 주는 것을 좋아하는 준휘였기에 류가 바로 인사를 했다.

"그, 그럼 나는 이만 나가보마."

준휘가 당과를 내려두고 휘적휘적 걸어나갔다. 그 뒷모습을 바라보던 류는 침상 옆 탁자에 놓인 당과를 물끄러미 바라보았다. 아무것도 먹고 싶지 않았으나 이상하게도 당과가 매우 맛있어 보였다.

"아, 달다!"

류가 당과를 한 입 베어 물고서는 저도 모르게 감탄했다. 평소에 단 음식을 좋아하지 않는 그녀였는데 오늘은 정말로 달콤했다. 순식간에 몇 개를 먹고 나서 그제야 그녀는 '달거리할 때 이상하게 달콤한 것이 당긴다' 며 떠들던 개봉부 시녀들의 수다가 떠올랐다. 어쩐지 단것을 먹고 나니 아릿하던 아랫배가 조금 덜 아픈 것 같았다.

일각(약 15분) 후, 류는 다시 잠에 빠져들었다. 준휘의 방과 붙어 있는 방문 쪽에서 살짝 사람의 그림자가 멀어져 가는 것이 비쳤으나 류는 더 이상 생각하지 않고 달콤한 잠에 빠져들었다. 류의 몸이 점점 여인이 되어가고 있었다. 더불어 류의 안에서 무엇인가 작은 일렁거림이 계속 생겨나고 있었다. 그 일렁거림은 이내 커다란 파도가 되어 누군가에게 흘러갈 준비를 차근차근 하고 있었다.

12. 나리, 대체 제게 왜 이러시는 것입니까?

천녕절이 지나자마자 류는 여장(?)을 하고 야다관에서 구출된 여인들의 사정을 청취하기 시작했다. 류의 의견으로 청취는 심문실이 아닌 청심루에서 진행하기로 하였다. 류가 자연스럽게 그녀들에게 접근해서 이야기를 듣기로 한 것이었다. 주로는 다른 관원이 사정 청취 중 나온 이야기를 함께 정리해야 했지만 이번만은 예외였다. 하지만 놀랍게도 류는 혼자가 아니었다. 옥란이 함께했던 것이다. 예기치 않은 상황에 류가 놀란 것도 잠시, 더욱 놀라운 것은 옥란이 매우 능숙하게 여인들의 이야기를 끌어냈다는 점이었다.

류와 옥란은 그 후 삼 일에 걸쳐서 차를 마시거나 함께 음식을 먹으며 조금씩 여인들의 이야기를 끌어냈다. 여인들은 모두 다섯,

모두들 납치된 정황과 갇혀 있던 상황만을 기억했다. 납치 이후 야다관에 갇혀 있었으나 감시하는 자들이 그들을 함부로 대하지는 않았다고 진술했다. 다만 외부를 절대 볼 수 없었고, 음식을 거부하거나 혹은 각종 치장 및 화장 등에 반항하면 위추화의 호된 질책이 이어졌다고 했다. 즉, 그녀들은 사육당하는 존재였다. 좋은 음식을 먹이고 피부와 머리를 가꾸게 해서 최상의 몸 상태를 유지하게 하였다. 그래서 점점 더 두려웠던 것이다. 게다가 몸에 직접적인 위해를 가한 것은 아니었으나 매일 밤, 눈을 가린 체 누군가에게 나체로 점검을 받았다.

"끔찍했어요!"

한 여인이 울먹이며 고백을 했다. 뱀같이 차가운 손길이 그녀들의 몸을 마치 물건을 검사하는 듯이 만져 대었다고 했다. 특히나 무엇보다 수치스러웠던 것은 남자가 무심한 목소리로 여인들에게 다리를 벌리라 요구하는 것이었다. 가끔 여인들이 반항하면,

"나는 절대 상품에는 손을 대지 않아."

라는 차가우면서도 잔인한 목소리로 남자가 중얼거렸다. 즉, 위해를 가하지 않을 테니 얌전히 제 말을 따르라는 남자의 말에 여인들은 두려움에 떨면서도 따르는 수밖에 없었던 것이다. 그러나 한 여인이 스스로의 비부를 위로하라는 남자의 말에 반항하다가 혀를 깨물고야 말았다.

"이런, 인도 날짜가 얼마 남지 않았는데!"

여자가 한 명이 죽자 그들을 감시하던 자들이 투덜거렸다. 사람의 죽음보다 무엇인가 어긋나는 것만이 중요한 일인 듯 그 차가움

에 몸이 떨렸다고 했다. 류는 그녀들의 고통 어린 사정을 들으며 안타깝고도 괴롭기만 했다. 특히 여인들이 당했던 수치에 알 수 없는 그 남자를 향한 분노가 고개를 들었다. 그렇게 두 번째 날의 심문이 끝나고 류와 옥란이 그날의 내용을 간단히 정리하고 있었다.

"흠흠!"

바깥에서 들려온 헛기침 소리에 류가 화들짝 놀랐다. 벌써 시간이 술정시(오후 8시~9시)에 가까웠던 것이다. 문밖에 서 있는 준휘를 확인한 류가 부리나케 옥란에게 대충 인사를 하고는 청심루를 나섰다.

"그래 오늘은 뭐 쓸 만한 증언이 있었느냐?"

항상 받던 질문이었지만 류는 얼른 대답하지 못했다. 청송재로 돌아가면서 그날의 심문 내용을 요약해서 알리고 또 준휘 역시 개봉부에서 있었던 일들을 이야기하곤 했다. 하지만 오늘은 도저히 류의 입이 떨어지지 않았다. 여인들이 겪었던 수치와 분노의 감정들이 류의 안에서 맴돌고 있었다.

"어찌 대답이 없어?"

준휘가 침묵하고 있는 류가 이상했는지 걸음을 멈추고 뒤를 돌아보았다. 그제야 준휘가 발갛게 달아오른 류의 얼굴을 보고는 걱정스런 표정으로 그녀의 이마를 짚었다. 제 피부에 닿은 그의 손길이 뜨거웠다. 그리고 그의 눈빛도 어쩐지 열기를 가득 담고 있는 것 같았다.

"열이라도 있는 것이냐?"

류가 저도 모르게 흠칫하며 뒤로 물러서려 했다. 놀란 토끼처럼 눈을 동그랗게 뜨고 몸을 사리는 모습이 이상했던지 준휘가 조금 더 가까이 다가와 류의 두 뺨을 커다란 손으로 감쌌다.

"정말로 열이 있구나. 녀석, 아직도 몸이 좋지 않았으면 말을 해야지."

준휘의 근심 어린 시선이 제 얼굴에 닿자 류가 초조한 듯 저도 모르게 마른 입술을 혀로 핥고 말았다. 그의 손길과 시선에 이상하게 류는 동요하고 있었다. 그의 말이 왜 그런지 무척이나 다정하고 애틋하게 들렸던 것이다. 그리고 조금 전까지 남자들의 행태에 치를 떨던 자신이 준휘에게 지닌 맹목적일 정도로 순수한 믿음에 다소 놀라고 말았다.

"저, 저는 괜찮습니다."

급히 뒤로 물러나려는 류였다. 두려웠다. 자꾸만 제 안에 움츠려 있던 무엇인가가 깨어나려고 하고 있었다. 류가 애써 그것을 억누르려 안간힘을 쓰고 있었다.

"괜찮기는?"

준휘가 뭔가 화가 난 것처럼 도망치려는 류를 제 쪽으로 확 잡아당기자 류가 거의 그의 가슴에 얼굴을 박는 자세가 되었다. 류가 빠져나가려고 해도 바위같이 단단한 그의 품에서 도저히 벗어날 수가 없었다. 그가 그런 류를 더욱 강하게 제 품으로 끌어당기자 류가 놀란 나머지 비명처럼 소리를 질렀다.

"나리, 사람들이 오해할지도 모릅니다."

그제야 준휘가 류가 유군을 입고 있다는 것을 깨달은 사람처럼 슬며시 손을 놓았다. 류가 얼른 주변을 둘러보았다. 그런 류를 준휘의 시선이 집요하게 따르고 있었다.

"너무 무리하지는 말거라."

어쩐지 준휘의 음성이 긁힌 것처럼 거칠었다. 류는 제게 쏟아지는 준휘의 시선이 왜 이리 부담스러운 것인지 알 수가 없었다. 청송재로 돌아가는 두 사람의 그림자가 길게 늘어져 있었다.

드디어 삼 일째 되던 날 여인들에게서 알아낼 수 있는 사실은 모두 알아내었다는 판단에 사정 청취를 마무리하려던 류에게 한 여인이 중요한 단서를 제공하였다.

"아, 그러고 보니 개봉부에서 야다관을 급습하기 바로 전날에도 저희 몸을 확인하곤 하던 그 남자가 왔었어요. 그리고 아무래도 차의 양이 부족해서 다른 상단을 처리해야겠다고 위추화랑 말을 나누는 것을 엿들었습니다."

류가 고개를 번쩍 들었다. 역시 그자들은 여인들을 활용하여 차를 은밀하게 토번과 밀거래하였음이 분명했다. 그러자 위추화가 '청연상단을 처리한 것처럼 말입니까' 라며 웃었다고 했다.

쨍그랑!

류의 손에서 떨어진 찻잔이 바닥을 뒹굴고 있었다. 분명 아버지는 저 인간들에게 당한 것이 분명했다. 드디어 다가선 진실 앞에서 류가 충격으로 아무런 말도 하지 못했다.

"소운, 괜찮아?"

옥란이 그런 류를 근심스런 표정으로 살폈다. 여인들 앞에서는 소운이라는 휘로 위장하고 있던 류였다.

"괘, 괜찮습니다."

류가 간신히 정신을 차렸으나 얼굴이 핼쑥하게 변했다. 류의 상태가 심상치 않다고 생각했던지 옥란이 화급하게 그녀를 청심루의 다른 방에서 쉬게 했다. 류는 그녀의 호의를 거절할 수가 없었다. 류는 일단 동요한 자신을 진정시켜야 했다. 터질 것처럼 뛰는 심장과 가슴에서 타오르는 뜨거운 감정! 묵직하면서도 격렬한 감정이 그녀를 삼키고 있었다.

"아버지, 어머니!"

석영은 울고 있었다. 갑작스레 들이닥친 이들의 무도한 검에 모두를 잃었다. 집 한구석에 몸을 숨기고 있던 석영은 그들이 사라지자 울면서 죽어가는 부모님에게 다가갔다.

"꼭 살아남아야 한다!"

위급한 와중에서도 어머니 곽연연은 석영에게 그렇게 당부했다. 이미 장성한 아들, 딸이 있음에도 꽃처럼 아름답고 다정했던 어머니였다. 검에 베어 피를 흘리면서도 그녀는 그렇게 애틋한 눈빛으로 석영을 바라보았다.

"같이 가요, 어머니!"

석영이 울면서 애원했다. 그러나 곽연연은 단호하게 고개를 저었다. 이미 상처가 심해 함께 가면 석영까지 위험해진다는 것을 잘 알고 있었던 것이다. 그리고 곽연연이 옆에 있던 하청풍의 손을 꼭 쥐었다. 이미 싸늘하게 식어가는 하청풍의 손을 어머니는 결코 놓으려 하지 않았다. 그 절실한 눈빛에 석영이 겨우 발걸음을 돌릴 수 있었다. 죽음도 결코 그들을 갈라놓지 못할 것이었다. 그것만이 석영에게 남은 유일한 위안이었다.

"반드시 찾아서 복수하고 말겠습니다."

불타는 집을 멀리서 바라보며 석영이 굳은 다짐을 했다.

사라락!

석영은 자신의 긴 머리를 싹둑 잘라내었다. 바람에 흩날리는 제 검은 머리채를 보면서 석영은 결심했다. 부모님의 무덤 앞에 반드시 원수의 피를 뿌릴 것이었다. 그것만이 제가 살아 있는 이유였다. 그렇게 모질게 다짐하며 석영은 제 손에 쥔 검을 움켜쥐었다.

"반드시!"

류가 열에 들뜬 목소리로 중얼거리며 잠에서 깨어났다. 어느새 잠이 들었던가? 류가 멍한 머리로 그렇게 생각했다. 참으로 오랜만에 꾼 꿈이었다. 어제처럼 생생한 아픈 기억에 류는 다시 한 번 몸을 잘게 떨고 말았다.

"류, 깨어났어?"

준휘의 목소리에 류가 번쩍 눈을 떴다. 바깥은 이미 어두웠고 방 안에는 작은 불빛 하나만이 밝혀져 있었다. 준휘가 근심스런 얼굴로 그녀의 얼굴에 난 식은 땀을 닦아주고 있었다.

"나, 나리?"

방금 잠에서 깨어난 류의 목소리가 갈라져 있었다. 준휘는 그녀가 자신을 알아보는 것이 무척이나 반가운 사람처럼 미소를 지었다.

쿡!

류는 작은 바늘에 심장을 찔린 것처럼 가슴이 따끔했다. 그의 미소가 사정없이 류의 마음속을 파고들어 마구마구 그녀를 흔들고 있었다. 그 때문에 제 마음이 계속 말랑해지고 있었다.

"네가 아직 몸도 다 완쾌되지 않았는데 일을 하느라 부담을 많이 느낀 모양이구나."

준휘는 류가 그저 지쳐서 잠이 든 것으로 아는 모양이었다. 류는 침묵을 지켰다. 무슨 말을 해야 하는지도 알 수 없었고 너무나 많은 감정들로 어떻게 말을 꺼내야 할지도 몰랐다. 그렇게 잠시 동안 두 사람은 침묵 속에서 서로를 응시하였다. 준휘의 눈 속에서 뜨거운 불꽃이 타오르는 듯했다. 그리고 그녀의 이마를 닦아주던 그의 손길이 점점 느려졌다.

류는 그만 눈을 감고 말았다. 그의 시선에 자꾸만 제 마음이 흔들리고 있었다. 자꾸만 그에게 제 손을 잡아달라 응석을 부리고만 싶었다. 꼭 감은 그녀의 두 눈에서 눈물 한줄기가 흘러내렸다. 방안을 비춘 희미한 불빛에 그것이 진주처럼 영롱하게 반짝였다. 홀린 듯이 그것을 바라보던 준휘의 얼굴이 아래로 내려갔다. 그녀의 숨결이 느껴질 만큼 가까운 거리까지, 마치 입맞춤이라도 할 것처럼!

"나리, 대체 제게 왜 이러시는 것입니까?"

갑작스런 류의 질문에 준휘가 흠칫했다. 그리고 제 행동에 화들짝 놀란 사람처럼 급히 얼굴을 떼어냈다. 그리고 무척이나 놀란 표정으로 류를 내려다보았다. 흔들리는 그의 시선이 많은 감정을 전달하고 있었으나 여전히 류의 두 눈은 굳게 닫혀 있었다. 그 처연하면서도 아름다운 얼굴이 준휘의 심장을 마구 휘저어놓고 있었다.

"그, 그게 무슨 말이냐?"

준휘가 마치 제 비밀을 들켜 놀란 사람처럼 말을 더듬었으나 류는 제 감정에 격해 그 질문에 대답할 여유가 없었다. 갑작스럽게 터져 나온 제 마음에 류 역시 혼란스러웠다.

'왜 이리 다정하신 것입니까, 왜요?'

류가 차마 그 질문을 하지 못하고 속으로 삼켰다. 다정한 그에게 류는 점점 의지하고 있었다. 예전에는 혼자서도 충분하다고 생각했었는데 어느새 그에게 위험한 일이 있을까 봐 걱정이 되기도 했고, 혼자 남겨질까 봐 미치도록 두렵기도 했다. 그의 곁에서 류는 점점 많은 감정을 깨달아가고 있었다.

"아무래도 오늘 밤은 이곳에서 쉬는 것이 좋겠구나."

준휘가 낮게 중얼거리며 화급하게 방을 나서는 소리가 들렸다. 류가 제 어깨를 끌어안고 작게 몸을 웅크렸다. 다시 혼자 남겨졌다. 잠깐의 다정함을 보여주고 사라져 버린 준휘가 원망스러워 류는 한동안 소리 없는 눈물만 흘릴 뿐이었다.

다음날 아침, 개봉부의 하녀인 취취는 꼬박 밤을 지새운 듯한 준휘를 청심루 복도에서 보고 기절할 듯 놀라고 말았다. 안 그래도 요즘 청심루에 사람이 많아서 어수선한 참에 부윤 나리까지 묵으시니 정신이 없던 취취였다. 겨우 묘시초(오전 5시~6시) 무렵이 었음에도 준휘는 관복을 입고 있었다. 아무래도 모양새를 보아하니 아침에 새로 입은 것이 아니라 밤새 그대로 입고 있었던 것 같았다. 요즘 사건이 많아서 부윤 나리께서 바쁘시다는 것은 알았지만 취취는 제대로 수면을 취하지 못한 그를 보자 걱정이 되었다. 취취의 인사에 깊은 생각에서 깨어난 듯 그가 휘적휘적 걸어나갔다. 하지만 취취는 준휘의 시선이 계속 옆방을 향하고 있었던 것을 알아챘다.

무르익은 가을, 떨어지는 낙엽을 바라보며 취취가 몸을 파고드는 냉기에 몸을 움츠렸다. 스산한 바람이 개봉부 안을 맴돌았다. 이제 겨울을 재촉하는 차가운 가을비가 내리려는지 개봉의 하늘이 유독 낮고 어둡게 가라앉아 있었다.

"뭐라고요?"

반 시진 후, 파인걸 선생의 목소리가 개봉부 정청 안을 가득 채우고 있었다. 놀란 파인걸 선생과 달리 제자리에 앉은 준휘는 고요했다. 밤새 잠을 설쳐 까칠한 얼굴이었지만 그 눈빛만은 형형했다.

"네, 지금 바로 위추화를 석방해 달라며 내관을 보내왔습니다."

감정을 억제하는 왕한의 목소리가 낮았다. 하지만 그가 지금 분노로 부글부글 끓고 있는 것은 꽉 쥔 그의 주먹을 보면 알 수 있었다.

"하!"

파인걸 선생이 한탄을 했다. 가장 중요한 용의자였으며 배후를 가장 잘 알고 있을 사람이 위추화였다. 그런데 그런 위추화를 석방해 달라는 장 귀비의 사자가 도착한 것이었다.

"아직도 입을 다물고 있습니까?"

준휘의 음성이 낮았다. 왕한이 얼른 대답을 했다.

"어찌나 독한지 자신은 아무것도 모른다며, 억울하다는 소리만 하고 있습니다."

예상했던 것인지 준휘는 그저 간단히 고개만 끄덕였다.

"어찌하실 작정이십니까?"

파인걸 선생의 표정도 무겁기만 했다. 황제가 가장 총애하는 귀비의 부탁은 말이 부탁일 뿐 명령이나 다름없었다.

"위추화를 구금한 지 며칠이나 지났지요?"

건조한 준휘의 질문에 파인걸 선생이 시간을 헤아리는지 잠깐 눈을 감았다.

"네, 명일이면 보름이 됩니다."

"그럼 석방하도록 하십시오."

예상치 못한 준휘의 답변에 파인걸 선생과 왕한이 움찔했다. 준휘 역시 귀비의 권력 앞에 무릎을 꿇는 것인지, 왕한의 표정이 복잡했다. 하지만 한편으론 아무리 개봉 부윤이라 해도 황실에 대항할 수 없다는 것도 알기에 왕한은 마음속에서 끓어오르는 울분을 간신히 통제하고 있었다.

"어차피 잡고 있어봐야 더 나올 것이 없습니다. 차라리 스스로 움직이게 하는 것이 빠를 것입니다."

준휘의 말에 그제야 파인걸 선생이 그 의도를 깨닫고는 '아' 하고 탄식했다.

"풀어주면 반드시 그 배후를 만나러 갈 것이라는 말씀이시군 요?"

왕한도 그제야 크게 고개를 끄덕였다. 역시 항상 앞서 생각하고 이미 그 방도를 생각해 두고 있는 준휘였다.

"하지만 섣불리 움직일 여인은 아닙니다. 당분간은 누구의 인내심이 강한지가 관건이 되겠군요."

준휘의 말에 왕한이 긴 미행을 예상하고 물러났다. 파인걸 선생도 물러나려는 참이었다.

"선생님!"

파인걸 선생이 걸음을 멈추고 준휘의 다음 말을 기다렸다. 잠시 망설이던 그가 조심이 말을 꺼냈다.

"그 청연상단 사건 말입니다."

파인걸 선생은 업무와 관련된 이야기를 하면서 왜 저리 준휘가 망설이는지 잠깐 의아했다. 어제 옥란이 여인들의 진술에서 청연상단과 관련된 일을 준휘와 파인걸 선생에게 알렸기에 이미 그 사건 기록을 살펴본 참이었다.

"그때 분명 하씨 집안의 사람들이 모두 죽은 것이 맞습니까?"

준휘의 질문에 파인걸 선생이 잠시 멈칫했다. 기록을 꼼꼼히 읽기로 소문난 준휘가 그 내용을 빠뜨렸을 리 없기 때문이었다. 당시 하청풍에게는 아내 곽연연과 약관의 나이가 된 아들, 그리고 열다섯이었던 딸이 하나 있었다. 이들의 시신은 모두 확인이 되었고 모두 검상으로 사망한 것으로 나와 있었다.

"그렇습니다만?"

파인걸 선생이 그 질문의 의도를 파악할 수 없어 준휘를 응시했다.

"만약 살아 있다면 지금은 열여덟이 되었겠군요."

두서를 알 수 없는 준휘의 말에 멈칫하던 파인걸 선생은 준휘가 당시 열다섯이었던 하청풍의 딸, 석영이라는 아이의 이야기를 하고 있다는 것을 깨달았다.

"그, 그렇지요"

준휘답지 않은 애조 띤 음성에 파인걸 선생이 말을 더듬었다.

"은밀하게 다시 한 번 그 아이의 행방을 조사해 주십시오."

준휘의 부탁에 파인걸 선생이 뭔가 생각이 난 듯 퍼뜩 고개를 끄덕였다. 하지만 아직 확신할 수 없었기에 파인걸 선생은 아무런 말도 하지 않았다.

"안 그래도 그 사건은 저도 무척 관심이 많았습니다. 마침 제 고향도 사천성이니 잘되었네요."

파인걸 선생이 그리 말하고는 걱정하지 말라는 미소를 남기고 조용히 물러났다. 준휘는 파인걸 선생의 그런 배려심에 감사를 표했다. 이 일을 부탁할 만한 사람은 파인걸 선생밖에 없었다. 파인걸만큼 조용하고 신속하게 일을 처리하고 그만큼 입이 무거운 사람을 찾기는 불가능했기 때문이었다.

시름에 젖은 준휘의 시선이 어딘가를 향하고 있었다. 창밖으로 개봉부에서 가장 높이 솟아 있는 청심루가 한눈에 들어왔다. 한참을 그렇게 준휘의 시선이 움직이지 않았다. 준휘의 마음이 어딘가로 조용하게 흐르고 있었다.

"대인, 대인!"

마청의 높은 목소리가 넓은 개봉부의 뜰을 갈랐다. 이튿날 아침, 준휘와 류가 무거운 마음으로 개봉부에 막 등청한 참이었다. 두 사람이 계석명을 막 지나쳐 정청 안으로 들어가려던 무렵이었다. 마청이 허둥지둥 준휘 앞으로 달려왔다.

"무슨 일입니까?"

준휘의 질문에 마청이 숨을 크게 삼키고는 급히 말을 이었다.

"위추화가, 위추화가…… 헉헉!"

마음이 급한 마청이 숨을 헐떡이며 말을 이었다. 류는 뭔가 안 좋은 일이 생겼다는 것을 본능적으로 느낄 수가 있었다.

"살해되었습니다."

류는 맥이 탁 하고 풀리는 기분이었다. 위추화는 배후를 직접 만난 유일한 증인이었다. 물론 고천의가 있지만 아직 그에 대한 직접적인 혐의는 드러나지 않았기 때문이었다. 류가 저도 모르게 제 입술을 깨물고 말았다. 힐끗 준휘의 시선이 제게 잠깐 닿은 것 같았으나 곧 들려온 준휘의 냉정한 음성에 류는 가까스로 정신을 차렸다.

"시신은 어디서 발견되었습니까?"

"아침 일찍 변하에서 이른 낚시를 하던 이가 물가로 떠밀려 온 시신을 발견하여 개봉부에 신고를 했습니다. 지금 파인걸 선생께서 검시를 하고 계십니다. 사인은 일단 자상에 따른 과다 출혈로 사료됩니다."

마청의 얼굴도 좋지 않았다. 겨우 어제 석방한 참이었다. 위추화가 제집으로 돌아간 것을 확인하고 밤새 집 밖을 지키던 관원이 잠시 꾸벅 졸았던 것은 채 일각도 되지 않은 짧은 시간이었다고 했다. 자객은 귀신같은 솜씨로 침입하여 감쪽같이 위추화를 살해하고 사라졌던 것이다. 그 와중에 시신을 변하에 던져 버린 것은 분명 준휘와 개봉부에 보내는 경고였다. 아무리 뒤를 쫓아도 자신들은 도망갈 것이라는, 그리고 조심하라는!

잠시 후, 준휘와 류는 파인걸 선생의 방에 있었다. 커다란 탁자 위에 놓인 위추화는 생기를 잃어 흉측해 보였다. 그리 농염한 미소를 짓던 입술도 파랗게 변해 있었고 이미 시신 곳곳에서 검은 시반(시신에 나타나는 상처)이 나타나고 있었다.

"사인은 자상이 맞습니까?"

파인걸 선생이 조용히 고개를 끄덕였다. 위추화를 덮었던 천을 살짝 들어 올리자 오른쪽 어깨에서 왼쪽 옆구리까지 커다란 검 자국이 선명했다. 그것은 약간 베인 정도가 아니었다. 정말로 악의를 지니고 무지막지하게 휘두른 검이 분명했다. 그 악의에 류는 저도 모르게 살짝 몸을 떨었다. 검을 쓰는 무사이기에 류도 알고 있다. 저렇게 깊은 검상을 내기 위해선 얼마나 많은 힘을 넣어야

하는지, 그것은 강하고 음습한 깊은 악의였다.

"사망 시간은?"

"인시정(오전 3시~4시) 무렵입니다. 거의 살해와 동시에 변하에 시신을 던진 것 같습니다. 폐 안에 물이 거의 없는 것으로 보아 이미 물에 던져지기 이전에 사망한 것으로 판단됩니다."

준휘가 말없이 고개를 끄덕였다.

"왼손잡이라!"

준휘의 말에 류가 고개를 끄덕였다. 오른손잡이라면 시신의 상처는 왼쪽 어깨에서 오른쪽 옆구리 쪽으로 나 있을 것이었다. 왼손으로 검을 쓰는 자! 일단 수많은 용의자들의 상당 부분을 제외시킬 수 있는 중요한 단서였다.

"정말로 냉정한 이들입니다. 정체가 드러난 자들은 인정사정 볼 것 없이 바로 처단을 해서 꼬리를 잘라내는군요."

파인걸 선생이 고개를 휘휘 저었다.

"고천의는 지금 어찌하고 있습니까?"

준휘의 질문에 파인걸 선생이 얼른 대답을 했다.

"현재는 쥐 죽은 듯이 있습니다. 삼사와 집을 왔다 갔다 할 뿐 다른 곳에는 모습을 드러내고 있지 않습니다. 저희가 야다관을 급습한 밤 이후 미행을 붙였습니다만 이렇다 할 움직임이 없다고 합니다."

준휘의 짙은 눈썹이 위로 치켜 올라갔다.

"고천의는 용의주도한 자입니다. 당분간 그를 미행한다 해도 별로 건질 것은 없을 것 같군요. 혹시 다른 지역에서 차에 대한 도난 사건이 보고된 것이 있습니까?"

"일단 지난 열흘간은 잠잠합니다."

준휘가 다시 고개를 끄덕였다. 곧 그의 얼굴에 엷은 미소가 피어났다. 류는 왠지 불안한 마음을 감출 수가 없었다. 준휘의 저 미소는 위험했다.

"아무래도 이제는 직접 호랑이 굴로 들어가 봐야겠습니다."

"예에, 설마?"

류가 깜짝 놀라 소리쳤다. 그것은 준휘가 직접 조상을 만나겠다는 소리로 들렸다. 그런 제 생각을 알아챈 류가 기특한지 준휘가 싱긋 미소를 지었다. 어느새 류는 말하지 않아도 그의 생각을 예상할 수 있었다. 최근 류의 머릿속의 상당 부분을 준휘에 대한 생각이 차지하고 있었기 때문이었다.

"제가 직접 조상을 만나봐야겠습니다."

파인걸 선생이 준휘를 보고 걱정스런 표정을 지었다. 정면 돌파를 선택한 준휘였다. 하지만 조상, 그는 결코 만만한 자가 아니었다.

"일면식이 없지 않으십니까?"

파인걸 선생의 질문에 준휘가 고개를 끄덕였다. 설마, 직접 그를 대면하여 추궁을 하거나 그런 것은 아닐 거라며 류가 제 놀란 가슴을 진정시켰다.

"제 선친께서 조 왕야와 동문수학을 하셨습니다. 그래서 저도 어렸을 적 자주 왕야를 뵈었습니다."

준휘의 설명에 파인걸 선생이 고개를 끄덕였다.

"조상이 움직일까요?"

류도 같은 의문이 들었다.

"제가 알기로 사흘 뒤가 왕야의 작고하신 첫째 왕비님의 기일입니다. 조상도 빠질 수 없는 자리일 것입니다."

조 왕야의 첫 번째 왕비는 장자인 조상을 출산하고 일찍 사망하였다. 이후 한동안 홀로 지내던 왕야가 두 번째 왕비를 맞이한 것이 대략 이십여 년 전이었다. 두 번째 왕비와의 사이에서는 군주(君主, 황제의 딸을 공주, 친왕 및 왕들의 딸은 군주라 한다)들만 태어났기에 조상이 유일한 적장자였다. 조 왕야는 그 흔한 처첩도 없었기에 그야말로 황실 종친의 모범이라 할 만했다.

"알겠습니다."

파인걸 선생이 말려서 될 일이 아니라는 것을 알았기에 별다른 말을 하지 않았다. 다만 옆에 서 있던 류의 얼굴이 창백해지는 것을 보며 약하게 한숨을 쉬었을 뿐이었다. 사건의 방향이 어떻게 마무리가 될지, 정말 배후를 다 찾아 처단할 수 있을지 너무나 많은 일들이 아직도 짙은 안갯속에 있었다.

13. 너를 닮은 여인과 혼인을 하고 싶구나!

"정말로 함께 가겠다는 것이냐?"

다음날 이른 아침, 청송재에선 때아닌 실랑이가 벌어지고 있었다. 어제 오전 일찍 조 왕야에게 찾아뵙겠다는 연통을 했다. 흔쾌히 왕야는 준휘의 방문을 허락하였다. 왕부는 개봉에서 말로 하루 거리에 있었다. 명일 도착하면 왕비의 기일 이전에 딱 맞출 수 있었다. 준휘가 이번 일은 개인적인 자격으로 움직이는 것이 좋겠다며 사호법도 마다하고 금보만을 대동하겠다 한 것이었다. 그런데 류에게는 청송재에 남으라 하니 아침부터 이 사달이 일어난 것이었다.

"네, 당연하지 않겠습니까?"

류의 건조한 대답에 준휘가 고개를 저었다. 류는 개인 호위인 제가 가는 것이 너무나 당연하다는 태도였다.

"하루면 되는 거리다. 그리고 금보가 있는데 너까지 무리할 필요가 무엇이냐?"

준휘가 그답지 않게 매우 사근사근하게 류를 설득하고 있었다. 하지만 류의 표정은 단호했다. 그 곁에서 안절부절못하는 준휘였다.

'참, 나!'

아까부터 떠날 준비를 하고 있던 금보는 때아닌 실랑이에 어이가 없었다. 굳이 저리 류를 떼어놓고 가려는 나리도, 또 굳이 따라나서려는 류도 이해할 수 없기는 마찬가지였다. 평소라면 항상 류를 대동하던 나리였으니 류가 가겠다 하는 것은 이상한 일은 아니었다. 하지만 지금 두 사람의 모습은 영락없이 혼자 어디에 가겠다는 정인을 믿지 못하여 따라나서는 여인과 그것을 말리는 사내의 모습이었다.

"그게 말이다. 개봉부가 한참 분주하니 네가 남아서 파인걸 선생과 사호법들을 도와주었으면 한다."

준휘가 그답지 않게 매우 간절하게 류를 설득하였으나 류는 요지부동이었다. 그러나 금보는 그런 두 사람을 남겨두고 조용하게 말 한 필을 추가로 준비하였다. 분명 류가 동행할 것이 분명했다. 류의 고집에 항상 지는 사람은 나리라는 것을 알기에 금보가 미리 시간을 아끼기 위해서 서두른 것이었다.

"어찌 저 아이에게만은 저리 말랑하신 것인지, 참!"

금보가 어이없어하며 나직이 중얼거렸다. 제 주인이 항상 싱글벙글하고 웃고 있어서 그렇지 얼마나 단호한 사람인지 누구보다 잘 알고 있는 금보였다. 한번 하겠다 마음먹은 일을 하지 않은 적도 없었다. 또한 그 미소로 아닌 일은 칼같이 거절하는 사람이 준휘였다. 하지만 류에게만은 그 단호함이 절대 먹히지 않았다.

"에휴, 그게 다 제 마음대로 되는 일은 아니겠지!"

아직도 실랑이 중인 그들을 흘깃 바라보던 금보가 고개를 휘휘 저었다. 잠시 나리의 심부름 때문에 며칠 청송재를 비웠다 돌아온 금보는 어쩐지 달라진 집 안 분위기를 느꼈다. 알 수 없는 팽팽한 긴장감이었다. 하지만 무엇보다 제가 돌아온 것을 준휘가 그리 반기는 것은 처음이었다. 마치 잃었던 가족이라도 찾은 듯했다. 그리고 이후 반드시 집에 있을 때에는 준휘는 옆에 금보를 머물게 했다.

"그런데 시선은 그게 아니란 말이지."

분명 단둘이 있는 것은 극도로 피했지만 준휘의 시선은 항상 류를 향해 있었다. 가까이 가고 싶은데 꾹 참는 느낌이었다. 지금도 준휘는 차마 류를 떼어내지도 못하고 간절한 시선으로 제 부탁을 들어달라는 표정이었다. 그 표정이 순진한 강아지 같아 금보가 약간 어이가 없어 그저 쓰게 웃고 말았다.

"그동안 제가 개봉부 일에 신경을 쓰느라 본래 제 임무에 너무 소홀하였습니다."

류의 말에 준휘가 하고 싶은 말이 많은 표정으로 입을 벌렸다가 닿았다. 결국 귀를 축 늘어뜨린 강아지 같은 표정의 준휘가 류를 대동하고 대문 밖으로 나왔다.

"가시지요."

금보가 제 예상과 한 치도 다르지 않은 전개에 그저 말고삐를 내밀었다. 준휘가 이미 말이 세 필이 준비가 되어 있는 것을 보고 금보를 돌아보았다. 그 표정이 왜 말을 준비했느냐며 질책하는 듯했다. 분명 말이 없으니 갈 수 없다고 할 요량이었을 것이다. 하지만 류가 있어야 제가 편했기에 금보는 모른 체하고 말았다.

그러나 사실은 최근 준휘의 주변이 어수선하였기에 그리하였다. 류가 무공이 뛰어나고 특히 나리를 위해서라면 제 목숨도 아끼지 않기에 분명 위험할 때에는 도움이 될 것이었다. 또 항상 제 잘난 맛에 살고 있는 제 주인이라는 것을 알기에 더더구나 류가 필요했다. 과유불급이라 했으니, 분명 류가 곁에 있으면 준휘도 몸을 사릴 것이었다.

히이잉!

말이 가볍게 우는 소리를 뒤로하고 세 사람은 조 왕야의 왕부를 향해 길을 떠났다. 그렇게 때아닌 실랑이 덕분에 거의 사시초(오전 9시~10시) 무렵 청송재를 떠난 그들이 왕부 근처 조그만 객잔에 도착한 것은 꽤 밤이 늦은 해시초(오후 9시~10시) 무렵이었다. 일찍 도착하였다면 왕부에 묵을 수도 있었으나 시간이 너무 지체되어 부득이하게 객잔을 찾을 수밖에 없었다.

일단 세 사람은 요기부터 했다. 준휘나 류, 모두 별 표정이 없었으나 중간에 낀 금보는 아주 죽을 지경이었다. 엊그제 늦었다며 청심루에서 묵고 들어온 이후부터 묘한 긴장감이 두 사람 사이에 흐르고 있었다. 분명 자신만이 느끼고 있는 것은 아닐 텐데 이리 아무렇지도 않은 척 행동하고 있으니 더욱 미칠 노릇이었다. 결국 불편해하던 금보가 저녁 반주로 시작한 술을 빨리 마신다 했더니 먼저 잔뜩 취해서 곯아떨어져 버렸다.

드르렁, 드르렁!

참으로 머리만 닿으면 금방 잠을 자는 금보였다. 두 사람은 아무런 말 없이 술잔을 기울이고 있었다. 사실 술잔을 기울이고 있는 것은 준휘뿐이었다. 류는 금보의 강권에 어쩔 수 없이 처음 한 잔을 마시고 난 후 약간 어지러운 상태였다. 객청 안이 시끄러운 것은 혼인을 앞둔 사내가 친구들을 모아 떠들썩하게 음주를 즐기고 있었기 때문이었다. 그 모습을 물끄러미 바라보던 준휘였다.

"나는 말이다."

조용히 술잔을 들던 그의 목소리가 갑자기 낮아졌다. 촉촉하게 젖은 음성이 부드럽게 류의 귀를 간질였다. 그가 그녀의 얼굴을 지그시 응시하자 류는 자신의 귓불이 타는 듯이 뜨겁게 느껴졌다. 항상 큰 형님처럼 자신을 바라보던 시선과 조금 달라 보여 류의 심장이 스멀스멀 꿈틀거리기 시작했다. 자꾸만 이상한 오해를 하는 자신의 마음을 다잡으려 류가 안간힘을 쓰고 있었다. 홀로 청송재에 남을 수는 없어 부득불 그를 따라나선 류였다. 걱정을 하더라도 준휘 옆에서 하고 싶었던 것이다.

"만약 혼인을 하게 된다면……."

그가 잠시 말을 멈추고 남은 술을 한 번에 들이켰다. 동시에 류는 저도 모르게 숨을 죽이고 있었다. 그가 술잔을 내려두고는 갑자기 커다란 손으로 그녀의 뺨을 부드럽게 쓰다듬었다.

너무도 놀라 '헉' 하고 흘러나오는 신음을 간신히 삼키며 류는 얼어붙어 손가락 하나 꼼짝할 수 없었다. 자신의 뺨에 닿은 그의 손이 무척이나 뜨거웠다.

"꼭 너를 닮은 여인과 하고 싶구나."

순간 류의 귀에는 제 심장 소리만이 크게 들렸다. 모든 것들이 움직임을 멈추고 주변의 모든 것들이 희미해졌다. 이상한 공간에 단지 두 사람만 남은 것처럼 오직 그만이 명확한 실체를 가지고 그녀의 눈앞에 있었다. 어서 무엇인가 대꾸를 해야 했지만 그녀는 입을 열 수 없었다.

"저……."

간신히 입을 열었으나 그 말은 자신의 입술을 가볍게 스치는 그의 손끝에 다시 입안으로 사라졌다. 마치 귀하고 아름다운 여인을 대하듯 그의 눈빛이 촉촉하게 젖어 있었다. 그 눈빛은 평소의 장난기 많고 쾌활한 그와는 달랐다. 그리고 자신의 입술을 깃털처럼 조심스럽게 만지는 그의 손길에 류의 심장이 미친 듯이 요동치기 시작했다.

두두두, 쿵, 두근, 두근, 쿠쿵!

거칠게 뛰는 심장 소리가 북소리처럼 들렸다. 가슴을 뚫고 뛰어나올 것처럼 심장이 미친 듯이 움직였다. 그리고 누군가 제 심장을 한 손으로 움켜쥔 것처럼 심장이 저렸다. 대체 이것이 어떠한 감정인 것인지 류는 극도로 혼란스럽기만 했다.

"……어떠냐, 응?"

무엇인가 그가 물었으나 그녀는 미처 대답하지 못했다. 극도의 긴장과 혼란으로 머릿속이 백지처럼 하얗게 변해서 어떤 말도 생각해 낼 수가 없었던 것이다. 그의 채근에 겨우 정신을 차린 류가 다시 질문을 했다.

"뭐, 뭐가요?"

바보처럼 되묻는 류의 얼굴을 보며 그가 쓰윽 미소를 지었다. 그 와중에도 류는 제가 준휘의 저런 미소를 무척이나 좋아한다고 멍하게 생각하고 있었다.

"너는 어떠냐고 물었다."

그가 평소처럼 짓궂은 미소를 지었다. 입술 사이로 드러난 하얀 이가 불빛에 반짝거렸다. 그는 아름다웠다.

"예?"

여전히 아직도 멍한 류는 그의 질문의 의도를 파악할 수가 없었다. 어떠냐니? 날 닮은 여인을 찾아서 혼인하겠다는 말? 그것에 대하여 대체 어찌 답변을 한단 말인가? 류의 새까맣고 커다란 눈이 당황스러움에 크게 떠졌다.

"이런 녀석, 반주 한 잔에 아주 넋이 나갔구나."

그가 커다란 손으로 평소처럼 류의 정수리를 쓱쓱 쓰다듬었다. 그 손길이 너무나 다정하고 따듯해서 울컥 눈물이 날 것만 같았다.

"너는 어떤 사…… 람과 혼인을 하고 싶으냐고?"

그의 목소리가 다시 머릿속을 왕왕 울리기 시작했다.

'혼인? 내가?'

한 번도 그것에 대하여 진지하게 생각해 본 일이 없었다. 지금까지 부모님을 모함한 원수를 찾는다는 목표 이외에는 아무것도 중요한 것이 없었다. 아니, 그랬다고 생각했었다. 하지만 순간 그가 혼인을 한다는 가능성을 떠올리자 갑자기 날카로운 검에 베인 것처럼 심장 한쪽이 아릿했다. 갑자기 숨을 쉴 수가 없었다.

"저…… 저는 아직…… 자알…… 모르겠습니다."

아까부터 자꾸만 더듬거리는 자신의 목소리에 류의 이마에서 식은땀이 계속 흘러내렸다. 술 때문에 발갛게 달아오른 그녀의 뺨이 객잔의 희미한 불빛 아래 잘 익은 도화처럼 피어났다.

"하긴. 이제 겨우 열여섯인 꼬맹이가 뭘 알겠냐마는……."

뭔가 불만족스러운 듯 그가 다시 술잔을 들어 한입에 들이켰다.

"그런데, 너 정말 열여섯이 맞느냐?"

갑자기 태평해 보이던 그의 눈빛이 날카로워졌다. 마치 류가 숨기고 있는 것을 파헤치려는 것만 같았다. 그의 까만 눈동자 속에 자신의 모습이 그대로 담뿍 담겨 있었다. 무엇인가 울컥하고 뜨거운 것이 류의 목을 잠기게 만들었다.

"하하, 나리도 참! 많이 취하셨나 봅니다."

가까스로 류가 농담처럼 말을 이었다. 하지만 목소리가 감기에 걸려 꽉 잠긴 것처럼 어색하게 끼익거렸다.

"제가 이렇게 몸집이 작아서 오해를 많이 받기는 합니다만, 이미 성년식까지 치른 참인데 너무하십니다. 제가 설마 나이를 많게 속이기라도 했겠습니까?"

류가 마치 무시당해서 화가 난다는 듯이 오히려 그를 공격했다.

과하게 요동치는 심장 소리를 숨기려 류는 필사적이었다.

"그 반대다."

예상치 못한 그의 대답에 그녀의 심장이 툭 하고 바닥으로 떨어졌다. 그가 뭔가 아쉬운 것처럼 그가 그녀를 응시했다.

'반대라면, 더 나이가 많았으면 좋겠다는 뜻인가?'

류의 귓불이 다시 붉어졌다. 순간 뭐라 답변을 해야 하는지 아무런 생각도 할 수가 없었다. 류가 굳어 있는 사이 술잔을 마저 비운 준휘가 옆에 곯아떨어진 금보를 깨워 방으로 올라가려고 자리에서 벌떡 일어났다.

"아이고, 어지럽다!"

금보가 술에 취해서 비틀거렸다. 그런 금보를 데리고 준휘가 휘적휘적 2층으로 향하는 계단에 막 도달한 참이었다.

찌이익!

계단에 제대로 발을 올리지 못하고 휘청거리던 금보가 준휘의 장포 자락을 잡으며 쓰러졌다. 그리고 그의 손에 준휘의 장포 오른쪽 소매가 요란한 소리를 내며 찢겨졌다.

"나리, 정말로 그건 아니에요! 그건 아무리 생각해도……."

금보가 그 찢겨진 소맷자락을 부여잡고 그리 중얼거리다 그 자리에서 그대로 잠이 들고 말았다. 결국 객잔의 사람들을 불러서 가까스로 그를 방으로 옮길 수 있었다.

항상 그렇듯이 또 방은 하나였고 침상 한구석을 넓게 차지한 금보는 이 모든 소란과는 상관없이 태평하게 잠에 빠져들었다. 류 역시 구석에서 잠을 청하려던 순간이었다. 금보를 눕히고 바깥으로 나갔던 준휘가 되돌아온 것은 채 일각도 지나지 않은 시간이었다. 그리고 그가 조심스레 부탁한 말에 류는 어안이 벙벙해졌다.

"예에?"

류가 지금 제가 그가 하는 말을 제대로 들었는지 황당하여 부지불식간에 목소리를 높였다. 아닌 밤중에 홍두깨가 아닌 바느질이었다.

"그것이 이렇게 찢어진 옷을 계속 입을 수는 없지 않느냐?"

준휘가 난감한 표정을 지었다. 마치 곤란한 어린아이 같은 그의 표정에 류의 마음이 살짝 흔들렸다. 하긴 명일 왕부를 방문하는데 찢어진 장포는 심히 난감하기는 했다.

"그럼 제가 객잔에 부탁을 해보겠습니다."

류가 바로 내려갈 것처럼 벌떡 자리에서 일어나자 준휘가 급히 말을 이었다.

"내가 이미 부탁을 했는데 아무도 바느질할 만한 사람이 없다는구나."

류가 다시 한 번 그를 냉정하게 바라보았다. 정말 도움이 필요할 뿐이라는 듯 난감한 표정의 그였다. 하지만 바느질이라니? 가만히 앉아 옷감이랑 씨름하는 일은 아주 질색이었다. 그리고 제대로 바느질을 배운 적도 없었다.

"하지만……."

무척이나 곤란해하는 그를 보니 도와줘야 할 것도 같지만 워낙에 무딘 손이라 제대로 할 자신이 없었다. 그래서 선뜻 어찌하지 못하고 류가 망설이고 있었다.

"뭐, 아주 잘해달라는 것이 아니다. 그저 명일 입을 수 있을 정도로만 대충 붙어 있게만 해주면 된다."

그의 체면이 있으니 아무래도 저고리와 고만 입게 할 수는 없어 류가 속으로 긴 한숨을 쉬며 장포를 집어 들었다. 어디서 구해왔는지 바늘과 실 등을 꽤 알뜰하게 챙겨온 준휘였다. 류가 민망한 듯 제 뺨을 쓱쓱 비비고는 '끙' 하고 바늘에 실을 꿰었다. 그리고는 무척 어설픈 자세로 장포에 바늘을 꼽기(?) 시작했다. 그 모습을 준휘가 눈빛을 반짝거리며 바로 옆에서 바라보고 있었다.

"아야!"

채 일각도 지나지 않아 류의 작은 비명이 방 안을 채우기 시작했다. 옷을 기우는 것인지 제 손을 기우는 것인지 알 수가 없었다. 그 조그만 바늘이 어찌나 손가락 끝을 찔러대던지 류는 정말로 울고 싶었다. 류가 바늘에 찔려서 약하게 신음할 때마다 준휘가 걱정스럽다는 표정을 지었다. 하지만 동시에 류를 다정하고 사랑스러운 시선으로 바라보고 있었지만 류는 바느질에 신경을 쓰느라 정신이 없었다.

"저기 괜찮으냐?"

준휘의 질문에도 류는 대답하지 않았다. 아니, 안 한 것이 아니라 하지 못했다. 검보다 작은 이 바늘이 이렇게 자신을 괴롭힐 줄은 상상도 못했다. 검에 베인 상처에도 꿈쩍하지 않았던 류가 이렇게 작은 바늘 하나에 꼼짝없이 무너지고 말았다.

"다 되었습니다."

근 반 시진을 끙끙거리며 노력하던 류가 겨우 바느질을 마무리한 시각은 거의 축시초(오전 1시~2시) 무렵이었다. 류의 얼굴이 꽤나 엄청난 결투라도 마친 것처럼 핼쑥했다.

"고맙구나. 크흡!"

준휘가 그렇게 인사를 하였으나 비어져 나오는 웃음을 막을 수가 없었던 모양이었다. 그러나 자신을 살벌하게 바라보는 류 때문에 간신이 그것을 억제하였다. 찢어진 부분은 겨우 손바닥 길이 정도였다. 그것을 이렇게 오래 붙잡고 있으리라고는 생각도 못했다. 그리고 결과물은 아무리 좋게 보려 해도 삐뚤삐뚤한 것이 류제가 보아도 비웃음이 절로 나올 정도였다.

"그러게 잘 못한다고 하지 않았습니까?"

하지만 류는 준휘의 웃음에 꽤나 마음이 상하고 말았다. 류는 본인이 여자답지 못하다는 사실을 잘 알고 있었다. 하지만 준휘의 반응에는 이상하게 신경이 쓰였고 한편으로 다소 서운했다. 류는 미묘한 감정을 어찌할 수 없어 그저 침상에 누워 확 이불을 뒤집어썼다.

자리에 누워서도 류는 자꾸만 속이 상했다. 정인에게 아름다운 수를 놓아서 주머니를 주는 일을 할 생각은 없었지만 이렇게 제 손이 무딘 줄을 몰랐다. 가슴 한쪽이 아려서 류는 밤새 밤잠을 설치고야 말았다. 류는 제가 지금 아픈 것은 손가락이 바늘에 찔려서 그런 것이라며 애써 자위했다.

"이렇게 손이 무뎌서······."

새벽의 푸른빛이 방 안을 가득 채우는 그 시각, 무엇인가 골똘

한 표정으로 준휘가 그렇게 중얼거리며 고개를 저었다. 새벽녘에 겨우 잠든 류의 손가락에 준휘가 슬쩍 약을 발라주고 있었다. 류는 준휘가 약을 바르는 순간 잠에서 깨어났으나 꼼짝도 하지 못하고 가만히 있었다. 제 손에 닿는 그의 손길이 너무나 다정했던 것이다. 그가 제 손등을 가만히 부드럽게 쓰다듬으며 뭔가 안타까운 듯 중얼거렸을 때 류의 심장이 다시 거세게 뛰기 시작했다.

'나리, 정말로 대체 제게 왜 이러시는 것입니까?'

류의 소리 없는 외침이었다. 자꾸만 자신에게 다가와 제 마음을 흔드는 준휘였다. 지금 멈추지 않으면 그의 온기에 계속 기대고 싶어질 것이었다. 애써 류가 제 안에서 흔들리는 마음을 다잡으려 애썼다. 하지만 한 번 흘러넘쳐 이미 흐르기 시작한 마음을 어찌할 수는 없었다.

"먼 길을 오시느라 수고가 많았네."

두 시진 후, 왕부에 당도한 준휘가 조 왕야와 차를 마시고 있었다. 왕야께선 오랜만에 만난 친우의 아들이 무척이나 반가운 듯했다. 준휘 역시 왕야를 깍듯하게 대하고 있었다.

"겨우 하루 거리입니다. 제가 개봉으로 부임하고도 먼저 찾아 뵙지 못해 송구할 따름입니다."

"허허허! 그리 이 늙은이를 생각해 주니 고맙구려. 하지만 개봉 부윤의 자리가 어디 그리 쉬운 자리던가?"

왕야가 호탕하게 웃었다. 황실의 존경을 받고 있는 어른답게 왕야는 반듯하고 멋진 사람이었다. 편안하게 준휘와 이런저런 이야기를 나누고 있었다. 하지만 이상하게도 준휘의 옆에 그림자처럼 앉아 있는 류에게 가끔 왕야의 시선이 닿고 있었다.

처음에 인사를 올렸을 때 왕야께서 아주 잠깐 매우 깜짝 놀란 눈빛이었던 것이 계속 마음에 걸렸다. 그러나 그 표정은 순식간에 사려졌기에 류는 제가 착각을 했는가 싶었다. 하지만 중간중간 계속 자신에게 향하는 시선은 분명 류에 대하여 무엇인가를 알고 있는 것 같았다.

"왕야, 나리께서 드셨습니다."

하인이 그리 말을 전달하고 나자 곧 한 남자가 안으로 들어왔다. 류는 저도 모르게 제 손에 있는 검을 굳게 쥐었다.

"이런 손님들께서 와 계셨군요."

조상이 마치 몰랐다는 듯이 이야기했으나 류는 그의 날카로운 시선이 준휘를 찌르고 있는 것만 같았다. 나이가 이립(而立, 서른)을 넘었다는 조상은 왕야를 닮아 훤칠한 미모의 남자였으나 그 눈매가 매우 날카로웠다. 지나치게 매끈한 인상이라 어쩐지 교활한 뱀 같아 보이기도 했다. 류는 묻고 싶었다. 왜 자신들의 부모를 그리 잔인하게 살해해야 했는지? 류가 제 안에서 들끓는 증오심을 간신히 억눌렀다.

"안녕하십니까, 개봉 부윤직을 맡고 있는 류준휘라 합니다. 제 선친께서 왕야와 안면이 있으셔서 이리 찾아뵙게 되었습니다."

준휘의 인사에 조상이 우아하게 인사를 받았다. 물처럼 유연한 태도였다.

"하하, 일단 자리에 앉으시지요. 워낙에 유명하신 분이라 이리 만나뵙게 되니 오히려 제가 영광입니다."

두 남자의 소리 없는 검이 공중에서 부딪히고 있었다.

"그런데 어찌 부윤 나리께서 이 먼 곳까지 걸음을 하셨습니까?"

무심한 듯 준휘의 잔에 차를 따르며 조상이 질문을 했다. 대화를 계속하기 위해선 주인이 따라준 차를 모두 마시지 않고 찻잔 바닥에 약간 남겨두는 것이 예의였다. 그러면 주인은 계속 차를 따라주며 담소를 이어갔다. 손님이 더 이상 마실 의사가 없거나 일어설 때면 잔을 모두 비우는 것이었다. 준휘가 조상이 따라준 차를 음미하듯이 마셨다.

"아, 역시! 나리께서 차에 조예가 깊다고 들었습니다만 역시 그 명성대로 아주 훌륭한 건다(建茶)입니다."

준휘가 감탄을 했다. 정말로 좋은 차를 마시게 되어 즐겁다는 표정이었다.

"허허, 내가 워낙에 차를 좋아하다 보니 아들 녀석이 상당히 공을 들여 좋은 차를 찾아주고 있다네."

왕야의 표정이 밝았다. 하지만 류는 순간 조상의 눈에 스친 격렬한 증오심에 흠칫하고 말았다. 그것은 아주 찰나의 순간이었다. 류가 계속 조상을 주시하지 않았다면 잡아내지 못했을 것이었다. 아무래도 조상과 왕야 사이에는 무엇인가 겉보기와는 다른 것이 있는 것 같았다.

"과찬이십니다. 아버님께서 좋아하시는 것을 준비하는 것이 자식의 도리가 아니겠습니까?"

조상의 목소리는 평이했다. 격렬한 증오의 감정은 빠르게 사라지고 그가 아버지를 정말로 공경하는 사람처럼 공손한 표정을 지었다. 그는 제 감정을 감추는 것에 매우 능한 사람 같았다.

"그리고 보니, 선친께서 말씀하시기를 왕야께서 유독 사천성에서 생산되는 우롱차를 좋아한다 하셨습니다."

준휘의 말에 왕야의 얼굴이 순간 굳었다. 그리고 빠르게 그의 시선이 준휘의 뒤쪽에 앉아 있던 류에게 닿았다 떨어졌다. 그런 왕야의 시선을 따라 움직이던 조상의 시선이 잠시 류에게 닿았다. 처음엔 그저 물건을 바라보듯 무심한 표정의 조상이었다. 그러나 곧 순간 번뜩인 그의 눈빛에 설명할 수 없는 오한이 류를 감싸 그만 흠칫하고 말았다.

"워낙에 차가 개문칠건사의 하나가 되다 보니 찾는 사람이 많습니다. 최근 개봉에선 투차(鬪茶, 송나라 때 사대부들에게 유행했던 자신만의 찻자리 미학을 뽐내고 그 기량을 다른 사람들과 겨루는 일종의 대회)가 성행해서 좋은 차를 구하기가 하늘의 별 따기입니다. 그래서 그런지 요즘 공차로 올라오는 차의 일부가 계속 도난을 당하고 있어 참으로 머리가 아플 지경입니다."

준휘가 아무렇지도 않은 표정으로 그저 세상 돌아가는 이야기를 하는 것처럼 말했으나 류는 알아챘다. 지금 준휘는 조상에게 경고를 하고 있었다. 그러나 조상의 표정에는 아무런 변화도 없었다.

"황실에서 전매를 하고 있음에도 그런 일이 발생하니 참으로 안타까운 일일세."

왕야의 말에 조상은 동의한다는 표정으로 살짝 미소만 지을 뿐이었다. 이후 세 사람은 자연스럽게 이런저런 이야기를 나누었다. 류는 숨도 제대로 쉬지 못하고 그들을 관찰했다. 그래서 자리가 파했을 때에는 류는 무척이나 피곤했다. 류는 제 방으로 돌아오자마자 잠시 기절 같은 잠에 빠져들고 말았다. 하지만 또 밤새 악몽에 시달린 류였다.

"아니, 밤을 꼬박 새우시기라도 하셨습니까?"

눈자위가 붉은 준휘를 보고 이튿날 아침, 금보가 타박을 했다. 정말로 아닌 게 아니라 그는 상당히 피곤한 기색이 역력했다.

"아니다. 그저 방이 조금 낯설어서 잠을 설쳤구나."

금보가 말도 안 된다는 표정으로 그를 바라보았다. 류가 알기에도 준휘는 어디에서나 잠을 설치는 사람은 아니었다. 그래서 류도 역시 그를 이상하다는 듯이 빤히 쳐다보았다. 말간 류의 시선에 준휘가 급히 얼굴을 돌리며 얼른 돌아갈 준비를 하라고 금보를 채근하였다. 어쩐지 요즘 그가 자신의 시선을 피하는 것 같아 류의 마음이 가라앉고 말았다. 그가 자신을 보아주기를 바라기도 하고 그의 시선이 부담스럽기도 하고 류는 갈대처럼 흔들리는 제 마음이 한심했다.

"알겠습니다."

금보가 군말 없이 빠르게 말을 준비하기 위해서 움직였다. 그사이 준휘도 왕야와 조상에게 떠날 인사를 하기 위해서 움직였다.

"왕야, 그럼 또 나중에 뵙도록 하겠습니다."

준휘의 인사에 왕야가 꼭 다시 찾으라며 배웅을 했다.

"그럼."

준휘가 옆에 있던 조상에게도 가볍게 목례를 하자 조상이 싱긋 웃었다. 하지만 그의 시선은 똑바로 준휘의 뒤에 서 있는 류에게 닿아 있었다. 여전히 차가운 뱀 같은 그의 시선에 소름이 돋았다. 류가 저도 모르게 검을 굳게 움켜쥐었다.

"밤새 지키느라 노고가 많으셨겠습니다."

아주 작게 준휘에게만 들으라는 듯 속삭인 조상이었다. 뜻 모를 조상의 말에 류가 약간 고개를 갸웃하는데 준휘가 흠칫했다. 그리고 류의 시야가 그의 커다란 등에 순식간에 가로막혔다. 준휘가 마치 조상의 시선에서 류를 숨기려는 듯, 한 걸음 앞쪽으로 움직였던 것이다. '훗' 하는 표정으로 조상이 미소를 지었다. 하지만 아름다운 얼굴에도 불구하고 그 미소는 매우 소름이 끼칠 만큼 차가웠다.

"그럼 먼 길 조심이 가시게."

왕야와 조상의 배웅을 받으며 준휘 일행은 다시 개봉으로 길을 떠났다. 돌아오는 내내 뭔가 편치 않은 듯 심각한 준휘의 얼굴을 류는 계속 흘끔거렸다. 그리고 금보는 역시 한시도 시선을 놓지 않고 류를 챙기는 준휘를 바라보며 계속 고개를 저었다. 금보가 결국에는 길게 한숨을 쉬었다.

이튿날, 개봉부에 등청한 준휘와 류를 맞이한 것은 대담한 조상의 도발이었다. 정청 안에는 준휘, 류 그리고 파인걸 선생 오직 세 사람뿐이었다.

"사천성에서 올라오던 공차의 일부가 또 도적을 맞았습니다. 이번에는 그것을 운송하던 관원들까지 모두 몰살을 당했습니다. 그리고 그 장소가 바로 개봉부의 경계였습니다."

파인걸 선생의 보고에 준휘가 크게 탄식을 했다. 그는 여전히 멈출 생각이 없어 보였다. 그리고 대담하게도 할 테면 해보라는 듯 준휘를 도발하고 있었다.

"알겠습니다."

준휘의 목소리가 무거웠다.

"그는 멈추지 않을 것입니다. 아마도 또 다른 야다관을 만들겠지요. 황실의 모든 곳간이 그의 손에 있는 한 누구도 감히 그를 건드리지 못할 테니까 말입니다."

파인걸 선생 역시 조상의 대담함에 혀를 내둘렀다. 조상은 삼사를 장악하고 있었다. 특히 호조에 속한 관리들 대부분이 한 번쯤은 그에게 신세를 진 일이 있을 정도로 그의 사람들이었다. 하지만 그는 공식적인 직책이 없이 항상 그늘에서 움직였고, 모든 일에는 항상 그 대신 대리인들이 있었다.

"결정적인 증거와 증인이 필요합니다."

준휘의 말에 파인걸 선생과 류가 고개를 끄덕였다. 하지만 꼬리를 잡는 일이 그리 쉽지 않으리라는 것을 알기에 정청의 분위기가 매우 무거웠다. 거대한 힘 앞에서 법도 원칙도 무너져 내리고 있었다. 그러나 그들마저 그것을 포기할 수는 없었기에 힘들지만 앞으로 나아갔다. 무거워진 그들의 마음처럼 어두운 개봉의 하늘에서 차가운 가을비가 내리기 시작했다. 추운 겨울이 개봉에 소리 없이 다가오고 있었다.

14. 홀로 남겨진 아이

때이른 함박눈이 아침부터 펑펑 내리는 12월의 초입, 예년보다 훨씬 날이 추운데다 많은 눈이 내려 석탄값(송나라 때 목재 부족으로 석탄 사용이 대중화되었음)이 올라 백성들의 시름이 깊어지고 있던 때였다. 이런 와중이었으나 겨울이 오기 전 준휘의 지휘 아래 개봉부가 야다관을 급습하여 여인들의 납치 사건을 일단락 지은 것이 다소나마 개봉 백성들에게는 위안이 되었다. 사건은 위추화가 힘 있는 자와 결탁하여 여인들을 구금, 납치하여 특이한 성벽의 사내들에게 제공한 것으로 밝혀졌다.

특히 운냥 살인 사건은 야다관의 손님이 정사 도중 힘을 제대로 조절하지 못하여 발생한 사고사였는데, 놀랍게도 개봉부에서 범인으로 지목한 사람은 장가보였다. 개봉이 발칵 뒤집힐 만한 추문이었다. 장 귀비가 백부의 억울함을 피력하며 준휘와 개봉부를 맹공격하였다. 사랑하는 귀비의 애원에 황제 역시 이러지도 저러지도 못하고 있었다.

장 귀비의 거듭된 무죄 호소에 개봉부는 오히려 장가보의 가택수색을 요청하였다. 감히 귀비의 집안을 잘못 건드렸다 별 성과가 없다면 개봉부는 오히려 불경죄로 큰 벌을 받을 수도 있는 엄청난 모험이었다. 이렇게 이례적인 황족 외척의 가택수색을 황제에게 윤허받는 데에는 조 왕야의 도움이 컸다. 장 귀비는 어떠한 증좌도 나오지 않는다면 개봉부를 가만두지 않겠다고 살벌하게 공언했다.

그러나 결국 그녀도 개봉부에서 찾아낸 증좌 앞에서는 어찌할 수가 없었다. 수색을 통하여 개봉부에서 장가보의 쪼개진 호패를 찾아내었던 것이다. 그리고 운낭의 위 속에서 발견된 작은 조각 하나! 그것은 그녀가 죽기 직전에 삼킨 것으로 장가보의 호패의 일부였다. 호패 조각은 결정적인 순간을 위해서 준휘와 파인걸 선생이 신중하게 보관해 왔던 증좌였다.

결국 장가보가 모든 공직에서 물러나는 것으로 사건은 마무리가 되었다. 살해 의도가 없었다는 주장이 받아들여졌고 귀비의 백부라는 신분이 고려되었던 것이다. 하지만 사람들은 개봉부가 법의 집행을 위해서는 그 어떤 권력도 두려워하지 않는다는 것을 깨달았다.

위추화는 야다관의 실소유주가 살해한 것으로 개봉부는 더욱철저한 추가 조사를 통하여 그 배후를 반드시 밝혀내겠다고 천명하였다. 이것은 절대 사건을 그대로 묻어두지 않겠다는 준휘가 조상에게 보내는 의지의 표명이었다.

하여 표면적으로는 여인들의 납치와 토번과의 밀거래가 하나로 연관되는 것은 드러나지 않았다. 배후를 제대로 잡으려면 누구도 무시할 수 없는 확실한 증거가 필요했기에 개봉부는 아쉽지만 한 발 후퇴할 수밖에 없었다. 물론 준휘와 파인걸 선생은 나중을 위하여 필요한 증좌 및 증인들에 대한 기록을 매우 꼼꼼하게 모아두었다.

개봉부 식구들은 다소 아쉬워했지만 개봉을 떠들썩하게 만들었던 사건이 해결되자 준휘의 명성이 다시 전국에 퍼져 나갔다. 그러나 여전히 준휘와 개봉부 식구들은 평소처럼 정청에 모여 향후 수사 방향에 대하여 논의를 하였다.

"아무래도 대인 주변의 호위 인원을 조금 더 보강해야 하겠습니다."

어쩐지 개봉부 정청 안의 공기가 조금 서늘하게 느껴지는 그런 날이었다. 대체적인 논의가 마무리되자 파인걸 선생이 준휘에게 그렇게 보고를 했다. 주변에 있던 사호법들과 류 역시 모두 같은 생각에 고개를 끄덕였다. 조 왕야의 왕부에서 돌아온 이후 준휘 이하 개봉부 식구들은 공차의 도난 및 살해당한 관원들의 사건을 조사하느라 정신이 없었다. 인원이 부족한 와중에도 파인걸 선생이 준휘 주변의 호위를 보강하겠다고 말한 것은 그만큼 최근 준휘가 여러 위협에 노출되고 있었기 때문이었다.

"여러모로 인원이 부족할 텐데 그렇게까지 해야 하겠습니까?"

아직까지는 그저 수상한 자들이 준휘의 주변을 맴도는 정도였다. 가끔 청송재 주변이 동물의 사체 때문에 어지럽혀 지기는 했어도 직접적인 위해는 아니었기에 준휘가 그리 말을 한 것이었다.

"하지만 대인, 그 집요함과 의도가 너무나 자명합니다. 분명 그들은 언제든지 대인께 위협을 가할 수 있다고 경고를 하고 있는 것입니다."

그들은 준휘가 가는 곳마다 매 일거수일투족을 쫓으며 자신들의 존재를 드러내고 있었다. 오히려 그것이 더욱 상대방에게는 심리적인 압박감을 주는 행위였다. 즉, 한시도 마음을 놓을 수 없게 만드는 것이었다. 웬만한 정신력을 가진 이가 아니라면 차라리 그냥 한 번에 당하고 마무리가 되기를 바랄 정도로 사람을 지치고 두렵게 만드는 일이었다.

"결코 그들은 저를 해치지는 않을 것입니다. 그저 제가 지쳐 그만두기를 기대하고 있겠지요."

준휘의 목소리는 평이하였으나 그도 역시 피곤한 기색을 숨기지는 못하고 있었다. 왕부에서 개봉으로 복귀한 후 벌써 달포 가까운 날이 흘러갔던 것이다.

"대인!"

사호법 모두 근심 어린 표정이었다. 류 역시 그가 걱정이 되어 미칠 지경이었다. 그래서 최대한 그의 곁을 지키고 있었으나 정말로 조상이 마음을 먹는다면 류 혼자 힘으로는 역부족일 터였다.

"알겠습니다. 하지만 제게 배치되는 인원은 최소한으로 해주십시오."

결국 준휘가 모두의 간청에 겨우 승낙을 했다. 그제야 파인걸 선생과 사호법들이 안심하고 정청을 우르르 빠져나갔다. 류는 항상 그랬듯이 그의 곁에 머물렀다. 준휘는 자리에 앉아 서류에 집중하고 있었고 류는 그의 곁에서 침묵을 지켰다. 준휘가 걱정이 되면서도 류는 이런 시간이 좋았다. 마치 세상에 오직 그와 저 둘만 남은 것처럼 고적하고 때로는 아늑한 느낌이 들기도 했다.

"어깨가 아픈 것이냐?"

류가 잠시 검을 쥐었던 손을 풀고 어깨를 콩콩 두드리자 준휘가 바로 질문을 했다.

"아닙니다, 잠깐 결려서요."

준휘가 그제야 다시 들여다보고 있던 서류로 시선을 돌렸다. 이상한 생각이지만 어쩐지 류는 제가 준휘를 지키기보다 오히려 준휘가 저를 지키고 있는 것만 같았다. 잘 때를 제외하고는 준휘는 한시도 류를 그의 시선 바깥에 두지 않았던 것이다. 부담스러우면서도 그의 시선이 싫지 않았다.

내가 혼인을 한다면 꼭 너를 닮은 여인과 하고 싶구나!

그리고 준휘가 했던 그 말이 자꾸만 떠올랐다. 그것이 마치 제게 했던 고백 같아 떠올릴 때마다 얼굴이 붉어졌다. 그를 보고 있으면 계속 말도 안 되는 상상을 할 거 같아서 류가 간신히 고개를 돌렸다.

'눈이 무척 많이도 내리는구나!'

류가 온 세상을 하얗게 뒤덮으며 쏟아지는 눈을 보며 생각했다. 모든 진실이 마치 저 하얀 눈 속에 모두 그대로 덮인 기분이었다. 배후가 누구인지 알면서도 별로 할 수 있는 일이 없다는 것이 답답했다. 여전히 차는 계속 어딘가로 흘러가고 있었고, 말 역시 그러했다.

태조가 나라를 세운 이후 송은 무관보다는 문신을 우대하였다. 따라서 현재의 황실은 직접 군대를 키워 나라를 지키기보다는 풍부한 재정을 활용하여 주변에서 평화를 사고 있었다. 즉, 해마다 엄청난 양의 식량과 비단 등이 거란족의 요나라에게 흘러갔다. 말로는 평화를 위해서라 하지만 실제로는 전쟁을 피하기 위한 조공이나 다름없었다. 그렇게 구걸하다시피 평화를 유지하는 황실에 불만을 품은 이들이 없지 않았다. 스스로 군사를 길러 이민족을 쳐야 한다는 강성 세력도 존재하였기 때문이었다. 권력에서 배제된 이들은 당연히 그것을 갈구하게 되고 그런 틈새에 조상과 같은 자가 끼어드는 것이었다.

"휴우!"

답답한 마음에 류가 크게 한숨을 내쉬었다. 준휘의 시선이 그런 류를 훑고 있었다. 눈은 하염없이 내리고 있었다. 그렇게 모든 지저분한 것들이 하얀 장막 아래 불길하게 몸을 숨기고 있었다. 무엇인가 큰일이 발생할 것 같은 초조함과 위기감이 모두를 힘들고 지치게 하고 있었다.

❖

"아니, 정말!"

류가 어이가 없기도 하고 우습기도 해서 그렇게 중얼거렸다. 안전을 위하여 청심루에 머무는 것이 좋겠다는 파인걸 선생의 의견을 받아들여 계속 개봉부 내에 머물렀던 두 사람이었다. 하지만 정말로 오랜만에 준휘와 류가 바깥으로 외출을 했다가 이제 막 개봉부로 돌아오고 있는 참이었다.

시간은 어느새 해시정(오후 10시~11시)에 가까워지고 있었다. 보름달은 아니었어도 하루 종일 내려 곳곳에 쌓인 눈 덕분에 주변이 환했다. 은은한 달빛에 하얀 눈이 쌓인 개봉의 거리가 신비롭게 보였다. 그래서 개봉이 아닌 전혀 다른 곳에, 그들을 괴롭히는 모든 문제에서 벗어난 별 나라에 있는 것도 같았다.

"그렇게 너무 비웃지는 말거라."

준휘가 약간 기분이 상한 목소리로 대답했지만 그의 눈은 웃고 있었다. 류 역시 웃음이 나올 것 같아서 간신히 참고 있는 중이었다. 준휘는 거리가 마치 제집 안방인 냥 누워 있었고 류가 그를 일으키려고 막 손을 내밀고 있었다.

해마다 12월 8일이 되면 개봉 사람들은 각각 집에서 과실 등 다양한 재료를 넣어 만든 죽을 만들어 먹었다. 청송재의 살림을 맡아 해주시는 팽 씨 아주머니도 죽을 쑤었다며 개봉부로 연락을 해왔다. 오히려 너무 움츠려 있는 것보다는 자연스런 일상을 보내는 것이 좋겠다는 준휘의 의견에 따라 두 사람이 잠깐 짬을 내어 청송재에 다녀오는 길이었다.

'그저 이런 평범한 일상이 지속된다며 얼마나 좋을까?'

평소처럼 청송재 식구들과 죽을 함께 나누어 먹으며 류는 생각했다. 너무나 당연하고 그래서 재미없어 보이는 일상이 실은 얼마나 소중하고 지키기 어려운 행복인지 류는 너무나 아프게 깨달았기 때문이었다. 자신도 예선엔 자신의 평범한 삶이 이렇게 뿌리째 흔들릴 것이라고는 상상조차 하지 못했다. 그래서 이렇게 소소한 일상을 보내는 것이 더더욱 행복하고 소중했다. 그런 아쉬운 마음을 남기고 개봉부로 화급하게 돌아오던 늦은 밤이었다.

"하지만 어찌 그렇게 동작이 굼뜰 수가 있습니까?"

류의 타박에도 준휘는 여전히 표정이 밝았다. 아닌 게 아니라 조금 전 눈이 얼어붙은 빙판이 된 것을 보고 류가 준휘에게 조심하라 이른 참이었다. 그런데 앞서 걷던 준휘가 반대편에서 다가오던 사람을 피하느라 균형을 잃어 정말로 심하게 '꽈당' 하고 넘어진 것이었다. 류가 그를 부축할 사이도 없었다. 그래서 넘어진 그를 일으켜 세워주며 류가 타박을 하고 있는 것이다.

"그게 나는 너처럼 몸을 쓰는 형이 아니라 두뇌형이라고, 두뇌형!"

그가 제 머리를 톡톡 치며 주장했다. 여전히 실없는 농담을 하는 준휘였다.

"예에, 어련하시겠습니까?"

약간 성의 없어 보이는 류의 대답에 준휘가 살짝 엄한 표정을 지었다. 하지만 류가 어림없다는 표정으로 그를 다시 한 번 바라보자 두 사람 모두 입 끝이 조금씩 풀어지면서 결국은 정말로 오랜만에 크게 웃고 말았다.

"하하하!"

"하하!"

준휘의 호탕한 웃음과 류의 맑은 웃음소리가 겹쳐졌다. 정말로 두 사람은 거의 한 달 만에 크게 웃어본 것 같았다. 계속 어두운 얼굴이었던 류가 환하게 웃자 준휘의 표정도 눈에 띄게 밝아졌다. 류의 환한 웃음을 볼 수 있다면 빙판에 넘어지는 것 정도야 얼마든지 할 수 있다는 태도였다.

잠시 그렇게 서로를 바라보며 즐겁게 웃던 두 사람의 웃음이 어느 순간 멈추고 말았다. 생각해 보니 이렇게 서로의 얼굴을 아무런 근심 없이 바라보는 것이 참으로 오랜만이었다. 한동안은 류가 자신의 이상한 꿈 때문에 그의 시선을 피했었고, 왕부에서 돌아온 이후에는 준휘의 주변이 소란하여 이리 마음 편한 시간이 없었던 것이다.

휘이익, 스으, 스사삭!

거리에는 초겨울의 싸늘한 바람이 불고 있었지만 두 사람은 춥다는 사실조차 느끼지 못하고 그저 서로의 눈을 바라보고 있었다. 서로의 두 눈 속에 상대방의 모습이 오롯이 담겨 있었다.

"저기……."

류의 눈을 뚫어지게 바라보던 준휘가 무엇인가 할 말이 있는 것처럼 막 입을 열려던 순간이었다. 류가 묻는 표정으로 그를 올려다보다가 갑자기 숨을 멈추었다. 그리고 재빠르게 제 손에 있던 검을 고쳐 쥐고는 주변을 살피기 시작했다. 분명 기척을 감춘 자

273

가 그들 주변에 있었다. 류가 입술에 손을 가져다 대고는 준휘에게 소리를 내지 말라는 눈짓을 주었다. 준휘 역시 뭔가를 눈치채고 주변을 경계하기 시작했다.

'설마, 지금?'

이제까지는 한 번도 직접적으로 그들의 눈앞에 나타나지 않았다. 단지 그들이 지나간 자리에 흔적을 남겼을 뿐이었다. 하지만 오늘은 공교롭게도 주변에 아무도 없었다. 아마도 용의주도하게 준휘가 사호법이나 관원들과 떨어지기를 기다리고 있었던 것 같았다. 류가 주변을 경계하며 준휘에게 어서 개봉부로 돌아가자고 막 신호를 보내려던 순간이었다.

휘이익, 좌악!

옆 건물 지붕 위에서 온통 검은색으로 온몸을 가린 두 남자가 그들 앞으로 뛰어내렸다. 날렵하게 착지하는 모습을 보아하니 상당한 고수들이었다. 어쩐지 그 움직임이 류는 낯이 익었다.

"웬 놈들이냐?"

류의 질문에 그자들은 아무런 반응도 없이 조금씩 거리를 좁혀왔다. 류가 그들의 움직임을 주시하며 준휘를 보호하면서 어떻게 그들을 처단할 수 있는지 분주하게 생각했다.

"이얍!"

그 와중에 류의 왼쪽에 서 있던 사내가 고함을 지르며 준휘에게 돌진을 해왔다.

스사삭, 좌아!

류가 재빠르게 움직여 그의 오른팔을 베었다. 빠르고 군더더기

없는 동작이었다.

"으윽!"

사내가 붉은 피가 솟구치는 제 팔을 움켜쥐고는 빠르게 호동 안쪽으로 사라졌다. 그것을 곁눈으로 확인하며 류가 다른 남자 쪽으로 시선을 돌린 참이었다. 남은 사내도 분명 준휘를 노릴 것이었다. 그래도 일대일이라 해볼 만하다고 류는 생각했다.

휘이익!

역시 예상대로 바람을 날카롭게 가르며 사내의 검이 빠르게 준휘 쪽을 향했다. 그 움직임을 본능적으로 감지한 류가 날렵하게 사내의 빈 왼쪽 옆구리를 노렸다. 순간 사내의 균형이 약간 흔들렸다. 하지만 그 뒤 사내는 전혀 예상치 못한 방향으로 움직였다. 그가 갑자기 방향을 돌려 검이 류 쪽으로 향했던 것이다.

"안 돼!"

순간 준휘의 목소리가 어둠을 갈랐고 사내의 검은 류의 등을 막아서는 준휘의 복부를 스치고 말았다. 제 공격에 준휘가 쓰러진 것을 보고 사내가 곧바로 지붕 위로 훌쩍 날아 사라져 버렸다.

"윽!"

준휘가 고통스러운 신음을 내뱉었다. 준휘에 몸에서 흘러내린 피 때문에 하얀 눈 위에 불길하게 붉은 꽃이 피어나고 있었다. 하얀 눈 때문에 그 빛깔이 시리도록 검붉었다. 그의 몸에서 흘러 바닥으로 떨어지는 핏방울이 무척이나 느리게 움직였다. 마치 세상의 시간이 느려진 것처럼 류는 그 피 한 방울방울이 떨어지는 속도와 소리 그리고 비릿한 혈향까지 고스란히 느끼고 있었다.

털썩!

준휘가 피가 흘러내리는 복부를 움켜쥐고 자리에 주저앉았다. 류가 도망치는 자를 쫓는 것을 포기하고 급히 준휘에게 다가섰다. 자객의 뒤를 쫓는 것보다는 지금 그를 살피는 것이 더욱 중요했다.

"나리, 괘, 괜찮으십니까?"

류는 정신이 없었다. 준휘를 노릴 것이라 여겼던 사내의 갑작스런 방향 전환에 류가 순간 당황하고 말았던 것이다. 준휘가 검의 방향을 알아채고 급하게 류에게 주의를 주었지만 류의 반응이 다소 늦었다. 그러자 준휘가 거의 무의식적으로 류를 향해 움직였던 것이다.

"나리?"

류는 빨리 그를 파인걸 선생에게 데려가야 한다는 생각뿐이었다. 이성적으로는 아주 큰 상처가 아니라는 것을 알고 있었다. 준휘가 날렵하게 몸을 돌렸고 류의 공격에 자객도 균형이 흐트러져 검이 살짝 스친 정도였다. 하지만 류는 피를 흘리는 그를 보자 두려웠다. 그를 잃을 것만 같아 그래서 다시 저 혼자 이 세상에 남겨질 것만 같아서 혼이 나갔다.

"나리, 제게 기대십시오. 바로 개봉부로 가겠습니다."

류가 낑낑거리며 커다란 그를 제게 의지하였다. 류의 머릿속은 삼 년 전 소중한 가족을 모두 잃어버렸던 그때처럼 혼란스러웠다. 부모님도 오라버니도 가족 같던 모든 식솔들이 한꺼번에 사라져버렸다. 그때 그녀는 아무것도, 그저 제 목숨을 부지한 것밖에는 정말 아무것도 할 수가 없었다.

"하아!"

그가 고통에 신음하며 그녀에게 몸을 기대왔다. 살릴 것이었다. 그를, 어떻게 해서든! 류는 커다란 그를 지지하느라 힘이 부쳤지만 그가 자신의 곁에 있다는 사실에 안심했다. 그때처럼 속수무책으로 소중한 사람을 잃을 수는 없었다.

"제발, 나리!"

류는 본인이 울먹이고 있다는 것도 두려움에 온몸을 사시나무 떨듯이 떨고 있다는 사실조차 인지하지 못했다. 그에게서 손을 떼면 그가 사라져 버리기라도 할까 봐 류는 그의 허리를 꽉 끌어안았다. 개봉부까지 가는 그 짧은 길이 영원히 이어질 것만 같아 숨조차 제대로 쉴 수가 없었다. 그가 비 오듯 식은땀을 흘리고 있었다. 그의 상처에서 계속 흘러내리는 붉은 피의 선연한 비린내에 류는 현기증이 났다. 그래서 마침내 개봉부라는 현판이 보이자 류가 정신없이 외쳤다.

"도와주십시오. 부윤 나리께서 다치셨습니다."

류의 간절한 목소리에 개봉부 입구를 지키던 관원들이 몰려왔다. 그들이 뭐라 질문을 했지만 류는 하나도 알아듣지 못했다. 그저 이제 그를 안전한 곳으로 옮겼다는 사실만이 류의 의식을 지배하고 있었다.

"나리를, 나리를 어서 파인걸 선생님에게 모셔가야 합니다."

열에 들떠 정신이 없는 사람처럼 류가 소리쳤다. 사람들 사이로 사호법 중 한 사람인 조양이 모습을 드러냈다.

"아니, 류 대인!"

깜짝 놀란 그가 사람들을 시켜 준휘를 안으로 옮겼다. 다친 준휘에게 신경이 모두 쏠려 아무도 혼자 남겨진 류에게 관심을 두지 않았다. 검을 쥔 그녀의 손이 바르르 떨렸다. 차가운 달빛이 내리는 성청 앞에서 류는 그렇게 한동안 굳은 것처럼 서 있었다.

한 식경 후, 파인걸 선생은 준휘의 치료를 마치고 이마의 땀을 훔쳤다. 다행히 검에 살짝 스친 정도라 약을 바르고 며칠간 요양을 하면 곧 아물 것이었다.

"이만하길 다행입니다."

파인걸 선생의 말에 준휘가 살짝 고개를 끄덕였다. 그리고 그가 곧 이리저리 분주히 시선을 돌려 누군가를 찾고 있었다.

"류는요?"

준휘가 고저 없는 목소리로 묻자 그제야 파인걸 선생은 다친 그에게 신경을 쓰느라 아무도 류에게 관심을 두지 않았다는 것을 깨달았다.

"그게……."

파인걸 선생이 말을 흐리자 곧 준휘의 얼굴이 단번에 굳어졌다. 이내 상황을 파악한 준휘가 곧장 몸을 일으켰다. 파인걸 선생의 높은 목소리가 방문을 넘어섰다.

"대인, 지금 그리 급하게 움직이시면 상처가 다시 벌어지십니다."

파인걸 선생의 만류에도 아랑곳하지 않고 준휘가 침상을 박차고 일어나 바깥으로 나왔다. 그가 초조한 표정으로, 청심루에 있을 때 류가 머물곤 하던 방 안을 살펴보았다. 텅 빈 방 안을 확인한 그의 얼굴이 급격히 굳었다. 자신을 만류하며 따라오는 사호법들과 파인걸 선생을 뒤로하며 준휘가 급하게 이리저리 류를 찾아 헤매었다.

"류!"

준휘는 드디어 정청 앞에 홀로 서 있는 류를 발견하였다. 안심한 나머지 준휘가 류의 휘를 크게 불렀으나 류는 아무것도 듣지 못한 사람처럼 그대로 서 있었다. 준휘가 류의 상태가 이상하다고 느꼈는지 급하게 류에게 다가섰다.

"류, 왜 여기 이러고 서 있어?"

그의 질문에도 류는 여전히 꼼짝하지 않았다. 준휘가 결국 류의 어깨를 살짝 잡아서 제 쪽으로 돌렸다. 준휘가 그렇게 함에도 불구하고 류는 조금도 저항하지 않았다. 평소라면 그가 잡기도 전에 재빠르게 반응했을 아이였다.

"류!"

준휘의 목소리가 충격으로 높아졌다. 그제야 계속 뒤를 따르던 파인걸 선생과 사호법들은 류를 자세히 바라보았다. 류의 동공이 멍했다. 파랗게 질린 입술과 창백할 정도로 하얗게 질린 얼굴 때문에 곧 쓰러질 것만 같았다. 오히려 다친 준휘보다 류의 상태가 더욱 심각해 보였다.

"정신 차려라, 류!"

준휘가 계속 류를 불렀지만 류는 여전히 꼼짝하지 않았다. 그저 검만을 제 생명줄마냥 움켜쥐고 사시나무처럼 떨고 있었다. 파인 걸 선생은 류가 지금 충격으로 일종의 가사 상태에 빠져 있다는 것을 알았다. 류를 처음 보았던 날 느꼈던 짙은 어둠이 지금 그 아이를 삼키고 있었다. 그것은 소중한 사람을 잃은 사람만이 지을 수 있는 공허한 표정이었다.

"류!"

준휘가 안타깝게 류의 휘를 불렀다. 그리고 덥석 그 아이를 제 품에 끌어안았다. 그가 류의 작은 머리통을 확 잡아당겨 제 어깨에 묻게 했다. 여전히 그럼에도 그 아이의 시선에는 준휘가 담겨 있지 않았다. 마치 인형처럼 거죽만 이곳에 있을 뿐 영혼은 저 먼 곳을 헤매고 있었다.

"미안하다, 내가 미안하다."

준휘가 안타까운 목소리로 그 아이에게 속삭였다. 류를 주변에 아무도 없이 혼자 남겨둔 것이 마치 제 잘못인 것처럼 준휘가 끝임 없이 미안하다고 속삭이고 있었다.

"아, 아무도 없어!"

류의 입에서 어쩐지 미덥지 못한 어린아이 같은 목소리가 비어져 나왔다. 혼자 남겨져 절망한 어린아이 같은 류의 목소리가 파인걸 선생과 사호법들의 마음까지 짠하게 만들었다. 그 목소리에 경악한 준휘가 다시 그 아이를 제 품에 강하게 끌어안았다.

"아니다. 여기에, 네 옆에는 내가 있다."

준휘가 안타까운 목소리로 속삭였다. 그리고 그 아이가 사라지는 것이 두려운 사람처럼 계속 류를 위로했다. 파인걸 선생은 지금까지 준휘가 류를 동생처럼 아낀다고 생각했었다. 하지만 오늘 그의 모습에는 조금 더 미묘하고 아름다운 감정이 섞여 있었다.

'결국 그런 것이었나?'

파인걸 선생이 무겁게 고개를 끄덕였다. 그 순간 류가 갑자기 눈을 감고 종이 인형처럼 픽 쓰러져 내렸다. 정신을 잃고 풀썩 아래로 쓰러져 내리는 류를 준휘가 번쩍 안아 들었다.

"대인, 제가 하겠습니다."

왕한이 그의 상처가 벌어질까 싶어 얼른 나섰지만 준휘의 단호한 표정에 곧 뒤로 물러났다. 아무도 류를 건드리지 못하게 하겠다는 그의 굳은 결의가 느껴졌다. 그 단호함에 파인걸 선생과 사호법들이 아무런 말도 못하고 조용히 그의 뒤를 따랐다.

준휘가 류를 방에 눕히고 이불을 덮어주었다. 이불을 덮어주는 준휘의 손길이 애틋했다. 그리고 준휘는 침상 옆 의자에 앉아서 식은땀을 흘리며 사시나무처럼 떠는 류의 이마를 계속 닦아주었다.

"대인……."

이제 쉬셔야 한다고 입을 열려던 왕한을 파인걸 선생이 조용히 제지하였다. 애틋한 준휘의 시선이 류에게 쏟아지고 있었다. 그 아이의 고통이 자신의 것이라도 되는 것처럼 준휘의 짙은 눈매가 깊었다. 파인걸 선생이 서둘러 사람들을 방 바깥으로 쫓아내고는 조용히 문을 닫았다. 그렇게 겨울의 스산한 밤이 지나가고 있었다.

"대인!"

이튿날 아침, 파인걸 선생이 낮은 목소리로 준휘를 불렀다. 준휘는 마치 혼이 나간 사람처럼 정청 안 자신의 자리에 앉아 있었다. 잠을 제대로 자지 못해서 눈자위가 붉었고 매우 피곤한 기색이었다. 하지만 파인걸 선생은 그의 심각한 상태가 본인의 부상 때문이 아니라 류에 대한 걱정 때문임을 알았다. 때가 별로 좋은 것은 아니었지만 그가 제대로 아는 것이 중요한 것 같아 파인걸 선생이 자신이 알아낸 것을 준휘에게 알렸다.

"살아 있었습니다."

건조한 파인걸 선생의 한마디에 준휘의 심장이 툭 하고 떨어져 내렸다. 준휘는 이미 결과를 예상했었던 듯 조용한 목소리로 물었다.

"제 생각이 맞았습니까?"

파인걸 선생이 짧게 고개를 끄덕였다.

"역시 그렇군요. 감사합니다."

파인걸 선생이 조용히 서류 하나를 탁자 위에 올려두고 정청을 나섰다. 잠시 숨을 고르던 준휘가 크게 한숨을 쉬고는 서류를 집어 들었다. 이후 한 식경가량 정청 안에선 그저 준휘가 가끔 종이를 넘기는 소리만이 들렸다.

"하아!"

예상은 했었지만 모든 것을 기록으로 확인하고 준휘가 탄식했다. 그제야 왜 류가 그리 자주 악몽에 시달렸는지, 어찌하여 제가 다쳤다고 오해했을 때 그렇게 동요했었는지를 단번에 이해할 수 있었다.

창백하게 질린 얼굴의 류가 준휘에게 차갑게 내뱉었던 장난은 하지 말라던 말이 이제는 전혀 다른 의미로 다가왔다. 그때 류는 마치 눈물을 흘릴 것처럼 눈가가 촉촉했으나 표정만은 냉정했다. 하지만 검을 잡은 그 아이의 손이 하얗게 변해 있었던 것을 준휘는 이제야 똑똑히 떠올릴 수 있었다.

그날 밤, 준휘는 류의 낮은 흐느낌에 방문 앞을 서성거릴 수밖에 없었다. 소리를 한껏 억누른 그 아이의 작은 흐느낌에 마치 제 심장이 검에 베인 것처럼 아팠다. 그 흐느낌은 심장 깊은 곳에서 어쩔 수 없이 비어져 나오는 것처럼 마치 내장을 끊어내는 것처럼 처절했던 것이다.

아무도 없이 홀로 살아남은 아이. 본인이 여인이라는 사실마저 감추고 그렇게 외롭게 보내왔을 것이었다. 모든 희로애락의 감정을 억누르며 오직 한 가지 목적을 위해서 그렇게 모질고 독하게 견뎌왔을 것이었다.

아무렇지 않게 마치 감정이 없는 것처럼 행동했지만 류가 누구보다 사람의 온기를 그리워하는 것을 알았다. 그래서 준휘는 일부러 그 아이에게 다가갔었다. 분명 처음에는 동생처럼 그 아이가 귀여웠기에 그저 제게 마음을 열어주기를 기대했다.

처음의 관심이 걱정으로 그 걱정이 또 다른 감정으로 바뀌어갔다. 그저 그 아이를 위해서 많은 것을 해주고 싶었고 류가 행복해하는 모습을 보고 싶었다. 하지만 어쩌면 류는 그것조차 부담스러웠을 것이다.

나리, 제게 대체 왜 이러시는 것입니까?

자신이 살기 위해서, 여린 속을 보호하기 위해서 그 아이가 한껏 쌓아 올린 그 벽을 준휘는 그저 부수려고만 했다. 그 아이가 어떤 감정에 혼란스러워하는지도 모르고 그저 저를 받아달라고 그 마음에 저를 담아달라고 계속 투정만 부린 것이었다. 비명처럼 내뱉던 그 아이의 질문이 지금에서야 준휘의 심장을 날카롭게 저몄다.

아, 아무도 없어!

혼자 남겨져 깊은 절망에 빠진 류의 길을 잃어버린 어린아이 같았던 목소리가 계속 준휘의 귓가에 맴돌고 있었다. 류가 느꼈을 상실감과 아픔을 고스란히 추체험하면서 준휘가 그렇게 고통에 몸부림치고 있었다. 눈은 오늘도 하염없이 내려 개봉의 모든 것을 하얗게 뒤덮고 있었다.

15. 나리, 당신을 연모합니다

류가 정신을 차린 것은 다음날 거의 저녁이 다 된 시간이었다. 잠결인 듯 그에게 그를 습격한 자가 청풍객잔의 장궤라 말했다. 그리고 다시 혼절하듯 잠에 빠졌다가 정신이 들었을 때 류의 곁을 지키고 있는 사람은 뜻밖에도 옥란이었다.

"나리는요?"

류가 정신이 들자마자 준휘의 안위부터 물었다. 옥란이 약간 서글픈 미소를 지으며 준휘는 괜찮다고 말을 해주었다. 류가 가늘게 한숨을 내쉬었다.

"그런데 지금 여기가 어딥니까, 그리고 왜 제가 여기에 있습니까?"

준휘의 안위를 확인한 류가 그제야 자신이 처한 상황에 대하여 옥란에 물었다. 분명 개봉부에 준휘를 데려갔다. 그래서 자신도 개봉부 안에 있을 것이라 생각했었는데 모든 것이 낯설기만 했다. 처음에는 옥란이 곁에 있어서 그녀의 집인가도 생각했지만 전혀 다른 곳임이 분명했다. 바깥에서 조용한 물소리가 들려왔던 것이다. 주변에 계곡이 있는 것 같았다.

"안심하세요, 아침나절에 나리께서 직접 이곳으로 옮기셨습니다. 잠시 이곳에서 요양을 하라는 말씀이십니다."

류가 고개를 저었다. 다친 것은 제가 아니고 준휘였다. 잠깐 어제 극도의 흥분과 두려움 때문에 다소 정신이 멍하기는 했어도 요양이 필요한 것은 아니었다. 이미 하룻밤을 충분히 쉬었기에 류는 바로 일어나려고 했다.

"이러고 있을 때가 아닙니다. 나리께서 위험하십니다."

급하게 일어나려는 류의 어깨를 지그시 누르며 옥란이 다소 강한 어조로 말을 이었다.

"조금 더 쉬도록 하십시오."

하지만 류는 지금 그의 곁으로 가야 한다는 생각뿐이었다. 조상이 또 누군가를 보내어 준휘를 피습할지도 몰랐다. 하지만 그가 그것을 두려워해 몸을 숨길 사람도 아니었기에 반드시 제가 그의 옆에 있어야 했다.

"당분간 개봉을 떠나 잠시 몸을 숨기라 하셨습니다."

옥란의 말에 류의 눈이 크게 떠졌다. 개봉에서 떠나 대체 어디로 간단 말인가? 그 말은 그냥 류가 필요가 없으니 떠나라는 말을 돌려 말한 것은 아닌지 류는 극도의 두려움에 빠졌다.

"왜요, 제가 나리를 떠나 어디로 간단 말입니까?"

마치 어미에게 버려진 어린아이 같은 류의 음성이었다. 옥란이 작게 한숨을 쉬었다. 안휘성 합비에 모처를 마련해 두었으니 류가 깨어나면 바로 거기로 데려가라고 신신당부를 하던 준휘였다. 안휘성 합비는 준휘의 고향이었다. 곧 그가 보낸 사람들이 오면 바로 떠날 수 있도록 그리고 그동안은 류를 옥란의 여동생으로 변장하는 것으로 정리가 되어 있었다. 하지만 아직 나리는 그 이야기를 이 아이에게 제대로 전하지 않은 모양이었다. 그저 이 아이를 위험에서 보호하는 일에만 신경을 쓴 것이 분명했다.

'어찌 이리들 서툰 것인지!'

옥란이 작게 한숨을 쉬고는 걱정하는 류를 위해서 막 준휘가 남긴 말을 덧붙일 참이었다. '일이 정리가 되면 찾아가겠으니 기다리라'는!

"공자님!"

하지만 옥란이 입을 벌리기도 전에 류가 침상을 박차고 일어섰다. 그리고 미처 말릴 사이도 없이 곧장 바깥으로 뛰쳐나갔다. 정말로 류는 날아다니는 것 같았다.

'대체 이곳이 어디인 줄이나 알고?'

잠깐 옥란이 그리 생각을 했으나 이미 그녀는 말려서 될 일이 아님을 알았다. 옥란이 약하게 한숨을 쉬고는 류를 따라 바깥으로 나왔다. 분명 급하게 나섰으나 어디로 가야 할지 모르니 류가 당황하고 있으리라 생각했던 것이다.

"공자님, 잠시만요!"

예상대로 차가운 12월의 달빛이 나린 조그만 마당에 류가 길 잃은 아이처럼 서 있었다. 그 모습이 애잔하여 옥란이 애써 솟아오르는 질투심을 간신히 억눌렀다.

"일단 여기가 어딘 줄 알아야 나리를 찾아가실 게 아닙니까?"

옥란이 멍한 류에게 두툼하게 솜을 넣은 장포를 입혀주며 말했다. 그제야 깜짝 놀란 표정의 류가 옥란을 바라보았다. 제 행동에 당황한 듯 민망한 표정을 지었다. 당황해서 이리저리 큰 눈을 굴리는 류가 여자인 제 눈에도 참으로 사랑스러워 옥란이 설핏 옅은 미소를 짓고 말았다.

'아마 나리도 이래서였겠지!'

씁쓸하게 생각하며 옥란이 차근차근 지금 이곳의 위치를 설명해 주고 말을 한 필 내어주었다. 말하지 않아도 오롯이 이해되는 마음이란 없었다. 아무리 좋아해도 그 마음을 제대로 확실하게 전하지 않으면 오해가 생기는 법이다. 지금 준휘의 마음을 제대로 알지 못한 채 류가 떠난다면 오히려 나중에 더욱 큰 문제가 생길 수도 있었다. 그래서 어떤 결론이 나든 일단은 두 사람이 서로 이야기를 나누는 것이 우선이기에 옥란은 류를 보내주었다.

"가, 감사합니다."

류가 어색하게 감사 인사를 했다.

"청송재에는 반 시진이면 당도하실 수 있을 것입니다."

옥란에게 감사 인사를 전하며 류가 부리나케 말에 올랐다. 류는 그저 말을 달렸다. 오직 그의 곁에 있겠다는 단 하나의 일념으로 거친 겨울바람에 뺨이 얼어붙을 것 같았지만 류는 계속 달렸다.

그에게 류가 가고 있었다. 이미 류의 마음이 먼저 물처럼 흘러 청송재에서 홀로 달을 바라보고 있는 준휘에게 닿고 있었다.

　반 시진 후, 청송재 안마당에 커다란 사내의 그림자가 서성거렸다. 이미 시간은 삼경(오후 11시~1시)에 가까웠다. 그가 하늘에 뜬 흰 달을 바라보다 시선을 돌렸다. 얼마 전 류가 하염없이 상사화를 바라보며 서 있던 그 자리였다.

　"하아!"

　준휘가 짧게 한숨을 내쉬었다. 차가운 공기 때문에 그의 입에서 하얀 입김이 피어났다. 다행히 상처는 검에 스친 정도라 크게 무리는 없었다. 하지만 제 걱정에 파랗게 질리던 류의 모습이 계속 떠올랐다.

　다각, 다각, 다각!

　급하게 들려오는 말발굽 소리에 준휘가 대문을 바라보았다. 설명할 수 없는 이유로 그의 심장이 빠르게 뛰기 시작했다. 그리고 저도 모르게 그의 발걸음이 급하게 대문을 향하고 있었다. 이미 늦은 시각이라 금보도 팽 씨 아주머니도 이미 잠이 들었을 시간이었다.

　히이잉!

　말의 울음소리가 바로 대문 바깥에 들렸고 곧 말에서 사람이 내리는 가벼운 기척이 함께 들렸다.

　휘이익, 촤아!

　바람을 가르는 작은 소리가 들리고 곧 마당 안으로 작은 인형

(人形) 하나가 가볍게 새처럼 착지했다. 류가 모두가 잠이 들었으리라 생각을 했는지 훌쩍 담장을 뛰어넘어 안으로 들어왔던 것이다.

"하!"

어이가 없기도 하고 한편으론 참으로 류답기도 해서 준휘가 저도 모르게 신음하고 말았다. 항상 이 아이는 날아서 제게 오는 것 같았다. 피할 사이도 없이, 마음의 준비를 할 여유도 주지 않고, 제 휘대로 정말로 날아다니는 류였다.

"나리!"

류가 마당에 서 있는 준휘를 보자마자 반색을 했다. 새까맣고 큰 머루 같은 류의 눈이 초롱초롱하게 빛났고 작고 하얀 얼굴이 미소 때문에 더욱 아름다워 보였다. 류의 반짝이는 시선이 제게 향하자 아무런 생각도 할 수 없었다. '이 아이가 이런 표정도 지을 수 있구나'라고 준휘가 멍하니 생각했을 뿐이었다.

화급하게 마치 그에게 안길 것처럼 다가오던 류가 걸음을 멈추었다. 그리고는 조심스럽게 그의 표정을 살피었다. 준휘가 너무 놀라 굳어버려 아무런 말도 하지 않은 것이 화가 난 듯 보였던 모양이었다. 그제야 준휘는 이 위험한 시기에 혼자서 이렇게 청송재로 달려온 류를 엄한 표정으로 바라보았다.

"나리?"

류가 그의 표정에 묻는 얼굴로 그를 불렀다.

"지금 이 시간에 이 먼 길을 홀로 왔단 말이냐?"

"그, 그것이……."

류가 당황하여 말을 더듬었다. 류에게 한 번도 이리 엄한 모습을 보여준 적이 없는 준휘였다. 항상 류에게만은 제 마음이 말랑말랑해졌던 것이다.

"잠시 피해 있으라 하지 않았더냐?"

류의 얼굴이 울 것처럼 변했다. 준휘의 손이 그런 류의 뺨을 쓰다듬을 것처럼 잠시 움찔했으나 곧 그가 급히 주먹을 쥐며 한 걸음 류에게서 뒤로 물러섰다. 가까이에 있으면 제 행동을 통제할 수 없어 떨어진 것이었지만 류의 얼굴은 마치 홀로 남겨진 아이처럼 애처로웠다.

"제가 어디를 가겠습니까? 조상이 언제 다시 나리를 습격을 해올지도 모르는데요."

류가 애원하듯 자신이 있어야 하는 이유를 밝혔다. 그 목소리가 약하게 떨리고 있었다. 준휘가 제 입술을 굳게 다물었다. 약해져선 안 되었다. 당분간 일이 해결될 때까지 류가 안전한 곳에 있어야만 제가 제정신을 차릴 수 있었기 때문이었다. 그래서 준휘가 최대한 냉정하게 류에게 말을 했다.

"떠나거라!"

준휘의 음성이 무척이나 차가웠다. 그 음성이 낯설어 류는 제가 제대로 들은 것인지 그를 계속 바라보았다.

"나리?"

류는 그가 대체 왜 이러는지 알 수가 없어 그를 불렀다. 하지만 평소처럼 다정하게 두 눈을 맞추며 웃어주던 그가 아니었다. 잘생긴 그의 얼굴에 아무런 표정이 없어 차가운 가면처럼 보였다. 그리고 항상 반짝거리던 그의 눈동자에는 지금 어떤 빛도 없었다. 마치 심해의 깊은 바닷물처럼 혹은 까만 먹물처럼 그저 무척이나 깊고 고요하게 침잠해 있었다.

"다시 가라고 했다."

그가 단호하게 내뱉었다. 마치 가슴속에 꾹꾹 담아두었던 말을 이제야 내뱉는 듯한 그의 차가운 목소리에 류는 온몸을 떨 만큼 무서워졌다.

"어디로요?"

류가 멍한 표정으로 물었다. 정말로 어디로 가야 할지 몰라 길을 헤매는 아이처럼 그 목소리가 가엾게 떨리고 있었다. 그녀에게 이 세상에 갈 곳이란 없었다. 누구도 그녀를 기다려 주지 않았고 그녀가 돌아가고픈 사람도 없었다. 그녀의 고향에는 아무도 남지 않았고 그곳을 떠올릴 때마다 가슴에 무거운 돌이 얹혀진 것처럼 무겁기만 했다.

정말로 이 세상에 류에게는 아무것도 없었다. 그 무엇도 류를 지탱해 줄 것이 없었다. 그저 그렇게 떠다니며 오직 한 가지 목표만을 위해서 살아온 류였다. 그런 그녀가 애착을 가지게 된 단 하나의 존재가 준휘였다. 그의 곁에 있고 싶었다. 그가 없는 하늘 아래 홀로 남겨진다는 것은 삼 년 전 모두를 잃었을 때만큼 괴롭고 마음이 아팠다. 아니, 그를 잃는다는 것은 류 자신을 잃는 것이었다.

"나리, 제가 뭘 잘못했습니까?"

류가 비명처럼 외쳤다. 더 이상은 이 마음을 제 안에 담아둘 수가 없었다. 이미 아주 오래전부터 류의 마음은 그에게로 흐르고 있었다. 흐르고 흘러서 이제는 돌이킬 수 없을 만큼, 류의 안에 소중하게 남아 있던 순수하고 여린 마음이 오롯이 그에게 흘러가 있었다. 아주 조금씩 흐르기 시작한 마음은 오직 한 방향으로만 길을 잡아 거세게 흘러갔다. 연모의 감정을 제대로 인지하지도 못했지만 한 번 품은 그 마음은 뒤도 옆도 돌아보지 않았다. 그리고 어느새 그에게로 모두 흘러가 버렸다. 그래서 이제 류에게는 남은 마음이 없었다. 그에게 모든 마음을 내어주었기에 그가 제 마음을 받아주지 않으면 류에게는 아무것도 남는 것이 없었기 때문이었다. 그녀의 모든 것은 이제 그에게 있었다.

그래서 아팠다. 아무것도 없는 저를 그가 내치는 것이 이제는 견딜 수가 없었다. 그가 없는 세상은, 그에게 버려진 류는 아무런 존재 의미가 없었다. 그래서 소리쳤다. 온 마음을 담아서, 저를 보아달라고 그렇게 애처롭게 비명을 질렀다.

"나리, 정말로 제게 왜 이러시는 것입니까?"

류의 눈에서 하염없이 눈물이 쏟아져 내렸다. 철이 들고 난 후 누구 앞에서도 보이지 않았던 눈물이 계속 흘러내렸다. 시야가 뿌옇게 변했고 그의 얼굴이 흐려졌다. 손을 내밀어 그를 잡고 싶어도 오랫동안 감정을 죽여왔던 그녀는 차마 그 손을 뻗을 수도 없었다.

"왜 이러느냐고?"

그가 그녀 쪽으로 몸을 확 돌렸다. 제 몸 안에서 끓어오르는 격렬한 감정을 어찌할 수 없는 것처럼 그가 처음으로 그녀에게 목소리를 높였다. 뜨거운 불꽃이 그의 눈 속에 활활 타올랐다.

"흑흑, 나리!"

류가 계속 흐느꼈다. 차가운 그의 목소리가 무섭고 저를 다정하게 바라보지 않는 그의 서늘한 시선이 서러웠다.

"나는 너 때문에 아예 미칠 지경이다!"

그의 긁힌 것 같은 날카로운 음성에 류가 검에 베인 것처럼 움찔하고 말았다. 그녀의 존재가 그에게 그런 부담이 되는 존재였던가? 그녀가 충격으로 혼미한 사이 갑작스레 다가온 준휘의 입술이 류의 떨리는 입술을 한입에 삼켜 버렸다.

"헉!"

류가 충격으로 굳고 말았다. 곧 그의 혀가 격렬하게 류의 입안을 헤집었다. 그가 너무나 강하게 그녀의 혀를 빨아들여 마치 혀가 뽑혀 나갈 것만 같았다. 하지만 류는 제 입술을 떼지 못했다. 그가 저를 사내로 알고 있음에도, 그에게 흐르는 이 마음을 이제는 거부할 수도 부정할 수도 없었다.

류가 애절하게 그에게 매달렸다. 지금 그를 놓으면 영영 그를 못 볼 것처럼, 이 옷자락을 놓아버리면 그 마저 제 곁을 떠나 버릴 것 같아서, 무서워서, 애틋해서, 절대로 놓을 수가 없었다. 숨을 제대로 쉴 수 없어 의식이 류의 희미해졌다. 하지만 그래도 스스로는 절대로 입술을 떼지 않았다.

"하악, 하악!"

그가 류에게 숨을 쉴 시간을 주려고 잠시 입술을 떼고 그도 거칠게 공기를 들이마셨다. 그의 거친 호흡이, 그의 뜨거운 체온이 생생했다. 몽롱한 와중에도 류가 그의 얼굴을 부여잡고 다시 제 입술을 가져다 대었다. 입술을 열어달라고, 자신을 놓지 말라고 류가 그렇게 소리 없이 애원하고 있었다.

류의 애원을 알아들은 것처럼 준휘가 강하게 그녀를 제 품 안으로 끌어안았다. 그녀 역시 온 힘을 다해 그의 다부진 허리를 부둥켜안았다. 그의 혀가 목구멍에까지 닿을 것 같았다. 격렬하게 마찰하는 두 사람의 혀였다. 마치 불길이 피어오르듯, 그녀의 오감이 그에게 반응했다. 이렇게 그가 제 곁에 있었다.

"흑, 제발 저를 보내지 마십시오. 곁에 있겠습니다."

류가 애원했으나 준휘가 냉소적으로 말을 받았다. 항상 미소를 짓고 있던 그의 표정이 얼음처럼 차가웠지만 그 눈에서는 불꽃이 피어나고 있었다.

"이런 내 곁에 남을 수 있겠느냐? 이렇게 너를 탐하는 내 곁에 머물 수 있겠느냐?"

그의 얼굴이 아렸다. 그것은 누군가를 원하면서도 그럴 수 없는 사내의 아픈 얼굴이었다. 그리고 욕망을 어찌하지 못하는 사내의 고통스런 비명이었다.

미련하게도 그제야 류는 깨달았다.

류는 그를 연모하고 있었던 것이다!

이렇게 마음이 찢어질 정도로 아픈 것은, 그가 제 곁에 없다는 것에 이렇게 두려워지는 것은, 그의 미소에 심장이 두근거리고, 그의 다정한 손길에 마음이 말랑해진 것은!

그 모두가 이렇게 자신이 그를 원했기 때문이었다. 아니, 처음부터 그를 본 순간부터 류는 그에게 점점 물들어 오롯이 그를 제 마음에 정인으로 담았던 것이다.

"머물겠습니다. 나리가 원하신다면 언제까지고 곁에 있겠습니다!"

열에 들뜬 것처럼 류가 대답했다. 그가 원한다면 어디든지 어떤 모습이든지 있을 것이었다.

"흡!"

류의 입술이 다시 물어뜯을 듯이 다가온 그의 입술에 삼켜졌다. 그의 혀가 격렬하게 그녀의 입안을 탐했다. 자신을 꽉 끌어안은 그의 커다란 몸이 덜덜 떨리고 있었다. 그리고 마치 그녀의 영혼을 흡입이라도 하는 것처럼 준휘가 그녀의 타액을 삼켰다.

"류, 류, 류!"

그가 한숨처럼 계속 류의 휘만을 불렀다. 류는 행여나 그가 자신을 떼칠까 봐 두려워 더욱 애절하게 그에게 매달렸다. 그리고 그녀가 호흡을 할 수 있도록 입을 떼려는 그의 얼굴을 붙잡고 자신의 입술을 밀어붙였다. 이렇게 숨이 멎을지라도, 그에게 삼켜진다 해도 좋았다. 류는 그를 연모했다. 오롯이 완전한 한 여인으로서 그를 연모하는 것이었다.

"내겐 너만 있으면 된다."

준휘가 열에 들뜬 목소리로 그렇게 중얼거렸다.

"이제는 너를 절대 놓지 않는다. 네가 놓아달라고 아무리 애원해도 절대 놔주지 않을 거야!"

류가 환희에 찬 표정으로 그에게 매달렸다.

"놓지 마십시오. 나리 곁에 있게 해주세요!"

류 역시 열에 들떠 그에게 매달렸다. 그의 곁에 머물고 싶었다. 가족을 잃고 난 후 처음으로 류는 누군가의 곁에서 살고 싶어졌다. 그의 곁에 그저 머물 수만 있다면 류는 그것으로 족했다. 그가 어떤 마음으로 자신을 원하는지 그것조차 지금은 생각할 여유가 없었다. 그녀에게도 준휘가 필요했다. 절대로 놓을 수가 없었다.

"류!"

류를 제 품에 끌어안고 그녀가 정말로 제 앞에 있는 것이 확실한지 다시 확인하려는 것처럼 그의 손이 분주하게 움직였다. 그녀의 등을 커다란 손으로 쓸어내리고 낭창낭창한 허리를 휘어잡아 제 품 안으로 더욱 강하게 이끌었다.

"정말로 나는 너 때문에 심장이 멎는 줄 알았다."

준휘가 그녀의 이마에 자신의 이마를 마주 대고 그렇게 속삭였다. 그가 얼마나 긴장했었는지 그 떨림이 고스란히 류에게 전달되었다. 다시 다정해진 그였다.

"나, 나리?"

평소의 느물거리고 여유로운 표정은 찾아볼 수 없었다. 그의 품에 안긴 그녀에게 커다랗게 요동치는 그의 심장 소리가 들렸다. 잔뜩 긴장한 그의 단단한 근육이 고스란히 느껴졌다.

두근, 두근, 두근!

류는 두근대는 이 소리가 제 것인지 아니면 그의 것인지 알 수가 없었다. 하지만 그가 자신 때문에 이렇게 긴장하고 흥분해 있다는 사실 때문에 어딘가 몽롱하면서도 구름 위에 두둥실 떠 있는 기분이었다.

"어쩌자고 이 밤중에 너 혼자 온 것이냐?"

그가 그녀의 보드라운 뺨을 쓸어내리며 혼을 내듯이 물었다. 하지만 그의 손길은 너무나 소중해서 만지기 아까운 존재를 대하는 것처럼 무척이나 애틋했다.

"저, 저기……."

류는 숨이 막혀 제대로 답을 할 수 없었다. 그의 포옹이 한층 강해졌다. 너무 강해서 류는 고통을 느낄 정도였지만 그녀는 아무런 말도 하지 않았다. 그가 자신을 걱정하는 마음이 아플 정도로 생생하게 느껴졌기 때문이었다. 자객들의 검이 그를 향할 때 느꼈던 자신의 공포를 떠올렸다. 그 마음처럼 그도 자신을 걱정했던 것이다.

"제발, 나보다 너를 더 아끼거라."

그의 말이 애틋하게 류의 마음을 어루만졌다. 부모님이 돌아가신 이후 자신의 안위를 이렇게 걱정해 준 사람은 처음이었다.

"혼자 움직이는 와중에 습격이라도 받았으면 어찌할 뻔했어? 나는……."

그가 잠시 말을 멈추고 그녀를 다시 강하게 끌어안았다. 그가 마치 그녀를 잃는 상상이라도 했는지 크게 몸서리를 쳤다. 격렬하게 뛰고 있는 그의 심장박동을 류는 고스란히 느낄 수 있었다. 어느 순간 두 사람의 심장 고동이 하나의 속도로 같이 뛰고 있었다.

"너를 잃으면 살아갈 수 없다."

쿠쿵!

류의 심장이 충격으로 툭 떨어져 내렸다. 그의 애틋한 진심이 아플 정도로 그녀의 마음을 찔렀다.

"나, 나리?"

류가 너무 놀라 고개를 들어 그의 얼굴을 바라보았다. 그의 눈빛이 물기를 머금어 촉촉했다. 곧 한줄기 눈물이 흘러내릴 것처럼! 그리고 그의 뜨거운 눈 속에 자신의 모습이 고스란히 담겨 있었다. 자신에게 향하는 그의 뜨거운 감정이 류의 마음을 쓰다듬고 있었다.

"너를 연모한다."

"히익!"

너무나 엄청난 그의 고백에 류가 이상한 목소리로 비명을 질렀다. 하지만 저는 지금 사내로 그의 곁에 있는데! 자신이 사내라도 상관이 없다는 뜻인가? 순간 머리가 멍해지고 온 세상이 하나의 점으로 축소되었다. 그가 자신을 강하게 끌어안지 않았더라면 바로 쓰러졌을 만큼 충격적이었다.

"내가 너를 여인으로 연모한다. 그러니 제발 나를 위해서 너를 소중히 해다오."

준휘가 충격에 빠져 멍해진 그녀에게 다시 속삭였다. 달콤한 그의 말이 미약처럼 류를 몽롱하게 만들었다. 지금 이 충격이 그가 저를 연모한다는 말 때문인지 아니면 제 정체가 들켰다는 충격 때문인지 알 수가 없었다.

"그…… 그것이…… 저…… 기…… 제가……."

뭐라 말을 해야 하는데 류는 그냥 더듬거리기만 했다. 하지만 그마저도 준휘 때문에 그녀의 입안으로 사라져 버렸다. 부드러운 그의 입술이 류의 입술에 닿았던 것이다. 달콤한 것을 한꺼번에 들이켠 것처럼 그의 부드러운 입술이 달았다. 그가 살짝 그녀의 아래 입술을 깨물자 멍해서 닫혀 있었던 그녀의 입술이 다시 요염하게 벌어졌다.

허억!

그의 뜨거운 혀가 그녀의 작은 입안으로 쏟아져 들어왔다. 그녀의 모든 호흡을 앗아간 그의 혀가 격렬하게 그녀의 입안을 유영했다. 동시에 애타게 그녀의 작은 혀를 찾아 갈구했다. 이리저리 혀끝이 부딪히고 타액이 섞이고 서로의 혀가 마찰할수록 류의 온몸이 점점 뜨거워지기 시작했다. 마치 미약을 먹은 것처럼 몽롱하면서도 아무런 생각도 할 수 없었다. 호흡이 딸렸지만 그래서 기절할 것만 같았지만 류는 그를 밀어내지 않았다. 이렇게 죽는다 해도 좋을 것만 같았다.

"하악, 하악!"

한참을 그렇게 류를 탐하던 준휘가 입술을 뗐다. 류가 잠시의 틈을 타 거칠게 숨을 몰아쉬었다. 두 사람의 입술 사이에 걸린 타액이 하얀 달빛에 은실처럼 반짝거렸다.

"미칠 것만 같아. 이제는 정말 참을 수가 없구나!"

낮고 욕망에 젖은 준휘의 음성이었다. 그의 뜨거운 입술이 그녀의 뺨을 스쳐 그녀의 귓불을 가볍게 깨물었다. 류는 뜨거운 기운이 자신의 아랫배를 꽉 조이는 기분이었다.

"저, 저기, 나리!"

류는 아직도 그의 속도를 따라갈 수가 없었다. 그가 자신을 연모한다는 그 사실을 받아들이기에도 벅찼던 것이다. 그에게서 풍겨져 나오는 엄청난 열기에 류의 온몸이 긴장했다. 사내가 여인을 원한다는 그 열망에 정면으로 맞부딪히자 류는 두렵기조차 했다.

"저, 언제부터?"

지금껏 그의 곁에 여인이 아닌 존재로 있었다. 그런 그가 갑자기 그녀를 여인으로 대하자 대체 자신은 어찌 반응해야 하는지 알수가 없었다. 그리고 모든 것이 혼란스러웠다. 대체 그는 언제부터 제가 여인이라는 것을 알고 있었을까? 류의 질문에 준휘가 화사한 미소를 지었다.

"아주 오래전부터, 네 옆에서 나는 아주 몸이 달아 죽을 지경이었다."

준휘가 우아한 목소리로 그리 중얼거리자 류의 얼굴이 확 달아올랐다. 어쩐지 그것이 제가 꿈을 꾸기 시작한 시점과 연결되지 않을까 하는 느낌이 들었다. 거기까지 생각이 미치자 꿈속에서 자신을 격렬하게 탐하던 그의 모습이 떠올랐다. 당황한 류가 그에게 제대로 시선을 맞추지 못하고 있었다.

"연모한다, 류. 제발 이제 너를 가질 수 있게 해줘!"

그가 그녀의 눈꺼풀에 관자놀이에 입맞춤하며 애절하게 속삭였다. 간지러우면서도 짜릿한 감각에 류는 눈을 감고 말았다. 그러자 그 감각이 더욱 생생해졌다.

"그게, 저, 저는……."

류가 심하게 말을 더듬었다. 그가 자신을 가지고 싶다는 대담한 선언에 심장이 뛰었다. 하지만 어떻게 반응해야 할지 알 수 없었다. 거부하고 싶지는 않은데 냉큼 그러라 하는 것도 이상한 것 같아서 어찌할 바를 몰랐다.

"괜찮다. 모든 것을 나에게 맡기면 된다."

그가 커다란 손으로 긴장과 혼란으로 떨고 있는 그녀의 보드라운 뺨을 쓸었다. 그의 손길에 그녀의 기다란 속눈썹이 파르르 떨렸다. 뭔가 말을 해야 하는데, 자신도 그를 연모한다고 대답을 하고 싶은데 바짝 마른 입술은 떨어질 줄을 몰랐다.

"허락해 줘, 제발!"

그가 간절하게 애원했다. 생전 처음 느끼는 감각과 수줍음에 류는 그저 바들바들 떨고만 있었다. 다만 그녀가 그의 옷자락을 강하게 움켜쥐었다. 그녀도 다정한 그에게 자신을 온통 맡기고 싶었다.

"허락한다면 고개만 끄덕여도 된다, 응?"

얼른 답을 못하고 있는 그녀에게 애가 닳았는지 준휘가 그녀를 채근했다. 그러면서도 연신 준휘는 류의 달아오른 뺨에 제 뺨을 비벼대며 애교를 떨었다. 어서 답을 하라고 보채며 사랑해 달라고 조르는 커다란 강아지 같았다. 그 순간 그가 무척이나 귀엽고 사랑스러워 보였다. 그만 있으면 되었다. 결국 그녀가 수줍게 고개를 끄덕였다.

"류!"

그가 감동한 듯 그녀의 뜨거운 뺨에 제 입술을 다시 비벼대었다. 류가 조심스레 고개를 들어 그의 얼굴을 훔쳐보자 그가 세상을 모두 가진 것처럼 기쁜 표정으로 다정하게 미소를 짓고 있었다. 동시에 그의 심해처럼 깊은 눈빛 속에서 류는 뜨거운 불길이 타오르는 것을 보았다. 다정하면서도 뜨거운 그의 눈빛에 수줍어진 그녀가 얼른 시선을 아래로 내렸다.

"까악!"

그가 그녀를 번쩍 안아 올리자 류가 비명을 질렀다. 그의 품에 쏙 안기자 류는 자신이 매우 사랑스러운 여인이 된 기분이었다. 자신을 손쉽게 안아 옮기는 그의 강건한 사내다움이 류의 심장을 떨리게 만들었다. 그가 성큼성큼 급한 걸음을 재촉했다. 곧 류는 침상에 눕혀져 있는 자신을 발견했다.

"이제 멈추지 않을 거야. 밤마다 정말 미치는 줄 알았다."

그리 선언한 준휘의 입술이 곧바로 그녀의 하얗고 부드러운 목덜미를 물었다.

찌릿!

엄청난 감각이 류의 온몸을 강타했다. 하지만 그 감각도 곧 그의 커다란 손이 그녀의 가슴을 움켜쥐는 뜨거운 감각에는 미치지 못했다. 준휘가 그녀의 목덜미를 핥으며 그녀의 가슴을 제 것처럼 주무르기 시작했다.

"하아!"

류는 그저 낮은 신음을 내뱉었다. 그녀의 유실이 단단하게 뭉쳐 그의 손길이 닿을 때마다 아플 정도로 짜릿한 감각을 선사하고 있었다. 옷 위로 도로로 솟아오른 유실이 마찰될 때마다 류는 계속 흠칫흠칫 몸을 떨었다.

"나, 나리!"

류는 제 몸의 반응을 어찌할 바를 몰라 그저 신음처럼 그를 불렀다. 곧 그의 뜨거운 입술이 저고리 자락을 헤치고 그녀의 쇄골을 쓸었다. 동시에 그가 민첩하게 옷깃 사이로 손을 밀어 넣어 그녀의 가슴을 아무런 방해 없이 쓰다듬기 시작했다.

"허억, 아…… 음…… 앙…… 하악!"

그녀가 부드러운 비단 위에서 몸부림쳤다. 뜨거운 감각과 자신을 향한 그의 열정에 류는 그대로 삼켜지고 말았다.

"하아, 어여쁘구나!"

그가 감탄한 듯 속삭였다. 그리고 그가 이제 단단하게 응어리져 아플 정도로 솟아오른 유실을 손바닥으로 쓸어 올렸다. 이내 그의 입술이 류의 오른쪽 유실을 가볍게 감쌌다. 곧 그가 그것을 '쯥' 하고 빨아들이더니 혀 전체를 활용하여 이리저리 휘감고 희롱했다.

"아…… 앗…… 으……!"

그저 신음 소리를 내는 것만이 그녀가 할 수 있는 전부였다. 동시에 그가 다른 쪽 유실을 엄지와 검지로 가볍게 쥐고 이리저리 비벼대었다.

"하앙…… 나…… 리! 하지…….

엄청난 감각에 두려워진 류가 애원하기 시작했다. 그러나 그의 혀와 손은 움직임을 멈추지 않았다. 재빠르게 그가 그녀의 저고리를 떼어냈다. 이제 무방비하게 그의 시선 앞에 나신으로 드러난 그녀의 상반신을 준휘가 마음껏 탐하고 있었다.

"하…… 이…… 마세요."

류의 발음은 불분명했다. 그의 다른 손이 그녀의 옆구리며 등을 이리저리 쓸었고 그녀의 가슴은 철저하게 그의 입술과 손에 희롱 당하고 있었던 것이다. 항상 다정했던 그였지만 지금은 마치 야수 처럼 그녀를 탐하고 있었다. 그리고 그녀의 가녀린 저항 따위는 깔끔하게 무시되고 있었다.

"달콤해!"

그가 그렇게 중얼거리고 다시 꼿꼿하게 솟아 붉게 물든 그녀의 유실을 쪼옥 하고 강하게 빨아 당기자 류는 저도 모르게 등을 뒤 로 크게 젖히고 말았다.

"무, 무서워요, 나…… 으리!"

너무도 엄청난 감각에 그녀가 울먹였다. 계속 그가 이렇게 자신 을 만지면 어떻게 될지 알 수가 없었다. 자아를 잃어버리고 이상 한 사람이 되어버릴 것만 같았다. 꿈속에도 항상 그녀는 그에게 애원하고 있었다.

"괜찮아."

그의 목소리도 욕망으로 잔뜩 쉬어 있었다. 류는 그의 강한 어 깨를 무의식적으로 밀어내며 도리질을 쳤다.

"아…… 안…… 돼요. 저 이상한…… 사람이 되어버릴 것만 같 습니다!"

관능적이고 야릇한 감각에 내성이 전혀 없는 류였다. 그래서 두 려웠다. 그 앞에서 이상한 모습을 보일까 봐 그게 무서웠다. 이상 한 신음 소리를 내며 몸부림치는 자신을 혹시나 그가 흉하게 생각하는 것은 아닐까 싶어 그가 주는 감각에 완벽하게 빠져들 수 없었다.

"이상해져도 된다. 나는 지금 더 이상하고 미칠 것만 같으니!"

그가 그렇게 속삭이자 류가 눈물이 그렁그렁한 눈으로 그를 바라보았다. 꿈속에서 그의 손길에 미친 듯이 몸부림치는 저는 음란한 짐승 같았다. 이성이라고는 한 톨도 남아 있지 않았고 오직 쾌락에만 반응하는 그저 암컷이었다.

"걱정하지 마! 그냥 내가 너를 조금 더 사랑하게 해줘, 응?"

부드러운 그의 음성이 그녀를 감쌌다. 어쩐지 그 달콤한 목소리를 꿈속에서 들었던 것만 같았다.

"하, 하지만, 제가 너무 이상합니다!"

그녀가 그의 굵은 목을 끌어안으며 속삭였다. 그에게 마치 어린아이처럼 어리광을 부리고 있었다. 그런 그녀가 너무나 사랑스러워 어쩔 수 없는 것처럼 그가 아찔한 미소를 지었다.

"이상하지 않아. 무척 귀엽고 사랑스러워!"

간지러운 그의 말에 류의 온몸이 붉게 물들었다. 낯 뜨거운 말을 정말로 아무렇지도 않게 참으로 잘도 속삭이는 그였다.

"하앙!"

곧 자신의 고를 벗기는 그의 손길과 다시 자신의 유실을 아이처럼 빨아대는 그 때문에 류는 달뜬 신음을 내뱉었다. 정말로 무서울 정도로 신속하게 그는 그녀의 온몸을 나신으로 만들었다. 희미한 달빛 속에서 하얗고 아름다운 그녀의 나신이 오롯이 그의 눈앞에 드러났다.

"하아, 부끄럽습니…… 하앙…… 앗…… 다!"

그녀의 말속에 중간중간 야한 신음이 섞였다. 그러나 곧 그의 입술이 배를 타고 내려와 그녀의 납작한 배를 핥아 내리자 그녀가 크게 경련했다. 동시에 그의 커다란 손이 류의 하얀 허벅지를 벌리고 있었다.

"하…… 하앙!"

수줍음에 그녀가 다리를 꽉 모으자 그가 벌하듯이 커다란 손으로 그녀의 유방을 다소 강하게 주물렀다. 그리고 그의 입술이 배꼽 사이로 파고들어 할짝거리자 그녀의 온몸에서 힘이 빠지고 말았다.

"까아악!"

그녀의 비부에 그의 손이 닿자 류가 이제는 정말로 비명을 질렀다.

질척질척!

그녀의 비부가 촉촉하게 젖어들어 그의 손이 닿을 때마다 끈적끈적하면서도 야한 소리를 내고 있었다. 그의 손가락이 부드럽게 아래에서 위로 그녀의 갈라진 틈을 쓸어 올리자 그녀가 고양이처럼 신음했다. 저조차 함부로 만지지 않는 그곳을 준휘는 마치 제 것처럼 희롱하고 있었다.

"나, 으리!"

이제 류는 거의 울고 있었다. 부끄러우면서도 그가 자신의 그곳을 만지는 것이 좋아서 어찌할 바를 몰랐다.

"조금 더 다리를 벌려줘!"

사악할 정도로 야하고 아름다운 목소리로 그가 류를 졸랐다. 그녀가 두 손으로 제 얼굴을 가렸다. 그러면서도 그녀는 저도 모르게 그가 자신을 조금 더 잘 만질 수 있도록 다리를 벌리고 있었다. 한껏 피어나 아름다운 소녀가 달콤한 여인의 꿀을 흘리며 준휘를 한껏 유혹하고 있었다.

"아, 정말로 기억보다 더욱 아름답구나!"

그녀의 석류처럼 붉은 꽃잎이 오직 그를 위해서 만개하였다. 아직 수줍게 오므려진 꽃잎은 투명한 이슬을 머금고 그를 유혹했다. 그가 참지 못하고 그 꽃잎을 부드럽게 손가락으로 쓸었다. 그녀의 작은 몸이 부르르 떨렸다.

"하아! 앗…… 으……."

그의 손가락이 그녀의 꽃잎을 희롱했다. 류는 자신을 강타하는 감각에 그저 몸을 떨며 그에게 자신을 맡길 수밖에 없었다. 지금 자신을 채우는 이 열기는 그가 아니면 그녀는 어찌할 수가 없었다.

"히익!"

자신의 두 허벅지를 그의 커다란 손이 움켜쥐었다. 그녀의 엉덩이가 이불에서 살짝 뜨는가 싶더니 곧 촉촉하고 부드러운 무엇인가가 그녀의 꽃잎을 한입에 머금었다.

"나으리!"

그녀가 너무 놀라 제 두 눈을 가렸던 손을 떼고는 그의 어깨를 밀어내었다. 그가 얼굴을 자신의 부끄러운 곳에 박고 있었던 것이다. 너무나 망측한 모습에 류는 충격을 받았다. 꿈을 꿀 때도 온몸이 타는 것처럼 부끄러웠지만 현실은 더욱 강렬했다.

"거…… 거긴 안 돼요!"

그녀가 애원에도 아랑곳없이 그의 머리가 야하게 그녀의 다리 사이에서 움직였다. 그의 혀가 그녀의 꽃잎을 부드럽게 할짝거렸다. 아래위로 부드럽지만 집요하게 그녀의 꽃잎을 핥아 올리던 혀가 꽃잎 사이에 숨어 있는 작은 알갱이를 찾아내었다. 붉은 산호처럼 부풀어 오른 작은 꽃망울을 그의 혀가 할짝거리자 류가 자지러졌다.

"거, 거긴……."

그녀가 울먹거렸다. 그가 그녀의 그런 곳을 이렇게 달게 핥으리라고는 상상조차 하지 못했다. 나신을 보인 것보다 더욱 부끄럽고 그가 자신을 통째로 삼켜 버리는 것만 같았다. 그는 야수 같았다.

"네 꽃잎이 너무나 예뻐!"

그가 아래쪽에서 웅얼거리자 그녀가 더욱 움찔했다. 뜨거운 입김이 그녀의 꽃잎에 닿자 더욱 야릇한 감각이 그녀를 휘감았다. 곧 그리 속삭이던 그가 그녀의 붉은 꽃망울을 혀끝으로 톡톡 건드리더니 부드럽게 핥기 시작했다.

"아…… 으…… 하……."

마치 앓는 사람처럼 류가 소리를 내었다. 그녀가 어찌할 바를 몰라 그의 부드러운 머리카락을 잡아당겼다. 너무나 엄청난 감각이 두려워 그를 떼어내려 했으나 본능은 반대로 조금 더 그를 그녀 쪽으로 잡아당기고 있었다.

"하악!"

마치 절명하는 어린 사슴처럼 류가 할딱거렸다. 그의 혀의 움직임이 더욱 야하고 집요해졌으며 류의 두 허벅지를 결박한 두 손은 두터운 밧줄처럼 그녀의 작은 몸을 결박하고 있었다. 그의 두 손에 꼼짝없이 사로잡힌 그녀는 올무에 걸린 작은 짐승처럼 그저 온몸을 이불 위에서 몸부림칠 수밖에 없었다.

"흐…… 아…… 앗…… 헉…… 아!"

그녀의 신음이 더욱 깊어졌다. 자신의 안에서 고인 열기 때문에 그녀의 동굴은 울컥울컥 달콤한 꿀을 토해냈고 준휘는 목마른 사람처럼 그것을 달게 마셨다. 그가 이로 그녀의 꽃망울을 긁듯이 움직였고 입술로 살짝 깨물자 그녀가 몸부림쳤다. 이제 그녀 안에 쌓인 열기는 해방을 바라며 류의 온몸을 부풀리고 있었다.

"하악, 나리!"

그가 그녀의 꽃잎을 한입에 머금고 꽃망울을 쪽 하고 빨아 당기자 그녀의 열기가 안에서 폭발했다. 하늘에서 우수수 찬란한 별빛이 쏟아져 내렸다. 류는 혼몽하고도 달콤한 감각에 저항하지 않고 그저 몸을 맡겼다. 영혼이 자신의 몸을 떠나 저 멀리 하늘 위로 날아다니고 두둥실 떠올랐던 몸이 꿈결처럼 허공을 헤매었다. 그렇게 두둥실 떠 있던 류의 몸이 차츰차츰 아래로 하강하는 동안 그가 그녀를 사랑스럽게 꼭 안아주었다.

"자, 잠깐!"

류의 냉정한 말투에 옷을 훌렁 벗고 그녀를 덮치려던 준휘가 움찔했다. 조금 전까지만 해도 달뜬 신음을 뱉어내던 그녀라고는 도저히 생각할 수 없는 음성이었다. 한창 몸이 달아 있던 준휘는 이러지도 저러지도 못하고 동작을 멈추었다. 그 와중에도 흥분할 대로 흥분한 그의 물건이 무서울 정도로 커져서 위로 치켜 올라가 꺼떡거리고 있었다.

"왜, 무, 무슨 일이야?"

준휘가 욕망 때문에 잔뜩 쉰 목소리로 물었다. 마음 같아선 확 덮치고 싶었지만 류의 성격을 아는지라 준휘는 정말로 본인 인생에서 최고의 인내심을 발휘하고 있었다.

"아무래도 무리일 것 같습니다."

류가 진지한 목소리로 그리 대답했다. 그녀의 표정을 보아하니 장난을 하는 것도 아니고 절대로 준휘를 놀리는 것도 아니었다. 정말로 심각한 문제를 만나 고민을 하는 그런 얼굴이었다.

"왜, 나랑 하기 싫어?"

이리저리 꼬드겨 간신히 열게 한 몸인데 준휘가 애가 달아 속삭였다. 그녀를 지금 안지 않으면 그동안 밤마다 욕망에 시달리며 괴로워하던 자신의 심장이 타버릴 것만 같았다. 아니 이미 재가 되었다. 이 아이를 안고 싶어서 손끝이 저릿했다. 달콤한 맛만 살짝 보여주고 꽁꽁 숨어버린 류 때문에 준휘는 벌써 예전부터 제정신이 아니었다. 밤마다 제 욕망을 억누르느라 애꿎은 자신의 허벅지만 괴롭힌 준휘였다.

"그, 그건 아닙니다."

그녀의 볼이 약간 발그레해졌다. 저렇게 얼굴을 붉힐 때면 정말로 천상에서 내려온 백화선자처럼 고왔다. 소년 같았던 류의 얼굴이 요염한 여인이 되었다. 한입에 그냥 꿀꺽 삼켜 버리고 싶을 정도로 사랑스러웠다.

"그럼 왜?"

류가 정말로 진지한 표정으로 자신의 몸을 한 번 내려다보고는 크고 까만 눈동자로 준휘의 물건을 뚫어지게 응시했다. 그리고는 고개를 절레절레 저었다.

"응?"

애가 닳은 준휘가 채근을 했다.

"그, 그게 아무래도 안 들어갈 것 같습니다."

류의 목소리가 살짝 떨렸다. 그리고는 또다시 새색시처럼 어여쁘게 얼굴을 물들였다. 정말 한입에 삼켜 버리고 싶었다.

"뭐, 뭐라고?"

대체 류가 무슨 말을 하는지 몰라 준휘가 멍하게 물었다.

"안 들어간다고요!"

류가 다시 한 번 진지하게 대답했다. 설마 하던 준휘의 표정이 어이가 없는 듯 혹은 그런 그녀가 귀여운 듯 다시 살짝 퍼졌다. 그리고 제가 옥란에게 부탁했던 교육의 효과가 이렇게 나타날 줄은 몰랐기에 준휘가 아주 음흉하게 웃었다. 하지만 그는 최대한 그 표정을 감추고 그녀 옆에 은근히 몸을 붙이고는 그녀의 보드라운 뺨을 쓸어내렸다.

"그럼 다시 정리하자. 나랑 하고는 싶은 거지?"

류가 정말 그녀답지 않게 수줍게 고개를 끄덕였다. 옷을 벗기니 씩씩한 소년 무사 류 대신 사랑스럽고 어여쁜 소녀 석영이 있었다.

"그럼 싫은 게 아니라 내 이 물건이 안 들어갈까 봐 걱정인 거야?"

준휘의 낮고 색기 어린 음성이 그녀의 귓가에 닿자 그녀가 몸을 움찔했다.

"아무리 생각해 봐도 옥란 낭자가 말해준 곳에는 도저히 나리의 물건은 안 들어갈 것 같습니다."

그녀가 심각하게 말했다.

"아니야, 아니야, 걱정하지 말거라. 여자와 남자의 몸은 참으로 오묘하여 다 맞게 되어 있느니라."

준휘가 살살 그녀를 꼬드겼다. 하지만 류는 가타부타 대답이 없었다. 그리고는 뭔가 골똘히 고민하는 것처럼 생각에 잠겼다.

"그게 분명 옥란 낭자께서 일러주시기를 사내의 물건이 흥분하면 평소보다는 커진다고는 했습니다."

마치 잘 배운 지식을 복습하듯 류의 말은 건조하면서도 담담했다. 이렇게 야한 소리를 저렇게 냉정하게 말하기도 참 어려울 듯했다. 하지만 그 건조한 목소리에도 그의 물건은 반응했다.

"그래서?"

준휘가 다시 그녀를 채근했다.

"그런데 아무리 생각해 봐도 나리의 것은……."

그녀가 살짝 미간을 찌푸렸다.

"옥란 낭자가 일러준 범위를 훌쩍 넘는 것 같습니다."

류는 정말로 진지했다. 그러더니 갑자기 움찔하고 몸을 움츠렸다.

"서, 설마 나리? 혹시 무슨 병환에라도 걸리셨습니까?"

류가 진지하면서도 걱정스러운 눈빛으로 그를 바라보았다. 다치거나 상처를 입으면 부어오르는 것을 떠올렸던 모양이었다.

"하하하!"

정말로 상쾌하게 웃는 준휘 때문에 류의 눈이 다시 휘둥그레졌다.

"제발, 이럴 때 웃기지는 말아줘!"

정말 그는 어깨를 들썩이며 웃고 있었다. 욕망 때문에 온몸이 타들어가는 것 같으면서도 순진한 그녀의 반응에 웃음이 나왔다. 욕망을 참기가 힘이 들기는 했지만 그녀를 더욱 완벽하게 사랑하기 위하여 그는 인내심을 발휘하였다.

"자, 봐라."

그가 갑자기 제 오른손을 내밀었다. 그리고는 그녀의 왼손을 잡아 자신의 손바닥에 올렸다.

"어떠냐?"

"뭐, 뭐가요?"

류가 갑자기 준휘가 무슨 말을 하는지 영문을 몰라 하는 표정으로 물었다.

"네 손의 크기와 내 손의 크기가 어떠하냐?"

그의 커다랗고 길쭉한 손에 올려진 류의 손은 아기의 것처럼 작고 귀여워 보였다. 저 커다란 손이 류의 머리를 쓱쓱 쓰다듬어 주면 그녀는 행복해졌다.

"나리 손이 무척 크십니다."

"그렇지? 내가 너보다 머리 하나 정도 키가 크니, 당연히 손도 그리고 발도 모두 너보다 크지 않더냐?"

그가 자신의 발을 그녀의 작은 발 옆에 슬쩍 가져다 대었다. 아무리 봐도 저 발의 크기는 호랑이를 잡을 사냥꾼의 것이었다. 류의 작은 발이 무척이나 앙증맞아 보였다.

"그러니 당연히 물건도 사람마다 크기가 다 다르지 않겠느냐? 게다가 나는 아주 덩치가 크니까 당연히 이것도 커야 하지 않겠어?"

그의 말에 류가 고개를 끄덕거렸다. 그의 설명을 이해할 수 있었지만 지금 제 앞에 있는 그의 불기둥은 전혀 다른 문제로 보였다.

"그건 맞는데요. 하지만 안 들어간다고요!"

그녀는 완강했다. 참 쓸데없는 곳에서 고집이 센 류였다. 더 이상 참지 못한 준휘가 그녀를 와락 끌어안고 침상에 눕혔다. 그녀 위에 올라탄 그가 음흉하게 속삭였다.

"들어간다. 내가 언제 너에게 거짓말을 한 적이 있더냐?"

그의 말에 류가 울상을 지었다. 그를 믿었다. 그가 약간 장난기 있고 엉뚱하긴 해도 실없는 소리를 하는 사내가 아니라는 것을 류는 잘 알고 있었다.

"하, 하지만……."

그가 류의 얼굴과 귓불을 만지작거리며 동시에 다시 그녀의 가슴을 주물거리며 속삭였다.

"나 믿지?"

그의 편작과도 같은 야살스런 목소리에 류가 포기한 듯 고개를 끄덕였다.

"우선, 내가 너를 즐겁게 해주마. 그럼 곧 그 걱정은 머릿속에서 사라질 거야!"

음란하고 관능적인 목소리로 그가 속삭이며 곧 행동을 개시했다. 그녀를 살며시 뒤로 밀자 그녀가 붉은 비단 위에 꽃처럼 피어났다. 그녀가 안심할 수 있도록 그녀의 입술에 부드럽게 입맞춤했다. 그녀의 뺨이며 살짝 감은 눈꺼풀이며 그의 입술이 닿지 않은 곳이 없었다. 그녀의 귓불을 살짝 깨물며 그가 은밀하게 속삭였다.

"그런데 옷을 벗기니 너는 아주 얌전해지는구나."

준휘의 말에 류의 얼굴이 다시 확하고 붉어졌다. 소년처럼 씩씩하고 상큼한 류도 좋았다. 하지만 지금 류는 잘 익은 능금처럼 청초하면서도 달콤했다. 묵직한 남복 아래 이렇게 달콤하고 아름다운 나신이 숨어 있는 것을 어찌 알았으랴?

"나, 나리!"

그녀가 수줍었는지 살짝 그를 원망하는 표정으로 바라보았다. 천진하면서도 요염한 류가 여기에 있었다. 까맣고 아이처럼 맑았던 그녀의 눈동자가 열정으로 타오르고 있었다. 곧 준휘의 손이 촉촉하게 젖어 있는 그녀의 꽃잎에 닿자 그녀가 다시 움찔했다. 쪼르륵, 그녀의 동굴 안에서 물컹하고 끈적끈적한 꿀이 흘러내렸다. 부끄러워 류는 어찌할 바를 몰라 그저 그의 아래에서 바르작거렸다. 그녀의 작은 움직임이 준휘를 미치도록 자극하고 있었다.

"하아, 이제 참는 것은 너무 힘이 드는구나."

준휘가 그녀 안으로 당장 파고들고 싶은 광폭한 욕망을 어찌하지 못해 그의 목소리가 낮게 쉬어 있었다. 그리고 조심스럽게 이미 터질 것같이 흥분한 그의 분신을 그녀의 동굴 입구에 살짝 가져갔다.

"느껴져?"

그의 뜨거운 분신이 그녀의 젖은 꽃잎에 겹쳐졌다. 마치 불에 달구어진 방망이처럼 그 느낌이 선연하면서도 자극적이었다.

"히끅!"

그녀가 그의 분신을 느끼자 놀랐는지 딸꾹질을 했다. 그런 그녀가 너무 귀여우면서도 사랑스러워 준휘는 욕망에 시달리면서도 미소가 지어졌다.

"저, 히끅, 그런데, 히끅, 아무래도 너무 큰 거 같아요."

그녀가 딸꾹질을 해대며 그에게 칭얼거렸다. 그가 슬슬 자신의 허리를 움직이며 그녀의 성감을 돋우기 위해 꽃잎을 부드럽게 마찰했다. 그녀의 꽃잎은 달콤한 꿀을 흘리고 있었다. 류의 몸은 이미 그를 받아들일 준비가 되어 있었다. 마치 달라붙는 것 같은 그녀의 꽃잎에 준휘의 인내심이 한계에 다다랐다.

"너를 간절히 원한다."

준휘의 나직한 음성에 류가 그를 바싹 끌어안았다. 준휘가 그녀의 작은 얼굴을 부드럽게 쓰다듬었다.

"그러니 내가 너를 사랑할 수 있게 해다오."

그가 부드럽게 그녀에게 간청했다. 자신을 원하는 준휘의 마음이 간절하게 느껴졌다. 분명 지금 그는 엄청난 욕망을 참으며 그녀에게 허락을 구하고 있었다. 세상에서 가장 아름다운 여인이 된 것처럼 그는 그녀를 귀애했다. 두려웠지만 류는 그의 간청을 더 이상은 외면할 수 없었다. 더불어 그녀 안에서도 생전 처음으로 여인의 욕망이 고개를 들고 있었다.

"저, 저를 나리의 여인으로 만들어주세요."

류가 허락한다는 의미로 그의 목덜미에 제 입술을 찍었다. 사랑스런 그녀의 허락에 준휘의 짙은 눈썹이 부드럽게 휘었다. 그리고 그가 조심스레 그녀의 동굴 입구에 뜨겁게 달아오른 불기둥을 제대로 맞추었다.

"하앗!"

그녀가 숨을 크게 삼켰다. 그리고 그녀가 그를 강하게 끌어안았다. 두려워하면서도 자신을 고스란히 내어주는 그녀가 사랑스러웠다. 그런 그녀의 보드라운 등과 작고 귀여운 엉덩이를 커다란 손으로 조심스레 받치며 준휘가 그녀 안으로 저돌적으로 들어갔다.

"아아…… 앗…… 하!"

그녀가 낮은 신음을 흘렸다. 그가 격렬하게 그녀 안으로 침입하고 있었다.

"류!"

그가 낮게 그녀의 휘를 부르며 강하게 그녀 안으로 자신을 밀어넣었다. 뜨거운 그녀가 준휘를 삼키고 있었다.

"아악!"

류는 그저 단말마의 비명을 질렀다. 세상이 두 개로 쪼개지는 것 같았다. 검에 베여 상처를 입었던 적도 있었다. 하지만 지금 그녀가 느끼는 고통은 마치 온 우주가 흔들리는 것 같은 엄청난 충격이었다. 어느새 불처럼 뜨거운 그의 분신이 용맹하게 그녀의 안쪽을 차지했다. 고통스러우면서도 그가 자신을 가득 채우는 느낌이 감동적이었다.

드디어 류는 그의 여자가 되었다.

"흑!"

류가 벅찬 감동에 살짝 흐느꼈다. 그가 그런 그녀를 제 가슴에 다정하게 보듬어 안으며 속삭였다.

"이제 다 들어갔어."

그의 얼굴에서 뜨거운 땀방울이 끊임없이 떨어져 내렸다. 그가 아파하는 류를 배려하여 움직임을 멈추고 그녀의 입술을 삼켜 버렸다. 류는 거의 제정신이 아니었다. 그저 그의 입술을 미친 듯이 갈구했다. 아픈 하초를 잊기 위해서 달콤한 그의 입술을 계속 탐했다.

"이제 조금 움직여도 될까?"

그가 잔뜩 쉰 목소리로 물었다. 욕망을 억누른 그의 음성이 달콤하게 류의 귓가를 간질였다.

"이게 끝이 아니에요?"

류가 얼빠진 목소리로 묻자 준휘가 그 와중에도 싱긋 웃었다.

"설마 그럴 리가!"

이제 이 달콤한 존재를 제 마음껏 탐할 작정이었다. 오래 참아왔던 준휘의 욕망이 거칠게 그 안에서 날뛰고 있었다. 사랑스러운 그녀의 뺨을 쓰다듬으며 그가 선언했다.

"이제 시작이야!"

그가 동시에 허리를 움직이기 시작했다.

"아, 아파요, 나리!"

그녀가 고통을 호소하며 울먹였지만 달콤하던 그와는 다른 야수가 있었다. 최대한 부드럽게 준휘가 움직이고 있었으나 그녀는 그것을 알아차리지 못했다. 모든 것이 처음인 그녀에게 그는 너무나 뜨겁고 격렬한 정인이었다.

"류, 류, 류!"

그가 신음처럼 그녀의 휘를 불렀다. 그의 음성에 류는 미혹되는 것만 같았다. 그저 그에게 미친 듯이 매달렸다. 그가 주는 고통이기에 그녀는 기꺼이 그것을 받아들였다. 오직 그이기에 그녀는 자신의 가장 내밀한 부분을 열었다. 완만하던 그의 움직임이 점점 빨라졌다. 그의 허리 짓에 따라 그녀의 작은 몸이 흔들렸다.

"류!"

그의 움직임이 절정으로 치달을수록 류는 점점 정신이 혼미해져 갔다. 아릿한 아픔 속에서 무엇인가 간질간질하면서도 알 수 없는 감각이 피어났다. 그것은 머리끝에서 발끝까지 벼락처럼 흘러갔다. 오직 그만이 자신을 미친 듯이 탐하는 그만이 뚜렷한 실체였다.

"하아!"

그녀가 신음하자 그녀의 안쪽이 무섭게 경련하기 시작했다. 그러자 제 안에 있는 그의 불기둥이 더욱 또렷하게 느껴졌다. 그가 강하게 안쪽을 치받았다가 물러날 때마다 자신의 안쪽이 그것을 놓아주기 싫은 것처럼 잡고 있었다. 그리고 그의 뜨거운 불기둥이 몸 안쪽의 어느 곳을 자극할 때마다 류는 제 몸이 흠칫흠칫 경련하며 그를 조이고 있다는 것을 깨달았다.

"나, 나리!"

그녀가 그를 부르며 어딘가로 떠밀려 갔다. 그녀 안쪽에서 그가 점점 더 몸집을 키우고 있었다. 너무 벅찬 느낌에 그녀가 숨이 넘어갈 것만 같은 순간!

"읏!"

그가 낮은 신음을 내뱉으며 온몸을 부르르 떨었다. 더불어 류의 몸도 함께 공명했다. 이내 제 안쪽을 적시는 뜨거운 감각을 느끼며 류는 벅찬 감동을 끌어안고 혼곤한 잠 속으로 빠져들었다. 그가 자신을 사랑스럽게 끌어안자 그녀의 입가에 아름답고 고혹적인 미소가 피어났다. 오롯이 여인이 되어버린 류, 아니, 석영이 준휘의 품에 있었다.

다음날 눈을 뜨자마자 꺼이꺼이 우는 류의 옆에서, 준휘는 어찌할 바를 몰랐다. 그리고 그답지 않은 엉성한 말투로 그녀를 달래려고 노력했다.

"미, 미안하다. 그, 그렇게 아팠어?"

준휘가 비를 맞아 꼬리가 축 처진 강아지처럼 세상이 떠나가라 우는 그녀 옆에서 서성거렸다. 류가 사랑스러워 확 한 품에 끌어안고 싶은데 지금 그녀를 건드렸다간 평생 그녀를 못 만질 것만 같아 안절부절못하고 있었다.

"흐, 흐엉!"

그녀가 계속 울자 준휘의 얼굴이 정말로 사색이 되었다. 아름다운 밤이었다. 류는 마치 자신을 위해 빚어진 것처럼 사랑스러웠고 준휘는 행복하기만 했다. 그녀를 사랑하는 것이 이렇게 엄청난 희열을 함께 가져온다는 사실에 살짝 감동까지 한 준휘였다.

새벽에도 그녀보다 먼저 깨어나 그녀를 이리저리 애틋하게 쓰다듬었다. 그녀의 하얀 피부가 자신 때문에 울긋불긋해진 것이 안쓰러우면서도 묘한 소유욕에 가슴이 들썩거렸다. 며칠이나 참아야 그녀를 다시 제 것으로 할 수 있을지 그 시간마저 애가 달아 안달하던 준휘였다.

"류, 제발 그만 울거라. 미안하다, 쓸데없이 크게 태어나 내가 정말로 미안하다."

준휘가 그녀를 달래느라 정말로 말도 안 되는 사과까지 하고 있었다. 자신에게는 그 엄청나고 환상적인 밤이 그녀에게는 고통뿐이었는지 미안해서 심장이 저릿했다. 그녀의 울음소리가 잦아지자 준휘가 눈치를 보며 그녀에게 다가갔다. 그리고 살며시 제 품에 안고 등을 쓰다듬어 주고 그녀의 정수리에 입술을 찍으며 꿀 같은 목소리로 계속 위로했다. 그제야 류가 간신히 울음을 멈추었다. 그녀가 그의 가슴에 얼굴을 묻었다.

"나리, 이제 우리는 어떡합니까?"

정말로 이 세상이 끝나기라도 한 것처럼 류의 목소리가 심각했다.

"어떡하냐니?"

그가 그녀를 다시 제 품에 꼭 끌어안았다. 그녀가 눈물이 그렁
그렁한 표정으로 물었다. 그런데 그것이 또 미치도록 어여뻤다.

"이렇게 아픈 것을 어떻게 또 합니까?"

그녀의 질문에 준휘가 멍한 표정을 지었다. 그와 정말로 하나가
되고 싶었다. 그런데 이 일이 이렇게 아플지는 상상도 못했다. 만
약 매번 운우지정을 나눌 때마다 이런 고통을 겪어야 한다면 어찌
해야 하는지 류는 정말로 심각했다. 아무리 생각해 봐도 그의 큰
몸이 줄어들 리도 없고 제가 갑자기 커질 수도 없기에 해결 방법
이 없어 보였던 것이다.

"설마 아파서 운 것이 아니라 그게 걱정이 되어 운 것이냐?"

그녀는 제 고민에 빠져 준휘가 정말로 초인적인 인내심을 발휘
해서 웃음을 꾹 참는 것을 알지 못했다. 그의 다정한 질문에 그저
고개를 끄덕거렸다. 그와 하나가 되는 것은 무척이나 감동적이었
다. 혼자였던 제게 누군가 내 사람이 있다는 그런 소속감을 주었
던 것이다. 그가 제 안에 있을 때 숨이 턱 막혔지만 동시에 그가
자신의 빈 공간을 꽉 채우는 기분이었다. 그의 뜨거운 불기둥이
제 안에서 마구 요동칠 때 마치 '너는 혼자가 아니다'라고 말해주
는 것만 같았다.

"아, 아프기도 했고요."

그녀가 아주 들릴 듯 말 듯 그렇게 덧붙였다. 아팠지만 그 고통
마저 사랑스럽게 느껴질 지경이었다. 그 고통은 오직 그만이 줄

수 있었기 때문이었다. 그이기에 류는 그것을 감수할 수 있었다.

"저는 나리랑 운우지정을 못 나누는 몸인가 봅니다. 흐엉, 어떡해요?"

정말로 류가 숨넘어갈 듯이 다시 울려고 하자 준휘가 급하게 그녀의 입술을 막았다. 거친 입맞춤에 그녀의 눈물이 쏙 들어갔다. 하지만 제 입속을 유영하는 그의 혀는 그녀를 위로하려는 듯 달콤하면서도 동시에 욕망을 자극하도록 지독히 관능적이었다.

"걱정하지 말거라. 처음에만 그렇지, 이제 괜찮을 거야."

그의 나른하고 뜨거운 음성이 류의 귀를 간질였다. 이상하게도 류는 제 아랫도리가 다시 달아오르는 기분이었다.

"저, 정말입니까?"

류의 간절한 표정에 준휘의 입술이 음흉하게 휘어졌다. 정말로 제가 짐승이라면 류를 다시 한 번 안고 싶었다. 하지만 겨우 제게 몸을 열어준 사랑스런 류를 아끼고 싶은 마음이 그 욕망을 간신히 억눌렀다.

"그럼. 나 믿지?"

마치 이 세상을 모두 그녀에게 가져다줄 것처럼 어깨에 잔뜩 힘이 들어간 준휘였다. 준휘의 말에 류가 안심한 듯 그의 넓은 가슴에 얼굴을 묻었다. 그가 자신의 등을 쓰다듬어 주는 것이 좋았다. 어제는 너무 아파서 그를 살짝 원망했지만 그의 품이 너무나 다정해서 모두 잊고 말았다. 그의 힘차게 뛰는 심장박동 소리가 묘하게 그녀를 안심시켰다.

"저, 저기, 나리?"

그녀가 움찔 몸을 긴장했다. 그의 손길이 점점 야릇해졌던 것이다. 그녀의 등을 쓰다듬던 손길이 야살스럽게 그녀 등의 움푹 파인 곳을 쓸었다. 그리고 발칙하게 그녀의 동그란 엉덩이를 쥐기도 했다. 더구나 그가 그녀를 자신 쪽으로 바싹 끌어당기자 어제 밤새 희롱당했던 유실이 그의 탄탄한 가슴근육에 쓸려 짜릿했다.

"으음, 왜?"

그가 마치 아무것도 모르는 사람처럼 물었다. 그리고 그는 본인이 하고 싶은 일에 정말로 열중했다. 순간 류는 '나리가 무엇인가 마음이 가는 일이 생기면 며칠을 침식도 잊고 열중한다'고 투덜거리던 금보의 말이 생각났다. 류는 기가 막혔다. 어젯밤 그리 자신을 탐하던 그의 불기둥이 다시 부풀어 올라 그녀의 아랫배를 찌르고 있었다.

"저 좀……."

놓아달라고 말을 하려던 류는 곧 침상으로 떠밀려 누웠다. 멍하니 천장의 무늬를 바라보며 대체 어찌 된 사태인지 눈을 깜박거렸다. 그리고 곧 무엇인가 거대한 것에 류는 꼼짝없이 포위된 기분이었다. 류는 지금 음흉한 사냥꾼에게 잡혀 버린 순진한 토끼였다.

"안 돼요!"

그녀가 곧 비명을 질렀다. 그가 다시 발칙하게 그녀의 가슴을 제 입에 물고 핥았던 것이다. 작은 그녀를 제 아래 포박하고 음흉한 사냥꾼이 되어 그는 사랑스런 제 사냥감(?)을 마음껏 물고 핥고 맛을 보았다.

달콤했다!

그리고 다른 손이 슬쩍 그녀의 아랫도리를 스쳤다. 참으려고 했지만 준휘 안에 있던 짐승이 다시 깨어나고 있었던 것이다.

"아, 아직 아픕니다."

그녀는 가슴에서 피어나는 야릇한 감각과 아직 쓰라린 비부 때문에 울상을 지었다. 그리고 미치도록 수줍어졌다. 대체 어떤 정신으로 그에게 안겼던 것인지 류는 대담무쌍한 자신의 행동에 스스로 놀라고 있었다.

"알아. 그러니 지금은 아프지 않게 빨아만 줄게."

그가 가슴에서 고개를 들어 류와 지그시 부드러운 시선을 맞추며 야하게 속삭였다. 그의 예쁜 입술과 혀가 타액에 젖어 유독이 붉고 진했다.

"히익?"

류가 움찔했다. 서, 설마, 설마? 대체 나리는 어찌 저렇게 야한 말씀을 이리 아무렇지도 않게 하신단 말인가?

"하앗, 하아…… 앗…… 으응…… 하아!"

곧 그녀는 아무런 생각도 할 수가 없었다. 그의 혀가 정말로 그녀의 비부를 이리저리 핥기 시작했던 것이다. 엄청난 열기가 꽃잎에서 시작해서 강렬한 파동이 되어 그녀의 머리끝에서 발끝까지 흘러갔다. 온몸이 미친 듯이 저릿하면서도 간지러웠다. 애가 타는 듯한 묘한 감각이 류를 휘감았다. 아프게 해서 미안하다고 말하는 것처럼 그의 혀가 정성스럽게 그녀의 꽃잎을 위로하였다.

"하아, 하, 헉헉!"

그녀가 달콤한 쾌감에 몸부림쳤다. 그의 혀가 이리저리 꽃잎을 희롱하며 그녀의 꽃망울을 찾아내자 그녀가 더욱 몸을 떨었다. 집요할 정도로 다정하게 그의 혀가 그녀를 극단으로 몰아갔다. 달콤한 감각만이 그녀를 채워 그녀의 온몸이 덜덜 떨려오기 시작했다.

"너는 꿀처럼 달콤해."

그의 찬사에 류는 다시 혼미해졌다. 머릿속까지 달콤함에 흐물흐물 녹아버렸다. 그의 혀가 점점 더 야릇하게 움직일수록 그녀의 꽃잎은 울컥울컥 꿀을 토해내며 파르르 떨렸다. 이제 아무런 생각도 할 수 없이 류의 온몸이 꽃잎이 되어 그에게 반응했다.

"하앗!"

그가 한꺼번에 그녀의 비부를 머금고 '쭙' 하고 빨아올리자 류는 다시 하얀 충격 속에 던져졌다. 짓궂은 그가 다시 나타났다. 언제까지 이렇게 자신을 희롱할 것인지 항의(?)하려던 류는 그가 주는 감각에 자신을 놓아버렸다. 과도한 쾌락에 지쳐 다시 잠에 빠져든 그녀를 바라보며 준휘가 곤란한 듯 미소를 지은 것을 그녀는 끝내 알 수 없었다.

16. 차이불비(茶而不悲, 차를 보아도 더 이상 슬프지 않다)

황홀했던 초야 이후, 준휘와 류는 잠시 이별을 해야 했다. 류가 이튿날 바로 거처를 파인걸 선생의 댁으로 옮겼기 때문이었다. 한 사코 곁에 있겠다는 류의 애원을 준휘는 거부할 수 없었다. 류를 안휘성으로 보낼 수도 없고 그렇다고 청송재에 함께 머물 수도 없어 준휘는 난감하기만 했다. 그래서 결국 고심 끝에 파인걸 선생과 의논을 했던 것이다.

"대인, 걱정하지 마십시오. 류는 저희도 두 눈을 부릅뜨고 지키겠습니다."

파인걸 선생 댁으로 가는 류의 뒷모습을 애타게 바라보는 그를 장위가 위로하였다. 옆에 있던 사호법들까지 열심히 고개를 끄덕였다. 이제 옥란과 사호법까지 모두 류의 정체를 알게 되었다. 사호법들도 류의 정체를 어느 정도 예상하였던지 그리 놀라지는 않았다.

그리움을 잊기 위해서 준휘는 다시 사건에 집중하였다. 류의 진술에 의해 매우 중요한 고리가 완성되었기 때문이었다. 준휘가 습격을 당하고 난 이튿날 정신을 차린 류가 그들을 습격한 자의 정체가 청풍객잔의 장궤라고 진술하였던 것이다. 그가 고천의의 집에 드나든 것을 류가 목격하였고 필요하다면 춘니 등을 증인으로 소환할 수도 있었다. 지금까지 필요했던 것이 청풍객잔과 고천의의 누각 그리고 야다관을 연결하는 고리였다. 류가 고천의의 집에서 청풍객잔의 장궤를 확인한 것은 적법한 절차가 아니었다. 하지만 준휘와 류를 그가 직접 습격하였기에 이제는 공식적인 범죄의 용의자가 되었기 때문이었다.

준휘는 류가 고천의의 집에서 그자를 목격하였다고 알린 이후부터 그의 행적을 추적해 오고 있었다. 그자의 휘는 풍대호로 현재는 청풍객잔의 장궤 행세를 하고 있었지만 실제로는 절반이 장족이었다. 개봉에서 납치된 여인들은 야다관, 고천의의 누각 그리고 청풍객잔을 거쳐 토번으로 옮겨졌다. 여인들과 더불어 차(茶)가 이동되었는데 항상 그 차는 의심을 피하기 위하여 여인들의 혼수품으로 꾸몄던 것이다. 사호법들이 즉시 청풍객잔을 포위하고 풍대호를 구금하였다. 풍대호의 구금까지 마무리를 하고 나니 어느새 초야 이후 일주일이 훌쩍 지나 있었다.

"휴우!"

정청 안에 홀로 남아 있는 준휘의 한숨이 깊었다. 시간은 해시

초(오후 9시~10시)를 향해가고 있었다. 류가 거처를 옮긴 이후 준
휘 역시 청송재를 떠나 다시 청심루에 머물고 있었다. 바쁘기도
하고 또 안전을 위한 조치이기도 하였으나 그 역시 청송재로 돌아
가는 것은 망설여졌다. 청송재로 돌아가면 류와 함께 했던 그 밤
의 기억 때문에 견딜 수 없을 것만 같았던 것이다.

"대인!"

갑작스런 파인걸 선생의 목소리에 준휘가 고개를 들었다.

"아직 퇴청하지 않으셨습니까?"

무심한 표정의 파인걸 선생이 고개를 끄덕였다. 준휘가 그런 파
인걸 선생을 이글거리는 눈빛으로 바라보았다. 류가 지금 어떻게
지내고 있는지 한 조각 소식이라도 들을 수 있을까 싶어 매번 선
생을 애타게 주시하는 준휘였다.

"흠흠, 오늘이 저의 생일입니다. 그래서 안사람이 조촐한 저녁
식사에 대인을 모셔오라고 한 것을 깜빡했습니다."

덜커덩!

준휘가 의자에서 급하게 일어났다. 파인걸 선생은 여전히 건조
한 표정으로 그런 준휘를 바라보고 있었다.

"네, 선생님! 생신이시라면 당연히 축하를 드려야죠. 어서 가시
죠."

실제 생일 선물을 받은 사람은 마치 본인인 것 같은 준휘의 표
정이었다. 급하게 걸음을 옮기는 준휘를 뒤따르는 파인걸 선생의
입매가 느슨해졌다.

한 식경 후, 파인걸 선생의 집은 늦은 시간임에도 불구하고 다소 소란스러웠다. 준휘뿐만 아니라 옥란과 사호법들까지 모두 모였던 것이다.

"자, 시간은 좀 늦었지만 간단히 식사를 하면서 제 생일을 축하해 주십시오."

파인걸 선생의 말에 모두가 축하의 말을 건네고 식사를 시작했지만 준휘의 시선은 연신 여기저기를 헤매고 있었다.

"그런데 선생님, 어찌 류가 보이지 않는군요."

왕한이 그런 준휘를 대신해서 무심한 듯 물었다. 파인걸 선생은 곧 자신에게 쏟아지는 준휘의 불타는 눈빛 때문에 얼굴이 뜨거울 지경이었다.

"아, 그것이 류가 약한 고뿔에 걸려 처소에 있습니다."

파인걸 선생의 말이 떨어지자마자 선생의 부인이 말을 이었다.

"에구머니, 참! 제가 죽을 쑤어놓고는 가져다주는 것을 깜빡했어요."

그 말에 준휘가 벌떡 자리에서 일어났다.

"부인께서는 식사를 계속하십시오. 저는 식사를 다 마치었으니 제, 꿀꺽, 제가 가보겠습니다."

허락을 강요(?)하는 준휘의 눈빛 공격에 선생의 부인이 가까스로 웃음을 참으며 고개를 끄덕였다. 곧 나는 듯이 방을 나서는 준휘를 보며 조양이 소리쳤다.

"류가 어디에 있는지 처소는 제대로 알고 가시는 것입니까?"

그제야 준휘가 걸음을 우뚝 멈추었다. 곧 선생의 부인이 하녀를 불러 죽을 들게 하고는 준휘를 류에게 안내하게 하였다. 류의 거처로 향하는 준휘의 심장이 활활 타오르고 있었다. 고뿔에 걸렸다는 류가 걱정되기도 하고 또 그녀를 볼 생각에 기쁘기도 했던 것이다.

"그럼, 대인 저는 이만 물러가겠습니다."

처소 입구에서 하녀가 쟁반을 준휘에게 건네고는 쌩하고 사라졌다. 작은 창으로 새어 나오는 불빛에 준휘의 심장이 요동치기 시작했다. 한 걸음 한 걸음 내딛는 발걸음마다 준휘의 심장박동이 거세졌다.

"으흠, 류, 안에 있느냐?"

방문 앞에서 준휘가 그리 속삭였다. 곧 안에서 우당탕하는 소리가 들리고는 빠른 기척이 문 쪽으로 다가왔다.

"나리?"

문이 벌컥 열리고 발갛게 상기된 류가 준휘를 바라보고 있었다. 급하게 뛰어와 헐떡이는 류를 보고 준휘는 멍해졌다. 평소 입던 남복이 아닌 아름다운 유군과 배자 차림의 류였다.

"저, 저기 고뿔에 걸렸다고 들어서 말이다."

준휘가 약간 긁힌 목소리로 중얼거렸다. 그제야 류가 준휘의 손에 들린 쟁반을 바라보며 민망한 듯 웃음을 지었다.

"그, 그게 아닙니다."

류의 작고 떨리는 목소리에 준휘의 심장박동이 최고치를 경신하고 있었다.

"그럼?"

준휘의 질문에 잠시 망설이던 류가 얼굴을 붉히며 수줍게 진실을 고했다.

"이 모습으로 사람들 앞에 나서기가 부끄러워, 저기 핑계를……."

쨍그랑, 우당탕!

쟁반과 죽 그릇이 바닥에 떨어지는 커다란 소음에 이어 곧 류는 자신이 벽과 준휘 사이에 꼼짝없이 끼어 있는 것을 발견했다. 류가 아픈 것이 아니라는 말을 듣자마자 준휘가 급하게 그녀를 방 안으로 밀어 넣었던 것이다.

"흐읍!"

곧 자신의 입술을 삼켜 버린 준휘의 뜨거운 입술에 류가 작게 신음했다. 애타게 그녀의 입속을 탐하는 그의 혀에 류는 몽롱해졌다. 그리고 자신을 강하게 끌어안은 그의 강건한 팔 안에서 류는 떨리면서도 황홀해졌다. 그녀도 그가 그리웠기에 그의 입맞춤을 달게 받아들였다.

"보고 싶었다."

그가 그녀의 귓가에 나직하게 중얼거렸다. 뜨거운 입김에 류가 저도 모르게 흠칫했다. 달콤한 그의 목소리에 정신이 몽롱해지는 기분이었다.

"저도요."

류의 수줍은 대답에 준휘의 입술이 그녀의 이마에 눈꺼풀에 그리고 뺨에 무차별로 주어졌다.

"그럼, 정말 아픈 것은 아니지?"

그의 질문에 류가 작게 고개를 저은 순간이었다.

"헉!"

그의 손이 급하게 그녀의 가슴을 움켜쥐었다. 그리고 그녀의 목덜미에 제 뜨거운 입술을 부비며 준휘의 다른 손이 발칙하게 류의 하상을 끌어 올리고 있었다.

"나, 나리?"

류의 눈이 커다랗게 뜨였다. 그러나 곧 자신의 비부에 닿은 그의 손길에 류는 말을 잊고 말았다. 어느새 촉촉이 젖은 속곳 때문에 류는 부끄러워졌다. 그의 손길이 교묘하게 그녀를 자극하기 시작했다.

"하아!"

류가 신음을 내뱉으며 그에게 매달렸다. 그에게 매달리지 않으면 다리에 힘이 빠져서 쓰러질 것만 같았다. 그의 혀는 그녀의 쇄골을 지나 이제는 느슨해진 옷자락 사이로 드러난 그녀의 가슴을 핥고 있었다. 동시에 그가 젖은 속곳 위를 손가락으로 짓궂게 비비자 류의 온몸이 발갛게 달아올랐다.

"하아, 나리!"

그녀가 애타게 그를 불렀다. 격렬한 그의 열정에 놀라면서도 류는 이렇게 자신을 탐하는 그가 사랑스러웠다.

"네가 너무나 그리웠다!"

그가 욕망에 헐떡이며 속삭였다. 류가 동의하듯이 그의 머리를 강하게 끌어안았다. 곧 그의 가차 없는 손길에 그녀의 몸에서 속곳이 떨어져 나갔다. 자신의 뜨거운 피부에 닿은 그의 손끝도 뜨거웠다. 준휘가 그녀의 숨어 있던 꽃망울을 찾아 자극하기 시작했다. 동시에 그의 입술에 삼켜진 그녀의 유두를 살짝 깨물었다.

"하, 으응, 하악!"

무차별적으로 주어지는 자극에 류는 그저 신음을 내뱉을 따름이었다. 곧 그의 손가락이 그녀의 동굴 안을 채웠다. 동시에 꽃망울 희롱하며 안쪽을 자극하는 그의 손길에 그녀는 속수무책으로 흐트러졌다.

"나, 나리!"

류의 신음에 준휘가 고개를 들었다. 그의 뜨거운 눈빛에 류는 전율했다. 연모하는 여인을 원하는 사내의 정열적인 눈빛이었다. 그 눈빛에 류는 철저하게 미혹되었다. 수줍음도 민망함도 들어설 여지가 없었다. 류 역시 그를 애타게 원하고 있었다.

"너를 가질 거야, 지금 당장!"

준휘가 그리 속삭이고는 곧 류의 한쪽 다리를 들어 올렸다. 곧 그녀의 안을 그의 뜨거운 불기둥이 가득 채웠다.

"헉!"

익숙하지 않은 자세와 삽입의 고통에 류가 약하게 신음했다. 그의 큰 키 때문에 바닥을 디딘 류의 한쪽 다리가 거의 들려 있었다.

"류, 류, 류!"

그가 신음처럼 그녀의 휘를 중얼거리며 그녀의 안을 공략했다. 서 있는 자세 때문에 삽입이 충분하지 않자 곧 그가 그녀의 양다리를 번쩍 들어 올려 자신의 허리를 감게 했다. 그리고는 그녀가 떨어지지 않게 그녀의 허벅지를 강하게 움켜쥐었다.

찌걱, 쿵, 찌걱, 쿵, 찌걱, 쿵!

그가 류의 내벽을 강하게 찌를 때마다 그녀의 등이 벽에 부딪혀 소음이 커졌다. 제 안쪽을 사정없이 탐하는 그의 불기둥에 그녀는 무아지경이었다. 등이 아픈 것도 느낄 사이가 없었다. 류는 그에게 매달려 그의 열정을 고스란히 받아들일 수밖에 없었다. 그의 목에 팔을 감고는 그녀가 애타게 그의 입술을 탐했다.

"하아!"

그의 숨결이 점점 거칠어졌다. 기교도 여유도 없는 거친 직진뿐이었다. 곧 그의 움직임이 미친 듯이 빨라졌고 류는 제 안을 채운 그의 것이 더욱 부피를 늘리고 있는 것을 알았다. 젖은 내벽에 마찰하는 그의 분신이 자신을 태워 버릴 것처럼 뜨거웠다. 곧 그녀의 온몸이 경련하기 시작했다.

"흐윽, 나…… 리! 아앗!"

그녀가 애원하듯이 그를 불렀다. 이내 그녀는 몽롱해졌다. 순간 모든 것이 희미해졌다. 그녀의 동굴이 강하게 수축하며 그의 분신을 조여대었다. 결국 류는 격렬한 쾌감에 살짝 정신을 잃었다. 그런 그녀를 안고 준휘가 몇 번 더 그녀의 안을 자극하였다.

"하아!"

축 늘어져 자신에게 기대오는 류를 부둥켜안으며 그도 부르르 온몸을 떨었다. 세차게 뿌려진 뜨거운 물보라에 류가 흠칫 몸을 떨었다. 준휘도 아찔한 쾌감에 신음하며 그녀를 더욱 강하게 끌어안았다. 그리고는 곧바로 자세를 바꾸어 그가 벽에 등을 대고는 그녀를 안전하게 끌어안고 주르르 아래도 미끄러져 내렸다. 잠시 후 류가 정신을 차렸다.

"핫!"

곧 자신의 자세를 파악하고는 류가 흠칫했다. 가부좌를 한 그에게 다리를 방만하게 벌리고 안겨 있는 자신의 몸속에 여전히 그가 있었던 것이다. 서로 맞닿은 심장이 함께 공명하고 있었다. 매우 사랑스럽게 자신을 꼭 안고 있는 준휘였다.

"나리!"

한 번의 열정이 지나자 류가 민망함에 몸을 꼼지락거렸다. 하지만 온몸에 기운이 빠져 도저히 다리를 움직일 수가 없었다. 게다가 그가 자신의 허리와 등을 포박하듯이 안고 있어서 류는 그에게서 벗어날 수가 없었다.

"움직이지 말거라!"

준휘가 경고하듯이 하지만 온몸이 떨릴 정도로 야한 목소리로 그녀의 귓가에 속삭였다.

"그, 그게!"

류가 민망함에 다시 약간 움직이자 그가 경고했던 대로 곧 그녀의 안에서 뜨거운 불기둥이 부피를 회복하고 있었다. 류가 그것을 또렷이 느끼고는 얼굴부터 목덜미까지 발갛게 물들였다.

"잠시 쉬게 해주려고 했는데 이리 나를 자극하다니……."

그가 그리 속삭이고는 곧 강하게 밑에서 허리를 추어올렸다.

"헉!"

류가 숨을 급히 들이마셨다. 그리고 곧 그가 자신의 허리를 부여잡고 아래로 방아를 찧듯이 당기자 류는 아무런 생각을 할 수가 없었다. 그저 애타는 신음을 내뱉으며 그에게 매달려 사정없이 흔들렸다.

"나리, 이제 그만요!"

한 시진 후, 결국 연달아 몇 번인지도 모를 절정을 겪고 나서 류가 잔약하게 애원했다. 그가 그제야 류의 몸에서 빠져나갔다. 그가 빠져나가는 움직임에도 민감해진 류가 흠칫하며 몸을 떨었다. 그런 류를 준휘가 제 품에 소중하게 안아주었다.

자신의 옷을 정리해 주는 준휘의 다정한 손길에 류가 몸 둘 바를 몰라 하며 얼굴을 붉혔다. 두 사람 모두 어찌나 마음이 급했는지 침상에 갈 생각도 못하고 게다가 옷도 제대로 벗지 않은 채로 서로를 탐했던 것이다. 차마 그와 시선을 못 맞추고 자꾸만 이리저리 허공을 헤매는 그녀를 보며 준휘가 살짝 미소를 지었다.

"아아!"

그녀를 일으켜 세우자 그녀가 다리에 힘이 빠졌는지 풀썩 다시 그에게 기대왔다. 그가 그녀의 정수리에 입을 맞추며 등을 부드럽게 쓰다듬어 주었다.

"너를 품에 안으면, 너를 연모하는 내 마음을 도저히 감출 수가 없구나!"

그의 달콤한 속삭임에 류가 몸을 떨었다. 류가 그의 넓은 가슴에 사랑스럽게 머리를 기대었다. 한참을 그렇게 류를 포옹하고 있던 준휘가 그녀를 제 품 안에서 겨우 떼어내었다.

"아쉽지만 이제는 그만 가야겠다."

계속 아침까지 함께하고 싶지만 이미 시간이 너무 늦어 있었다. 두 정인의 손길이 애틋하게 떨어졌다. 준휘가 류의 이마에 애틋한 입맞춤을 남기고는 몸을 돌려 방문을 열려던 참이었다.

쏴아아, 휘이이!

창밖으로 불어온 스산한 바람에 불길한 기척이 섞여 있었다. 류가 그것을 눈치채고는 준휘에게 뭐라 경고를 하기도 전이었다.

벌컥, 촤아!

문이 부서질 듯이 열리고 자객 대여섯이 안으로 쏟아져 들어왔다. 그들에게서 풍겨 나오는 살기에 숨이 막힐 지경이었다. 류가 필사적으로 자신의 검을 찾아 움직였다.

"헉!"

그러나 류가 움직이기도 전에 준휘가 번개처럼 움직였다. 순식간에 그녀를 제 등 뒤로 숨기고는 류보다 빠르게 탁자 위에 놓여 있던 검을 집어 들었던 것이다.

"나리!"

류가 놀라 그를 불렀다. 검은 하나뿐이었다. 검을 달라고 말하기도 전에 준휘가 가볍게 움직이기 시작했다.

촤아, 촤아!

"윽!"

"아악!"

준휘가 마치 춤을 추는 것처럼 검을 휘둘렀다. 순식간에 두 명의 사내가 쓰러졌다. 잠시 멍했던 류가 급하게 몸을 숙여 그들의 검 하나를 뺏어 들었다. 준휘가 말릴 사이도 없는 재빠른 몸놀림이었다. 그리고 류가 제 등을 준휘의 등에 기대었다. 두 사람을 둘러싼 네 명의 남자들과 준휘와 류가 대치했다. 자객들이 예상치 못한 준휘의 실력에 놀라 섣불리 움직이지 못하고 있었다. 류도 긴장으로 숨을 죽였다. 이내 류의 왼쪽에 있던 자가 움직이기 시작했다. 왠지 그 검의 움직임이 낯이 익다고 류는 생각했다. 사내는 왼손잡이였다.

"이야압!"

사내의 고함에 류가 거의 반사적으로 검을 움직였다. 그 움직임을 시작으로 다시 작은 방 안은 검과 검이 부딪히는 소리로 가득 찼다. 류가 그 사내와 검을 교환하는 사이 이미 준휘의 손에 남은 세 명의 사내가 바닥에 쓰러져 있었다. 정말로 순식간에 모든 일이 마무리가 되었다. 하지만 안타깝게도 류를 공격하던 한 사내는 놓치고 말았다. 그를 반사적으로 뒤쫓으려는 류를 준휘가 만류했다.

그제야 한숨 돌린 류가 놀라운 준휘의 실력에 머루같이 까만 두 눈을 커다랗게 뜨고 그를 바라보았다. 그의 검은 류보다 훨씬 뛰어났다. 류의 말없는 질문에 준휘가 그저 씨익 하고 웃었다.

"설마, 처음부터 호위 따윈 필요 없으셨던 것입니까?"

준휘가 별일 아니라는 표정으로 어깨를 으쓱했다. 류가 다시 입을 열려던 찰나, 바깥이 소란스러워졌다.

"류 대인, 대인!"

"류!"

파인걸 선생과 사호법들 그리고 집 안의 하인들이 그제야 류의 처소 쪽으로 몰려왔던 것이다.

"대인, 괜찮으십니까?"

파인걸 선생의 질문에 준휘가 어깨를 으쓱했다. 그리고 이내 상황을 파악한 사람들은 경악하고 말았다. 다섯 명의 자객을 순식간에 처리한 두 사람을 바라보며 장위가 얼빠진 목소리로 중얼거렸다.

"세상에, 채 일각도 안 되는 시간이었건만!"

그제야 사호법들이 안심이 되었는지 억울하다는 듯이 투덜거리기 시작했다.

"아니, 대인 지금까지 이런 실력을 숨기고 계셨던 것입니까?"

마청의 불평을 들으면서도 준휘는 별말이 없었다. 그의 시선은 오직 류에게 고정되어 움직이지 않고 있었다. 그리고 곧 류의 하얀 뺨에 묻어 있는 혈흔을 보고는 부드럽게 그것을 손으로 닦아주었다. 류가 그의 다정한 손길에 움찔한 순간 준휘가 그녀의 어깨를 한 품에 끌어안고는 사람들 쪽으로 몸을 돌리며 가볍게 말을 이었다.

"죽지는 않았으니 개봉부로 옮겨 심문을 하면 되겠군요. 한 놈은 놓쳤지만 어디에 가면 잡을 수 있을지 알 것 같습니다."

준휘의 말에 그제야 사람들이 쓰러져 있는 자들을 분주히 옮기기 시작했다.

"아무래도 조상이 이제 마지막 발악을 하는 모양입니다."

파인걸 선생이 그리 말하자 준휘도 고개를 끄덕였다.

"그래서 부러 류를 선생 댁에 숨겨두었는데 여기까지 습격을 할 줄은 몰랐습니다."

준휘의 말에 류가 동그랗게 눈을 뜨고 준휘를 바라보았다. 이후 류는 자신도 미처 몰랐던 진실에 깜짝 놀라고 말았다. 한편 류는 제 처소 앞에 떨어져 깨어져 버린 쟁반과 죽 그릇을 사람들이 자객의 침입 때문이라고 오해해서 무척이나 다행이라고 여겼다. 물론 그것은 류만의 착각이었다. 왜 죽 그릇이 처소 입구에 깨어져 있는지 모르겠다는 파인걸 선생 부인의 말에 모두가 준휘를 힐끔 일견했을 뿐이다.

습격 이후 개봉부가 이 모든 사건의 마무리를 위해서 분주해졌다. 일단 청풍객잔의 풍대호가 류를 공격하라 했던 조상의 지시 내용과 그에 따른 대가를 실토하였다. 그리고 파인걸 선생의 댁을 습격하던 자객들도 진실을 밝혔다. 그리고 조상의 얼굴은 보지 못했으나 목소리를 엿들은 납치되었던 여인도 증언을 약속했다. 해당 역시 위추화가 운영했던 야다관의 실질적인 소유주가 조상임을 증언했다.

동시에 파인걸 선생은 매우 치밀하고 집요하게 고천의의 돈의 행방을 추적하고 있었다. 각종 다관(茶館)과 주점을 운영하며 얻는 수익보다 훨씬 많은 재물을 쓰고 있던 그였다. 그의 돈의 일부는 장가보에게도 뇌물의 형태로 흘러들어 갔다. 장가보는 자신의 기이한 성벽을 만족시켜 주는 여인들을 공급하는 고천의를 곁에 두었다. 그래서 고천의에게 황제의 직인이 찍힌 통행증을 내어주었으나 그것이 토번과의 밀거래를 위해서 활용되는 것까지는 몰랐던 것으로 조사되었다. 그리고 드디어 고천의가 쓰던 돈이 사실은 조상의 것이었음을 밝혀낼 수 있었다. 고천의는 다만 조상의 대리인 역할을 수행했을 뿐이었다.

파인걸 선생 집에 습격이 있고 난 후 며칠 후 정청 안에 준휘와 류, 그리고 파인걸 선생이 모였다. 최종적으로 증거와 증언들의 정리가 마무리가 되었던 것이다.

"결국, 이 모든 것들이 조상이 차를 토번과 밀거래하기 위하여 했던 일이었습니다. 그리고 궁극적으로 그가 노린 것은 황위였습니다."

파인걸 선생의 건조한 음성이 정청 안을 갈랐다. 현재 황제는 어렸을 적 조 왕야의 손에서 자랐다. 여러 가지 사정 때문에 그때까지만 해도 황제는 조 왕야가 자신의 친부이며 조상이 친형이라고 생각했던 것이다. 나중에야 당시 현 황제를 임신했던 귀비(현 황태후)가 자신을 노리던 당시 황후를 피해 아들이 사산했다고 거짓을 고하고 궁에서 나갔던 일이 밝혀졌다. 그리고 그 와중에 황제는 은밀히 조 왕야의 손에 키워졌던 것이다. 황실에 대가 끊길 상황이 되자 결국 우여곡절 끝에 당시 피신했던 귀비가 신분을 회복하였고 황제는 황궁으로 돌아가 황위를 이을 수 있었던 것이다.

"자신이 아닌 황제를 황상에 올린 왕야에 대한 원한도 일부 작용했을 것입니다."

파인걸 선생의 말에 준휘가 고개를 크게 끄덕였다. 왜냐하면 지금 황제의 신분이 밝혀지지 않았더라면 다음 보위를 이을 사람이 바로 조상이었기 때문이었다. 준휘는 자신의 아들이 황제가 될 수 있었음에도 진실을 밝힌 왕야를 그래서 더욱 존경할 수밖에 없었다.

"그런데, 굳이 청연상단을 대상으로 정했넌 것은 그저 우연이었던 것입니까?"

준휘의 질문에 파인걸 선생이 감추어져 있었던 은밀한 이야기를 꺼내었다.

"그것이 왕야께서 현재의 왕비님과 혼인을 하시기 전 잠시 마음에 품었던 여인이 있었다고 합니다. 그 여인의 휘가 곽연연이었습니다."

파인걸 선생의 설명에 류가 고개를 번쩍 들었다.

"네, 맞습니다. 하청풍의 아내입니다."

준휘가 작게 한숨을 내쉬며 놀라 파르르 떨리는 류의 손을 지그시 잡아주었다. 파인걸 선생의 고향이 사천성이라더니 그래서 그는 아주 오래된 인연을 알고 있었던 모양이었다.

"네, 청연상단을 그리 모질게 처단한 것은 사천성에 가장 큰 상단이었기 때문만은 아니었습니다. 오히려 조상은 그 원한 때문에 굳이 청연상단을 골랐을 것입니다. 왕야께서 연모하셨던 곽연연을 없애는 것이 오히려 더욱 중요했을 수도 있습니다."

준휘 역시 그제야 조상이 어찌 단번에 류의 정체를 알아차릴 수 있었는지 의문이 풀렸다. 흔들리는 왕야의 시선에 조상은 류가 곽연연과 닮았다는 것을 알아차렸던 것이다. 왕야와 조상의 친모인 첫 번째 왕비는 정략결혼이었다. 그런 그녀를 부인으로 아끼고 존중하기는 하였으나 왕야의 마음은 그녀에게 머물지 않았다. 왕야의 마음이 자신에게 없다는 것을 알고 왕비는 절망했고 그의 애정을 갈구하면서 점점 정신이 무너졌다. 겉으로는 누구보다 인자하고 현숙한 왕비였지만 그녀는 그 울분을 모두 아들인 조상에게 풀었다. 보이지 않게 학대하고 상처를 주었던 것이다. 그녀가 결국 무너진 정신 때문에 목을 매고 죽을 때까지 근 십 년 가까이 조상은 그 학대를 고스란히 받고 있었다.

그러던 왕야가 어느 날 한 여인에게 마음을 빼앗겼고 그 모습에 조상은 절망했다. 그렇게 자신의 어미가 바랐지만 주지 않았던 그 애정을 왕야는 곽연연에게 주었던 것이다. 하지만 곽연연은 왕야의 애정을 단호히 거절했다. 당시 아무것도 없었던 자신의 정혼자인 하청풍의 곁에 남았다. 결국 왕야는 그들이 혼인을 하자 마음을 접었으나 조상은 갈 곳 없는 증오를 모두 하청풍과 곽연연에게 쏟았다. 그래서 그렇게 잔인하게 하청풍의 집안과 청연상단을 모함하고는 처리했을 터였다.

"그럼 저를 노렸다는 의미가?"

류가 그제야 준휘의 말을 이해했다. 모두가 준휘를 노린다고 생각했었다. 하지만 그때에도 풍대호는 오히려 류를 공격했었다. 실수가 아니라 의도적인 움직임이었던 것이다. 그러나 다친 사람은 준휘였기에 모두가 준휘가 피습을 당한 것으로 오해했던 것이다.

"그들의 자식이 살아 있다는 것을 알았을 때 절대 너를 살려두고 싶지 않았겠지."

준휘의 말을 들으며 류가 다소 얼빠진 표정으로 자리에 앉았다. 파인걸 선생의 댁에서도 류를 공격하고 도망친 자가 바로 조상이었다. 그의 검의 움직임을 알고 있었던 준휘가 부러 그를 놓아준 것이었다.

"제게 개봉에서 떠나 있으라 한 사유도 그 때문입니까?"

준휘는 아무 대답이 없었지만 류는 깨달았다. 그는 언제나 제 등 뒤에서 류를 보호하고 있었던 것이다. 왕부에서 돌아오고 나서 부터 아니, 왕부에 있을 때조차도 본능적으로 류에게 닥칠 위험을 감지한 준휘가 계속 그녀를 그렇게 지키고 있었던 것이다. 준휘의 지극한 애정에 류의 코끝이 시큰해졌다.

그의 넉넉한 애정에 감동받아 잠시 멍해 있던 류가 갑자기 중요한 사실을 떠올렸다.

"나리, 그자의 검의 움직임이 상단을 몰살하던 날 봤던 자와 비슷합니다."

준휘와 파인걸 선생이 놀라서 류를 바라보았다. 그것을 류가 직접 증언한다면 그 무엇보다 뚜렷한 증거였다. 그리고 이후 류가 조용히 전한 말을 듣고는 준휘와 파인걸 선생의 얼굴이 무척이나 밝아졌다. 개봉을 비추는 달빛이 평소보다 훨씬 휘황찬란하게 느껴지는 그런 밤이었다.

이제 모든 것은 준비가 되었다. 근 반년에 걸쳐 개봉부 식구들이 노력해 온 결과였다. 고천의와 위추화 등 대리인을 앞세우며 황실의 권위에 도전하는 추악한 범죄를 벌여온 조상에 대한 모든 증거와 증인들이 갈무리가 되었다. 야다관의 실소유주라는 증거, 청풍객잔에서 찾은 각종 차 및 증거물들, 고천의 누각의 실소유주에 대한 거래문서, 개봉부 근처 차의 도난 및 관원 살해 등 각종 증거와 증인으로 옥죄며 개봉부는 조상을 구금했다. 믿는 구석이라도 있었는지 조상은 예상외로 순순하게 사호법에 끌려 개봉부로 왔다.

그의 신분을 감안하여 그는 감옥이 아닌 청심루에 머물고 있었다. 이제 명일부터 그에 대한 재판이 시작될 것이었다. 개봉부는 그의 혐의 입증을 위해서, 조상은 그 나름대로 빠져나가기 위해서 온갖 권력과 재물 그리고 황실의 권위까지 동원하고 있었다. 양쪽 모두에게 쉽지 않은 일이 될 것이 분명했다.

그리고 한 해가 저물어가는 12월 23일, 교년절(交年節)을 하루 앞둔 늦은 밤이었다. 개봉부에 귀한 손님이 찾아왔다. 조 왕야였다. 법을 지키는 일에는 황실의 인척도 예외가 없다는 것을 알면서도 조 왕야 역시 한 사람의 아비였던 것이다.

"정말로 이 모든 일을 그 아이가 저지른 것이 맞는가?"

왕야의 얼굴이 고통으로 일그러져 있었다. 청심루 안에 마련된 준휘의 방에 차를 마주하고 앉아 있던 두 사람이었다.

"모든 증좌와 증인이 그를 향하고 있습니다. 안타깝지만 틀림없는 사실입니다."

준휘 역시 왕야의 마음을 알기에 표정이 어두웠다. 사실을 전달하는 준휘의 건조한 음성에 왕야의 어깨가 살짝 처졌다.

"어쩌면 이 모든 일은 내 잘못이라 할 수 있겠지. 난 그 아이를 충분히 사랑해 주지 못했다네. 왕비에게 그렇게까지 학대를 당하고 있는 줄은 꿈에도 몰랐어. 그래서 조금씩 그 아이의 마음이 병들고 있다는 것도 알지 못한 못난 아비라네."

조 왕야의 목소리가 처연했다. 어긋난 길을 가버린 제 아들의 범죄에 놀라면서도 동시에 상처 입은 그 자식이 안타깝고 아팠던 것이다.

"내 모든 책임을 지고 왕위에서 물러나겠네. 그리고 희생자들에게도 힘이 닿는 데까지 최대한 보상을 할 것이네. 아들 역시 모든 것에서 물러나 죄를 반성하며 조용히 살게 할 것이니……."

조 왕야의 눈빛이 흔들렸다. 왕야가 평생 처음으로 준휘에게 원칙을 어겨가며 청하고 있었다. 준휘의 눈빛이 짙은 심해처럼 가라앉아 있었다. 왕야가 어떤 마음으로 지금 이 말을 꺼내는지 알기에 준휘 역시 마음이 아팠다.

"왕야, 하청풍의 상단을 기억하십니까?"

준휘의 차분한 목소리에 왕야가 흠칫했다.

"아드님께서 왜 사천성에서 가장 큰 하청풍의 상단을 노렸는지 아십니까? 청연상단의 힘이 막강해서 오히려 위험할 수도 있는 일이었는데 말입니다."

"그, 그것은!"

조 왕야의 눈빛이 심하게 흔들렸다. 벌써 오래전 이야기였다. 아픈 인연에 그가 눈을 감았다. 어쩌면 조상의 범죄는 자신의 죄에서 연유된 것일지도 몰랐다.

"아드님은 토번과 밀거래를 통해 말을 거래하였습니다. 그러기 위해선 안정적으로 차를 공급해 줄 수 있는 자가 필요했습니다. 그래서 그는 하청풍을 제거하고 자신의 수족인 단평에게 사천성 일대의 공차 수급권을 얻게 해주었지요. 이후 그는 더욱 대담해져서 여인들을 납치해서 차를 혼수품으로 위장까지 해가면서 밀거래를 진행하였습니다. 그렇게 모은 돈으로 사적으로 군대를 양성하고, 사람들에게 향응을 제공하며 황실에 불만이 있는 자들을 끌어모았습니다."

준휘의 목소리는 평이하였으나 왕야는 그 말이 마치 채찍처럼 자신을 할퀴는 기분이었다. 그리고 왕야는 그 사건의 의미를 이해하였다. 개완을 잡고 있는 왕야의 손이 아주 미약하게 떨리고 있었다.

"왕야, 아드님은 그냥 흉악한 범죄를 저지른 것만이 아닙니다. 그는……."

준휘가 잠시 말을 멈추었다. 그 역시 아버님처럼 존경하는 왕야에게 이런 말을 전하는 것이 쉽지 많은 않았다.

"황위를 노렸습니다."

개봉 부윤인 준휘의 말이 떨어짐과 동시에 왕야의 손에서 개완이 떨어져 바닥을 굴렀다.

쨍그랑!

준휘도 왕야도 그 소리를 들으면서도 조금도 움직이지 않았다. 무거운 침묵이 방 안을 채웠다. 커다란 소리에 깜짝 놀라 달려온 것은 파인걸 선생이었다. 하지만 그도 그저 조용히 두 사람을 응시했다.

잠시 후, 왕야는 아무런 말도 없이 조용이 자리에서 일어났다. 그가 무겁게 문 쪽으로 걸음을 옮기다가 휘청거렸다. 준휘가 황급히 그를 부축하였다. 태산 같아 보이던 왕야가 오늘은 무척이나 작고 힘없는 노인으로 보였다. 준휘의 눈에도 물기가 어렸다. 그역시 지금 어떤 말도 할 수가 없었다.

"왕야!"

준휘의 부름에 왕야가 고개를 들어 준휘를 응시했다. 그 아픈 눈빛에 준휘는 그저 꿀꺽 침을 삼킬 뿐이었다. 그런 준휘를 바라보던 왕야가 자신을 부축하고 있는 준휘의 손등을 가볍게 두드렸다.

"가겠네."

이후 왕야는 조용히 개봉부를 떠났고 한동안 준휘는 그저 침묵을 지켰다. 한 식경 후, 준휘를 도와 그 모든 일의 마무리를 조심스럽게 해왔던 파인걸 선생이 무겁게 입을 열었다.

"대인, 한 번만 잘 생각을 해보십시오. 아무리 폐하께서 모든 일의 처결을 대인께 맡긴다 하셨어도 만약 이대로 조상을 처단하면 조 왕야께서도 너무 냉정하다고 원망을 하실 수도 있습니다. 정말로 작두형을 내리실 예정이십니까?"

조상의 죄가 명백하나 그는 왕야의 하나뿐인 아들이었다. 그의 죄의 대가는 사형밖에는 답이 없었다. 따라서 그에 대한 판결 및 형의 집행은 왕야의 대가 끊긴다는 뜻이기도 했다. 누구보다 사람들에게 존경을 받으며 황실의 종친임에도 항상 원칙을 지키며 살아온 왕야에게는 청천벽력 같은 일이기도 했다. 게다가 왕야는 누구보다 친우의 아들인 준휘를 아끼고 어려운 일이 있을 때마다 그를 지지해 주었다.

"원래 법과 인정 사이에서 모든 것을 냉정하게 판단하는 것은 어렵습니다. 하지만 정의와 공정은 찰나의 순간에 무너집니다. 아무도 모를 것이라는 생각으로 가볍게 보고 눈감아주면 더 큰 불행이 닥치는 것이지요. 그것은 법을 집행하는 자의 자세가 아닙니다."

준휘의 얼굴도 마치 곧 죽을 사람처럼 창백했다. 하지만 아무런 죄 없이 희생당한 사람들의 고통을 생각하는 그의 눈빛이 처연했다.

"왕야의 원망을 받는 것도 제 몫이고 법을 집행하면서 받는 고통도 다 제 것입니다."

준휘의 단호한 대답에 파인걸 선생은 더 이상 아무런 말도 할 수 없었다. 법과 원칙이 무너지면 아니 되었기에 그것을 지키기 위해서 준휘는 이 모든 고통을 홀로 감수하려는 것이었다.

'공생명(公生明).'

개봉부 정청 앞마당에 서 있는 석비에 새겨져 있는 계석명이었다. '공평함은 명철함을 낳고[公生明], 치우침은 우매함을 낳는다[偏生暗]'라는 순자의 구절에서 따온 것이다. 알지만 실천하기 어려운 일, 인정을 통제하고 법을 집행한다는 그 다짐이 고스란히 새겨진 석비 앞에서 파인걸 선생은 감동에 몸을 떨었다.

이튿날, 개봉의 하늘이 모처럼 맑게 개었다. 24일 교년절 밤이 되면 사람들은 귀신에게 혼을 빼앗기지 않기 위해서 지전(紙錢)을 태우거나 술지게미를 부엌문에 발라두었다. 그리고 침상 밑에 불을 밝혀두었는데 그것을 조허모(照虛耗)라 한다. '재앙을 일으키는 악신(惡神) 허모(虛耗)를 비춘다'는 뜻이었다. 오늘 준휘가 모두를 대신하여 조상의 범죄에 불을 밝힐 것이었다. 그리고 그것을 개봉에서 물리칠 것이었다.

"죄인 조상, 고천의 그리고 풍대호는 정청 안으로 들라!"

왕한의 우렁찬 목소리가 우레처럼 정청 안을 가득 채웠다. 곧이어 수인(囚人)이라는 글이 적힌 흰 수인복을 입은 조상과 관련자인 고천의, 풍대호가 마청, 장위 그리고 조양에 이끌려 안으로 들어왔다. 고천의와 풍대호는 공포로 떨고 있었으나 조상만은 침착했다. 오히려 냉소를 머금고 주변을 여유롭게 둘러보는 그의 담대함에 모두가 혀를 내둘렀다.

"죄인은 개봉 부윤 나리 앞에 무릎을 꿇으라."

왕한의 무거운 목소리에 죄인들이 정대광명이라는 큰 글자가 쓰인 정청 중앙에 무릎을 꿇었다.

"파인걸 선생님."

준휘의 명에 파인걸 선생이 일목요연하게 그들의 죄상을 정리했다. 그 범죄의 흉악함에 듣던 이들은 몸서리를 쳤지만 조상의 표정은 변함이 없었다. 할 테면 해보라는 듯 그는 조금도 법의 심판을 두려워하지 않았다. 마치 법이나 원칙은 자신과는 상관이 없고 오히려 자신은 그것을 초월해 있는 이라 여기는 듯싶었다.

"죄인 조상은 자신의 죄를 인정하는가?"

평소에 능글거리며 잘 웃던 준휘의 표정도 오늘은 무척이나 엄숙했다. 하지만 그런 준휘의 근엄한 질문에 조상은 '홋' 하고 미소를 지었다.

"글쎄, 이 모두가 나를 엮기 위해서 누군가가 잘 지어낸 이야기 같소이다."

그는 모두가 사실이 아니라고 주장했다. 개봉부가 야다관의 운영, 운냥의 납치 및 위추화 살해, 여인들의 납치 및 석영정의 독살 그 모두에 대하여 조목조목 증거를 제시하였으나 그는 조금도 표정을 바꾸지 않고 모든 것을 부인하였다. 사실 증좌보다 더욱 중요한 것이 증인이었는데 모든 사건의 경우 결정적인 증인이 미흡했던 것이다.

"그럼 추가로 삼 년 전 사천성의 청연상단을 모함하여 몰살한 죄는 인정하는가?"

준휘의 질문에 그때까지는 별 감정이 없던 그의 눈에 아주 찰나의 증오심이 피어났다. 그러나 곧 그것은 사라지고 다시 뱀같이 냉소적인 표정이 되었다. 끝까지 발뺌하려는 조상을 바라보는 사람들의 마음이 분노로 들끓고 있었다. 하지만 왕야의 장남인 그를 함부로 대할 수 없다는 것을 모두가 잘 알고 있었다. 이 와중에 오직 개봉 부윤인 준휘만이 고요한 얼굴이었다.

"나는 모르는 일이오."

조상의 건조한 목소리였다. 예상한 답변이었기에 준휘나 파인 걸 선생은 동요하지 않았다.

"그럼 증인을 들게 하시오."

준휘의 말에 조상의 얼굴이 굳어졌다. 고천의나 풍대호 역시 설마 정말 증인이 있으랴 하는 마음이었지만 혹시나 하는 생각에 긴장하고 말았다.

"하청풍의 딸인 하석영 낭자입니다."

왕한의 굵은 음성이 증인의 등장을 알렸다. 순간 정청 안의 공기가 얼어붙었다. 모두가 숨을 죽이고 하청풍의 딸이 등장하기를 기다리고 있었다. 곧 단순한 흰색의 유군을 입은 열여덟 남짓의 아름다운 여인이 모습을 드러내었다.

"소녀 하석영, 개봉 부윤 류 대인을 뵙습니다."

고운 목소리가 정청 안에 울려 퍼졌다. 목소리가 약간 낮아서인지 여인의 목소리는 훨씬 신뢰감이 있고 우아하게 들렸다. 흰색 유군에는 별다른 문양도 없었고 머리는 그저 가지런하게 정리하였을 뿐 그 흔한 머리 장식 하나도 없었다. 그러나 그녀의 커다랗고 까만 눈이 별처럼 반짝이고 있었다.

"일어나시오."

무릎을 꿇고 앉아 있던 류가 준휘의 말에 자리에서 일어났다. 살짝 옆으로 물러선 그녀의 시선이 곧장 무릎을 꿇고 앉아 있는 조상에게 향했다.

"사실 확인을 위해서 몇 가지 심문을 하겠소. 힘들더라도 답변을 해주시오."

류가 조용히 고개를 끄덕였다. 침착한 표정이었으나 준휘의 날카로운 눈은 그녀가 자신의 치맛자락을 강하게 움켜쥐는 것을 놓치지 않았다. 곧 준휘의 질문에 따라 류가 긴장과 초조함으로 목소리를 떨면서도 침착하게 대답을 하였다.

"그럼 마지막으로 이곳에 그날 낭자께서 사건 현장에서 보았던 이가 있소?"

준휘의 질문에 류가 조용이 고개를 들었다. 그리고 그녀가 아주 조심스럽게 무엇인가를 내밀었다. 파인걸 선생이 그것을 받아 준휘에게 가지고 갔다.

"네, 그날 소녀는 저만은 반드시 살아남으라는 어머님의 애원에 비겁하게도 숨어 있었습니다. 그러나 저는 똑똑히 보았습니다. 아버지와 어머니를 무자비하게 베어버린 자의 행동을 말입니다. 그자는 얼굴을 복면으로 가리고 있었기에 당시에는 누군지 알 수가 없었습니다. 하지만 며칠 전 저를 습격한 자의 검이 그와 동일하다는 것을 알았습니다."

류가 명료하게 말을 이었다. 하지만 조상은 그런 류의 진술에도 입술을 삐뚜름하게 올리며 침묵을 지켰다.

"그의 왼쪽 옆구리에 며칠 전 생긴 검상이 있을 것입니다. 그리고 제가 조금 전 드린 것은 당시 그자의 각대에서 떨어진 장식품이었습니다."

명료한 그녀의 설명에 모두가 술렁거렸다. 그 앞에 드러난 것이 이 모든 일의 배후가 조상임을 명확히 가리키고 있었다.

"이렇게 명확한 증인과 증거가 있음에도 죄인은 모든 죄를 부인하는 것인가?"

준휘의 냉정한 음성이 지옥에서 온 판관의 것처럼 준엄했다.

"개봉 부윤은 나를 모함하고 싶은 모양입니다만……."

조상이 뱀처럼 차가운 미소를 비릿하게 지으며 주변을 둘러보았다. 자신의 죄를 조금도 인정하지 않는 뻔뻔한 모습에 모두가 치를 떨었다. 하지만 그런 주변 사람들의 분위기에도 아랑곳하지 않고 그는 침착했다.

"아마 그리 쉽게는 되지 않을 것이오."

무엇인가 믿는 구석이 있는 것인지 그는 유유자적했다.

"너의 죄상은 명약관화하다. 법은 귀천을 가리지 않고 누구에게나 공평하게 적용된다."

준휘의 냉정하고 단호한 음성이었다. 모두가 너무나 당연하면서도 잘 지켜지지 않는 원칙을 떠올리며 씁쓸한 마음이 되었다. 하지만 어떤 권력도 심지어 황실의 종친이라 할지라도 법에 어긋나는 일이라면 용서가 없는 준휘였기에 모두가 믿고 있었던 것이다.

그러나 아무리 조 왕야가 이 일에 관여하지 않겠다 하여도 조상은 황제의 하나뿐인 사촌이자 왕야의 유일한 적장자였다. 그런 그가 저리 나오자 모두가 불안해졌다. 또 어떤 권력과 재물을 활용하여 빠져나가는 것은 아닌지 벌써 모두가 초조해졌던 것이다.

류 역시 그의 뻔뻔하면서도 어딘가 믿는 구석이 있는 행동에 속이 쓰렸다. 모두가 그가 잘못한 것임을 알고 있음에도 제 욕심을 위해 무고한 자신의 부모님과 오라비 그리고 식솔들까지 몰살을 했음에도 그는 끝까지 철저하게 냉정했다. 기본적인 인간에 대한 예의가 없고 힘없는 이들이 겪어야 할 울분과 상처에 대하여 조금도 관심을 두지 않는 자였다.

"하하, 그것은 나한테는 해당되지 않는 일이라오."

여유 있게 미소까지 짓는 그의 모습에 정청 안에 있던 사람들의 마음이 무거워졌다.

"어찌 나라의 법률이 죄인에게는 적용되지 않는다고 주장하는 것이냐?"

준휘가 침착하게 조상에게 묻자 그가 빙긋 웃으며 대답을 했다.

"내겐 태조께서 하사하신 것이 있거든. 그것은 황제라도 절대 거스를 수 없는 것이다."

조상이 냉정한 표정으로 준휘와 정청 안에 있는 모든 이를 비웃고 있었다.

"그것이 무엇이기에?"

준휘의 질문에 조상이 마치 좋은 것을 알려주기 싫지만 인심을 쓴다는 표정으로 잠시 숨을 멈추었다. 그리고 사람들의 시선이 제게 집중되는 것을 즐긴 후에 한마디를 내뱉었다.

"단서철권이오."

의기양양한 조상의 표정에 순간 모두가 얼어붙었다. 단서철권(丹書鐵券)이 무엇인가? '왕조의 전복을 꾀하는 역모사건 이외에는 어떠한 죄를 지어도 한 번은 용서하라'는 특별한 면책 권한이었다. 그것은 태조 조광윤이 조 왕야의 아버지에게 하사한 것으로 현황제의 어명보다도 상위에 있는 것이었다. 모두가 뻔뻔한 조상의 태도에 치를 떨면서도 단서철권까지 들이미는데 어쩔 수 없다는 침울한 분위기가 팽배했다.

"단서철권이 그러한 내용을 담고 있는 것은 맞다."

준휘가 그것을 인정하자 조상의 얼굴이 한껏 의기양양해졌다. 반면 류의 얼굴은 충격으로 굳어버렸다. 이 모든 범죄 사실에도 불구하고 그를 단죄할 수 없는 것인가?

"하지만 단서철권의 효력은 그것을 하사받은 조 왕야에게만 해당되는 것이다. 비록 조상이 조 왕야의 장자이긴 하나 아직은 왕이 아니므로 특별면책의 대상이 되지 않는다."

준휘의 판결에 모두가 굳어버렸다. 명쾌한 법의 해석과 적용이었다. 하지만 감히 누구도 왕야의 장자에게 이런 원칙을 적용할 수는 없었을 것이다. 지금은 아니지만 그는 왕위를 물려받을 것이고 그것을 고려하여 단서철권을 적용한다 해도 감히 준휘를 비난할 수는 없었던 것이다. 하지만 준휘는 법 앞에서 그 누구의 권력도 두려워하지 않았다.

"그, 그게 말이 되느냐? 내가 바로 왕야의 장자이니라! 아버님의 뒤를 이을 사람이니 나는 면책 권한이 있다."

조상의 주장에 준휘가 냉정하게 고개를 저었다.

"지금 당장 조 왕야께서 너에게 자리를 물려주신다 말씀하신다 해도 그것은 아니 된다. 이미 범죄자인 너에게는 왕위 상속은 불가능하다. 더구나, 왕야께서도 황실의 전복을 꾀한 너에게는 왕위를 물려주시지 않겠다 하셨다."

모두가 숨을 죽였다. 엄격하면서도 엄정한 법의 집행에 거칠 것이 없는 준휘의 태도였다. 조상 역시 준휘의 예상을 뛰어넘은 단호함에 놀라고 있었다.

"당장 아버님을 뵙겠다. 아버님께서 그러실 리가 없다. 나는 왕야의 하나뿐인 자식이다. 당장 아버님을 모셔와라!"

조상이 울부짖었으나 준휘의 태도는 변함이 없었다. 그 어떤 압력이 가해져도 원칙에 충실한 청백리로 이름 높은 개봉 부윤 류준휘가 거기에 있었다.

"판결을 내린다. 명일 조상을 황실 전복을 위한 토번과의 결탁 및 공차의 착복과 관원 살해, 여인들의 납치 및 감금, 위추화 살해 및 하석영 낭자에 대한 살해 지시 그리고 하청풍 일가에 대한 모함 및 살인죄를 물어……."

준휘가 잠시 말을 멈추고 강렬한 눈빛으로 조상을 쏘아보았다. 그 기백에 조상마저 움찔하고 말았다. 곧 준휘의 엄격하면서도 굵은 목소리가 개봉부 정청 안을 가득 채웠다.

"개작두형에 처한다!"

준휘가 그의 손에 들고 있던 붉은색 나뭇조각을 바닥에 던지며 최종 선고를 했다. 사람들은 또 놀랐다. 개봉부에는 세 개의 작두가 있었다. 용작두, 호작두 그리고 개작두가 그것으로 죄인의 신분에 따라 달리 사용되었다. 황족인 조상은 아무리 범죄자라 해도 황제의 사촌이었기에 용작두를 사용하는 것이 옳았다. 하지만 준휘는 개작두형을 명했다. 그것은 황실의 전복을 꾀한 조상을 황족으로도 귀족으로도 인정하지 않겠다는 뜻이었다. 죽음 앞에서도 명예를 중요시하는 이들에게 그것은 엄청난 모욕이자 조상에 대한 준휘의 준엄한 평가였다.

"네놈이 감히? 아버님을, 아버님을 뵙겠다!"

조상이 발악을 하였으나 준휘의 표정에는 변함이 없었다. 사호법들이 냉정하고 엄격한 표정으로 발광하는 조상과 고천의, 풍대호를 감옥으로 데려갔다. 이어 파인걸 선생의 지시로 정청 안은 빠르게 정리가 되었다. 조금 전까지 터질 것 같은 긴장감이 팽배하였던 정청이 침묵에 휩싸였다.

류는 드디어 이루어진 자신의 소망에 순간 정신이 멍해졌다. 마침내 부모님과 모두의 억울한 죽음의 진실이 세상에 밝혀지고 오명을 벗은 것이었다. 그래서 주변이 조용해질 때까지 류는 꼼짝 않고 그 자리에 못 박힌 듯 서 있었다. 벅차오르는 여러 가지 감정들 때문이었다.

"류!"

준휘의 다정한 목소리가 제 휘를 불렀을 때야 류는 제가 부들부들 떨고 있는 것을 알았다. 뭐라 대답을 못하고 있는 류에게 다가온 준휘가 부드럽게 속삭였다. 무섭도록 엄격하고 냉정했던 부윤의 모습이 사라지고 제 정인에게 한없이 다정한 준휘가 있었다.

"이제 다 끝났다."

그의 다정한 속삭임에 그제야 여태껏 애써 참아왔던 눈물이 후드득 류의 눈에서 쏟아져 내렸다. 소리조차 내지 못했다. 그가 커다란 손을 들어 올려 류의 뺨에 흘러내린 눈물을 매우 조심스럽게 닦아주었다.

"제발 울지 마라. 네가 울면 나는 가슴이 찢어지는 것만 같다."

정말로 그가 저보다 더 아픈 것 같은 표정이었다. 준휘의 말에 류가 애써 눈물을 멈추려 했다. 하지만 너무나 격한 감정을 쉽게 진정시킬 수가 없었다. 그 모습이 안쓰러웠던 준휘가 결국 참지 못하고 그녀를 확 제 품 안에 끌어안았다.

"그럼 이제부턴 울더라도 내 품 안에서 울거라!"

그의 다정하고 상냥한 위로에 류는 그저 그의 넓은 가슴에 얼굴을 묻고 흐느꼈다. 그가 옆에 있어서 정말 다행이었다. 그가 아니었다면 조상에 대한 단죄는 쉽지 않았을 것이다. 그를 믿은 류의 선택이 옳았던 것이다.

"나, 나리, 고맙습니다!"

울먹이며 속삭인 류를 준휘는 더욱 강하게 안아주었다.

"류, 이제 너는 나만의 여인이다. 그러니 앞으로는 너의 모든 상처와 아픔까지 다 나와 함께 나누자꾸나."

죽어가면서도 아버지의 손을 놓지 않았던 어머니의 마음을 류는 그제야 제대로 이해할 수 있었다. 힘든 생을 지탱하게 해주는 것은 아마도 바로 이런 사랑일 것이었다.

"흑!"

그녀가 흐느끼자 준휘가 부드럽게 그녀의 눈물을 혀로 핥았다. 자신을 꼭 안고 있는 류였다. 준휘는 자신을 굳게 믿고 있는 그녀의 마음을 고스란히 느낄 수 있었다.

'이제 이렇게 나에게 기대온 너를 절대 놓지 않을 것이다.'

준휘가 그렇게 다짐을 했다. 이후 준휘는 아무 말 없이 그녀의 등을 토닥거리며 그녀가 안정될 때까지 조용히 기다렸다.

두 사람이 이 모든 일을 마치고 청송재로 돌아오니 시간이 꽤나 늦어 있었다. 이제는 모두가 류가 하청풍의 딸인 하석영이며 여인이라는 것을 알게 되었다. 또한 준휘가 그녀를 무척이나 귀애한다는 것을 알고 있었기에 소중하게 대접하고 있었다. 낯설기는 했지만 류는 그것이 좋았다. 이제 주변에 아무도 없는 작은 고아 소년 무사 류가 아닌 누군가의 딸이며 누군가의 정인인 석영이 있었던 것이다.

준휘가 마치 시선을 떼면 그녀가 곧 사라져 버리기라도 할 것처럼 계속 그녀를 주시하고 있었다. 청송재에 돌아와 지금 서재에 고즈넉이 앉아 차를 마시면서도 그의 시선은 한시도 그녀에게서 떨어지지 않았다. 그도 그럴 것이 두 사람은 근 보름 가까이 떨어져 있었던 것이다.

물론 그동안 조상의 일 때문에 짬이 없기는 했지만 매일 보던 류를 제대로 보지 못하는 준휘는 정말로 미칠 지경이었다. 정말 눈코 뜰 새 없이 바쁘지 않았다면 그리고 중간에 선생 생일 덕분에 그녀를 만나지 못했다면 분명 준휘는 아마도 파인걸 선생 댁의 담장을 뛰어넘었을지도 몰랐다.

그동안 류는 야속하게도 준휘가 그녀를 그리워하는 만큼 저를 그리워하지는 않은 것 같았다. 그녀는 파인걸 선생 부부가 자신의 친부모라도 되는 것처럼, 옥란이 사실은 일종의 준휘의 숨은 조력자라는 것을 알고서는 언니처럼 대하고 있었다. 다시 가족을 만난 것처럼 그 속에서 무척이나 행복해한 류였다. 물론 류도 준휘가 그리웠으나 그가 공무에 바쁘다는 것을 알기에 꾹 참았다. 그동안 준휘는 류 때문에 심장이 바짝 타다 못해 완전히 재가 되어 있었다.

"차향이 정말로 그윽합니다."

류가 아름다운 자태로 개완을 들어 올리며 나직하게 중얼거렸다.

"예전에는 차를 떠올리면 무척이나 슬펐습니다."

부모를 생각하는 듯 그녀의 표정이 처연했다.

"그런데 이젠 차를 봐도 더 이상은 슬프지 않을 것 같습니다[茶而不悲]."

그녀의 목소리가 촉촉한 물기를 머금고 가늘게 떨렸다. 준휘가 그녀의 작은 손을 제 손으로 감싸며 다정하게 눈을 맞추었다. 류 역시 그 시선을 받으며 화사하게 웃었다.

"헉!"

순간 준휘가 그녀의 드문 미소에 깜짝 놀라 신음했다. 그녀 때문에 숨이 턱 하고 막히는 기분이었다. 준휘는 이제 한시도 류를 제 곁에 떼어놓지 않을 작정이었다. 오늘도 사호법과 옥란이 류를 당연한 듯 파인걸 선생의 집으로 데려가겠다고 하자 준휘가 거의 눈을 부라려 가며 청송재로 데려온 참이었다.

'이미 초야까지 치른 우리 사이인데, 어딜 감히?'

그 생각을 하던 준휘의 눈에 촉촉하게 젖은 류의 눈빛이 맺혔다. 그제야 준휘가 갑자기 음흉한 미소를 지었다. 그렇다! 제가 망설일 사유가 무엇이랴? 준휘가 개완을 내려두고 류를 한 품에 훌쩍 안아 올렸다. 그리고 엄청나게 급한 걸음으로 그의 방으로 움직였다.

"나리, 갑자기 왜 이러시는 것입니까?"

침상에 털썩 떨어져 내리며 그녀가 비명을 질렀다. 자신을 잡아먹을 것처럼 다가오는 그가 무서웠던 것이다. 하지만 또 한편으론 기대 때문에 온몸이 따끔거렸다.

"그러게, 누가 이렇게 고우라 했어?"

준휘의 말에 류의 입이 떡하고 벌어졌다. 가끔 이렇게 간지러운 말을 너무나 뻔뻔하게 하는 그였다. 하지만 곱다는 그의 말에 류의 입가가 저도 모르게 살짝 풀어졌다. 하지만 지금 그를 말리지 않으면 큰일(?)이 날 것 같아서 그녀가 다시 냉정한 표정을 지었다.

"나리 때문에 차려입은 것이 아닙니다."

류의 건조한 대답에 준휘의 짙고 반듯한 눈썹이 살짝 휘었다. 일견 퉁명스럽기조차 한 그녀의 대답과 꽃처럼 아름다운 모습이 묘하게 더 그를 자극하고 있었다. 그런 그녀가 열에 들떠 흐트러지게 만드는 것이 좋았다. 황홀했던 밀야(密夜)를 떠올리며 준휘가 음흉한 미소를 지었다.

"뭐 그럼 벗겨야지."

정말로 그럴 생각에 준휘는 즐거워졌다. 이 옷들을 한 겹 한 겹 벗길 때마다 달콤한 아름다운 류의 알맹이가 제 눈앞에 드러날 것이었다.

"히익!"

류가 엄청난 소리로 반응했다. 그리고 위험을 감지한 그녀가 재빠르게 침상에서 도망치려는 것을 준휘가 여유 있게 막았다. 류는 철저하게 준휘의 손아귀에 있었다.

'훗, 귀엽기도 하지!'

속으로 그렇게 중얼거리며 준휘는 무공을 배워두길 잘했다고 생각했다. 하지만 그것을 제 여인을 안는데 쓰게 될 줄을 몰랐다. 류는 어찌나 몸이 날렵한지 몰랐다. 그래서 도망치는 것에 너무나 능했기에 작은 새 같은 그녀를 잡아두려면 어찌할 수가 없었다.

"안 되지. 나를 위해 입은 것이 아닌 옷은 당연히 벗겨야지. 안 그래?"

그가 과감하게 그녀의 옷고름에 손을 대며 속삭였다. 그러면서 은근슬쩍 그녀의 목덜미와 쇄골 부분을 유혹하듯 살짝 문질렀다. 퉁명스러운 말투에도 그녀가 자신의 손길에는 고분고분하다는 것을 준휘는 잘 알고 있었다. 또 그런 점이 무척이나 사랑스럽기도 했다. 순진하면서도 관능적인 그녀였다.

"마, 맞습니다. 나리 때문에 차려입은 것입니다."

류가 제 옷이 벗겨질까 봐 결국에는 진실을 내뱉고야 말았다. 부러 그가 좋아하는 흰색을 고른 것은 그가 자신을 어여삐 보아주기를 바라서였다. 하지만 정청에 들어설 때 모두가 놀랐지만 그의 시선만은 한 치의 흔들림도 없었다. 그래서 살짝 마음이 상했던 류였다.

"알아. 흰색을 고른 것은 나 때문이겠지?"

그가 하얗고 고운 대수삼(소매가 늘어지는 긴 저고리)을 그녀의 몸에서 벗겨내며 속삭였다. 류가 '쩨릿' 하고 그를 바라보았다. 역시 준휘는 무심한 척하면서도 모든 것을 보고 있었다. 가끔 류는 자신이 그의 손아귀에 있는 것 같기도 했다.

"그런데 아까는 왜 그리 냉정한 표정이셨습니까?"

투정하듯 류의 음성이 살짝 떨렸다. 그가 제게 관심을 가져 주길 바랐다. 류는 처음으로 누군가가 자신을 보아주길 바라며 스스로 치장을 했다. 어색해서 미칠 것만 같았지만 옥란에게 특별히 부탁을 해서 연한 화장까지 했다. 옥란과 파인걸 선생의 부인이 침이 마르도록 칭찬을 하기에 약간 자신감이 생기기도 했었다. 하지만 너무나 담담한 그의 표정에 마음이 싱숭생숭했던 류였다.

'대체 언제 이런 어여쁜 짓을 익혔나?'

준휘가 속으로 신음했다. 월계화같이 붉은 입술을 살짝 앞으로 내밀고 아래로 눈을 내리까는 류는 한입에 삼키고 싶을 만큼 사랑스러웠다. 미치겠다. 하루가 다르게 이리 어여뻐지니 빨리 제 것으로 해야겠다. 하지만 그 와중에도 준휘는 일단 마음이 단단히 상한 그녀를 먼저 달랬다.

"그야 일하는 와중인데 어쩔 수 없었지. 덕분에 지금 내 허벅지가 아주 말이 아니라고."

그의 솔직한 고백에 뾰로통하던 그녀의 얼굴이 살짝 펴졌다. 그 틈을 노려 준휘가 그녀의 쇄골에 입을 맞추고 가슴을 움켜쥐었다. 류가 달거리를 시작하더니 사과처럼 귀엽던 가슴이 풍만해졌다. 마르고 가녀렸던 몸매가 여성적인 곡선을 지니며 나긋나긋해졌다. 그 변화를 오롯이 느끼며 준휘는 기꺼워했다.

"하아, 나리!"

그녀의 음성이 촉촉하게 젖었다. 이미 저항을 포기한 듯 그녀가 그에게 제 자신을 드러냈다. 씩씩하고 상큼하다고 생각했던 처음의 소년 무사의 모습은 간데없고 만개하여 아름다운 여인만이 있었다.

"그사이 가슴이 조금 커진 것 같아."

그가 그녀의 가슴을 희롱하며 그렇게 중얼거리자 류의 온몸이 붉게 물들었다. 제 몸의 변화를 그가 더욱 잘 알고 있었다. 그래도 그걸 꼭 굳이 이 순간에 해야 하는지, 류가 다시 한 번 그를 노려보았다.

"자꾸 그렇게 보지 마. 삼켜 버리고 싶으니까!"

도대체가 이 사내에게는 아무것도 통하지가 않았다. 화를 내도 그저 어여쁘다, 사랑스럽다고 하는 통에 류는 정말 정신을 차릴 수가 없었다. 하지만 그의 무조건적이고 열정적인 애정에 조금씩 류의 얼었던 감정들이 되살아나고 있었다.

"이미 삼키고 있으면서……."

그녀가 약하게 저항했다. 하지만 불평하는 것은 아니었다. 그저 너무나 그에게 폭 빠진 제가 부끄러워 살짝 투정을 해본 것이었다. 그런 그녀의 투정에도 준휘는 그녀를 탐하느라 정신이 없어 보였다.

"우리 혼인은 언제 할까?"

그가 그녀의 가슴을 빨아들이며 또 다른 한 손으로 슬금슬금 치마를 걷어 올리며 툭 하고 내뱉었다.

"예에?"

류가 깜짝 놀라 온몸을 굳혔다. 이거 지금 청혼하는 것인가? 그걸 이런 상황에서? 이렇게 아무렇지도 않은 것처럼, 마치 명일 차나 한잔하자는 말투로?

"왜, 하기 싫어?"

그가 그녀의 비부를 야하게 쓸어 올리며 물었다. 이미 촉촉하게 젖어 있던 꽃잎이 그의 손가락에 흐물흐물 풀어졌다. 절대적으로 류가 너무나 불리한 상황이었다.

"하으윽!"

그녀가 그 감각에 몸부림쳤다. 하지만 최소한 이건 아니지 않나? 많은 것을 기대한 것은 아니지만 그래도 이런 옷이 다 벗겨진 부끄러운 상황에서 대체 어떻게 대답을 하라는 것인지 류는 그가 조금 원망스러웠다.

"거부는 안 돼. 이미 너는 나랑 차를 수없이 함께 마셨으니까!"

류가 기함하며 고개를 저었다. 차로 정혼을 하고 손님을 대접하는 것이 남방의 관습이었다. 설마 그래서 그리 매번 차를 마시자고 청했던 것인가? 열정적으로 삼다례에 대하여 설명하던 그의 얼굴이 떠올랐다. '아니겠지, 설마 그때부터?' 그녀가 그런 표정으로 그를 바라보자 그가 씨익 하고 웃었다.

"맞아. 차를 마셨으니 내게 시집을 온 것이나 다름없지."

류가 그건 아니라는 표정으로 그를 바라보았다. 이렇게 은근슬쩍, 류는 그때 아직 제 마음을 제대로 이해하기도 전이었는데 본인 혼자 저렇게 앞서 나갔다니!

"류!"

반칙이었다. 저리 달콤하게 제 휘를 부르면 그녀가 꼼짝하지 못한다는 것을 그는 너무나 잘 알고 있었다. 항상 본인이 원하는 것이 있으면 달콤하게 휘를 불렀다. 하지만 그것에 저항하지 못하는 것은 류 자신이었으니 그를 탓할 일은 아니었다.

"네가 나를 구제해 주지 않으면 나는 평생의 불효자가 될 것이다."

조금 전까지 음흉하던 그의 목소리가 갑자기 심각하게 착 가라앉았다. 이건 또 무슨 소리인가, 류가 다시 그를 바라보았다. 불효자랑 지금 청혼이 무슨 상관이란 말인가? 게다가 누구보다 효자로 소문이 자자한 그가 불효자?

"네가 아니면 누구와도 혼인할 생각이 없으니 어찌하겠느냐? 대를 잇지 못하는 불효자로 살 수밖에, 흐음."

그가 불쌍한 표정을 지었다. 부모의 삼년상을 치르느라 잠시 관직을 떠나 있기까지 했던 준휘였다. 그런 그가 이런 생각까지 하면서 자신을 원한다고 생각하자 류의 마음이 살살 풀어졌다. 그리고 정말 그라면 류가 청혼을 거부하면 혼자서 살 것도 같았다.

"아, 알았습니다. 호, 혼인, 혼인할게요!"

그녀가 다급하게 허락하자 그의 얼굴이 확 펴졌다. 동시에 그가 류를 여기저기 희롱하던 손길을 뚝 멈추었다. 달아오르던 감각에 몰려 거의 협박(?) 같은 그의 청혼에 엉겁결에 대답했던 그녀는 순간 찾아온 정적에 난감해졌다. 자신을 사정없이 찍어 누르던 그가 그녀의 얼굴 양옆에 팔을 괴고는 정말 진지한 표정으로 그녀를 바라보았다. 두 사람의 얼굴이 서로의 호흡을 느낄 만큼 가까이에 있었다. 서로의 눈빛을 숨길 수도 없을 만큼! 그가 매우 중요한 말을 하려는 것처럼 침을 꿀꺽 삼켰다. 이렇게 긴장한 그는 처음 보았다.

"연모하오, 석영 낭자!"

그가 처음으로 류가 아닌 석영으로 대했다. 그의 입에서 흘러나온 세 휘에 류의 눈에서 방울방울 눈물이 떨어졌다. 한 번은 버렸다고 생각했던 휘였다. 다시는 그 휘로 불리는 날이 없을 줄 알았는데, 지금 그가 그것을 불러주었다. 너무나 소중하게, 그리고 너무나 애틋하게! 그리고 조금 전까지 장난스럽게 대하던 말투도 바뀌었다.

"그대를 내 평생의 반려로 삼고 싶소. 빙부 어른과 빙모께는 따로 허락을 받으러 갑시다."

그의 다정하고 아름다운 고백에 류가 벅찬 감동으로 말을 잇지 못했다. 그저 그의 굵은 목을 끌어안고 흐느꼈다. 그런 그녀를 그가 한없이 다정하게 안아주었다. 그녀가 울면 준휘가 얼마나 안절부절못하는지 류는 몰랐다. 지금도 준휘는 울고 있는 그녀 때문에 애간장이 녹았다.

"울지 마시오. 이제 평생 그대 눈에서 아픈 눈물은 흘리지 않게 하겠소."

류가 그저 고개를 끄덕였다. 아무도 없다고 생각했다. 이 넓은 세상에 혼자뿐! 그러나 지금 그녀에게는 이렇게 자신을 연모하는 그가 있었다. 그래서 류가 처음으로 용기를 끌어내었다.

"저도, 나리를……."

막상 입 밖으로 내려니 입이 잘 떨어지지 않았다. 이렇게 간지럽고 낯 뜨거운 말을 그는 참으로 잘도 속삭였다. 어쩌면 그만큼 그녀에 대한 애정이 컸기에 그는 이런 부끄러움까지 감수하고 말할 수 있지 않았을까? 그래서 류도 마음을 다잡았다. 적어도 그에게 똑똑히 제 마음을 전하는 것이 예의일 것이다.

"여, 연모…… 합니다."

거의 기어들어 가는 목소리였지만 준휘는 그것을 용케 알아들었다. 짓궂게 그녀를 놀리지 않고 그가 그녀의 이마에 그리고 수줍어 감은 눈꺼풀 위에 경건하게 입맞춤했다. 포근함이 그녀를 감쌌다.

"석영 낭자!"

더 이상 아무런 말도 필요 없었다. 그러나 감동의 순간도 잠시, 곧 류는 자신을 야하게 괴롭히기 시작한 준휘 때문에 '하윽, 하윽' 신음하며 눈물을 흘렸다. '평생 눈물 나지 않게 하겠다던 약조는 어디로 간 것이냐'며 나중에 류가 불평을 살짝 하긴 했다. 그는 아픈 눈물을 안 나게 한다고 했지 열락의 눈물은 제외라면서 조금도 흔들리지 않았다. 어쨌거나 말로는 절대 그를 당할 수 없었다. 하지만 그의 넓은 어깨에 머리를 묻고 부끄러운 듯 행복한 웃음을 지은 것은 류만의 작은 비밀이었다.

그리고 도저히 더 이상은 떨어져 있을 수 없다는 준휘의 성화에 두 사람은 한창 추운 1월에 혼인을 했다. 사호법들이 새신랑을 어지간히 놀려대었지만 헤벌쭉한 준휘의 입은 다물어지지 않았다. 준휘에게는 포근한 봄이 누구보다 빨리 찾아와 있었던 것이다.

17. 개봉에 출몰하는 야수(송나라 수도괴담)

"뭐, 야수라고요?"

갑자기 들려온 준휘의 목소리에 점심을 마치고 볕 좋은 곳에 모여 한가하게 잠시 담소를 나누던 사호법들이 눈에 띄게 굳었다. 요즘 아침에 개봉부에 등청할 때마다 활기가 도는 준휘였다. 잘생겼던 얼굴이 이제는 아예 빛이 나서 눈이 부실 정도였다. 그래서 개봉부에서 일하던 하녀들이 진정한 옥골선풍이라며 준휘를 볼 때마다 술렁거렸다. 하지만 그런 시녀들의 모습을 매우 못마땅(?)하게 보던 노총각 사호법들이 결국 참지 못하고 모여서 한탄을 하던 중이었다.

어느새 긴 겨울이 지나고 다시 개봉에 봄이 돌아왔다. 청명절을 맞이하여 모두가 들뜨고 흥성거리는 차였다. 개봉부는 여전히 바람 잘 날 없이 여러 가지 사건으로 시끄러웠다. 하지만 그래도 개봉부에는 활기가 가득했다. 파인걸 선생도, 사호법인 왕한, 마청, 장위, 조양도 옥란도 변한 것은 없었다. 금보 역시 여전히 투덜거리며 준휘를 돌보았고, 소봉 역시 항상 그렇듯이 잡작에서 장사를 했다. 그런 평범한 일상이 너무나 아름다운 봄날이었다.

"그, 그게 아닙니다."

무표정하기로 유명한 왕한이 말을 더듬거렸다. 옆에 있던 마청, 장위 그리고 조양도 사색이 되었다.

"아니, 개봉에 야수가 출몰한다면 어서 잡아야 하지 않겠습니까?"

가끔 봄이 되면 개봉부 근처 산에서 동물들이 민가 근처까지 나오는 일이 있었기에 준휘가 별로 대수롭지 않은 표정으로 말했다. 사호법들의 실력이면 호랑이든 무엇이든 금방 처리될 일이었다. 그런데 왜 그 이야기를 이리 조용히 모여 마치 누가 들으면 큰일이라도 날듯이 하고 있는지 준휘가 고개를 갸웃거렸다.

"저, 대인. 그것이 저희는 감히 잡을 수가 없습니다."

마청이 이제 놀라움에서 회복하였는지 웃음을 참으며 대답하였다. 준휘가 '어찌 그러냐'라는 표정으로 그들을 바라보았다.

"그 야수는 저희 눈앞에는 절대 나타나지 않아서 말입니다."

장위가 웃음을 꾹 눌러 참는 목소리로 고했다. 약 몇 초간 정적이 흐르고 곧 사호법들이 미친 듯이 웃기 시작했다. 준휘를 따르던 파인걸 선생마저 얼굴을 구기며 간신히 웃음을 참고 있었다. 준휘가 갑작스런 그들의 웃음에 당황스러운 표정을 지었다.

"아, 대인! 제가 그 사건 조사 때문에 멀리 가야 해서, 그럼!"

조양이 그리 말을 하고 먼저 줄행랑을 치자 나머지 사호법들도 뻔히 보이는 핑계들을 중얼거리며 황급히 물러났다. 결국 준휘는 의혹을 지닌 채 어쩔 수 없이 정청으로 돌아올 수밖에 없었다.

"대체 무슨 말인 겁니까?"

준휘가 결국 옆에 있던 파인걸 선생에게 질문을 했다. 파인걸 선생이 건조한 표정으로 사건 서류를 확인하며 무심하게 중얼거렸다.

"어느 부윤 나리께서 어찌나 내자를 귀애하시는지 밤만 되면 야수가 된다 하더이다."

순간 준휘의 귓불이 붉어졌다. 얼마 전 사호법과 파인걸 선생 등이 준휘의 생일을 축하할 겸 모두 같이 술 한잔을 하자고 준휘와 류에게 청했던 참이었다. 무척이나 반가워하며 친아비와 친오라비들을 만나는 것처럼 고대하던 류는 결국 그들을 볼 수 없었다. 그래서 조양이 같이 왔던 금보를 족쳐 그 사유를 알아내었다. 역시 거침없는 금보의 말에 모두 어이가 없기도 하고 류에게 빠져 허우적거리는 준휘가 신기하기도 해서 웃고 말았다. 그리고 그 이후 은밀하게 준휘의 별호가 청백리가 아닌 야수가 되었던 것이다.

"아니, 크험, 대체!"

준휘가 당황하며 헛기침을 했다. 하지만 사실이기에 준휘가 민망해하면서도 뭐라 반박을 하지 못했다.

"연모하시는 마음을 모르는 바는 아니나 과유불급이랍니다. 가끔 사랑도 휴식을 취해야죠."

파인걸 선생이 건조하게 말을 이었다. 이제는 정말로 류가 자신의 친딸이라도 되는 것처럼 챙기는 파인걸 선생이었기에 준휘는 조용히 침묵을 지켰다. 류가 그들을 만날 때마다 아주 가끔 보여 주는 꽃처럼 화사하게 웃는 모습이 좋아 자주 쉬는 날이면 그들을 집으로 초대하는 준휘였다. 그렇게 혈연은 아니지만 정으로 묶인 따스한 가족이 태어나고 있었다.

"참, 그런데 선생님께서는 대체 언제부터 류가 여인인 것을 알고 계셨습니까?"

준휘가 갑자기 생각나서 질문을 했다. 생각해 보면 여러모로 파인걸 선생의 도움을 많이 받았다. 류가 여인임을 알았기에 파인걸 선생이 주의 깊게 사호법들이나 관원들의 지나친 행동을 자제시켰던 것이다.

"허, 그게 류가 아니, 부인께서 처음으로 여장을 하셨던 날이군요."

파인걸 선생의 무표정한 얼굴에 살짝 미소가 피어올랐다.

"예에? 그렇게나 빨리요?"

준휘가 선생의 통찰력에 감탄하며 휘휘 고개를 저었다.

"저야 의술을 공부하였고 게다가 초반에 이것저것 개봉부 일을 가르치느라 상당히 장시간 그분을 옆에서 뵙지 않았습니까?"

준휘가 고개를 끄덕였다. 하긴 누구보다 통찰력이 있는 선생이 사내와 여인의 다른 점을 구분하지 못했을 리가 없었다.

"옥란 낭자도 대인의 부인을 처음 본 바로 그날 알아차렸다고 하더군요."

'헉' 하고 준휘가 신음을 삼켰다. 어찌, 이리 저만 옆에 있던 류를 못 알아본 것인지 자신이 한심할 지경이었다. 그리고 혹시나 파인걸 선생이나 옥란 말고도 저보다 미리 알아본 자가 있었는지 걱정이 되어 얼굴이 사색이 되었다.

"대인께서 몰라보신 것은 부인께 흐르는 마음을 억지로 통제하느라 정신이 없으셨기 때문이시겠죠."

선생의 말에 준휘가 그제야 고개를 끄덕였다.

"명일은 부인을 뫼시고 한 번쯤 나들이를 가보시면 어떻겠습니까? 그동안 공무로 너무 바쁘셨으니 하루 정도는 쉬시지요."

파인걸 선생의 말에 준휘의 얼굴에 함박 미소가 피어올랐다. 류와 종일 보낼 하루를 생각하니 벌써 기대가 되었다. 준휘가 이후 미친 듯이 일에 몰두하였다.

두 시진 후, 파인걸 선생이 급히 개봉부를 나서는 그의 뒷모습을 보며 혀를 끌끌 찼으나 그의 눈빛은 따뜻했다. 개봉에도 준휘에게도 그리고 누구보다 힘들었던 류에게도 아름다운 봄은 그렇게 찾아오고 있었다.

집으로 돌아오자마자 준휘가 류에게 명일 계획을 알렸다. 생각해 보니 혼인 전에는 류가 남장을 하고 있어서 혼인 후에는 여러 일로 분주해서 제대로 정인들처럼 그 흔한 나들이가 없었다는 것을 준휘가 깨달았던 것이다. 명일은 정말로 어여쁜 제 안사람을 데리고 나갈 예정이었다. 지난번처럼 어색하게가 아니라 세상에 당당히 제 정인이라고 부인이라고 자랑하고 싶었다. 하지만 무척이나 좋아하면서도 여전히 류의 표정은 건조했다. 그것을 보던 준휘가 갑자기 짓궂은 장난을 시작했다.

"이제 부인이 내 소원을 들어줘야겠소."

준휘의 말에 류가 그를 흘끔 바라보았다. 대체 또 어떤 소원을 이야기할 것인지 이제는 상상조차 할 수가 없었다. 하지만 뭔가 잔뜩 기대하는 얼굴인 그를 차마 외면할 수도 없었다. 저도 모르게 류가 한숨을 내쉬었다. 결국 이러니저러니 해도 그의 부탁을 끝까지 외면하지 못하는 류였다. 정말로 류는 요즘 엄청나게 덩치가 큰 애교 많은 강아지를 키우는 기분이었다.

"무엇입니까?"

류가 항복한다는 듯이 그렇게 묻자, 준휘의 입꼬리가 위로 올라갔다. 류에게 슬쩍 다가서는 그에게 만약 꼬리가 있다면 아마 지금 미친 듯이 흔들리고 있을 것이었다. 덩치는 자신의 두 배는 되는 준휘가 이럴 때에는 아주 귀여운 강아지처럼 보이니 참으로 신기한 노릇이었다.

"오늘은 부인이 내게 먼저 입맞춤을 해주시오."

"히익!"

류가 마치 못 들을 말을 들은 것처럼 비명을 질렀다. 그리고 아무렇지 않은 척하려고 했지만 류는 자신의 귀가 타는 듯이 뜨거워지는 것을 느낄 수 있었다. 정말로 이 사내의 머릿속에는 무엇이 들어 있는지 가끔은 궁금해졌다.

"아니, 매일 하던 일이 아니오? 단지 부인이 오늘은 먼저 내게 해주는 일이 그렇게 어렵단 말이오?"

덩치에 맞지 않게 그가 투덜거리자 류는 진정으로 난감해졌다. 그의 말이 맞다. 준휘는 입맞춤을 정말로 좋아했다. 매일 아침, 저녁으로 류에게 입맞춤을 어찌나 해대는지 어느 날은 제 입술이 남아나지 않을 것 같다는 정말 쓸데없는 걱정을 하곤 하는 류였다. 특히나 사랑을 나눌 때면 그는 마치 집어삼킬 것처럼 그녀에게 입맞춤을 해대었다. 물론 류도 그것이 싫지 않았다. 아니, 싫기는커녕 그럴 때마다 그의 애정이 느껴져서 가끔은 잔뜩 조르고 싶어질 때도 있었다.

"서방님! 체통을 지키십시오!"

냉정하고 건조한 류의 대답에 준휘가 그러리라 예상했던 사람처럼 지치지도 않고 다시 조르기 시작했다. 역시 아무리 생각해도 이 사내는 강적이었다. 웬만한 저항 정도는 아주 가뿐하게 무시(?)했다. 그리고 날이 갈수록 애교와 투정이 늘었다.

"입맞춤은 나만 좋아하는 것이오?"

그가 마음이 상한 듯이 중얼거리자 또다시 류의 마음이 약해졌다. 축 처진 그의 꼬리가 보이는 것 같아서 류는 약간 마음이 짠해지고 말았다. 정말로 그는 아무래도 단단한 류의 마음을 녹이는 재주가 있었다.

"아무래도 부인은 내가 그대를 은애하는 만큼, 나를 은애하지 않는 것 같소."

이것 또 무슨 궤변인가? 대체 입맞춤을 먼저 하지 않는다고 해서 덜 은애한다니 대체 무슨 논리인 것인지 알 수 없었다. 어차피 준휘가 시작해도 거부하지 않는 류인데 왜 그것을 군이 자신에게 먼저 하라고 하는지 알 수가 없었다.

"항상 밤에도 그대가 아쉬운 것은 나뿐인 듯하오. 어제는 내가 돌아오기도 전에 잠이 들지 않나, 에효."

참, 류도 억울한 것이 겨우 어제 하루였다. 이상하게 요즘 몸이 나른하고 무거워서 혼인 이후 정말 처음으로 그가 돌아오기 전에 살짝 잠이 들었던 것인데, 아니, 하루 정도는 먼저 잠이 들 수도 있는 것 아닌가? 게다가 영 입맛이 없어 끼니를 걸러서 너무 피곤했던 것이다.

과중한 업무로 바쁘다는 소문이 자자한데 그는 정말 지치지도 않고 그녀를 탐했다. 발정 난 토끼도 이리 자주 하지는 않을 거라며 금보가 준휘에게 자신 몰래 타박하던 말에 얼굴이 화끈해졌던 류였다. 어찌나 민망하던지 그날은 하루 종일 방 밖으로 나갈 엄두가 나지 않았다.

"서, 서방님!"

민망한 나머지 류의 말이 꼬였다. 정말로 안 하던 짓을 하려니 류도 죽을 맛이었다. 하지만 그녀가 은애하는 그이기에 류가 용기를 내었다. 그런데 류의 부름에도 정말로 단단히 마음이 상했는지 준휘가 꿈쩍도 하지 않았다.

'아, 정말로!'

이렇게 삐치면 준휘는 또 며칠 밤을 얼마나 자신을 들볶아댈지 가늠할 수 없었다. 애정은 말보다 더욱 확실하게 몸으로 확인해야 한다는 것이 그의 주장이었다. 류가 질끈 제 눈을 꾹 감았다.

'일단 살고 보자.'

그리 다짐한 류가 과감하게 움직였다.

"헉!"

류가 슬쩍 그의 무릎에 앉자 준휘가 낮은 신음을 내뱉었다. 지금 빨리 그의 마음을 풀어주는 것만이 류가 살길이었다. 그래서 정말로 생전 처음 그녀가 먼저 그의 무릎에 앉아 목에 팔을 감았다.

"서방님, 누, 눈은 감아, 꿀꺽, 주시어요."

아무리 애교를 부리려 해도 퉁명스런 말투는 어찌할 수가 없었다. 더구나 지금 너무나 부끄럽다 보니 평소보다도 두 배는 더 퉁명스러운 것 같았다. 하지만 준휘는 상관없다는 듯이 잔뜩 기대하는 표정으로 얌전하게 눈을 감았다. 정말 미워할 수 없는 사랑스러운 사내였다.

쪼옥!

류가 가볍게 그의 입술에 제 입술을 대었다가 떼었다. 그러나 곧 떼어지려던 그녀를 준휘가 커다란 손으로 그녀의 뒤통수를 잡아채었다.

"어허, 부인! 이리 인심이 야박해서 되겠소? 기왕 하시려면 제대로 해보시오."

결국 류가 다시 그의 입술에 제 입술을 대었다. 그리고 그가 하듯이 작은 혀를 내밀어 그의 아랫입술을 살짝 쓸어보았다. 민망하기는 했지만 생각보다 그리 나쁘지 않았다. 아니, 제 스스로 정인을 탐하는 것에 약간 흥분이 되는 것도 같았다.

'으음, 이상하네.'

하지만 약간 움찔하던 그가 여전히 입술을 다물고 있었다. 류가 다시 한 번 그의 윗입술을 살짝 쓸고는 아랫입술을 살짝 가볍게 물었다. 마치 어서 입술을 열어달라고 애원하는 것처럼 어느새 류는 민망함도 있고 정말 열심히 입맞춤을 했다.

흐읍! 결국 그가 마치 빨아들일 것처럼 그녀의 입술을 탐하기 시작했다. 역시 그가 해주는 것이 좋았다. 류는 점점 무아지경으로 그의 입술과 혀에 철저하게 농락당하기 시작했다.

츄릅, 츄릅, 츄릅!

두 사람의 침이 섞이는 질척한 음란한 소리만이 방 안을 가득 채우기 시작했다. 그의 혀가 류의 입안을 가득 채우며 이리저리 부드러운 안쪽 점막을 쓸어대었다. 그가 살짝 그녀의 혀를 물고 빨아주자 류는 저도 모르게 진저리를 쳤다. 그러나 곧 자신의 가슴을 움켜쥐는 그의 손길에 류가 저도 모르게 움찔하고 말았다. 분명 입맞춤만이라고 했으면서! 그래서 류가 한껏 화난 모양으로 노려보았다.

"왜 그런 눈빛으로 바라보는 것이오?"

정말로 준휘가 순진한 표정으로 류를 바라보았다. 참으로 제 서방님은 이 순간에도 너무나 잘생겨 보여서 류의 심장이 순간 두근거렸다.

'하지만 좀!'

그의 손놀림은 전혀 순진하지 않았다. 살짝 그를 노려보던 류의 눈빛이 그만 풀리고 말았다. 그의 손길이 좋았다. 자신을 이렇게 아껴주는 그가 너무나 사랑스러웠다. 그래서 류가 처음으로 무뚝뚝하게 그에게 대꾸했다.

"조, 좋아서요."

류의 대답에 준휘가 멍한 표정을 지었다. 마치 제가 들은 말이 사실인지, 아니면 자신의 환청인지 혼란한 표정이었다. 그러더니 다시 젖을 달라 보채는 강아지처럼 류를 조르기 시작했다.

"다시 한 번 말해주시오!"

그가 애원했다. 류의 표정이 다시 새초롬해졌다. 한 번이면 충분했다. 이렇게 낯간지러운 말을 여러 번은 죽었다 깨어나도 할 수……

있었다. 그것도 아주 많이!

"서, 서방님께서 저를…… 으음…… 만지시는 것이 조…… 좋습니다."

수줍어하며 고백한 류의 말에 준휘의 얼굴에 함박 미소가 머금어졌다. 그는 열에 들뜬 표정으로 강아지처럼 계속 류를 졸라대고 있었다.

"그러니……."

류가 정말로 굳게 마음을 먹고 입을 열었다.

"서, 서방님……. 마음대로 하시어요."

아오오!

류는 마치 늑대가 울부짖는 소리를 들은 것 같은 착각에 빠졌다. 아니, 사실이었다. 정말로 준휘가 제 마음대로 하는 통에 류는 자신의 입을 저주하다가, 그러나 결국에는 행복한 미소를 지으며 잠에 빠져들었다.

'송나라 수도 개봉에는 류 앞에만 나타나는 야수가 살고 있었다.'

조금 시간이 지난 후 금보가 두 사람의 아이들에게 그런 전설 아닌 전설(?)을 전해줄 날이 머지않아 보였다. 이미 두 사람을 닮은 작은 생명이 아무도 모르게 류에게 찾아와 있었다.

외전 1. 금보의 근심

　요즘 금보는 제 주인을 볼 때마다 고개를 저었다. 그리고 가끔 푹 하고 한숨을 내쉬었다.

　"아이고, 어쩌다가. 마님, 이를 어찌하면 좋겠습니까?"

　자나 깨나 아드님 생각에 여념이 없으셨던 마님을 떠올리며 한탄을 하기도 했다. 누구보다 총명하고 효자인 나리셨다. 나리가 태어날 때 이미 두 분 형님들께서는 성인이셔서 부인들까지 두고 계셨다. 며느님들과 비슷하게 잉태한 것이 남세스럽다 고민하던 마님이셨다. 하지만 큰 인물이 될 거라는 스님의 말씀에 마음을 고쳐 드시고 얻은 귀한 아드님이셨다.

　"그래, 그랬었지."

　예상대로 나리는 총명하였고 약관도 되기 전에 급제하여 주인 나리와 마님을 기쁘게 만들었다. 그리고 가는 곳마다 어찌나 활약이 대단하셨는지 겨우 이립(서른)도 되기 전에 개봉 부윤이 되셨을 때에는 금보도 기쁘기 한량없었다.

남들이 보기엔 제가 나리를 함부로 대하는 것 같아도 금보에게는 단 한 분뿐인 소중한 나리셨다. 스스럼없이 대하는 것은 젖형제였기에 정말로 형제처럼 느껴졌기 때문이었다. 나리 또한 금보를 아랫것이라 무시하지 않고 항상 아껴주셨다. 그래서 금보는 정말로 나리를 위해서라면 제 목숨까지는 아니고 정말로 그것 빼고는 모든 것을 할 수 있었다.

"그런데, 어찌 우리 나리께서……. 아이고!"

금보는 하늘이 무너지는 것만 같았다. 처음에는 아니라고 제 오해일 것이라 생각했다. 그렇게 믿고 싶었다. 그렇게 혼인을 하라 해도 귓등으로도 안 들으시던 분에게 연모하는 이가 생긴 것은 감축할 일이었다.

하지만 그 상대가, 하고 많은 사람들 중에서…….

사내라니!

금보는 이 엄청난 일에 말문이 막혔다. 비역질(男色)을 그것도 우리 나리께서, 금보는 제 가슴을 탕탕 치고야 말았다. 이 모든 일이 제대로 나리를 모시지 못한 자신의 잘못인 것 같아서 금보는 주인나리와 마님을 뵐 면목이 없었다.

처음부터 류라는 그 어린 무사가 이상하긴 했다. 사내라는 놈이 어찌 얼굴은 그리 해사한지 계집보다 훨씬 고와 보였다. 그래도 검을 휘두르는 솜씨가 범상치 않아서 제 오해려니 하고 생각했다.

성인이 되기 전 계집처럼 선이 가늘고 고운 사내 녀석들이 없는 것은 아니었기 때문이었다.

"하긴, 검이라면 누구보다 뛰어나신 분이 그 아이를 호위로 들인다 할 때부터 내가 알아봤어야 하는데."

금보가 한숨을 길게 쉬었다. 나리가 주로는 머리를 쓰시고 가끔은 세상에 관심이 없어 보일 만큼 나른해 보이지만 사실은 누구보다 검에 뛰어난 분이셨다. 다만 검으로 살생하는 일이 재미가 없다고 흥미를 잃었을 뿐이었다.

처음에는 나리께서 그저 류라는 아이를 동생처럼 아끼시는가 싶었다. 퉁명스러워 보이면서도 침착한 그 아이와 장난기가 다분한 나리의 궁합이 상당이 묘하게도 잘 어울렸던 것이다. 사실 금보는 조그만 녀석이 말도 별로 없고 항상 무표정이라 가까이하기엔 힘이 들었다. 그래도 성격이 나쁘거나 저를 막 대하지도 않고 존중해 주기에 금보 나름대로는 동생처럼 아끼던 차였다.

"하긴, 그 모습에 나도 혹하긴 했지."

그런데 야다관에 잠입하기 위해서 여인의 옷을 입은 류를 보는 순간 금보도 입이 다물어지지 않았다. 화장은커녕 시녀들이 입던 낡은 옷을 대충 걸쳤음에도 마치 하늘에서 하강한 백화선자를 보는 것 같았다.

"그래, 그 이후였어."

이후부터 나리는 눈에 띄게 류라는 아이를 끼고 돌았다. 표는 내지 않았지만 그다음부터 그 아이를 향하는 나리의 시선이 어딘가 애틋해 보였다. 뭐 그전에도 동생처럼 아끼고 애지중지했던 것은 사실이었다.

하지만 야다관에 잠입하다 녀석이 다쳤다며 쓰러진 류를 데려 온 이후 나리는 변했다. 한시라도 그 아이를 옆에서 떨어뜨리려 하지 않았고 녀석이 옆에 있으면 그 시선이 떨어질 줄을 몰랐다. 다소 제 감정에 둔한 류이기에 몰랐겠지만 금보가 보기엔 나리의 눈빛이 종종 이글거리고 있었다.

그래도 설마설마했다. 가끔 일이 있어 나갈 때 자주 저를 떼어 놓고 류만 데리고 나가도 그러려니 했다. 그리고 저까지 동행하면 절대 세 보 거리 이내에 류에게 접근하지 못하게 했을 때도 참았 다. 혹시 방이 부족해 한 방에 머물 일이 생기면 어쩌나 녀석을 싸 고도는지 금보는 그 아이의 얼굴조차 제대로 못 볼 지경이었다.

그래도 류라는 아이의 얼굴이 항상 냉정하여 크게 걱정은 하지 않았다. 아무래도 나리께서 너무나 혼자 있다 보니 옆에 있는 류 에 대한 친애의 정을 애정으로 잠시 착각하는 것이라 여겼다. 그 런데 기어코 사달이 벌어지고 만 것이었다.

류가 부상에서 회복한 이후, 어느 가을날 밤.

금보는 한밤중에 그 아이 방에서 나오는 나리를 보고야 말았다. 나리의 얼굴에는 근심이 가득했으나 그 얼굴이 과도하게 붉었고, 그 모양새가 끓어오르는 정열을 참지 못해서 허우적거리는 사내 의 얼굴이었다. 그리고 그날 밤 이후 금보는 자주 그 아이의 방을 찾는 나리를 목격했다. 하지만 류는 전혀 그 사실을 모르는 듯했 다.

"대체, 밤에 그 아이 방에서 무엇을 하시는 게야?"

금보는 이제 제 주인이 정말 이상해지는 것은 아닌지 걱정이 되기 시작했다. 보아하니 류라는 아이는 그런 관심이 없었고 나리 혼자만의 일방적인 감정임에 분명했다. 아직은 마음만이니 다행이라고 생각해야 하는지 아니면 어서 손을 써서 류를 떼어내야 하는지 금보는 갈피를 잡을 수가 없었다.

천녕절에는 준휘가 새벽부터 금보를 깨워 당과를 구하러 가자 했다. 금보가 혼자 다녀오겠다고 해도 한사코 나리께서 직접 가셔야 한다고 우겼다. 평소에 단것을 드시던 분도 아닌데 어찌 아침부터 저리 수선인가 싶었는데 그것을 류가 홀랑 먹어버리고 만 것이었다. 그걸 알고서 혼자서 히죽거리는 나리를 본 순간 금보는 깨달았다. 저것은 아무리 봐도 여인을 연모하는 사내의 멍청하고 얼빠진 행동이었다.

그리고 객잔에서는 마치 농담인 것처럼 류와 혼인하고 싶다는 고백까지 했다. 물론 닮은 여인이라고는 했지만 금보는 잠결에도 식겁하고 말았다.

"아이고 마님! 이를 어찌하면 좋겠습니까?"

금보가 금단의 사랑에 빠져 정신을 못 차리는 준휘를 보며 이런 걱정을 하고 있는 것을 아는지 모르는지 제 주인의 얼굴은 하루가 다르게 광이 나고 있었다. 그리고 어찌하여 류도 점점 저리 꽃처럼 피어나고 있는 것인지, 금보는 오래 살지도 않았으나 하늘을 보며 장탄식을 했다.

❖

물론 나중에 금보는 정말 식겁했었다. 류가 석영 낭자임을 알았을 때 정말로 없는 애가 떨어지는 줄 알았다. 그리고 석영 낭자가 정청에 나타났을 때 너무 놀라서 혼절할 뻔했던 것은 두 분에게 비밀이었다. 사실은 놀란 것도 있었지만 아씨께서 어찌나 고우시던지 그 미모에 심장이 덜컥했다.

　그런데 나리께서 남색이 아니라 다행이다 싶었던 금보에게는 요즘 또 다른 근심(?)이 생겼다. 점잖은 줄 알았던 제 주인이 사실은 야수(?)였던 것이다. 그리 쌩쌩하고 날렵하게 움직이던 아씨께서 나리와 밤을 보내기만 하면 이튿날 얼굴이 핼쑥해져 나타났다. 나리가 쉬시는 날에는 아예 이튿날 자리를 보존하는 경우도 있었다. 흥미 있는 것을 발견하면 침식을 잊고 열중하던 나리였으나 이번에는 아무래도 조금 아니, 많이 과한 것 같았다.

　물론 금보는 순전히(?) 아씨를 위해서 가끔 나리를 타박도 했다. 그때마다 무표정한 아씨의 얼굴이 발그레하게 물드는 것과 나리께서 살짝 민망해하는 얼굴을 보는 재미가 사실은 매우 쏠쏠했다는 것은 평생 비밀이었다.

　"그래도 아무리 생각해도 다섯은 좀 많은 것 같아!"

　다시 나리를 타박해야 하는지 금보가 잠시 고민했다. 그러나 금보는 나리를 닮은 잘생긴 네 아드님과 아씨를 빼다 박은 막내 아기씨가 너무나 사랑스러웠기에 이번에는 조용히 입을 다물었다.

외전 2. 그날 밤(사라진 류의 기억)

"하!"

준휘가 방 안에 펼쳐진 광경에 한숨을 내쉬었다. 아리따운 여인들이 약에 취한 듯 몽롱한 시선이었다. 얇고 하늘하늘한 비단으로 만들어진 자리옷은 거의 벗은 것이나 진배없었다. 저 상태에서는 어떤 일을 당해도 제대로 반항조차 할 수 없을 것이었다.

"어서 사람들을 부르십시오."

준휘가 뒤따라 들어온 왕한에게 명을 내렸다. 곧 관원들이 여인들을 의원에게 데려가기 위해서 안으로 들어왔다. 그 와중에도 여인들은 관원들에게 달라붙으며 애교를 부렸다. 아직 나이가 어린 관원 하나가 자신에 들러붙은 여인 때문에 얼굴이 벌게졌다. 그것을 바라보던 준휘가 고개를 휘적휘적 저었다. 그리고 류가 옆에 없어 다행이라고 생각했다. 아직 어린 녀석이 이런 모양을 보면 충격이 너무 과할 것이었다.

준휘가 일단 방 안에 실마리가 될 만한 것이 없는지 살펴보기 시작했다. 무엇인가 야릇한 향이 방 안을 채우고 있었다. 아무래도 여인들을 저리 만든 것이 이 향인 것 같았다. 파인걸 선생의 말에 따르면 죽은 여인들이 무엇을 마시거나 먹은 것 같지는 않다고 했었다. 하지만 반항의 흔적이 없었던 것으로 볼 때 무엇인가에 중독된 것이 분명하다고 했었다.

"음!"

드디어 방 한구석에서 타고 있는 조그만 향을 준휘가 막 발견했을 무렵이었다.

"나리!"

류가 준휘를 찾아 안으로 들어왔다. 소란하던 야다관이 이제는 고요했다. 그래서 넓은 방 안이 더욱 적막하게 느껴졌다.

"바깥은 이제 정리가 되었느냐?"

준휘가 계속 향을 주시하며 물었다. 대체 무엇으로 만들어졌기에 여인에게만 이런 무시무시한 효과를 발휘하는지 준휘는 궁금했다. 흥미로운 것을 발견하며 정신 못 차리고 집중하는 준휘의 버릇이 다시 발휘되고 있었다.

"네, 이제 대충 정리가 끝났으니 돌아가시지요."

류의 목소리가 바로 위에서 들려왔다. 타고 있던 향을 바라보던 준휘의 굵은 눈썹과 입꼬리가 살짝 올라갔다.

"이것이 바로 파인걸 선생이 찾던 증좌 같구나."

"네?"

류가 영문을 알 수 없다는 표정으로 준휘를 바라보았다. 어쩐지 류의 표정이 약간 이상했다. 평소답지 않게 눈빛이 총기를 잃은 것처럼 다소 멍했으나 준휘는 제가 발견한 것에 들떠 있었다.

"방 안이 이째 야릇한 향으로 가득하지 않으냐? 여인들의 혼을 빼놓은 것의 정체가 이것이지 싶구나."

류가 준휘가 가리키는 것을 바라보았다.

"그, 그렇군요."

어쩐지 류의 목소리가 약간 이상했다. 준휘가 속으로 웃었다. 아무래도 류는 미약이니 이런 것들을 언급하기가 껄끄러운 모양이었다. 준휘가 부지런히 혹시나 남아 있는 것이 있나 주변을 살폈으나 남은 것이 없었다.

"이것이라도 챙겨야겠다. 양이 너무 적긴 하지만 그래도 일단 선생께 갖다 드리자."

준휘가 얼른 불을 끄고 남은 것을 챙겼다. 이제 이것의 유통경로를 파악하면 배후에 조금 가까이 다가설 수 있을 터였다. 준휘가 사건 해결의 실마리를 찾은 것에 기뻐하며 벌떡 일어섰다. 그리고 막 뒤쪽에 서 있던 류를 향하여 돌아선 찰나였다.

"류?"

옆에 서 있던 류가 갑자기 종이 인형처럼 픽 쓰러지며 그에게 몸을 기대왔다. 야다관으로 출발하기 전까지만 해도 쌩쌩하던 녀석이었다.

"무슨 일이냐?"

준휘가 깜짝 놀라 일단 류를 붙잡았다. 제 가슴에 머리를 박은 녀석의 얼굴이 뜨거웠다.

"나, 나리!"

류가 그를 부르는 목소리가 어딘가 이상했다. 준휘가 류를 제 품에서 떼어내 얼굴을 살폈다. 녀석의 얼굴이 몽롱했다. 얼굴이 발갛게 물들어 있었고, 눈가가 촉촉하게 젖어 있었다. 그리고 호흡이 거칠었다.

"제, 제 몸이 이…… 상합니다."

그렇게 속삭이는 류의 목소리가 여인처럼 달콤했다. 그리고 차가운 것을 찾는지 자꾸만 그의 옷자락에 얼굴을 비벼대고 있었다. 이 향은 여인에게만 영향을 미친다. 그리고 지금 류의 반응은?

"이런!"

류가 여인이라는 충격적인 사실에 준휘가 탄식했다. 마치 벼락이라도 맞은 것처럼 엄청난 진실 앞에 준휘가 얼음처럼 굳어버렸다. 잠시 여기가 어디라는 것도 잊은 듯 준휘는 그저 류를 제 품에 안고 있었다. 그동안 자신을 어지럽게 만들던 녀석을 향한 이상한 감정의 정체가 이제야 이해가 되었다. 놀랐지만 분명 그때 그의 머리를 채운 것은 기쁘다는 감정이 더욱 컸다.

히이잉, 저벅저벅, 아악!

바깥에서 들려오는 말소리와 분주한 관원들의 움직임 소리에 준휘는 곧 제정신을 차렸다. 그리고 일단 류를 제 품에 끌어안고 긴급하게 움직이기 시작했다. 미약에 취해 축 늘어진 류는 저항하지 않았다. 그리고 급하게 일단 류의 입에 제 옷자락을 물렸다. 그녀가 이상한 신음이라도 낼까 걱정도 되었지만 그 소리를 아무에게도 들려주고 싶지 않았던 것이다.

"류 대인!"

야다관 대문 밖으로 나오자 주변을 정리하던 왕한이 준휘에게 다가왔다.

"어서 말을! 저는 바로 돌아갈 터이니 뒷마무리를 부탁합니다."

급하게 몇 가지 전언과 향을 그에게 맡기고 준휘는 말을 달렸다. 청송재까지는 말로 일각도 채 걸리지 않는 거리였다. 준휘가 고삐를 채었다. 류가 말이 흔들릴 때마다 야릇한 신음을 내뱉었다. 아무래도 말의 움직임이 자극이 되는 것 같았다. 류가 그럴 때마다 준휘의 심장은 거칠게 뛰다 못해 바깥으로 튀어 나올 것만 같았다.

"나리?"

집에 도착하니 금보가 그를 맞이했다. 그에게 급하게 말고삐를 넘기고 류를 안아 들었다.

"급습 중에 이 아이가 약간 상처를 입었다. 상처는 내가 치료할 수 있으니 너는 그만 물러나도 된다."

"으으흠!"

제 품에서 류가 다시 앓는 신음을 내뱉었다. 금보는 류가 다쳐서 앓는 소리를 내는 것으로 알았는지 짠한 표정으로 류에게 시선을 보냈다. 저도 모르게 준휘가 류를 조금 더 제 쪽으로 당겨 안으며 열에 들뜬 그녀의 얼굴을 금보에게서 숨겼다. 마음이 급해진 준휘가 거의 뛰다시피 제 방으로 걸음을 옮겼다.

"하아, 하아!"

제 방 침상 위에 류를 내려놓자 달뜬 신음이 녀석의 입에서 계속 흘러나왔다. 얼른 차가운 물을 먹이고 땀이라도 닦아줄 요량으로 일어서려던 준휘는 멈칫하고야 말았다. 류가 야릇한 표정으로 그의 팔뚝을 붙잡았던 것이다. 아주 미약한 힘이었으나 준휘는 밧줄에라도 묶인 것처럼 저항할 수 없었다.

"하아, 나으리?"

류가 관능적인 표정으로 그를 제 쪽으로 잡아당기자 준휘가 정말 힘없이 침상 쪽으로 딸려갔다. 준휘의 당황스런 얼굴을 바라보며 류가 뇌쇄적인 미소를 지었다. 그리고 발칙하게도 류의 작은 손이 준휘의 장포 자락을 헤치고 안쪽에 있는 사내의 맨살을 탐하려 하고 있었다.

"이, 이러지 마."

준휘가 류의 작은 손을 포박하며 낮게 이 사이로 중얼거렸다. 그에게 손이 붙들린 류가 약간 뾰로통한 표정을 지었다. 새초롬하게 나온 붉은 입술과 아래로 내려뜬 속눈썹이 어찌나 고운지 준휘는 넋이 나갔다. 곧 류가 그의 얼굴을 바라보며 유혹하듯 나른한 미소를 지었다.

"나으리?"

콧소리가 섞인 류의 음성에 준휘는 머리끝이 쭈뼛하고 서는 느낌이었다. 평소에도 여인처럼 곱다고 생각했었던 류의 얼굴이 지금은 완벽하게 요염한 여인의 얼굴이었다. 이 향은 감추어두었던 여인의 색향을 끌어 올리는 것이 분명했다.

"류. 정신 차리거라!"

준휘는 욕망으로 들썩이는 자신을 타박하며 류에게 부러 엄한 목소리로 말했다. 하지만 오히려 류는 그의 목소리에 더욱 야릇한 미소를 지었다. 지금 그녀의 청각과 통각, 후각 모든 감각이 사내의 것에 예민하게 반응하고 있었던 것이다.

"이런 젠장!"

준휘가 낮은 욕설을 내뱉었다. 그사이 잠깐 느슨해진 틈을 타서 류가 얼른 제 손목을 그의 손아귀에서 빼내었다. 그리고는 두 팔로 준휘의 목을 얼싸안았다. 그리고 그의 목덜미에 뜨거운 제 이마를 묻었다.

"제발, 이러지……."

준휘의 말은 곧 제 입술에 닿은 류의 부드러운 감촉에 안으로 삼켜졌다. 류가 월계화처럼 붉은 제 입술을 그의 입술에 대고 그저 비벼대었다. 제 안에서 끌어 오르는 열기를 어찌할 바 몰라 그저 바르작거리는 순진한 몸짓이었다. 그리고 그에게 제 상체를 밀착시켰다.

"하아!"

준휘는 태어나 처음으로 극도의 인내심을 시험받고 있었다. 지금 이 상태로 이 아이를 그대로 남겨두면 어떤 일을 저지를지 알 수가 없었다. 하지만 지금 제정신이 아닌 녀석을 어찌할 수도 없고 정말로 미칠 지경이었다. 준휘가 남은 이성을 최대한 끌어 올려 류를 가까스로 떼어내 침상에 다시 눕혔다.

"나…… 하아…… 리! 더…… 워요!"

류가 그리 중얼거리더니 제 옷자락을 풀어 헤치기 시작했다. 장포를 벗고 안에 입은 저고리의 옷고름마저 확 풀어버리자 준휘가 엉겁결에 류의 손을 붙잡았다. 제 손안에 잡힌 류의 손이 타는 듯이 뜨거웠다. 동시에 그녀의 희고 앙증맞은 손가락을 준휘는 한입에 삼켜 버리고 싶은 충동에 시달렸다.

"너무…… 하아…… 덥습니다."

류가 준휘를 바라보며 고혹적인 음성으로 속삭였다. 평소에 사내를 가장하느라 굵게 내었던 목소리가 아닌 촉촉하게 젖은 낮은 미성이었다. 준휘가 눈을 질끈 감았다. 미약에 취한 것은 그녀뿐만이 아니었다. 지금 류라는 존재 자체가 준휘의 이성을 철저하게 날려 버리고 있었다.

"나리!"

약간 방심한 틈에 류는 제 저고리를 홀렁 벗어 던졌다. 그리고 그녀의 발칙한 손이 다시 준휘의 옷자락을 파고들어 그의 맨살을 탐하고 있었다. 가까스로 그녀의 손을 제 몸에서 떼어내자 이번에는 류가 다른 방식으로 준휘를 유혹했다.

"가슴이…… 너…… 하악…… 무 답답해요. 풀어주세요."

그녀가 제 가슴을 칭칭 동여맨 천으로 그의 손을 이끌며 유혹했다. 그녀의 몸부림에 느슨해진 천 사이로 흥분 때문에 도도로 솟아오른 유실이 모양을 드러내고 있었다. 본능처럼 그것을 탐하려던 준휘가 멈칫했다.

"하아…… 하아!"

이제 준휘의 호흡도 거칠어졌다. 아무것도 모르는 그녀가 요부처럼 준휘를 미혹했다. 자신을 탐하라고, 이렇게 만개한 자신을 가지라며 준휘를 부르고 있었다. 어떡해서든 일단 류의 열을 풀어주지 않으면 밤새 이 상태가 지속될 것이었다. 미약에 중독된 경우 해독제를 마시거나 사내를 안지 않으면 과한 열로 몸을 크게 상할 수가 있다던 파인걸 선생의 말이 떠올랐다. 해독제는 지금 없었다. 고민하던 준휘가 결국 항복하고 말았다.

"어쩔 수 없군!"

어쩔 수 없는 것이 제 마음인지 아닌지 그도 알 수가 없었다. 하지만 마음을 굳히자 준휘가 신속하게 움직였다. 일단 그녀의 가슴에서 천을 떼어냈다. 오랫동안 감추어져 있던 그녀의 가슴이 눈부시게 준휘의 눈앞에 드러났다. 보기에도 아름다웠지만 그보다는 만지고 싶은 마음이 더욱 강했다. 그래서 준휘는 망설이지 않고 바로 고개를 숙여 그녀의 유실을 한입에 머금었다.

"하앙!"

그녀의 몸이 경련했다. 처음으로 느끼는 감각에 그녀가 온몸으로 반응하고 있었다. 곧 그가 그녀의 다른 한쪽 가슴을 이리저리 치대었다. 그녀가 고양이처럼 가르랑거리며 그의 손길에 민감하게 반응했다. 엄지와 검지로 유실을 돌돌 만지며 동시에 다른 쪽 유실은 유륜까지 크게 핥아대었다. 그녀는 꿀처럼 달콤했다. 그녀가 작은 손을 그의 머리카락 사이로 찔러 넣었다. 그리고 그의 머리를 자신 쪽으로 더욱 바싹 끌어당겼다. 그녀의 다리가 요동치며 준휘의 이미 한껏 부풀어 오른 남성을 자극하고 있었다.

"류, 류, 류!"

준휘가 신음처럼 그 아이의 휘를 불렀다. 거칠게 가슴을 탐하던 입술이 그녀의 여린 쇄골과 어깨를 쓸었다. 그녀의 온몸이 꽃잎처럼 부드럽고 달콤했다. 그리고 마치 꽃으로 빚어진 것처럼 류에게선 달콤한 향이 났다. 계속 탐하고 싶을 만큼! 준휘는 제 행동이 그녀를 위한 것이라고 억지로 자신의 욕망을 억눌렀다. 다만 그녀의 열기를 풀어주는 것이라고, 그러니 너무 나가서는 안 되었다.

"나리!"

류가 요부처럼 그를 유혹하며 붉은 입술을 벌렸다. 참지 못한 준휘가 결국 그녀의 입술을 몽땅 삼켜 버렸다. 곧장 안쪽으로 침입한 그의 혀가 말캉한 그녀의 작은 혀를 잡아챘다. 그녀가 서툴지만 거부하지 않고 혀를 얽어왔다. 미약처럼 달콤한 그녀의 타액에 준휘는 취하고 있었다.

츄릅, 츄릅, 츄릅!

젖은 물소리가 방 안을 채웠다. 그녀가 미친 듯이 그의 입술을 탐하면서도 제 안에 고인 열기를 어찌하지 못하는지 제 상체를 그의 옷깃에 비벼대었다. 준휘의 풀어진 옷깃 사이로 그녀의 유실이 감질나게 그를 자극하고 있었다. 아무것도 모르면서 지독하게도 준휘의 이성을 날려 버리는 그녀였다.

"하아! 류!"

준휘의 커다란 손이 그녀의 작은 몸을 이리저리 훑어 내렸다. 다시 가슴을 만지고 가느다란 허리를 재어보고 매끈한 등을 쓸어 내렸다. 그의 손길이 닿을 때마다 류는 정말로 아름답게 그에게 반응했다. 나긋나긋한 몸은 마치 그를 위해서 만들어진 것 같았다. 어여뻤다. 모든 것이 머리에서 발끝까지 달콤하고 사랑스러운 류였다.

"하아, 미치겠다!"

준휘는 그녀를 한입에 삼켜 버리고 싶은 광포한 욕망을 겨우겨우 다스리며 그녀에게 집중했다. 드디어 그의 손이 그녀의 고를 헤치고 비부 사이로 쑥 들어갔다. 고슬고슬한 그녀의 음모가 그의 손끝에 걸렸다. 그것만으로도 준휘의 머리카락이 쭈뼛하고 서버렸다. 잠시 그 사이에 사내의 것이 있을까 싶어 두려워졌다. 이 모든 것이 자신의 상상일까 봐, 한여름 밤의 꿈처럼 허무할까 싶어 준휘는 처음으로 망설여졌다. 굳게 마음을 먹고 부드러운 수풀을 헤치고 조금 더 아래로 내려가자 이미 그녀의 꽃잎이 젖어 있었다.

"정말로 여인이었구나!"

준휘가 벅찬 감동에 속삭였다. 그녀의 꽃잎을 다시 확인하려는 듯 그가 손을 움직였다. 촉촉하게 젖은 꽃잎이 놀랍도록 부드러웠고 그의 손길에 파르르 떨리고 있었다. 갈라진 틈과 자신을 유혹하는 입구까지 모든 것이 완벽한 여인이었다. 그의 손길에 류가 야하게 다시 신음했다.

"아아…… 하…… 앙…… 으읏!"

그녀의 신음 소리마저 지금은 준휘에게 과한 자극이었다. 그녀가 마치 더 만져 달라는 듯이 아랫도리를 움직였다. 곧 그의 손에 고마저 벗겨지고 완벽한 나신이 되어버린 류가 준휘의 눈앞에 있었다. 하얀 눈처럼 눈부시게 빛나는 피부, 까맣다 못해 푸른빛이 도는 검고 고운 머리채, 열기로 도홧빛으로 달아오른 뺨, 이슬에 젖은 월계화처럼 촉촉하고 붉은 입술! 그녀의 나신은 그 자체로 하나의 그림처럼 아름다웠다.

"어여쁘구나!"

준휘가 찬사를 내뱉었다. 비록 류가 기억하지 못할지라도 준휘는 아름다운 그녀를 찬미했다. 그동안 류에게 향하던 제 이상한 관심 때문에 괴로웠던 기억이 깡그리 사라졌다. 그녀가 여인이라는 사실이 준휘를 행복하게 했다. 마치 세상을 다 가진 것만 같았다. 그는 그녀를 연모해도 되는 것이었다. 세상에 당당하게 제가 류를 연모한다고 해도 밝힐 수도 있는 것이었다. 이제는 내 것이라고 주장해도 되는 것이었다.

"너는 이제 내 것이다."

준휘가 마음껏 제 욕심을 그녀의 귓가에 흘려 넣었다. 그녀가 화사하게 웃었다. 지금 제 말을 제대로 이해하는 것인지 알 수 없지만 그녀는 마치 꽃처럼 아름답게 웃었다. 지금 이것이 미약 때문에 보이는 반응일지라도 준휘는 그 모두가 소중했다.

"기억해야 해."

그가 다시 그녀의 귓가에 나직하지만 뜨거운 음성으로 속삭였다. 제가 한 약속을, 제가 주장한 그 말을 그녀가 기억해 주기를 바랐다. 류를 제 마음에 완벽하게 담은 준휘는 이제 거칠 것이 없었다.

그녀의 모든 곳을 맛보고 싶었다. 그녀의 아름다운 모습을 제 눈 속에 모두 담고 싶었다. 그 열망을 담아 그의 입술이 그녀의 모든 곳을 훑었다. 가녀린 목덜미와 움푹 파인 쇄골, 작고 둥그런 어깨. 아직 만개하지 않아 다소 밋밋한 가슴, 그 위에 산수유처럼 귀엽게 자리 잡은 유실까지 인장을 찍듯 그의 뜨거운 입술이 닿았다.

"달콤하구나!"

저절로 류가 들었다면 질색한 말들이 준휘의 입에서 흘러넘쳤다. 그의 목소리는 꿀처럼 달콤했으나 그의 손길은 절대 부드럽지 않았다. 군살 없이 납작한 배와 한 줌에 잡히는 가는 허리도 그의 커다란 손이 마음껏 유린했다. 아주 작은 곳까지 샅샅이 준휘의 커다란 손은 제 욕심껏 류의 부드러운 피부를 탐했다. 곧 그의 손이 지나갔던 길을 그의 입술이 다시 따라가고 있었다.

그의 입술이 류의 배꼽 주변까지 훑고 점점 아래로 그를 유혹하는 비부까지 내려갔다. 그의 입술과 손길에 류는 아름답게 몸부림치고 있었다. 활짝 핀 진달래처럼 붉고 아름다운 비부를 눈으로도 마음껏 탐했다. 미치도록 예뻤다. 이슬을 머금은 듯 도톰하게 부풀어 오른 꽃잎을 살짝 손가락으로 쓸어주자 그녀가 경련했다.

"하아, 나리!"

꽃잎 속에 숨어 있던 작은 꽃망울 찾아내어 슬쩍 튕기자 그녀가 몸부림쳤다. 그가 결국 참지 못하고 곧장 입술을 내려 그녀의 꽃잎을 한입에 머금고 말았다. 그녀의 연약한 꽃잎을 그의 입술과 혀가 샅샅이 핥았다. 혹시나 상처를 줄까 두려워 깃털처럼 부드럽게 하지만 집요하게 그녀의 꽃잎을 맛보았다. 그럴 때마다 그녀의 꽃잎은 달콤한 꿀을 그에게 아낌없이 내어주고 있었다.

그가 걸신들린 사람처럼 그녀가 흘리는 꿀을 마셨다. 달콤한 술에 취한 것처럼 그는 몽롱했다. 그가 그녀의 꽃잎 전체를 머금었다가 살살 다시 달래준 다음 준휘의 혀가 달콤한 꿀을 흘리는 동굴 안으로 파고들었다. 그러자 그녀의 몸이 파드득 떨렸다.

"하아……!"

그런 그녀의 통통하고 귀여운 엉덩이를 두 손으로 잡고 그는 더욱더 그녀를 탐했다. 준휘 역시 처음 경험하는 여인의 향기와 감촉에 정신이 없었다. 그녀가 몸부림치며 그의 머리를 움켜쥐었다. 과도한 감각에 그녀가 그의 머리카락을 쥐어뜯듯이 움켜쥐었으나 준휘는 아픔을 느낄 새도 없었다. 오직 자신의 앞에 있는 아름다운 여인을 탐하는 것에 집중했다. 그의 날렵한 코끝이 그녀의 꽃망울을 자극하고 그의 혀가 그녀의 동굴을 탐하자 그녀가 급격하게 경련하기 시작했다.

"하아…… 나리…… 아앙……!"

그녀가 교태 어린 신음을 내뱉었다. 곧 그녀의 동굴이 미칠 듯이 수축하며 준휘의 혀를 끊어버릴 것처럼 조여댔다. 곧 그녀가 단말마의 신음을 내뱉으며 등을 뒤로 젖혔다. 그녀의 아름다운 나신이 우아한 모양으로 휘었다. 그녀의 발가락까지 안쪽으로 확 곱아들며 류는 절정에 도달했다.

"미치도록 어여쁘구나!"

그런 그녀의 치태를 준휘는 모두 제 머리 속에 담았다. 그녀가 기억하지 못할 그 처음의 절정을 준휘가 대신 모두 기억할 것이었다. 기억 속에 담아 틈틈이 열어볼 작정이었다. 그녀를 유혹하여 그녀가 저를 온전히 받아들이게 만들 때까지 어쩌면 이 기억이 자신을 지탱하는 자양분이 될 것이 분명했다.

이제 터질 것처럼 달아오른 준휘가 제 분신을 꺼내었다. 그녀를 소중하게 안으며 그가 그녀의 젖은 꽃잎에 제 뜨거운 분신을 가져다 대었다. 그녀의 꽃잎이 파르르 떨며 마치 끌어당기듯이 그의 분신을 맞이하였다.

"반드시 기억해 내야 해."

그녀의 귓불을 핥으며 그가 욕망으로 잔뜩 쉰 음성으로 속삭였다. 그녀의 꽃잎 안으로 파고들고 싶은 광포한 열정을 간신히 자제하며 준휘가 그녀의 꽃잎에 뜨거운 제 분신을 마찰했다.

"너는 이제 내 것이다. 절대로 잊지 마!"

질척하게 흐른 그녀의 꿀과 준휘의 몸에서 흘러내린 체액이 섞였다. 그녀의 꽃잎과 그의 분신이 마치 하나처럼 서로에게 반응하고 있었다. 그의 움직임이 점점 거세어졌다. 마치 정염의 불꽃이 사타구니 사이에서 일어나는 것만 같았다. 몇 번의 움직임만으로도 준휘는 극도의 쾌감에 휩싸였다. 그가 몸을 부르르 떨었다.

"하아…… 하아……!"

곧 그의 분신이 분출한 뜨거운 체액이 그녀와 맞닿아 있는 꽃잎과 제 분신을 적셨다. 그가 간신히 숨을 고르며 그녀를 제 품에 안았다. 이제 약간 열이 내린 듯 그녀는 곤한 잠에 빠져들었다. 그녀를 미치게 만들었던 열이 고스란히 제 몸으로 옮겨온 것 같았다. 그녀의 붉은 입술에 입맞춤하며 준휘는 그녀를 제 품에 꼭 끌어안았다. 이제 류는 제 품에서 도망칠 수 없었다. 절대 놓아주지 않을 것이다.

젖은 그녀의 몸을 닦아주며 준휘는 계속 아쉬워 그녀의 몸을 계속 만지작거렸다. 달콤하게 피어난 류가 그 앞에 있었다. 더욱 이 꽃을 화려하게 키우리라! 준휘가 원대한 자신의 계획에 음흉한 미소를 지으며 달콤한 잠에 빠져들었다. 그저 한 사람의 사내와 여인만이 존재하는 그런 농밀한 밤이었다.

하지만 그 후로 한참을 준휘는 얼마나 마음을 졸여야 하는지 그때는 알지 못했다. 마치 금단의 열매를 약간 맛보고 난 것처럼 더욱 강렬한 갈망에 몸부림쳐야만 했다. 사라진 류의 기억은 그렇게 준휘의 기억 속에서 몇 번이고 계속 재생되고 있었다. 그 기억 때문에 물론 준휘의 심장은 활활 타다 못해 마침내 재가 되어버렸다.

[完]

작가 후기

저는 19금 달달물 성애자입니다. 정말 뜬금없는 저의 사랑고백으로 후기가 시작되었네요! 네, 그렇습니다. 제가 요즘 19금 로맨스만 주구장창 읽으면서 최근에 다시 한 번 내린 결론입니다.

가끔 장르가 주는 선입견이 참으로 대단한 것이라는 생각을 하곤 합니다. 종종 로맨스 소설에서 정말로 미치도록 나쁜 남자주인공이 여자에게 돼먹지 않은 행동을 해도 '결국엔 둘이 사랑하니까', 혹은 '남자가 워낙 여자를 사랑해서' 하는 생각에 그것을 받아드립니다. 혹은 남주가 여주를 괴롭히더라도 그게 모두 사랑 때문이라고 독자 스스로 주인공에게 면죄부를 주는 것이죠.

그런데 어느 날 제가 그럼에도 불구하고 남자주인공들의 나쁜 짓에 무지하게 스트레스를 받고 있었다는 사실을 깨달았습니다. 당시 읽고 있던 소설에서 정말로 남주가 어찌나 여주를 괴롭히던지 아무리 사랑한다 해도 이런 남자는 안 되겠다 하는 생각이 든 거죠.

사실 나쁜 남자주인공들의 행동을 여자주인공이 안 좋아하는 남자로 치환하면 엄청 소름이 끼치죠? 스토킹, 감금 등등 참으로 수많은 남자주인공들의 개차반적인 행동을 나중엔 사랑하니까라는 주문 때문에 제가 꾹 참고 읽어왔던 거죠. 알게 모르게 저는 영혼에 상처를 입으면서요.

그래서 저의 결론은 달달물입니다. 저는 바람둥이도 싫고 여자를 억압하거나 괴롭히는 사람도 싫습니다. 과묵하고 성실하고 착한 남주가 귀여운 여주가 사랑스러워서 어쩔 줄 몰라 하는 스토리를 좋아합니다. 약간 심심해도 달달물을 읽고 나면 행복해지니까 저는 끝까지 달달물을 고수할 예정입니다.

그래서 이번에도 준휘와 류는 달달합니다. 이렇게 장난스럽고 가벼워 보이는 준휘가 가끔은 진지하고 무척이나 머리는 좋고, 새같이 날렵한 류가 사랑스러워 어쩔 줄 몰라 하고 뭐 그런 저의 취향을 마구마구 표현했습니다. 제 취향은 역시 다정절륜남이었군요(음흉)!

대신 이번에는 여주인 류가 약간 건조한 것으로 설정을 해봤습니다. 준휘가 무심한 류에게 몸이 달아서 전전긍긍하는 모습을 꼭 보고 싶었거든요. 네, 이렇게 사랑에 빠진 남주를 괴롭히면서 작가는 희열을 느낀답니다!

요즘 안 그래도 머리 아픈 일이 많은 세상인데 최소한 로맨스만이라도 읽을 때도 읽고 나서도 기분이 좋아지기를 바랍니다. 너무 어두운 이야기는 읽고 나면 저는 영혼이 털린 느낌이라 힘들어요. 제가 미스터리 스릴러를 무지하게 좋아하긴 하는데 읽고 나면 평범한 제 삶이 살인이나 뭐 이런 일이 안 일어나는 것에 감사하고 싶어진답니다.

그래서 수사물과 달달한 스토리를 엮은 또 하나의 이야기가 탄생되었습니다. 달달하게 주변에 달콤함을 나누어 주면서 그렇게 서로 사랑하면서 또 한 해를 마무리하시길 바랍니다. 제 책을 읽어주신 독자분들 행복하세요! 저는 안달하는 준휘를 괴롭히면서 왕창 행복했습니다.

2017년 달달한 가을
이수현 드림